KB269323

매구 할매

매구 할매

송은일 장편소설

문이당

사람들은 흔히 자신의 삶이 소설 몇 권은 될 것이라고 말한다. 들어 보면 소설적인 개연성이 성립되지 않을 정도로 극적인 삶이지만, 한편으로는 흔하디흔한 보통 이야기이기도 하다. 어떤 삶도 그대로는 소설이 될 수가 없다. 이야깃거리를 추려 내고 구성해 현실에서 이완시켜야 한다. 장편 소설 『매구 할매』는 소설보다 훨씬 극적이지만 소설이 될 수 없는 흔한 삶의 이야기다.

한 시절 2백여 가구에 천 명 넘은 사람이 살았던 고향 동네는 오래전부터 여노인정과 남노인정이 따로 있었다. 그렇게 컸던 동네에 현재 남은 주민은 2백여 명이다. 그중 150여 명이 여성이고 그들 중 80퍼센트가 70대에서 90대에 이르는 독거노인들이다. 눈이 어둡거나 귀가 어둡거나, 허리가 굽었거나 다리를 절거나, 나이가 얼마나 되건 어떤 증세를 가졌건 그들은 움직일 수 있는 한 모두 들녘이나 공장에 다니며 일한다.

몇 해 전, 그들을 한자리에서 만난 적이 있었다. 여노인정에서 상노인들을 위해 그나마 덜 늙은 안노인들이 점심상을 차려 내는 자리였다. 마루에서 상을 차리던 축에 계시던 모친께서 엄마 찾아간 나한테 말씀하셨다.

"아이, 딸. 온 김에 방에 들어가서 할매들한테 인사드려라. 어른 많은 자리에서는 절 한 자리만 하면 된다."

"몇 분이나 계시는데?"

"계실 양반들은 다 계신다. 한 백 분 되실랑가."

한 백 분이라는 말은 건성으로 듣고 절 한 자리를 하기 위해 방에 들어서는 순간 전율했다. 넓고 긴 방의 사면 벽에 등을 댄 채 한 무릎을 세우고 다닥다닥 붙어 앉아 있는 백 명 가까운 할머니들이 마치 미라들 같았다. 전신에 소름이 쫙 돋았다. 괴기스러움과 함께 밀려든 공포 때문이었다. 그들과 함께 사라질 집들과 마을의 현재가 그 자리에 고스란히 있었다. 다리를 후들후들 떨며 절했다. 그렇게 앉아 계시면서도 별소리 없던 할머니들이 한 마디씩 하기 시작했다.

누굴까. 누가 절을 한다냐. 으메, 정산댁 딸내미구만. 아, 수임이 큰딸. 인자 알아보겠네. 저것이 작가 아니라고? 저것이 머시여, 작가 선생한테. 작가건 선생이건 우리한테는 애기제 뭐.

모친께서는 한 동네 총각과 혼인한지라 70여 년을 마을 붙박이로 사는 참이었다. 내가 수임이 큰딸로 불리기 일쑤이던 어린 시절, 그들은 모두 젊었다. 그들에게 마흔몇 살의 나는 아직 계집아이이고 정산댁의 딸내미였다. 내가 한 번도 눈여겨보지 않은 새 할매들이 된 고향 여인들이 계집아이 부르듯 나를 불렀다.

"아이, 작가야. 니는 사람 사는 이야기를 쓴담시롱야? 내 이약 잔

써주라."

"내 이약이 더 재미날 것인게 그짝 말고 이짝 이야기를 써라."

그들이 사방에서 자신들의 이야기를 써달라고 하면서 와글와글 웃었다. 가슴이 저릿했다. 한 세상을 너끈히 건너와 말년에 이른 그들의 삶이 각기 빛나는 걸 그 순간에야 비로소 깨달았다. 내가 그동안 이들의 삶을 쓰지 않고 어디를 헤매고 다녔나 싶어 부끄럽기도 했다.

이 소설의 배경이며 주인공이면서 도드라지지 않는 매구 할매는 각각으로 빛난 삶을 살아온 고향 할매들이다. 백 살의 매구 할매가 사는 4백 년 묵은 집 계성재는 그 할매들의 삶이 투영된 집이며 할매와 함께 저물어 가는 마을에 대한 형상이다. 세상이 어떻게 변해 어디로 흘러가든 평생 한자리에서 뿌리 내려, 가지를 키우고 잎을 틔우고 열매 맺어 떠나보내면서 존재해 온 이들. 아무도 알아주지 않은 채 그 자리에서 나이 들어 현재에 이르렀지만 자신들의 삶에서는 주인공인 사람들이다. 백 살에도 빛날 수 있는 그들, 혹은 우리들!

2013년 6월

송 은 일

청계나루에서 강물을 들여다봤다. 여름 지난 지 한참이라 수심은 깊지 않고 물은 맑았다. 강바닥이 훤히 들여다보였다. 보고 있는 동안 물이 점점 깊어 갔다. 도도하게 흘러가는 맑은 물살에 사로잡혔다. 허리가 잠기고 물속에서 치맛자락에 걸려 넘어지면서 꼴깍 물을 마셨던 기억이 났다. 비로소 죽는구나 했다. 돌풍에 휩쓸려 바다로 들어간 지아비와 아이들도 이러했겠거니. 그러면서도 죽는 게 두려워 허우적거렸을 것이다. 그다음 기억은 없다. 흙벽으로 만든 따뜻한 방 안이고 알몸이다. 사방 벽에는 약초 냄새 풍기는 주머니들이 주렁주렁 달렸다. 종잇조각을 덕지덕지 붙인 방문에는 누런 햇살이 비쳐들었다. 아침인 듯하다. 녹두는 앉은걸음으로 움직여 방문을 밀어 본다. 산마루에 자리한 산막인가? 마당이랄 것도 없는 조붓한 뜰 너머로 울긋불긋한 산 능선들이 물결처럼 펼쳐져 있다.

"별유천지네."

혼잣말을 중얼거리다 말고 녹두는 슬며시 미소 짓는다. 별유천지에는 사람이 드물 거라는 생각 때문이다. 죽었다가 살아났든지, 죽지 못해 살아났든지, 무서운 건 더 이상 없을 듯하다. 그래도 사람은 만나고 싶지 않다. 물에 빠진 사람을 건져 이 산마루까지 데려온 사람이 있을 테니 사람이 아무도 없기를 바랄 수는 없다. 자신을 여기까지 데려온 사람이 어렴풋이 생각나기는 한다. 노인 같기도 하고 중늙은이 같기도 하고 젊은 사내인 듯도 했다. 또 도깨비 같기도 했다. 그는 무슨 약물인지 연해 먹여 주었다. 몇 번은 생즙이었던 것도 같다. 계집을 주워 와서 곱게 재워 줄 만한 도깨비는 아닌지 밤이면 꽤 오래 시달리곤 했다. 매번 악몽은 아니었다. 꿈결인 듯 사내를 받아들이면서 그동안 막혀 있던 피가 제대로 돌기 시작한 듯 머리부터 발끝까지 감질났다. 그건 첫 사내를 겪을 때나 10년을 함께 살았던 지아비를 통해 느낀 적 드물었던 색정 같았다.

녹두는 방문을 열어 놓은 채 방 안을 두리번거렸다. 횃대에 자신의 치마며 저고리 등이 걸쳐 있을 뿐 다른 옷은 보이지 않는다. 방문 옆 궤짝을 열어 보니 잠방이와 바지 등의 남정네 옷뿐이다. 방 안에서 아낙의 손길이 느껴지지 않으므로 무슨 짓을 하건 당장 쫓겨날 것 같지는 않다. 어떤 용도로건 계집이 필요할 법한 집인 것이다. 어떻게 생긴지도 기억나지 않는 사내 옷일망정 녹두는 일단 궤짝 안의 옷을 꺼내 입고 허리띠로 바지춤을 여몄다. 툇마루도 섬돌도 없는 방문 밑에 미투리 한 켤레가 놓였다. 녹두의 발에 맞춘 듯 자그맣게 빚은 새 신이다. 신고 가든지 신고 살든지 알아서 하라는 양 나갈 방향으로 얌전하다.

지붕에 나무껍질을 얹은 너와집이다. 방 한 칸과 정주간과 정지에 이어진 까대기가 전부인 작은 집. 그래도 무쇠솥 하나 얹은 부뚜막은 제법 튼실해 보인다. 살강에는 고춧가루가 닿지 못한 김치며 산채 두어 가지가 있고 솥 안에는 아직 따뜻한 보리밥 한 그릇이 들어 있다. 물동이에는 물이 차 있다.

"근방에 물이 있기는 한가 보네."

중얼거린 녹두는 나무청에서 솔가리를 집어다 아궁이 안에 넣고 남은 잿불을 뒤적여 불을 키웠다. 살강 옆에 걸린 소반을 내려 반찬을 놓고 솥 안의 밥그릇을 집어내 소반에 올린 뒤 아궁이 안의 불을 보면서 수저를 들었다. 오천동의 시집을 나온 지 얼마나 됐을까. 단풍 색깔로 보면 이 산막에 온 게 열흘은 넘었을 듯했다. 산막에 와서 굶고 산 건 아닐 텐데 밥을 먹은 기억이 없었다. 내내 제정신이 아니긴 했던 것이다. 몇 번이나 죽으려 했는데 죽지 못한 채 세상의 끝에 다다랐다. 억지로 죽지 못했으니 저절로 죽을 때까지는 살아야 할 터다. 세상 끝에서.

1

전화번호는 낯선데 목소리는 귀에 익다. 한중경이다. 목소리가 약간 걸걸해진 것 같다. 은현은 갓길에 차를 세웠다. 곡성 동악산의 청계동 입구였다. 태풍이 지나간 뒤 휴가 시즌이 끝나서인지 오가는 차가 많지는 않았다. 오른쪽으로 섬진강이 흘렀다.

"그러잖아도 너 귀국했다는 말 선아한테 들었어. 웬일인데?"

"얼마 전에 네 소설집 『가웅가웅 수월래』, 『약용 연애』 두 권 다 읽었어. 두 권 다 사서 읽었다는 것은 알아주라."

"외교부 공무원께서 국내 무명작가 책을 사서 읽어 주다니 영광이네."

"쌀쌀맞기는! 고향에 가 있다면서, 어때?"

"집으로 돌아와 잘 지내고 있지. 용건이 뭐야? 설마 내 소설 사 읽었다는 생색내려 전화한 건 아닐 테고?"

"그 자랑 하려고 전화한 거 맞아. 그리고 『약용 연애』에서 연애의 종류를 약용, 식용, 관상용, 공업용 등으로 구분한 네 연애론을 읽고 불쑥, 그동안 내가 한 연애들은 어디에 속하고, 네가 한 연애들은 어디에 속할까 궁금했어. 또 우리가 왜 연애를 못 했을까 싶은 의문이 생겼고. 넌 내 첫사랑이고 첫 여자이기도 했거든. 너한테도 내가 그렇지 않았어? 그런데도 왜 연애가 안 됐지?”

말장난이 아니라면 기억의 왜곡이다. 기억은 자신이 원하는 방향으로 왜곡되거나 허구화되기 일쑤다. 기억은 소설 원리와 비슷하다. 대학 2학년 말에 어쩌다 한 번 엉킨 적이 있긴 하지만, 그건 아이는 아니되 미처 성인도 못 된 어중간한 존재들이 술에 취해 벌인 해프닝 같은 거였다.

“나이 좀 들었다고 아주 유들유들해졌구나. 됐고, 그 말 하려고 전화한 건 아닐 테고, 뭐니?”

“그래, 그럼. ‘영화너머BEYOND THE CINEMA’라고, 독립 영화사를 운영하는 김영성이라는 감독이 있어. 다큐멘터리 영화감독이야. 작년 베를린 영화제 다큐 부문에서 〈불복A Disapproval〉이라는 작품으로 대상 받은 감독인데, 한 달 전쯤 일 때문에 만났어. 내가 중서 유럽과의 문화 교류를 담당하고 있거든.”

“다들 참 글로벌하구나. 그래서?”

“그 사람 만날 때 네 책 『가응가응 수월래』를 갖고 있었어. 내가 친구 소설이라고 네 소설 자랑을 해대니까 김 감독이 책을 보자더니 「매구 할매」라는 작품을 앉은 자리에서 다 읽었어. 그러고는 매구 할매가 10년 전쯤 텔레비전 장수 노인 특집 프로그램에 출연한 실존 인물 같다는 거야. 네 소설에 나온 할머니가 그 할머니라면 아직 살아 계신지 알아보고 싶다고. 그런데 아까 또 전화를 했더라고. 매구 할머니가 실존 인물이셔? 아직 살아 계시고?”

"그 감독이 그걸 알아서 뭐하려고? 우리 할머니를 다큐로 찍으려고? 〈워낭소리〉의 소처럼? 혹시 그 감독이니?"

"그 감독 아니야. 아무튼 그 할머님 살아 계셔?"

"비밀이야. 그런 질문도 사절이고."

"계시구나. 할머님이 그런 일 싫어하셔?"

"우리 아버지가 싫어하셔. 할머니를 텔레비전에 한번 나가시게 한 것조차 후회하셔."

10년 전 방송국에서 취재 나와 노인 나이를 물었을 때 동국 씨는 백 살은 덜 되었다고 말했다. 노인이 백 살 넘은 지 여러 해 된 때였으니, 동국 씨의 말은 거짓이었다. 어쨌든 그때부터 매구 할매는 언제나 백 살 즈음인 것으로 되었다. 노인들이 백 살 넘으면 머리털이 도로 검어지고 새 이가 난다는 속설이 있지만 매구 할매는 그렇지 않았다. 몇 년에 한 번씩 의치를 바꿔 끼고, 한번 희어진 머리는 여전히 희었다. 노화가 멈춘 듯 보이기는 했다. 매구 할매 진녹두는 금당뿐만 아니라 군내 최장수 노인이었다. 그즈음부터 매년 정초면 군청에서 선물을 보내왔다. 국내 최장수 노인일 수도 있었다. 장수 노인들을 위한 몇 가지 알량한 혜택을 거절해 버린 동국 씨는, 노인을 기네스북에 올리겠다는 놈들이 찾아올까 봐 할머니의 실제 나이를 밝히지 못한다고 농담한 적이 있었다. 어떤 이유로든 매구 할매의 나이를 백 살에 묶어 둔 동국 씨는 이후 접근해 오는 매체들을 향해 그런 노인 모른다거나 그 노인 이제 계시지 않는다며 접근을 차단했다.

"그래도 현아, 네 전화 번호 김 감독한테 알려 주면 안 될까?"

"너, 벌써 알려 준 거 아냐?"

크렁크렁 웃는다. 대학 새내기 때와 똑같다. 심심한 듯 유쾌하고 진지한 듯 장난스러웠던 그는 과식한 뒤 마시는 사이다 같았다. 외할머니가 미국인이라는 그는 외모만 튀는 게 아니라 언행도 튀었다. 중경과 연애하지 않은 이유를 굳이 찾는다면 그의 독특함 때문이었을 것이다. 그의 독특함은 류은현에게만 해당하는 게 아니라 문빛나처럼 빛나는 계집애들에게도 골고루 작용했다. 그의 영어 이름이 제이크였다. 교내를 함께 다니노라면 "하이, 제이크?" 하며 손 흔들고 지나가는 학생들이 흔했다. 대개 여자애들이었다. 은현은 중경을 제이크로 부른 적이 없었다.

"미안해, 알려 줬어. 그 감독 핑계로 너 만나고 싶어서 덥석 문 셈이야."

"됐어. 혹시 연락 오면 내가 알아서 할게. 너는 나하고 연락 닿지 않았다고 해."

"그럴게. 지금은 뭐해?"

"섬진강 근방의 산으로 취재 가는 중이야."

"취재? 지리산으로?"

"너는 섬진강가에 지리산만 있는 줄 알지? 나는 곡성에 있는 동악산이라는 곳으로 가는 중이야."

동악산은 계성재稽星齋의 어떤 기록에도 나타나지 않은, 진녹두만의 한 시절이 깃든 곳이었다. 내비게이션에 찍힌 고흥에서 곡성까지 거리가 1백 킬로미터 남짓 됐다. 그 옛날 여수에서 출발한 진녹두는 가까운 고흥을 두고 순천을 거쳐 곡성으로 걸어왔고 1년쯤 뒤 계성재로 회향했다. 현재 자동차로 2백 킬로미터 남짓한 거리가 90여 년 전 도보로는 얼마나 되는 거리였을지 가늠하기 어려웠다.

"등산할 거야?"

"일단은 그럴 참인데, 평생 산이라고는 우리 동네 뒷산 정도밖에 올라가 본 적이 없어서 아직 모르겠어."

"너, 혼자 등산은커녕 단체 야외 놀이도 못 다니잖아."

"내가 너한테 그런 말을 했어?"

"네 소설 「약용 연애」의 주인공이 아나필라틱 알레르기고 네 경험을 기반으로 한 거 아니야? 너 옛날에 MT도 안 가고, 학내에서 야외 수업하는 것도 싫어한 이유가 그 때문 아니었어?"

「약용 연애」의 주인공이 벌침 알레르기가 있는 여자였다. 아나필라틱 쇼크anaphylatic shock. 벌에 쏘인 즉시 몸이 붓기 시작하면서 온몸이 두드러기에 뒤덮이고 호흡이 곤란해지고 혈압이 떨어져 의식을 잃고 사망에 이를 수도 있는. 다섯 살, 열한 살, 열일곱 살, 스물두 살 때 경험한 지독한 알레르기는 모두 집에서 생겼다. 어릴 때는 멋모르고 숲이나 나무에 다가갔다가 당했고 대학 3학년 여름에는 섬돌에 놓인 신발을 꿰다가 쏘였다. 슬리퍼에 벌이 들어 있을 줄이야. 몸채 대청의 섬돌이었다. 즉시 병원으로 실려 갔지만 거의 하루를 혼수상태에 빠져 있었다.

"내가 아나필라틱인 건 맞지만 소설 내용을 작가의 경험으로 치환하는 건 문학 공부 좀 했다는 사람치고는 무식한 발언 아니니?"

"그런가? 아무튼 내가 가도 돼?"

"여길?"

"그래, 토요일이잖아. 내 유일한 취미가 캠핑인데, 지금 양평으로 갈 참이거든. 네가 오라고 하면 그쪽으로 가려고."

"양평이나 가라."

"알았어. 또 연락하자."

한 번 더 조르면 못 이기는 척 양평 대신 섬진강으로 놀러 오라고 했을지도 모르는데 맥없이 물러난다. 멍청한 자식! 괜한 욕을 해주고는 전화를 끊는다. 태풍 덕에 물이 불어 도도해진 섬진강을 20분 남짓 끼고 청계동에 도착했다. 그 옛날 강나루가 있었을 거라고 어림해 볼 만한 곳은 찾기 어려웠다. 90년 전쯤 녹두가 죽으려고 걸어 들어갔던 곳. 나루터 흔적을 찾지 못할 것이란 예상은 하고 왔다. 그저 동악이라는 산을 한번 올라 볼 작정이었다. 정상의 높이가 740미터쯤 된다는 산. 녹두는 청계나루에서 어떤 노인에게 건져 올려져 시루봉까지 이동한 것 같았다. 띄엄띄엄 들은 이야기들을 종합해 볼 때 녹두를 건져 낸 사람은 나이가 꽤 많은 노인인 듯했다. 기운 빠져 걷지도 못했을 젊은 여자를 노인이 무슨 수로 산마루 부근까지 데리고 올라갔는지, 진짜 도깨비들이 했을 리는 없으므로 산의 지세라도 살펴볼 셈이었다.

10시다. 등산로 입구 주차장에 차를 세운 은현은 차창 밖을 살피며 행장을 점검했다. 벌은 물론 모기나 개미에도 물리지 않도록 얼굴을 제외한 전신을 옷으로 감쌌다. 어른들 걱정하실까 봐 산을 타련다는 말 대신 섬진강 주변에서 열리는 학회에 간다 하고 나왔다. 실제로 오늘 섬진강변에 면한 하동 평사리 문학관에서 학회가 열린다는 메일을 받았다. 그걸 핑계로 나선 것이었다.

머리에서 발끝까지 완전 무장을 하고 나섰는데도 혼자 오를 자신은 없다. 8월 하순, 곤충들이 극성을 부릴 것이다. 이웃한 차에서 나온 두 명의 등산객을 따라 볼 참이다. 일흔 살 안팎으로 보이는 그들은 등산화 이외에는 가벼운 차림이다. 은현은 그들에게 따라붙으며 인사를 건넸다. 둘 중에 몸집이 좀 작은 쪽이 은현에게 혼자 왔느냐고 물었다.

"네. 두 분은 어디까지 가세요?"

"우린 삼인봉 거쳐 북봉까지 갈 참인데, 젊은 사람이 혼자 이쪽 행로를 택하셨소? 그것도 일반 운동화를 신고?"

인터넷에서 청계동에서 삼인봉까지 4.5킬로미터이고 삼인봉에서 시루봉까지 2.5킬로미터라는 걸 읽고 왔다. 청계동 입구에는 팻말이 전혀 보이지 않는다. 군데군데 취사 금지 표지판들만 눈에 띄는데 계곡 쪽에서는 사람 소리에 섞인 고기 냄새가 진동했다.

"초급자들은 보통 어느 쪽에서 시작하는데요?"

"보통은 도림사 쪽, 청류동 계곡을 따라 올라가지요. 그쪽 길이 더 잘 닦여 있고, 사람도 많고."

"두 분이 가신다는 북봉하고 시루봉은 길이 많이 다른가요?"

"시루봉이 북봉이오. 마침 행로가 같으니 함께 싸목싸목 가봅시다."

흔쾌히 동행을 허락한 그들이 곁을 주며 앞장섰다. 삼인봉까지의 길은 은현에게 몹시 가팔랐다. 땀이 온몸을 푹 적셨다. 두 장년은 전문 산악인만큼 잘 걸었다. 은현이 처질 때마다 그들이 걸음을 늦추며 기다려 주었다. 미안했다. 차라리 뒤처져 걷고 싶은데 배려해 주는 그들 때문에 먼저 가시라는 말을 하기도 어려웠다. 금당 뒷산인 구절산의 높이는 3백 미터쯤이었다. 금당 뒤뜸에서 꼭대기에 이르는 중간에 괴연재怪姸齋가 있었다. 괴연재는 90년 전쯤, 아직 매구 할매가 아니었던 진녹두가 이 동악산에서 계성재로 돌아온 이듬해에 지어졌다. 계성재 17대 종부 여례당 권 씨가 진녹두를 위해 지어 준 산신당이었다. 은현이 지금까지 걸어 본 산길이라고는 그 괴연재 길과 선산의 묘원 길과 초등학교 시절의 소풍 길뿐이었다.

두 시간여 만에야 겨우 삼인봉에 도착했다. 두어 무리의 등산객이 그늘을 찾아 앉아 도시락을 먹고 있었다. 은현도 주먹밥을 싸왔다. 함께 걸은 장년들이 자리를 잡아 앉았다. 곡성읍 쪽이 훤히 내려다보이는 지점이었다. 아저씨들의 가방에서는 도시락뿐만 아니라 팩에 든 소주도 나왔다. 한잔하겠냐는 그들의 권유를 은현은 마다했다. 그들이 도시락을 안주 삼아 느긋하게 소주 한 팩씩 비우는 사이 은현은 먼저 일어섰다. 더 이상 그들의 여유를 침해하고 싶지 않았다. 은현도 그들에게 신경 쓰지 않고 홀로 걷고 싶었다. 그들은 은현에게 먼저 걸으라며 금세 따라가겠다고 손짓했다.

두 시간이 더 걸려 시루봉에 도착했다. 10여 명의 등산객이 돌탑 주변에 흩어져 앉아 산 아래를 굽어보고 있었다. 언젠가 할머니가 시루봉 이야기를 할 때 세상이 한눈에 다 보이는 것 같더라더니 과연 그랬다. 주변 등산객들이 하는 말로 미루어 보면 지리산은 물론 순천의 조계산이며 화순의 백아산까지 다 보이는 듯하다. 은현에게는 그저 능선들로만 보일 뿐이다. 산에 올라와 있으니 세상이 온통 산으로만 이루어진 것 같다. 골짜기를 이룬 강과 동네들은 산을 위한 장식물들 같았다. 올라오는 길에 수없이 주변을 기웃거렸지만 녹두가 깃들었던 동악 영감의 산막이 어디쯤이었을지 전혀 가늠할 수 없었다. 등산로를 벗어나 볼 만큼의 호기심을 자극하는 샛길도 눈에 띄지 않았다.

오후 3시가 넘었다. 은현은 카메라로 시루봉에서 보이는 풍경을 찍었다. 찍은 사진을 확인하고 있는데 전화기가 진동했다. 한중경이 어디냐고 물었다. 은현은 여기까지 올라와 있는 스스로가 대견해 으

스대며 대답했다.

"동악산의 시루봉이야. 여기가 북봉이고, 내 첫 등반이야."

첫 번째 등산, 홀로 하는 첫 번째 여행. 모든 첫 경험은 홀로 하는 것이다.

"축하해. 나, 곡성에 얼추 다 왔어."

"뭐?"

"어느 쪽으로 내려올 건지 말해. 내가 가서 기다릴게."

"미친."

"나한테 감동했다는 거지?"

감동했다. 가슴이 뜨겁고 코끝도 시큰해진다. 청계동 입구에서 올라왔다는 말이 저절로 나왔다. 중경이 거기서 기다리고 있을 테니 서두르지 말고 조심해서 내려오라고, 혹시라도 벌이 나타나면 엎드려 피하라고 당부했다. 하산 길이 아니어도 기다리는 사람이 있는 곳으로 향하는 발걸음은 쉬울 것이다. 허벅지며 종아리에 알이 밴 듯 다리가 뻑뻑하지만 금방 내려갈 수 있을 것 같다.

늦여름 매미 소리가 문을 모두 닫고 있어도 그악스럽다. 강 건너로 청계동 입구가 바라보이는 섬진강가의 펜션. 발코니에서 놀면 좋을 해 질 녘인데 은현이 산에서 내려오다 각다귀에 물렸다며 손목을 중경에게 보여 주었다. 물 마시려 장갑을 벗는데 주변에 모기가 날아 손을 내젓다가 어느 틈에 물렸다는 것이다. 각다귀는 전라도 말로 깔다구라 불린다고 했다. 중경은 각다귀라는 모기가 있다는 걸 처음 알았다. 지니고 온 소염제를 먹고 연고를 발랐는데도 은현의 손목이 벌게지면서 팅팅 부었다. 물린 자국 주변은 딱딱했다. 더 부을 것이고 아프기 시작할 것이며 일주일은 지나야 가라앉을 것이라 했다. 에어컨을 강력 냉방으로 틀어 놓고 화장실로 들어가려던 은현이 모기 물린 손을 들어 보이며 말했다.

"나랑 잘 놀고 싶으면 집 안에 벌레 있는지 샅샅이 살펴서 제거해야 할 거다."

성수기가 지났다고 해도 여름 주말이라 빌릴 수 있는 방이 2층 전체를 쓰는 공간뿐이었다. 방이 두 개나 달렸고 다락방까지 있었다. 은현의 표현대로 방이 아니라 집이었다. 주인이 청소를 다 해놨을 텐데 모기한테 물려 손목을 못 쓰게 된 여자 때문에 집안 청소를 다시 하려니 너무 넓다. 오래된 펜션이라 구석구석에 불개미가 있었다. 특히 싱크대 주변에 많았다. 원래 벌레가 많은지 분사용 방충제 통이 창틀에 세 개나 놓였고, 코일처럼 감긴 모기향도 두 통이나 있었다. 중경은 방충망만 닫은 채 창을 열고 모기향을 피웠다. 개미가 있음직한 곳마다 방충제를 잔뜩 뿌려 댄 뒤 진공청소기를 돌렸다. 걸레질을 마무리했을 때 은현이 화장실에서 나왔다.

"청소 다 했어?"

"얼추."

흰 민소매 티셔츠에 흰 반바지 차림으로 나온 은현은 학부 시절의 그 친구 같다. 투명하고 애잔하던. 그러면서도 생콩처럼 도도하던. 한 번으로 마지막이 된 둘의 섹스는 13년 전 중경의 군 입대 전날이었다. 남자 여자가 옷 벗고 안는다고 다 섹스가 되는 게 아니었다. 술에 취한 데다 서툴렀고 급했다. 취한 은현이 연신 소리쳤다. 아프잖아, 아파, 아프다고! 어쩌다 사출은 했지만 사출은 쾌락이 아니라 고통이었던 것 같았다. 그대로 잠들었다 깨어났을 때 불이 켜져 있었다. 은현은 술 냄새를 색색 풍기면서 아직 품 안에 있었다. 깨웠다. 깨워도 일어나지를 못했다. 중경은 여전히 서툴렀고 급했다. 범하다시피 은현 안으로 들어선 순간 은현이 벌써 깨어나 통증을 참는 걸 느꼈다. 혼자만의 절정을 경험했다. 그게 부끄러웠다. 그 부끄러움을 상쇄할 기회가 지금까지 없었다.

"괜히 여기까지 왔다 싶지?"

"아니."

서울에서 내려오는 동안 은현과의 10여 년 간극을 어떻게 메울지 수없이 상상했다. 만나자마자 키스부터 하려 작정했는데 모기에 물렸다고 손목을 들어 보이는 바람에 못 했다. 중경은 식탁 쪽으로 다가서는 은현을 잽싸게 감아 안고는 키스했다. 진하지 않게 가벼이. 은현이 소리쳤다.

"못 본 새 너 아주 많이 컸다?"

다행히 화는 내지 않는다.

"키스 한 번 하려고 머뭇거리다가 하루가 1년 되고 10년이 될 수도 있다는 걸 알 만큼은 컸지."

"장하다."

"첫 산행이라 힘들지? 자고 일어나면 쑤시는 데가 많을걸."

"그래, 몸 좀 풀리라고 뜨거운 물로 씻었는데도 몸이 공중에 떠 있는 것 같아. 어쨌든 한중경이 뭘 사왔는지 좀 볼까."

은현이 주머니에서 담배를 꺼내 물더니 불을 붙이곤 식탁 위에 놓아둔 봉지를 들여다보았다. 중경은 캠핑에 필요한 식품을 구매하는 데는 이골 난 터였다. 곡성 읍내에서 사온 종류가 꽤 많았다. 담배 살 생각은 못 했다. 중경도 가끔 담배를 피웠다. 은현이 불편한 오른손에다 담배를 쥐고 왼손으로 캔 맥주를 꺼내 건네주었다. 모기에 물린 오른 손목에 밴드를 붙였지만 그 주변이 벌겋게 부풀었다. 중경이 캔 꼭지를 열어 건넸다.

"팔이 심각해 뵈는데 술 마셔도 괜찮을까?"

"경험상, 마시나 안 마시나 비슷한 것 같아. 어차피 붓고 아프더라고. 벌에 쏘인 건 아니니 괜찮아."

"이런 일이 잦았어?"

"1년에 일고여덟 달은 벌레가 살잖아. 벌레한테 한 번도 물리지 않기가 쉬운 게 아니야. 벌, 개미, 노래기, 지네, 거저리, 벼룩, 온갖 나방 등. 모든 벌레는 나름의 독을 가지고 있고 나는 개들하고 접촉하고 나면 웃겨져. 아무리 조심해도 1년에 한두 번은 당하고 말지. 내 몸에는 그래서 흉터가 많아. 일단 부은 다음에는 짓무르거든. 어쨌든 목말라, 한 모금씩 하자. 그리고 넌 밥해, 배고프니까."

중경도 캔을 따서 은현의 맥주 캔에 부딪혔다. 흉터가 어디에 있을까. 흘깃 살피며 맥주를 비우고는 밥을 안쳤다. 인간이 평생 몇 번이나 벌레에 물릴까. 물려도 기억에 남지 않았을 만큼 작은 게 벌레일 것이다. 눈앞에 보고 있는데도 은현의 알레르기는 실감하기 어렵다. 훤히 드러난 팔다리에 보이는 것이라곤 모기에 물린 자국뿐 잡티한 점 없이 하얀데 흉터가 어디에 있다는 걸까. 당장 뉘어 놓고 살펴보고 싶은 흑심을 모르지 않을 텐데 은현은 맥주를 맛있게 홀짝였다. 중경이 돼지고기에 밑간을 해서 볶고 김치를 넣어 다시 볶는 사이 밥이 끓었다. 20분 만에 식탁이 차려졌다.

"밥하기 선수네!"

칭찬한 은현이 냉장고에 넣어 뒀던 소주를 꺼내 식탁에 마주 앉았다. 잔을 부딪기 전에 은현이 물었다.

"한중경, 이 소주 마시면 우리는 아마 엉키기 십상이겠지?"

"백 프로?"

"그렇다면 우선 분명히 하자. 난 현재 사귀는 사람 없어. 너는?"

"다른 사람 있었으면 너한테 안 왔어. 분명히 없어."

"됐어, 그럼. 오늘 우리가 무슨 짓을 하든 안 하든 그건 확실히 하고 싶었어. 뭐가 됐든 임자 있는 것은 절대 건드리고 싶지 않거든."

임자 있는 것을 건드린 적이 있는가. 은현이 소주잔을 챙 부딪치며 웃었다. 은현은 문빛나를 의식한 것인지도 몰랐다. 문빛나는 과 동기이자 은현과 더불어 같은 스터디 그룹에 속했던 친구다. 중경은 문빛나와의 관계에서만은 은현에게 떳떳지 못했다. 은현은 훈련소나 후반기 교육 기간에 면회를 오지 않았다. 중경이 카투사로 서울에서 근무하며 연락했을 때는 선약이 있다거나 시골집에 가 있다며 만나기를 거부했다. 나중에야 알게 된 사실은 문빛나가 은현에게 자기가 한중경과 사귄다고 말했다는 것이다. 문빛나와 할 짓 다 하고 난 뒤에 알게 된 일이어서 은현의 오해를 풀어 줄 수도 없었다. 너무 어리기도 했다, 그때는.

"찌개는 좀 맵지만 몇 달 만에 집 나와 있으니까 참 좋다. 덕분에, 고마워."

호호 불며 고맙다고 말하는 은현의 눈에 눈물이 맺혀 있었다. 찌개가 매워 흘린 눈물인 것 같지 않았다. 14년 전 오리엔테이션이 열린 대강당에서도 은현은 울고 있었다. 하얀 반코트 차림이었다. 코트자락 새로 드러난 치마하고 스타킹도 하얬다. 까만 구두에는 큐빅이 조르라니 박혀 하얗게 반짝였다.

"왜 빤히 봐?"

"너랑 함께한 내 기억 속에는 네 눈에 눈물 맺혀 있는 장면이 여러 번이야. 대강당에서 우리 첨 만났을 때 왜 울었어? 그리고 지금은 왜 울어? 설마 찌개 때문이야?"

"그때나 지금이나 소설은 네가 써야겠다."

과별로 앉은 신입생 오리엔테이션 때 은현이 입었던 하얀 옷 일습은 홍림 씨가 평생에 걸쳐 단 한 번 돈을 헤프게 쓴 결과물이었다. 당시 홍림 씨는 은현의 대학 입학식 즈음해 서울에 왔다. 1997년이었다. 은현에게 옷을 사주겠다며 나설 때 홍림 씨는 미용실에서 머리 손질하고 은색 두루마기 떨쳐입고 은색 비단 장갑에 당혜까지 신었다. 택시 타고 백화점 앞에 도착했을 때 은현은, 홍림 씨의 입성이 주변의 눈길을 한 몸에 받을 정도로 희귀하되 당당함으로 인해 오로라처럼 빛나는 걸 느꼈다. 백화점 안으로 들어선 홍림 씨는 곧장 안내 데스크로 갔다. 안내원에게 대학에 갓 입학한 딸아이의 옷을 사련다고 매장으로 안내하라고 요구했다. 매장에서는 눈에 든 옷들을 비단 장갑 낀 손가락으로 가리키며 백화점 직원에게 명령했다. 내 딸한테 한번 입혀 보시게. 은현이 입어 보인 옷들이 마음에 들었을 때 신용 카드를 꺼내 내밀었다. 결제하시게. 백화점을 나오면서 홍림 씨가 짐짓 어깨를 펴며 말했다.

'평생 묵은 스트레스 싹 다 푼 것 같다.'

은현은 그런 엄마 아버지의 고명딸이었다. 누구로부터도 손찌검은커녕 야단조차 맞은 적 없고 무엇으로도 주눅 들어 본 적 없으며 학비나 용돈을 걱정해 본 적도 없었다. 원하던 대학에 입학해 날개가 돋은 듯 의기양양했던 그 무렵, 오리엔테이션 자리에서 왜 눈물이 났는지는 기억나지 않는다. 옆자리의 사내아이가 어깨를 톡톡 건드린 건 기억했다. 돌아보니 청회색 눈빛을 가진 녀석이 영어로 속삭였다. 봄 햇살처럼 예쁜 너는 이름이 뭐니? 그리고 왜 울어? 은현도 물었다. 넌 어느 나라에서 온 미친놈이니?

"왜 울었는지 말하기 싫구나?"

"술이나 마셔."

"알았어. 요즘 소설은 잘돼?"

은현이 새 담배개비에 불을 붙였다. 중경도 은현의 담뱃갑에서 담배를 빼내어 물었다. 작년 연말 즈음 베를린 쿠담 거리의 카페 뒤편에서 피운 이후 처음이다. 중경이 한국 근무로 베를린을 떠나게 되자 캠핑으로 사귄 친구들이 만난 자리였다. 그날 화제가 금연에 관한 것이었다. 지금과 같은 금연 추세가 계속된다면 과연 지구 상에서 담배가 사라질 것인가. 담배와 같은 기호품은 물론 인간이 발명한 것 중 지구 상에서 사라진 것이 있는지. 찾을 수가 없었다. 인간의 손으로 만들어진 것은 인간이 존재하는 한 사라지지 않고 변형되어서라도 존재한다는 결론이 나기까지 몇 시간이 걸렸다. 그 자리에서 중경은 몇 번이나 은현을 생각했다. 만나지 않고 사는 동안 은현을 생각하는 게 습관이었다. 여자를 만날 때면 더 자주 생각났다.

"시골집에서 버틸 핑계가 있어야겠기에 장편 시작했어. 내용을 설명할 만한 단계는 아직 아니고."

"선아가 자기네 회사하고 네 소설 계약했다고 하던데, 너는 소설 쓰느라 시골집에 있는 게 아니라 거기서 버티기 위해 소설 쓴다고 말하는 거야? 그건 작가의 말법이야?"

대학 시절 내내 어울려 다닌 양선아는 은현의 작품집 『약용 연애』

를 출간한 출판사에서 근무했다. 그 덕에 첫 장편 소설도 선아네 출판사와 계약했다. 회사 내에서 한 팀을 맡고 있는 선아는 책을 기획하고 편집해 출간하는 재량권을 갖고 있었다. 책임도 독립적으로 지는 체제였다. 선아가 무명작가인 류은현의 두 권짜리 장편 소설『매구 할매』를 기획한 것은 모험이었다.

장편『매구 할매』는 은현의 첫 번째 작품집『가웅가웅 수월래』에 수록된 단편 소설「매구 할매」와 제목은 같아도 틀은 달랐다. 단편에서의 매구 할매는 증손녀와 놀길 좋아하는 어린애 같은 노인이었다. 장편에서의 매구 할매는 수많은 계성재 사람들 중 한 명으로 나타날 것이다. 어쩌면 맨 마지막까지 살아남을 여인. 그렇게 설정하고 기획서 써서 계약까지 했으나 장편『매구 할매』는 아직 시작도 못 한 셈이었다. 몇 단락이나 몇 페이지 쓰다 지우기를 거듭하고 있었다. 벽장 속에서 찾아낸 역사와 상상과 현실의 경계에서 여름을 보내는 동안 너무 많은 사람에 휩쓸린 탓이었다. 주변에 있던 유무형의 사람들이 다 낯설거나 새로운 모습으로 다가왔다. 눈앞에 있었음에도 보이지 않던 그들이 한꺼번에 나타나는 바람에 길을 나서기도 전에 방향을 잃은 것이다. 그 돌파구 혹은 이정표를 찾기 위해 온 집안의 기록을 모조리 뒤지고 정리하며 여름을 다 보내고 있는데도 아직 실마리가 풀리지 않았다.

"시비 걸지 마."

"그냥 물은 거지 무슨 시비를 걸었다고 그래. 나 곧 휴간데, 너희 시골집에 놀러 가도 돼?"

"안 돼."

"왜?"

"우리 동네는 유원지도 관광지도 아닌 그냥 시골이야. 네가 아는 단어인지 모르겠지만, 휴가라고 놀러 오는 사람은 전혀 없는 깡촌이라고."

"평범한 시골이라는 뜻이지? 알았어. 서울엔 언제 와?"

은현은 당분간 서울 쪽에 갈 일이 없거니와 가고 싶지도 않았다. 두 달 전에 이미 다음 학기 강의를 모두 내놓았다. 한 학기 쉰 다음에도 돌아갈 수 없으므로 학교와는 아주 끝났다.

"다음 달에 방 정리하러 갈 거야."

"선아한테 듣기로 세 학교에 강의 나간다던데, 네 강의들은?"

"전부 잘렸어."

"왜?"

"말하기 싫어."

"말하기 싫은 것도 참 많아. 작업하기는 어때? 어른들 곁이 불편하지는 않아?"

은현이 시골집에서 살게 된 것이 자의는 아니지만 할머니 생전에 함께 살게 된 걸 다행으로 여기는 참이기도 했다. 엄마 아버지와도 마찬가지였다.

"자잘하게 신경 쓸 일은 많아도 불편하지는 않아. 이렇게 나이 먹고도 엄마 아버지한테 의지하는 게 좀 쑥스럽긴 하지. 그래서 글을 더 열심히 쓰는 척, 나름 고심하며 사는 척, 하는 거야. 엄마 아버지는 엄마 아버지니까 그냥 봐주시는 거고. 할머니는 말동무 생겨서 좋아하시는 것 같고."

"할머니하고 친해?"

"그런 편일걸. 너도 외할머니하고 친하다며."

중경의 외조부는 서울의 대단한 부잣집의 하인이었다. 대대로 그 집의 종이었던 부계에 의해 종으로 태어난 소년은 주인집 아들의 도쿄 유학길에 시중꾼으로 따라갔다. 1920년대 중반이었다. 주인님 시중들면서 어깨너머로 글자 공부를 한 소년은 몇 년 뒤 주인님의 주머니를 털어 미국으로 가는 배를 탔다. 그렇게 샌프란시스코에 도착한 소년은 온갖 고생을 하면서 돈을 벌었다. 그리고 미국 대공황이 일어났다. 청년이 된 그는 공황으로 버려진 낡은 집 몇 채를 사서 스스로 수리했다. 공황이 지나간 뒤 그 집들은 그의 집장사 밑천이 되었다. 그는 마흔 살 넘어서야 함께 일하던 아일랜드계 미국 처녀와 결혼해 딸 셋을 낳았는데 그 막내딸이 중경의 어머니였다.

"우리 외할머니 에린 맥라렌 지가 스무 살에 자기보다 나이가 곱절이나 많은 동양의 노총각 지석조를 만나 좋아하는 바람에 결혼하셨잖아. 남편이 동양 사람이라서가 아니라 스스로 아들을 낳고 싶으셨나 봐. 그런데 딸만 셋을 낳았고 세 딸 중에서도 막내인 마리만 아들 하나를 낳았는데, 그게 나야. 그래서 나를 노골적으로 편애하시지. 만나면 참 좋아하시는데 자주 찾아뵐 수 없어서 좀 죄송해."

"외할머님 연세가 어떻게 되셨어?"

"올해 여든다섯 살 되셨어."

"건강하셔?"

"건강하셔. 외할아버지가 나 고등학교 때 돌아가셨잖아. 할아버지 돌아가시고 나서 에린 씨는 남자 친구를 사귀게 됐는데 그 기준이 당신보다 연하여야 한다는 거야. 요즘 사귀는 남자 친구는 일흔여덟 살이시래. 어쨌든 할머니가 그 자리에 그대로 계시니까 엄마 세계의 중심도 아직 샌프란시스코인 것 같아. 마리 씨를 중심으로 세상을 사는 아버지에게도 마찬가지고.”

“아버님은 어머니를 어떻게 만나셨는데?”

무심코 묻고 난 은현이 웃음을 터트렸다.

“왜 웃어?”

“네가 네 아버님 졸업하신 우리 대학에 진학했다는 것까지 생각나는데, 새삼 네 신상을 캐는 것 같잖아.”

중경이 제 아버지가 졸업한 학교에 입학했듯, 은현은 고모 류혜국이 졸업한 학교에 입학했다.

“신상 캔다는 말은 내 신상 명세를 묻는다는 뜻이지? 궁금한 건 얼마든지 물어도 돼. 우리 할아버지는 황해도 백천 출생으로 서울로 유학하셨어. 고등학교 교사로 해방을 맞이하셨고 아내와 어린 자식을 백천에서 데려와 살기 시작했을 때 전쟁이 터졌고 삼팔선이 생겼대. 졸지에 실향민이 된 그의 두 아들 중 한 사람이 우리 아버지야. 아버지는 1970년대에 독일로 유학을 갔고, 베를린 주재 한국 대사관에서 일하게 됐는데 역시 미국에서 유학 왔다가 한국 대사관에 취직해 있던 마리 엠 지를 만나 나를 낳으셨대.”

“그런 이야긴 처음 듣는 것 같은데. 아버님이 혹시 대학 시절에 학생 운동 하셨대?”

“아닐걸. 왜?”

“내가 건너건너 아는 사람 중에 대학 시절 학생 운동 하다 베를린으로 유학 간 사람이 있거든.”

“누군데?”

고모 류혜국이 남긴 미발표 연작 소설의 남자 주인공이 그랬다. 1960년대 후반, 한 시절 혁명을 꿈꾸었던 그는 류혜국 소설 여주인공인 계원의 첫 남자였다.

"실은 어떤 소설에서 본 사람이야. 네 아버님 학창 시절하고 시대 배경이 비슷할 것 같아 불쑥 생각났어. 아버님 함자가 어떻게 되셔?"

"기자, 범자야. 소설 속에서 유학 간 주인공 이름도 기범이야?"

"아니, 돈키호테야."

류혜국은 연작 소설에서 여주인공 이름만 계원으로 했을 뿐 다른 사람 이름은 전부 실명으로 쓰거나 실명의 끝 자를 따서 쓴 듯했다. 계원의 첫 남자는 '천'이라는 외자로 등장했다. 천의 별명이 돈키호테였다.

"어쨌든 우리 아버지는 정치적인 성향이 별로 없으셔. 돈키호테처럼 순수한 열정이 있는 것 같지도 않고. 세상을 자기가 생각한 특정한 방향으로 끌고 가려는 욕구, 혹은 타인들의 생각을 바꾸려는 욕구가 정치성이라면 우리 아버지는 정치성이 별로 없는 것 같다는 거지."

"외교관으로 수십 년을 사셨는데? 외교야말로 정치 아니야?"

"모든 인간에게 내재된 게 정치성이잖아. 우리 아버지도 물론 그렇겠지만 외교관에게 필요한 만큼의, 학생 운동 했을 만큼의 정치성은 덜해 보인다는 거지. 우리 아버지가 주로 외국 근무만 하신 것도 국내 정치에 적응하지 못하셨기 때문 아닐까 싶고. 내 느낌에 외교관으로서는 적성이 맞지 않았지만 당신 직업에 대해 괴로워할 정도까지는 아닌 것 같고. 당신 자리에서 할 수 있을 만큼만 하자, 그런 생각이셨던 것 같아. 외교관으로서는 우리 마리 엠 지가 훨씬 어울리셨지. 모험심이 워낙 강하시니까."

"넌 어때? 외교관이라는 직업이 적성에 맞아?"

"스스로 독립을 이룬 해방 노예 지석조, 아메리카 드림을 좇아 미국에 이른 아일랜드의 후예 에린 맥라렌. 그 사이에서 태어난 마리 엠 지와 한반도가 남북으로 쪼개지는 바람에 실향민의 자식이 된 한기범 사이에서 내가 태어났지. 외교관으로 나만큼 적합한 인물이 없다고 말하고 싶지만 사실은 어떤 특별한 재능도 없어서 나한테 제일 익숙한 직업을 택한 거야. 1차 시험에 영어, 2차 시험 필수 과목에도 영어, 선택 과목에 독일어가 포함돼 있었으니까, 나한테는 그 시험이 상대적으로 쉬울 것 같아 별 고민 없이 직업을 정했어.”

“너처럼 말하는 사람을 요새 한국에서 뭐라고 하는지 알아?”

“뭐라고 하는데?”

“재수 없다.”

“재수 없다는 건 운이 없다는 말이잖아. 난 운이 없지 않은데?”

“요새 재수 없다는 말은 상대가 잘난 척해서 보는 내가 기분 나쁘다는 뜻이야.”

“혹시 내가 옛날에도 그랬어? 그래서 나를 멀리했어?”

이놈은 뭔가가 확실히 느리다, 은현은 속으로 중얼거린다. 멀리한 놈과 두 해를 붙어 다니다가 저 입대하기 전날 술 핑계까지 대며 앉았겠는가. 그 시절 은현은 중경이 자신에게 집중하고 있는 걸 알았고 그걸 당연하게 여겼다. 그럼에도 그가 다른 사람들, 특히 여자들에게 고루 친절한 게 싫었다. 그걸 지금 어떻게 설명할까. 설명해도 알아들을 것 같지 않고 설명하고 싶지도 않아 은현은 술잔을 잡았다.

“됐고. 어쨌든 네 배경이 참 파란만장하다.”

“그러게. 나 한 사람이 여기, 네 앞에 오기까지의 역사가 만만치 않지? 우리 아버지는 스스로를 디아스포라로 여기고 계셔. 맞는 말씀이신 것 같아. 내 양쪽 할아버지가 추방당한 사람들이잖아. 디아스포라는 디아스포라를 낳고, 또 낳지."

"너도 스스로를 그렇게 느껴?"

"난 글로벌러라고 여기지. 추방당한 자보다는 스스로 세계인인
게 낫겠다 싶어서 말이지."

중경의 청회색 눈동자가 약간 취한 채 웃고 있는 지금은 짙은 청
색 빛이다. 앞으로 디아스포라라거나 글로벌러라는 단어를 만나면
중경의 눈빛을 떠올릴지도 모른다. 추방당한 자. 은현도 어딘가에서
추방당해 여기 있는 것 같았다. 그렇지만 세계인이 되기에는 뿌리가
너무 깊을지도 몰랐다. 요즘 그 뿌리가 어디까지 뻗어 내렸는지 파보
고 있는 것 같았다. 저 아래 어디쯤에서 돌이킬 수 없을 만큼 썩어 있
을지도 모를 뿌리들.

2

　18대 종부가 되지 못한 연미령의 『계성재 식음록稽星齋食飲錄』은 9대 종부였던 명선당 강 씨의 『금당 계성재 관혼상제 식음록昑嶹 稽星齋 冠婚喪祭 食飲錄』을 바탕으로 했다. 9대에서 18대에 이르는 동안 바뀌거나 새로 만들어진 음식들을 덧붙여 가며 기록한 책이었다. 그림을 곁들인 덕에 책의 쪽수는 많아도 음식의 가짓수는 명선당의 것에 이르지 못했다. 연미령이 요절한 탓이었다. 근대 문학을 전공한 은현은 중세 국어와 일제 시대 한글로 쓰인 두 책을 어렵지 않게 읽었다. 음식과 요리에 관해서는 잘 알지 못해 글자를 읽어도 조리 과정이며 음식 맛이 짐작되지 않았다. 음식과 요리를 잘 아는 홍림 씨는 문자 해독에 난점이 있었다. 일상에 필요한 글은 읽어도 문장 읽는 훈련이 되지 않아 긴 글을 읽어 내지 못했다.

　언제부턴가 텔레비전에서는 종갓집에 관한 프로그램이 곧잘 방영되었다. 종가 깊숙이 들어 있던 종부들의 음식 책 몇 권은 베스트셀러인 양 유명해졌고 그 음식들을 재현하는 종부들은 스타급 음식 명인이 되어 있었다. 홍림 씨는 텔레비전에서 그런 프로그램을 만나면 무심한 척 채널을 돌려 버리곤 했다. 사실 홍림 씨가 드라마보다 좋아하는 것이 요리 프로그램이었다. 젊은 요리사들이나 연예인들이 나와 요리하는 걸 보면서 지랄들 한다며 웃었다. 홍림 씨가 지랄한다고 표현할 때는 몹시 재미있다는 뜻이었다. 그렇게 젊은 요리사들이나 연예인들의 요리는 즐겨도 자신과 비슷한 종부들이 출연하는 프로그램은 부담스러운 것 같았다. 어쩌면 질투일지도 몰랐다. 질투란 늘 비슷한 선에 있는 사람들을 향해 발현되는 것 아닌가. 조금 전 홍림 씨가 채널 바꾸는 것을 보며 은현에게 든 생각이 그랬다. 동시에 두 권의 『식음록』을 구어투로 번역 출간해 홍림 씨에게 주면 어떨까 하는 생각도 들었다.

"내가 책 읽을 시간이 있다냐? 시간이 나도 그렇제, 학교 문턱도 못 가본 내가 먼 수로 책을 읽겠냐? 냅둬라."

홍림 씨가 반기지는 않을 것이라 여기면서도 말을 꺼낸 이유는 따로 있었다. 『금당 계성재 관혼상제 식음록』은 사료적인 가치가 충분한 것이다. 사료적 가치가 있는 책은 세상에 내놓고 공유하는 게 맞았다. 『식음록』뿐만 아니라 사랑채 두 방의 벽장 속에 들어 있는 옛 문집들이며 문헌들도 학계에 내놓아야 마땅했다.

계성재는 1564년 갑자년에 계성공이 현재의 고흥인 흥양 현감으로 부임한 이후 지어졌다. 3년 뒤 이임되어 흥양군을 떠난 계성공은 1569년 기미년에 관직 없이 돌아와 현재의 자리에 터를 잡았다. 이 듬해 기대승과 같은 대학자가 자신의 고향인 나주로 환향했고 계성공은 나주며 담양에 있던 학자들과 교유했다. 그 문건들을 시작으로 이후 4백여 년, 집 안에는 꽤 많은 기록이 쌓였다. 그 기록들을 연구해 세상에 내놓는 일은 20대 종손인 류태현이 해야 맞았다. 그는 17세기 조선 정치사상을 전공했고 북학론에 관한 논문으로 학위를 취득해 지방 국립대 교수를 하고 있었다. 그럼에도 류태현은 집안의 고서들과 기록들을 연구하려 들지 않았다.

"아버지는 어떠세요? 제가 『식음록』을 번역해서 책으로 세상에 내놓는 거요."

"네 손에 맡겼으니 네가 알아서 해라만 서둘진 마라. 이미 시작한 네 소설이나 쓰고 나서 차차 궁리해. 이거나 저거나 한두 달로 되는 게 아니지 않냐?"

동국 씨는 책궤들의 열쇠 뭉치를 은현에게 내주었으면서도 여전히 소극적이다. 집안의 역사를 기피하는 건 이 집 사람들의 고질병인지도 몰랐다.

"그럴게요. 아, 아버지, 여례당 시절의 인오라는 사람에 대해 아세요?"

은현의 질문에 홍림 씨가 노인의 숭늉이 담긴 그릇을 숟가락으로 휘휘 저으며 대답했다.

"인오 할배는 정운 아재 부친이셨제? 니가 그 할배를 으찌 아냐?"

"인오가 정운 선생님의 부친이세요?"

읍내 금당한의원 원장인 류정운은 『계성재 가솔부』에 올라 있지 않으면서 『계성재 경작경년기』에는 한 번 나타났다. 그가 1966년도에 금당한의원을 개원한 자리가 계성재에 속한 집이었고, 그 집을 한의원 용도로 개축해 내주었다授고 적혀 있었다. 이후 그는 여례당의 주치의가 되었고 지금도 녹두 할매의 주치의였다.

"글제. 여례당 돌아가신 해에 인오 할배도 돌아가셨다. 그해에 우리 동네 전기가 들어왔고. 인오 할배가 왜에?"

"가솔부에는 그 할아버지가 젊을 때 실종된 걸로 기록되었기에요. 류정운 선생님의 부친이셨는데 여례당께서는 왜 인오 할아버지에 대한 기록을 더 안 해놓으셨을까요?"

동국 씨가 대답했다.

"그즈음부터 직계만 기록하셨기 때문 아니겠냐?"

그 부분에 대해 동국 씨는 아는 것이 별로 없을뿐더러 어렴풋이 느꼈던 모종의 일들에 대해 말할 계제도 아니었다. 멀리서 인기척이 났다. 동국 씨를 찾는 소리였다. 안채로 들어오지 않는 걸 보면 바깥 손님인 듯했다.

"인터폰이라도 달장게 먼 고집잉가 몰라! 아, 얼렁 안 나가 보고 뭐하시오?"

동국 씨는 인터폰을 핑계로 자신에게 떨어진 내자의 지청구에 일어나 찬방을 나섰다. 허홍림은 『식음록』에 관한 은현의 말 때문이 아니라 지난 추석 때부터 심기가 뒤틀려 있었다. 나이 들수록 명절이며 제사 때의 스트레스가 커지는 성싶었다. 마을 광장은 물론 골목마다 집집이 자식들 차로 미어지는 연휴 기간에 제일 조용한 집이 계성재였다. 추석 즈음에는 일제히 가을걷이를 하고 마늘을 심게 마련이라 명절 쇠러 온 자식들이 부모 일손 돕느라 들녘이 사람으로 넘쳤다. 다른 집들 이야기였다. 태현은 제 아들 둘을 데리고 추석 전날 저녁에 왔다가 아침에 차례 지내고 성묘한 뒤 돌아갔다. 교회 장로인 태현의 처는 몸이 아파 못 온다고 했다. 제 처자식을 호주에 유학 보낸 상현도 독감을 핑계로 오지 않았다. 돈 해달라는 걸 거절했더니 그렇게 앙갚음하는 것이었다. 결혼 3년 만에 자식 없이 이혼한 뒤 회사에서 체코 지사로 발령받아 나가 있는 교현도 물론 전화만 해왔다.

"귀신들 바글바글 들어 사는 집구석이 뭔 보물이라고 못 하나 못 박고 절절 매고 사는지 몰라. 할무이, 숭늉 마침맞게 식었소. 어야, 딸님아, 노인네 드릴 숭늉이 뜨거면 못쓴다고 엄마가 백 번도 더 말 안튼?"

평생 걸쳐 백 번도 더 말한 건 맞는데, 백 번 한 말도 처음인 양하는 말법은 홍림 씨한테 새롭게 생긴 것 같았다. 은현은 잠깐 중단한 애벌 설거지를 다시 했다. 찌끼만 거둬 식기세척기에 넣는다. 20년 전쯤 설거지에 넌더리가 난다는 홍림 씨의 투정으로 부엌에 들어선 기계였다. 하루 세 번씩 설거지를 하게 된 은현은 요즘 식기세척기가 몹시 고마웠다. 어쨌든 『식음록』에 관한 논의는 보류되었다. 홍림 씨가 관심이 없는 게 아니라 외면하듯 동국 씨는 방기했다. 은현도 나중에 양선아하고나 의논해 봐야겠다며 한발 물러서고 말았다. 홍림 씨가 말했다.

"금산덕네 강아지 젖 뗄 때가 돼 간다든디 한 마리 얻어다 키우등가 해야 쓰겄다."

숭늉을 숟가락으로 떠먹은 할머니가 그릇을 가져다 개수대 앞의 은현에게 내밀며 홍림 씨에게 물었다.

"에미, 마실 안 가냐?"

"오늘은 이장덕이 손지 생긴 택 낸다고 고기 삶고 술도 많이 받아 놨당게 더 재미나기는 하겄는디, 마늘 싱구고 낭게 허리가 빠질라 해서 놀러 못 가겄소."

이장댁의 외아들이 결혼한 지 8년째인데 아직 아이가 없었다. 간

호사로 일하는 외며느리 맘 상할까 봐 그 앞에서 손주 타령도 못해 봤을 이장댁 가슴이 한 일 년 물 맛 못 본 논처럼 자글자글 갈라져 있던 참이었다. 그런데 사흘 전 이른 아침 할매가 이장 집으로 들어가 복주머니를 건넸다. 오늘 이장댁이 마늘을 심어 주러 와서 한 얘기가 그랬다.

'아침밥 묵고 있는디 할매가 똑 잊어분 애기같이 마당으로 쑥 들어오십디다. 청이 만난 심봉사매니 맨발로 쫓아 나갔등만 두 말도 않으시고 아나 복돈이다, 하고 오색 주머닐 주시는디 금메, 손이 발발 떨리드랑게.'

할머니의 복돈 주머니는 새 생명에 대한 예시였다. 매구 할매는 이장댁에게 손주를 보게 되리라 예시하고 축복했던 것이다. 그렇게 할매한테서 복주머니를 받고도 이장댁은 호사다마될까 봐 이틀을 찍소리도 못 했다. 며느리로부터 임신했다는 전화를 기다린 것이었다. 그 전화가 어젯밤에 왔다. 오늘 홍림 씨 마늘 밭에서는 할매의 복주머니에 대한 이야기들이 도깨비 주머니 벌어진 듯이 한정 없이 쏟아져 나왔다. 오늘 저녁 여노인정인 숭모당崇母堂에 주전부리를 낸 이장댁은 내일 낮에는 매구 할매를 위시한 상노인들을 위해 점심상도 차릴 것이었다.

"그래, 댕개 온나. 애비 기다링게 너무 오래 놀지는 말고."

두 여인의 동문서답에 은현은 웃음을 터트렸다. 저녁상을 물리고 나면 동국 씨는 사랑채로 건너가 책을 읽고 붓글씨를 썼다. 스스로에 따르면 평생 해도 전혀 늘지 않는 글씨지만 정년퇴직한 뒤로는 여일하게 일정 분량의 글씨 연습을 했다. 11시쯤 몸채로 돌아올 때까지 혼자 시간을 가졌다. 할머니는 이제 양치질을 하고 나면 당신 방에서 은현의 책 『약용 연애』 한 단락을 웅얼웅얼 소리 내어 읽고 복주머니 여밈 실을 잠깐 꼬다 잠자리에 들 것이다. 홍림 씨는 숭모당에 마을 가기를 즐겼다. 바깥나들이가 임의롭지 못한 상노인들이 밤에 숭모당에 가는 일은 흔치 않았다. 상대적으로 덜 늙은 여인들이 마늘이나 도라지나 더덕 등 자잘한 손질거리들을 한 소쿠리씩 안고 모였다. 온갖 것을 가지고 다니는 홍림 씨는 일주일에 한 번꼴로 세탁해 놓은 매구 할매의 옷가지들을 싸안고 가서 바느질이며 다림질을 했다. 노인 봉양을 이렇게 잘하고 있노라 은근히 과시하는 동시에, 노인 옷 손질을 다른 사람에게 맡겨 놓고 화투를 칠 수도 있기 때문이었다.

『계성재 가솔부』의 기록자는 종부가 바뀔 때마다 달라졌지만 기록 방법은 한결 같았다. 계성재 안에서 태어난 사람은 '생生', 외지에서 태어나 집안으로 들어온 사람은 '입入'으로 표기했다. 집안에서 죽은 사람은 '졸拙', 집안사람으로 밖에서 죽은 사람은 '사死'로 적었다. 시집온 여인들의 경우 '입혼入婚'이고, 시집간 경우는 '출혼出婚', 집안에서 태어난 가솔들끼리 혼인했을 때는 '생혼生婚'으로 적바림했다. 매구 할매 진녹두는 갑오년甲午年에 계성재에서 태어난 게 아니라 외인外人 진가陳家에 동반同伴해 들어온入 것으로 적혀 있었다. 아기 때 진씨 성을 가진 남자에게 안겨 들어왔던 것이다. 녹두가 들어온 걸 기록한 사람은 15대 종부 수항당 신 씨였다. 그로부터 17년 뒤인 신해년辛亥年에 녹두가 여수 오천동 사람과 혼인해 나갔다出婚고 적은 사람은 16대 안순당이었다. 다시 11년 후인 임술년壬戌年 동짓달에 녹두가 또 들어왔다且入고 기록한 사람은 수항당도, 안순당도 아닌 17대 여례당 권 씨였다.

그해가 1922년으로 여례당이 계성재로 시집온 지 11년째 되던 해이자 조선총독부가 '조선호적령'을 반포한 해였다. 당시 여례당의 시부이자 계성재 16대 종손인 류중빈은 고흥 군수로 재직 중이었다. 나주며 장흥, 곡성 등을 거쳐 임기 말년에 고향에 부임해 있었다. 군수이므로 상급 기관이었던 총독부의 호적령을 누구보다 앞서 따랐을 것이다. 그 때문이었는지 여례당은 1923년 가솔들이 호적을 가지면서 독립하고 혼인해 나간 내역을 자세히 기록했다. 여례당의 남편이었던 17대 류근형이 순천에서 복단이라는 이름의 소실을 얻고 그네와의 사이에 자식을 낳은 것까지 적었다. 하지만 『계성재 가솔부』에 진녹두에 대한 기록은 다시 나타나지 않았다. '또 들어온 진녹두'가 여례당 생전에는 물론 그 이후로도 변동 없이 살고 있기 때문이었다.

어쨌든 여례당은 시집오면서부터 『경작경년기』를 기록했고, 11년째 되던 1922년부터 돌아가기 전 해인 1969년까지는 『가솔부』도 자세히 기록했다. 가솔들의 호적 독립에도 여례당이 관여한 것으로 나타났다. 현재의 매구 할매인 진녹두를 1896년 갑오년이 아니라 그보다 15년이나 후인 1909년생으로 호적에 올린 사람도 여례당인 것이다. 매구 할매의 출생 연도가 잘못된 까닭이 여례당 때문일 것이라 집안에서도 짐작해 왔으므로 색다를 건 없었다.

호적 정리가 이루어진 1923년에 집을 나가家出 사라진失踪 인오仁梧는 특이했다. 녹두와 같은 해 계성재로 들어入와 서른세 살에 이르렀던 인오는 혼인 내력이 없었고 호적을 독립해 나간 기록도 돼 있지 않았다. 녹두와 같은 해에 들어와 자라다가 시집갔던 녹두가 다시 돌아온 이듬해에 사라졌다니. 왜? 의문이 생겼다. 물론 실제 호적과

『계성재 가솔부』의 기록은 진녹두의 예로 알 수 있듯 약간 다를 수는 있었다. 인오도 이후 자신의 호적을 스스로 만들었을 가능성이 없지 않았다. 하지만 여례당이 『경작경년기』와 『가솔부』를 기록한 습성으로 보면 인오에 대한 기록은 너무 짧았다. 무엇보다 4백여 년의 『가솔부』 기록을 통틀어 실종이라 적힌 이름은 인오뿐이었다. 단순히 누락된 것일 수도 있는데 은현은 인오라는 인물에 자꾸 시선이 갔다. 매구 할매를 소설적인 혹은 허구적인 인물로 만들자면 도화선이 있어야 할 듯한데, 인오를 그 도화선으로 삼을 수 있을 것 같았다.

은현은 자리끼를 들고 노인의 방으로 들어갔다. 노인은 여름 잠옷인 모시 내의로 갈아입는 중이다. 집에 와 있을 때는 늘 하는 일이지만 지금은 목적이 분명했다. 텔레비전은 소리가 소거된 채 붉게 물들었다. 숲에서 나온 홍게 떼가 바다로 가기 위해 도로를 건너고 있었다. 산란을 위한 홍게들의 대이동을 다룬 내셔널지오그래픽의 프로그램이었다. 홍게 떼가 차지한 도로 전방에는 자동차의 진입을 금지하는 바리케이드가 섰고 팻말이 붙었다. 한국어 더빙이 되어 있는지 자막은 나오지 않았다.

"엄마가 금산 할머니네서 강아지를 얻을 것 같은데 할머니 생각은 어떠세요?"

텔레비전을 끈 은현이 잠옷의 단추를 채워 주고 손짓발짓 곁들여 묻자 노인이 빙긋이 웃었다.

"귀머거리가 듣기는 뭘 듣냐?"

"강아지 말이에요. 저 때문에 우리 집에서는 개를 안 키웠잖아요. 이제 저 모기 정도는 피할 수 있으니 키워도 괜찮을 것 같아요."

모기에 물려 열흘이나 고생하고 그 흉터가 아직 선명한데도 딴소리를 하고 있다.

"거뭉이가 허구한 날 월담을 해갖고 동네를 싸돌아댕기는디, 개들이 그러는 거시야 어짜겠냐마는, 사람이 키우는 개가 배 곯음시롱 주인을 기다리먼 못쓰제. 개라는 거슨 사람에 붙여 살기로 길든 거신디 길들애 놓고 그리 등한하면 그것도 사람 도리가 아니다. 사람이나 개나 다 목숨 있는 거시라 목숨 있는 것에는 책임져야 하는 쪽도 있는 것이고."

순천 사는 창섭 씨가 퇴직 후 비어 있는 시골집에다 시베리안 허스키를 데려다 놓은 걸로 동네 안에서 뒷말을 듣고 있었다. 일주일에 하루 이틀 머물고 가면서 빈집에다 개를 풀어 놓는 탓에 거뭉이가 수시로 월담해 온 동네 암캐를 건드리고 다니는 모양이었다.

"금산 할머니네 강아지도 거뭉이 새끼일 수 있겠네요."

"창셉이 날 때, 전쟁이니 뭐시니 겪은 지 얼마 안 된 때라 참 시끄러운 시절이었니라. 설달이었는디 천지가 꽁꽁 얼었제, 산통이 시작된 지 이틀이나 지났는디 애기는 아니 나오제. 그 밤에 산모나 태아나 목숨이 간당간당했다. 온 동네 사람들이 쌀 한 줌, 보리 한 줌, 미역 한 줄기라도 그 집 삽짝 안에다 들여놓고서 그 모자가 낳고, 나는 일을 무사히 치르기를 빌었다. 새복에, 여맹이 틀 때서야 창셉이를 간신히 뽑아냈제. 애 받아 놓고 나옹게 내 고무신이 얼음덩이가 됐드라."

"혜국이가 연이 낳을 때는 어땠는데요?"

은현이 불쑥 한 질문을 노인은 알아듣지 못했다. 인오에 대해 물으려던 것이 거뭉이에게서 창섭 씨로 번지다가 류혜국으로 튀었다. 귀머거리인 노인과의 대화는 수시로 그랬다.

"좋은 일은 바위에 새기고 좋잖은 일은 모래에 쓰는 법이다."

“고모, 연이 생모 말이에요. 저, 고모가 남긴 글들을 전부 몇 번씩 읽었거든요. 그런데 혜국이 임신한 뒤부터 기록이 전혀 없어요. 이제 사실대로 말씀해 보세요. 연이 애비가 누군지 할머니는 아시죠?”

“니 고모 말이냐?”

“네, 혜국이요.”

노인의 눈길이 고즈넉하다. 앞문에 달아 놓은 방충망을 통해 바람이 들어왔다. 날벌레들이 방충망에 걸려 바스락거렸다.

“니 고모는 학교 선생이었다. 읍내 학교서도 선생하고 운대학교서도 하고.”

“그건 저도 알아요. 연이 애비가 누군지 모를 뿐이죠.”

“니 고모는 니 에미한테 글을 갈챘다. 니 외가가 예당서는 제법 한 집 아니냐. 그때는 묵고살 만해도 지집들을 좀체 학교에 안 보내든 때라서 에미도 글자를 모르고 시집왔제. 니 고모는 대여섯 살부텀 글자를 줄줄 읽었니라. 니 에미가 참말 이쁜 사람이다. 보통이면 여덟 살짜리 시뉘한테 글자 갈쳐 달라고 했겄냐. 부끄러서 암상이나 피기 쉽제. 그래갖고 조막만 한 애기가 채원(彩園)서 지 새언니한테 가꺄 거겨 갈쳐 주는디, 어찌께나 이뻐든지. 여례당, 느그 증조할매가 얼매나 무선 양반이셨다고야. 그때는 훨씬 무서웠제. 막 시집온 외동손부한테 크나큰 살림 갈치실라고 그라셨제만 온 집안사람들, 온 동네 사람이 여례당 앞에서 기침 소리도 못 냈어야. 근디도 혜국이가 지 새언니한테 글자 갈칠 때면 채원 쪽으로 암도 못 가게 하새 놓고 당신은 혼자 그짝을 얼쩡얼쩡하심서 고개를 쭉 빼 딜다보곤 하샜다. 멀리서 당신을 보고 있으믄 우습도 안 했제.”

홍림 씨를 통해 익히 들은 이야기였다. 시누이한테 글 배운 여편네는 세상천지에 자기뿐일 거라고 할 때 홍림 씨의 어투에는 새각시 시절에 대한 향수가 연둣빛으로 어려 있었다. 서른 살 넘을 때까지 미혼이었던 류혜국이 어떻게 아이를 가졌는지, 왜 스스로 세상을 버렸는지에 대한 이야기는 노인을 통해 들을 수 없을 듯하다. 어쩌면 노인도 모를지 몰랐다. 그건 류혜국이 고스란히 안고 떠나 버렸는지도.

"계해년 여름에 실종된 인오가 누구예요?"

인오가 누군지는 알게 되었지만 그가 매구 할매인 진녹두와 어떤 관계였는지 물을 방법은 없었다. 종이에다 글자 크게 써서 만든 질문지를 들이민 것도 그래서였다. 은현의 질문지를 찬찬히 들여다본 할머니가 종잇장을 방바닥에 슬그머니 내려놓았다.

"녹두가 눈지는 알겠다만 인오가 눈지는 인자 생각이 안 난다."

은현은 가지고 들어온 소설집 『가웅가웅 수월래』에서 「매구 할매」를 펼쳐 짚어 보이고, 팔을 양쪽으로 쭉 벌려 긴 이야기를 쓸 거라고 표현한다. 노인과 은현 사이에서 아주 긴 것과 아주 많은 것을 표현할 때 쓰는 수화였다.

"할머니를 주인공 삼아서 긴 이야기를 쓰려는데 어디서부터 시작해야 할지 모르겠어요. 저를 글쟁이로 만든 사람은 할머니시잖아요. 책임지셔야죠. 그러니까 할머니, 류인오가 어떤 분이었는지 말씀해 주세요. 그러면 이야기가 술술 풀릴 것 같아. 응, 할머니? 저 어릴 때처럼, 옛날이야기하듯이, 인오에 대해 이야기해 줘요. 응, 할머니?"

"또 옛날이약을 하라고?"

"네, 옛날이야기해 주세요."

은현의 최초의 기억은 다섯 살 여름날 오후의 이 건넌방이었다. 사당 숲에 들어갔다가 벌에 쏘인 모양이었다. 아이에게 벌침이 치명적인 독일 수 있다는 걸 식구들이 처음 알게 된 때였다. 병원에 입원했다가 닷새 만에 퇴원했어도 바람 빠진 풍선처럼 조글조글해져 누워 있었던 그 기억에는 모기향 내가 짙게 배어 있었다. 그리고 할머니가 부채질과 함께 해준 옛날이야기가 있었다. 나중에 생각해 보니 그때 할머니가 해준 이야기는 15대 종부 수항당에 관한 것이었다. 수항당이, 홍역 귀신한테 잡혀 가려던 녹두라는 계집아이를 구해 냈다는 내용이었는데, 이후 이야기들 속에서도 수항당은 온갖 귀신을 물리친 역전의 용사였다.

"그라면 한자리 해보까?"

노인이 은현의 책 『약용 연애』를 가져다 매만진다. 작년 2월에 출간되고 나서 가져다 드렸으니 읽기 시작한 지 두 해가 가까운데 아직 절반 지점이다. 그 앞에 출간된 『가웅가웅 수월래』는 1년이 채 못 되어 읽은 것 같더니 『약용 연애』는 그 두 배의 시일이 걸리고 있었다.

"이름은 모르겠고, 한 사나가 있었니라. 아니, 시안이라고 허자. 겨울을 이름 하는 시안 말이다. 이 시안이는 애기 때, 한 댓 살이나 묵었등가, 지 어매한테 묻어 댕기든 애기 동냥치였는디 어느 삼동에 어떤 부잣집 앞에 버려진 놈이었니라. 지 어매가 그 부잣집서 밥을 얻어묵은 담에 그 집 문간 앞에 던져 놓고 가분 것이제. 옛날에는 부잣집 앞에다 새끼 놓고 달아나는 에미, 애비 들이 더러 있었기 땜시 그 부잣집에서는 시안이를 거둬 키움서 머심으로 삼은 모양이드라."

노인이 이야기를 멈추고는 은현이 자리끼로 가져다놓은 물을 한 모금 마셨다. 인오 이야기인 게 틀림없어, 은현은 슬며시 웃으며 요 밑에다 손을 넣어 보았다. 따뜻하다. 가을부터 봄까지 노인의 방은 뜨겁지 않은 대신 웃풍은 꼼꼼히 차단해 늘 안온한 온도를 유지했다. 몸채에서는 안방과 찬방 주방 쪽만 보일러로 난방하는 터라 노인의 방에는 불을 때야 했다.

"시안이가 들어오던 해 봄에 그 부잣집에는 금댕이보다 귀한 첫 손자가 태나 있었는디 이름이 금자동이였다."

은현이 웃었다. 노인도 웃었다. 노인의 이야기에서 귀한 아이의 이름은 언제나 금자동이였다. 그리고 금자동이는 대개 주인공이 아니었다.

"열 살쯤 됐을 때 시안이는 금자동이의 수발 머심이 됐니라. 수발 머심잉게 금자동이가 밴소에 갈 때도 따라댕기고, 글공부할 때면 그 저테 앉어서 공부도 같이 했제. 금자동이가 집 밖에 나가 놀 적이믄 항꾼에 댕김서 누가 금자동이한테 해찰 못 부리게 돌보기도 함서 나이가 들었단다. 사이좋은 형아우매니 붙어 댕김시롱. 글다가 금자동이가 열아홉 살 묵어 장개를 들게 됐는 갑드라. 옛날에는 혼인할 적에 모도 각시 집으로 가서 혼인식을 하는디 금자동이가 먼 각시 집으로 장개들러 길을 나성게 시안이도 수행으로 따라갔제. 근디 거그서 사달이 났단다. 시안이가 금자동이 각시한테 홀딱 반해 분 것이다."

녹두와 인오의 이야기 아니었어요? 그렇게 나가려는 질문을 은현은 간신히 삼킨다. 뜻밖의 반전이었던 것이다.

"그래서 어떻게 됐는데요?"

"백번 반한들 금자동이는 주인이고 금자동이 각시는 주인아씬디 시안이가 어짜겠냐. 옛날 양반 부잣집 풍습에는 신랑신부가 혼인하고 난 뒤에 신부를 친정집에다 한동안 묵혀 놓는 일도 있었다. 금자동이가 혼인하고 신부 집서 한 달을 묵었단다. 그동안 시안이도 그 집 행랑에서 묵었제. 한 달 뒤 금자동이하고 시안이는 본가로 돌아왔고, 신부는 두 해 뒤에야 우귀했단다. 우귀于歸라는 건 혼인하고 제 친정에 있던 신부가 시가로 오는 걸 말한다.”

“우귀는 저도 알아요. 그래서요?”

“각시가 우귀한 뒤에 금자동이는 공부할라고 집을 떠났제. 각시는 층층시하 시집살이함시롱 큰살림 꾸리는 걸 배와 나갔고.”

“시안이는 금자동이 각시하고 어떻게 됐는데요?”

“시안이는 장개도 안 들고 그 집서 계속 살기는 했는디 지 이름매니 삼동마다 집을 나가기 시작했단다. 그라고 이듬해 봄 농사가 시작될 쯤에 집으로 돌아왔제.”

“겨울마다 가출해서 두세 달 동안 떠돌다가 돌아왔어요? 뭘 하고 다녔는데요?”

“애랬을 때부텀 손재주가 넘달랐등가 보드라. 지 한 몸뿐이었을망정 부잣집서 살다 봉게 본 것은 많았겄제. 그중 하나가 목수일이었든 모냥이고. 부잣집이 원체 오래된 집이기도 해서 목수들이 해마다 들락거렸응게. 금자동이가 혼인한 뒤부텀 시안이도 목수 일에 눈을 떴등 갑드라. 그래 갖고 시안이는 목수들을 따라댕김서 삼동을 보내곤 함시롱 한 10년을 지났든 것이제.”

“목수로 계속 살 것이지 왜 돌아왔는데요? 금자동이 각시 보고 싶어서 왔대요?”

“시안마다 겨울바람같이 나갔다 훈풍같이 돌아온 까닭이사 아씨 때문이었겄제.”

“그 아씨는, 시안이가 자기 좋아하는 걸 알기는 했대요?”

"아씨도 시안이가 자갤 좋아하는 거 알았단다."

"알았대요?"

"아씨도 시안이를 연모했고."

"그랬대요? 세상에, 그래서요?"

"서로 연모함시롱 한 집서 산 셈이지마는, 아씨와 머슴 사이의 지붕이 다르고, 두 사람 새로 난 문이 열 개도 넘웅게 한 달 가야 서로 얼굴 한 번 보기도 에럽제. 그남둥이라도 얼굴 볼짝이믄 켜켜로 사람이 후북이 곁들여 있었고."

"그래서요?"

"아씨가 시집와 10년쯤 됐을 적에 그 부잣집이서 가솔들 집을 여러 채 지어 내보낼 일이 생겼는 갑드라. 아씨가 그 집들 짓는 일을 시안이한테 매꼈단다. 삼동 내내 시안이가 주장이 돼서 집 몇 채를 짓다 봉게 살림하든 아씨하고 대면할 일이 이전보담사 많어졌겄제?"

은현의 머릿속에 여례당이 쓴 『계성재 경작경년기』의 1922년 겨울과 1923년 봄 사이에 이루어진 공사가 떠올랐다. 그 겨울에 여례당은 현직 군수인 시부의 명을 받고 가솔들의 호적을 정리했다. 가솔들을 독립시키기 위해 동네 안에 세 채의 집을 지었고 그 공사를 인오가 주관했다고 기록해 놓았다. 그러므로 지금 할머니의 이야기 속시안이는 계해년 여름에 실종됐다고 기록된 인오이며 그는 녹두가아닌 여례당과 관계된 인물인 것이다.

"대면할 일이 많으면 뭐해요. 지붕이 다르고, 문이 열 개나 놓여 있고 켜켜로 사람이 수북하게 모여 있는데요?"

"대면할 일이 많으면 머하겄냐. 서로 쳐다보지도 못함서 비껴 지내다가 봄이 왔고 집들은 다 지섰제. 그라고 낭게 애통이 터져 심화가 짚어졌등가 봄 농사 끝나고 난 뒤 장마통에, 매년 삼동이면 길을 나서든 시안이가 도롱이 한나 뒤집어쓰고 집을 나가 부렀단다.”

“시안이는 언제 다시 돌아왔어요?”

“아조 나갔는디 들어오겄냐?”

조금 전 저녁 자리에서 알게 된 바 인오는 나중에 계성재로 돌아왔다. 그리고 여례당 곁에서 지내다 그네가 세상 뜬 달포 뒤에 그 뒤를 따르듯 세상을 떠났다. 지금 노인께서는 나름대로 연막을 피우고 있었다. 여례당이 인오를 실종됐다고 쓰고 나서 더 이상 기록하지 않은 것과 같은 연막일지도 몰랐다. 철의 여인인 양 알려져 온 여례당에게도 연사가 있었다는 상상이 가능해진 것이다.

“반하고 좋아했는데, 쳐다만 보며 살다가 떠나고 그만이에요? 무슨 이야기가 그래요?”

“긍게 옛날이약이제. 옛날이약 속에는 그렇게 쳐다만 봄시롱 팽생 사는 사람도 더러 있지 안튼. 이약이 길었능 갑다. 아이고, 곤하다.”

시계를 보니 9시 반이나 되었다. 은현은 노인이 눕는 걸 돕고 이부자리를 여며 놓은 뒤 불을 끄고 방을 나섰다. 홍림 씨가 돌아올 시각은 안 됐고 동국 씨도 사랑채에 머물고 있는 때였다.

“금자동이, 시안이, 시안이 각시!”

중얼거린 은현은 어이가 없어 웃었다. 금자동이 각시를 시안이의 각시로 불렀지 않은가. 아무래도 술이 필요한 밤인 듯했다. 그동안 매구 할매를 주인공으로 내세우려 했기 때문에 어려웠던 것 같았다. 실존 인물들을 허구 인물처럼 만들려다 보니 이야기가 자꾸 꼬였던 것이다. 나중에 어떻게 바꾸든 우선 상상 가능한 범주 내에서 기록에 남은 실존 인물들을 다 끌어다가 자기 자리에 놓아 보면 어떨까. 그 첫 인물로 매구 할매 일생에서 비중이 가장 컸던 여례당을 중심축으로 삼으면? 그리고 시안이를 여례당 곁에다 세우는 것이다. 그 시작은 술과 함께여도 좋겠지. 대청을 나온 은현은 안마당을 가로질러 광으로 향했다.

　나주 자한당子罕堂의 자한은 『논어』의 「자한」편 '子罕言利與命與仁'에서 비롯되었다. 이익을 추구하면 의가 상하기 쉬우나 운명이란 인간이 마음대로 정의할 수 없는 것인즉, 공자께서는 이利와 명命과 인仁의 상관관계에 대하여 자주 말씀하시지는 않았다는 것이다. 결국 사람의 삶이란 어떤 명제에 묶이기 어려우므로 자신의 최선을 다하는 게 중요하다, 자한당의 당주인 여례의 부친은 공자의 말씀을 그렇게 해석했다. 젊은 날 벼슬을 꿈꾸는 대신 장사를 배웠던 자한당 권인량은 혼처가 정해진 여례에게 삼종지도니 칠거지악이니 하는 여인의 도리에 대해 애써 가르치지 않았다. 대신 정세와 세정과 문물이 어떻게 변해 가는지에 대해 말했다.

　지난 을사년에 조선의 절반이 일본에 넘어갔고 경술년에 조선이 망했다. 하나 다수의 백성들은 조선이 완전히 망한 것을 의식하지도 못한다. 그들 눈으로 보면 크게 달라진 게 없기 때문이다. 조선이 일본에 합병된 것을 알 만한 사람들은 망국지한을 읊으면서도 개화 바람, 일본 바람, 신식 바람에 어지러이 휩쓸린다. 작금 경성의 모습이 그러하다. 그 바람은 곧 조선 팔도 전역으로 휘몰아칠 것이다. 현재 기차가 경성에서 부산까지, 경성에서 만주까지 다니고 있는바, 네가 계성재로 가야 하는 내년부터는 기차가 경성에서 우리 사는 나주를 지나 목포까지 다니게 될 터이다. 호남선 철도다. 호남선 철도로 하여 일제는 전라도의 곡식을 제 나라로 마구 실어 내게 될 터이다. 곡식뿐만 아니라 조선 팔도의 모든 것이 수탈되어 일본으로 실려 나갈 것이다. 제국을 획책하면서 날뛰는 일본은 언젠가 물러갈 터이나 언제가 될지는 아무도 장담하지 못한다. 그 언젠가 일제가 물러나는 날 이 땅에는 이미 망한 조선이 되살아나는 게 아니라 다른 이름의 나라가 만들어질 터이다. 일본이 조선 왕실을 말살해 가는 중이라 그때는 임금이 없을 테고, 양반이네 상것이네 하는 신분 의식도 물론 사라질 것이다.

권여례, 네가 장차 계성재의 큰살림을 맡게 될 터인즉, 변화하는 세상을 읽을 줄 알아야 한다. 네 시부께서는 현재 나주 군수로 계시지만 경성으로 가실 뜻은 없어 보이시더라. 그러니 내년쯤에는 다른 군으로 전임하실 것이다. 조선이 망했다고는 하나 모든 체제가 한꺼번에 변할 수는 없는바, 네 시부께서는 각처를 돌며 공직을 계속하실 터이다. 그건 계성재가 안주인에 의해 전적으로 운영된다는 뜻이다. 더불어 안주인이 세상을 크게 볼 줄 알아야 이 어지러운 정세 속에서 집안을 유지할 수 있다는 의미이기도 하다. 거듭 말하거니와 세상이 급속히 변하고 있느니라. 변하는 세상을 인정하며 적응해야만 너를 지키고 네 집안을 지킬 수 있다.

열일곱 살 봄에 혼인하고 열아홉 살 봄에 계성재로 우귀할 때 여례는 자신이 알아야 할 건 어지간히 안다고 여겼다. 계성재에는 증조모와 조부모에, 시부에 시모가 두 분이었다. 시부께서 곡성 군수를 지낼 즈음이어서 곡성 읍내 관사에서 작은댁과 사셨다. 본가의 시모는 본인의 이름이 당호로 쓰이는 계성재의 관행에 따라 안순당이라 불린다고 했다. 안순당이 잗다랗고 야살스러우나 성정이 모질지는 않다는 말까지 듣고 시집온 터였다.

어지간한 건 알고 왔다고 여겼지만 겪어 보기 전에는 사람을 알 수 없다는 말이 해년이 지날수록 새로웠다. 혼인한 지 11년째, 계성재로 우귀한 지는 아홉 해째였다. 증조모와 조부의 초상 같은 대사는 물론 다달의 제사며 명절, 마을에서 일어나는 애경사 때마다 안순당은 쌀 한 홉, 보리 한 되를 아끼려 손을 떨었다. 인색하기보다 심히 잘았다. 끼니때마다 밥을 너무 많이 한다며 여례를 나무랐고 머슴들 그릇의 밥이 너무 높다고 신남네를 흘겼다. 좁쌀처럼 잗다랗고 괭이처럼 야살스러운 성정의 안순당은 가끔 모질기도 했다.

집안의 하님이던 녹두는 여례가 우귀하기 전에 여수로 시집갔다고 했다. 여례가 시집와 아들 둘을 낳아 키우는 동안 녹두는 아들 셋을 낳으며 잘 살고 있다는 풍문만 들었다. 그랬던 녹두가 작년 한가윗날 서방과 세 아들을 모두 잃는 참변을 겪었다는 소문이 날아들었다. 성묘하러 가던 배가 돌풍에 휩싸여 뒤집혔다는 것이다. 넷째를 수태 중이던 녹두는 그날로 몸에 든 것을 쏟으며 쓰러졌고 녹두의 시모가 그런 며느리를 내쫓았다는 소문이었다.

그 일을 겪고 어디로 갔는지 알 수 없다던 녹두가 1년여 만에 대문 앞에 쓰러져 있노라, 집사인 만수 아배가 안채에 고한 참이었다. 큰 뜸의 제집에 살면서 날 밝으면 계성재로 출근하는 만수 아배가 대문 앞에서 녹두를 발견한 것이다. 우선 바깥채의 마름방에 안아다 놓고 몸채로 들어온 모양이었다. 정주간에서 어른들 아침상을 돌보던 여례도 그 소리에 쫓아 나왔다. 한 걸음 앞서 바깥채로 나온 안순당이 대청 앞 기단에서 마당에 선 만수 아배를 향해 소리치고 있었다.

"서방새끼들을 한꺼번에 잡아먹은 년을 얻다가, 누구 맘대로 들에놨능가. 무슨 꼴을 보고 자퍼서? 저년을 당장 못 들어내능가?"

어찌할 바를 몰라 두 손 맞잡은 채 고개 숙이고 있던 만수 아배가 호통 치는 안순당이 아니라 여례를 쳐다보았다. 여례는 녹두가 어떻게 생긴지도 몰랐다. 그럼에도 만수 아배는 눈 시퍼렇게 뜨고 있는 안순당이 아니라 여례의 하명을 기다리고 있었다. 여례가 시집오고 나서부터 아랫것들은 안순당을 개밥에 도토리로 여겼다. 시어미 하는 일에 사사건건 토를 달고 나서는 며느리가 저희들 편을 들어준다고 여기기 때문이었다. 아니나 다를까 또 며느리가 나섰다.

"어무니, 이만 일에 어무님까지 나서실 거 없으십니다. 날이 찹니다. 제가 알아서 할 것이니 여그 일은 모른 체하시고 어무님은 안으로 드셔요."

안순당이 찢어질 듯한 눈초리로 여례를 노려보았다. 이미 잃은 채신이매 이대로 물러서지 않으면 얼굴 더 깎이는 수모를 겪을 판이었다. 처처에 있던 식구들이 죄 나와, 쳐다보는 사람이 스무 명이 넘었다. 아침밥 때가 지나기도 전에 온 동네에 말이 퍼져 나갈 터였다. 동네에 퍼진 말은 저 아래 오거리로, 건넛마을로, 읍으로 날아다닐 것이다. 이대로 녹두를 내치는 게 현직 군수 부인인 안순당 체면에 도움 될 것이 없었다. 고향을 마지막 임지로 부임해 있는 영감한테는 말할 것도 없었다. 더구나 영감이 한 달여 만에 수행들까지 데리고 본가에 들어와 있는 날이 아닌가. 며느리를 잡고 있을 계제가 아니기는 했다. 잡고 싶다고 잡히는 며느리이기나 하던가.

"수항당께서 녹두 저년을 끼고 도실 때부텀 내가 알아봤다. 아아니,

저년이 아장아장 걸어 내 집으로 들어올 때부텀 재수가 없었니라."

수항당은 여례와 근형이 혼약을 맺던 즈음에 돌아갔다. 여례는 수항당을 뵈지 못했으나 그네가 계성재 살림을 어떻게 꾸렸는지, 마을을 어떻게 돌봤는지 기록을 통해 알고 있었다. 저수지 두 개를 쌓았고 둠벙을 쉰 개도 넘게 팠으며 마을 안에 우물을 40여 개나 팠다. 수항당은 당신 영토 안의 물을 다스린 여장부였다.

"알겠습니다, 어무님. 시방은 아부님도 계시니, 어무님은 안으로 드세요. 예, 어무니?"

시어미 뜻을 좇아 녹두를 내치겠다는 말은 끝내 하지 않는다. 안순당은 여례가 온 동네를 덮고도 남을 혼수를 싸 들고 들어올 때부터 곱지 않았다. 혼인하고 친정에서 어느 정도 머무르는 것이야 상례라 쳐도 두 해나 지나 우귀하면서 얼마나 당당하던지 눈꼴이 시렸다. 영감이 나주 군수로 있을 때 맺은 혼약이었다. 아비들끼리 혼약을 맺기 전 영감은 여례를 직접 만나 이것저것 캐묻고 그 야무짐과 활달함이 맘에 들어 며느리 삼기로 한 모양이었다. 시아비를 뒷배로 둬서인지 시어미 무서워할 줄을 몰랐다. 무서워하기는커녕 시어미 하는 일에 사사건건 토를 달고 나섰다. 그렇지만 이년, 시앗을 봐도 네가 그리 잘난 척 얼굴 들고 다니는지 내 두고 보리라. 녹두가 어떤 년인 줄 알고 네가 감싸고 돈단 말이냐. 안순당은 하고 싶은 말을 애써 참았다.

"저년이 왜 혼수 바리바리 싸안고 니가 들오기 전에 시집을 갔는지, 에미 니도 자알 생각해서 처신해라."

짓씹듯 내뱉은 안순당은 찬바람 일으키며 기단을 내려와 안으로 향했다.

여례도 근형이 혼인하기 전에, 혼인하고도 처가에 두고 온 내자가 우

귀하기 전까지 녹두와 좋아 지냈다는 사실을 시집와서 눈치챘다. 어른들
은 여례의 우귀 날이 다가오자 녹두를 치우느라 시집을 보냈던 것이다.
여례는 신남네를 따라 마름 방으로 들어섰다. 신남네가 한탄했다.

"여수서 여까지 암만 느리게 걸어도 사날이면 올 것인디 어디를 갈고
다니다가 인자사, 1년하고도 두 달이 지나 도착했을까. 흐미, 꼬라지하고
는."

녹두는 대문 밖에 쓰러졌을 때 정신을 잃었던지 방 안에서도 깨어나지
않았다. 땟국 흐르는 치마며 저고리가 너절했고 뼈마디가 앙상하게 드러
나게 마른 데다 소매 밖에 나와 있는 손은 온통 터서 피가 맺혀 있었다.
이 모양이 되기 전에도 한눈에 반할 만한 생김새는 아니었을 것 같지만
젊은 처자는 다 곱게 마련이다. 게다가 녹두는 남다른 면이 있었을 터였
다. 그랬기에 근형이 마음에 들였지 않겠는가. 마음에 들이고 몸을 탐해
도 혼인할 수 없는 어린 정인들! 여례는 근형이 자신의 지아비가 아니기
라도 한 양 그들이 짠했다.

지아비로서의 근형은 무던했다. 다행이었다. 아무리 지아비라도 대번
에 싫은 사내도 있다는데 싫지 않으니 다행이지 않는가. 그가 다른 여인
에게는, 순천에서 이미 살림을 차려 사는 듯한 그 어린 여인에게는 조금
더 깊고 뜨거운 사내일 수 있다면 그것도 다행이었다. 그가 안사람에게
는 마냥 미지근한 맹물 같은 사내이면서 제 곁에 있는 계집마다 그냥 건
드려 보는 몰염치이기까지 하다면 그를 평생 섬길 일도 난감할 노릇 아
닌가.

"못 묵고 못 자서 요 모냥이제, 먼 큰빙이 든 것 같지는 않소. 그나저
나 아씨, 또 일을 치셨는디 어짜실라요?"

지난여름 폭우로 사방에 방천이 났고 특히 내를 끼고 있는 운대들은

온통 물에 잠겼다. 연하정에서 내려다본 들판이 흙탕물 바다였다. 들판이 사나흘이나 흙탕물에 잠겨 있었으니 나락이 부실할 수밖에 없었고 가을 소출은 절반으로 줄었다. 작인들에게 도조를 평년만큼 내라는 건 인정상 못할 일이었다. 방천 난 논들의 도조를 반으로 줄여 받자고 안순당에게 말했다. 안순당은 길길이 뛰었으나 현직 군수 체면이며 장부에 적힌 전례 등을 거론하며 설득하는 여례의 말에 마지못해 동의했다. 어쩔 수 없이 그리하라 했으되 가을걷이가 완전히 끝나고 가솔들의 각종 새경을 내주기까지 여례를 바로 보려 하지 않았다. 그렇게 가을 일이 마무리된 게 겨우 보름 전인데 다시 녹두로 인해 고부가 부딪치게 되었다.

"그러게, 이 사람을 여기다 이대로 두면 내가 또 시엄니 말씀 무시하는 못된 년이 될 것이라 쯤 걱정이 되긴 하요만, 그렇다고 이리 돼서 친정 찾아온 사람을 내몰 수도 없는 일 아니오? 더구나 동짓달인디."

"우선은 영이 집에다라도 델다 두고 싶소만 두 식경도 안 지나 마님이 나한테, 아씨가 녹두를 어떻게 했드냐고 물으실 건디, 어짤게라?"

그네의 아들 신남이 뒤뜸에 살았다. 초가나마 제법 번듯한 여섯 칸 집에서 제 처자식과 아우 둘을 거느리고 있었다. 누대로 계성재에서 살아온 신남 어매가 자식들을 떼어 낸 것이었다. 하지만 그 집에 녹두를 데려다 눕힐 방은 없었다. 더구나 오늘 계성재에서 녹두를 어떻게 대하는지에 따라 그네 앞날이 달라질 터였다. 서방과 새끼들을 한꺼번에 잡아먹은 천하에 재수 없는 천덕꾸러기가 될지, 제 몫의 삶을 살기 위해 살아남아 친정집으로 돌아온 한 사람이 될지.

"모원茅園, 작은할무님 방에다 데려다 눕시다. 아무리 서모래도 어무니한테는 시모싱게 그 방에 있는 사람을 어짜시지는 못할 거 아니오. 어무니가 모원에 잘 가시지도 않고."

모원에 거하시는 작은할매는 조부의 소실이었다. 딸 하나, 아들 하나를 낳았으나 광주에 살고 있는 아드님이 모셔 가지 않았다. 수항당께서 돌아가시기 전에 본가로 불러들여 모원에 자리를 잡아 주긴 했으나 자식들이 1년에 한 번 찾아오는 일도 드물어 안순당에게서 눈칫밥 얻어 자시며 살고 있었다.

"모원에는 동네 할매들이 노상 드나드는디 괜찮을랑가요."

모원 뒤 채마밭 쪽으로 쪽문이 나 있어 마을의 안노인들이 흔히 출입했다.

"할매들이야 어떻겠소? 외려 녹두한테 방패가 돼주겠제?"

"그냥 어느 집 알아봐 갖고 당분간 잠 데꼬 있으라고 하는 편이 안 날랑가요?"

"동네 안에 우리 식구 맡어 줄 만한 집이 어딨소."

"하기사 그렇제라. 그라면 작은할매 건넌방에다 델다 놉시다. 아씨는 얼렁 들어가 보시오."

찬방에는 그새 상이 다 차려져 있었다. 어른들 조반상에 아이들 밥도 함께 올려 있었다. 여례가 상을 둘러보고 끄덕이자 덕이네와 부일이 상을 마주 들고 안방으로 갔다. 시부가 집에 오실 때마다 이루어지는 양주의 겸상이었다.

여례가 우귀한 첫 아침에 증조모 따로, 조부모 겸상, 부모 겸상 식으로 상을 차린 건 계성재 풍습을 몰라 저지른 실수였다. 한편으로는 첫눈에 여례를 고깝게 본 안순당이 어디 네가 얼마나 잘하나 보자고 가르침 없이 방치한 결과이기도 했다. 신남댁이 새색시의 상차림에 질겁해 어른이 계시는 날 이 댁의 조반은 부자 겸상, 고부 겸상이고 부자는 사랑에, 고부는 안방에서 상을 받는다고 일러 주었다. 여례는 몰라 시작한 김에 내처 상을 차리게 해 조부모 조반상을 사랑에, 부모 상을 안방으로 들였고, 증조모 상은 모원으로 내게 했다. 그때 안순당은 여례에게 배운 것 없이 시집왔노라 차마 소리치지는 못했으나 상을 다시 차리라 명했다. 그런데 시부께서 나섰다. 시절도 변해 가는디, 새사람도 들어왔겄다, 이왕 채린 거 그냥 묵읍시다. 덕분에 우리도 겸상해 보고 좋잖소? 그때 안순당의 표정이 삶은 시래기처럼 일그러졌지만 여례는 실수에서 빚어진 그 조반 상차림을 이후 내내 고수했다.

찬방에서 안방의 아침상이 물려 나오길 기다리고 있는데 상을 물려온 덕이네가 어른이 부르신다고 했다. 여례가 들어서자 안순당 품에 안겨 있던 은섭이 엄마! 하며 팔을 벌리고 일어났다. 여례는 은섭을 안아 다독이곤 도로 제 할머니 품으로 밀어 넣었다. 큰손자 진섭을 무릎 앞에 놓고 있던 시부께서 '稽星齊 家率簿'라 쓰인 책자를 내밀었다. 『계성재 가솔부』는 여례가 처음 맞닥뜨린 책이었다.

"그게 뭔지 알겠느냐?"

"우리 집안에 살았고, 현재 속해 있는 가솔들의 내력을 적은 책일 것 같습니다만."

"그렇다. 계성공을 시작으로 진섭이, 은섭이까지의 우리들과 우리를 둘러싸고 살아온 가솔들 내력이 모두 적혀 있다. 허나 시대가 변해 이제 노복이니 가솔이니 하고 부를 사람들이 없음을 알지야?"

"예, 아버님."

"총독부에서 '조선 호적법' 법령을 발령했다. 신년부터 시행해야 하매 군수인 나부터 솔선해야겠지. 법적으로는 이제 우리 가솔이라 할 수 있는 사람들이 없으나 관습상 우리한테 속해 있는 사람들이 우리 동네에는 아직 꽤 있고, 집 안에 있는 사람들도 물론 그렇다. 해서 이제 그 사람들에게도 따로 정식 호적을 만들어 줘야 하겠다. 섭이 에미 네가 눈이 밝응게 이걸 보면서 정리를 하거라. 식구들끼리 정리해서 따로따로 신식 호적 초안을 만들라는 것이다."

"호적을 따로 만들자면 가호도 따로 있어야 하지 않을랑가요?"

"만수 애비를 비롯한 외거 식솔들은 그들이 이미 살고 있는 집을 그들의 가호로 하고 집 안에 있는 식솔들은 가호를 정해 줘야지. 인오하고, 성출이하고, 원상이가 몇 살이나 됐더라?"

안순당이 냉큼 대답했다.

"원상인 스물네 살이오. 장개를 들에야제라. 그런디 인오는 장개들기도 싫다 함서 끄덕허믄 나갔다가 지 심심하면 돌아오는 놈인디, 그놈한테도 집을 내줄라고요? 그라면 집이 몇 채나 더 있어야 쓴디 그 집이 다 어서 나온다요?"

안순당이 며느리를 흘겨보았다. 지난가을 도조 때문에 맺힌 응어리가 아직 풀리지 않은 것이었다.

"끄덕하면 나가도 돌아오는 까닭이 뭐요. 우리가 지 부모 맞잽이고 우리 집이 제집이라 그런 거 아니오? 지 평생 일한 값으로만 쳐도 집 한 채는 충분히 지어 줄만 하지 않소. 그랑게 자식 제금 내듯이 내줘야제. 제집이 생기면 맘 잡고 장개도 들고 그라겄제. 성출이는 장개들었고, 인오하고 원상이 장개들이는 걸로 해서 세 채라 치고. 에미야, 이번 삼동에 일단 집 세 채를 짓도록 해라. 이왕 지어 주는 거 살림 할 만하게 해 주고."

"그러면요 아버님, 아직 미성년인 영수나 두산이, 초실이하고 제가 데리고 온 부일이는 어찌하오리까?"

인오를 비롯해 덕이 아비 성출이 등 부모 없이 계성재에서 살고 있는 그들은 대문 앞에 버려져 있었거나 밥이나 먹여 달라고 제 부모들이 떠맡겨 버린 아이들이었다. 계성재 가솔로 태어났으되 만수나 신남처럼 부모가 있던 아이들은 자라 부모와 계성재에서 독립해 자신들의 가호를 지닌 채 살고 있었다.

"갸들이 몇 살씩이나 먹었냐?"

이번에도 안순당이 대답했다.

"영수는 열여덟이고, 두산이는 열일곱, 초실이는 열다섯, 부일이는 스무 살 묵었소."

"제법들 됐구나. 원상이하고 부일이는 짝 맞추기 좋은 나이인 성싶은디? 섭이 에미 네 생각은 어떠냐? 부일이는 네 아이이니 네가 대답해 보거라."

"물으시니 말씀드립니다만, 부일이는 원상이보다 인오를 맘에 두고 있는 듯합니다."

"나이가 꽤 차이질 터인데?"

"그럼에도 인오가 맘에 드는 듯하니 인오의 의향을 물어서 괜찮다 하면 그렇게 짝을 지어 주는 게 좋을 것 같습니다."

"그래, 그러면 그 문제도 네게 맡기마. 다른 아이들은 차차 독립 호적을 만들어 주기로 하고 우선 놔두자. 네 알다시피 내 공직이 내년 말이면 끝난다. 공직 말년에 내 집안을 단속함이 번거로울 것이라 오는 봄까지는 정리를 해두려 한다. 그리 알고 네 요량대로 해보도록 해라. 호적 초안은 오는 정초에 나한테 건네주면 되겠다."

"하온데 제가 이 일을 할 수 있을런지요."

"허면, 노상 나가 사는 나나 섭이 애비가 하겠냐, 눈이 흐려진 니 어머니가 하시겠냐."

근형은 순천의 담배 전매국에서 일했다. 고등 고시를 준비하다 포기하고 부친의 주선으로 재작년에 새로 생긴 담배 전매국이라는 관청에 들어갔다. 어머니가 하실 일을 가로채는 것 아니냐고 되물으려던 여례와 안순당의 눈이 마주쳤다. 며느리를 향한 시모의 눈길이 곱지 않기는 예삿일인데 지금은 영감 곁이라 은섭을 감아 안으며 외면한다. 무안한 표정 같다. 그 순간 여례는 안순당이 글자를 모른다는 사실을 퍼뜩 깨달았다. 이제까지 며느리에게 『경작경년기』를 읽게 한 까닭이 그 때문이었던 것이다. 성정으로 보아 그럴 분이 아닌데 싶으면서도 한편으로는 며느리에게 살림을 익혀 주느라 나름 맘을 쓰는 것이라 여겼다.

"아부님께서 명하시니 제가 한번 해보기는 하겠습니다만 모르는 대목이 많을 건디 어무님이 도와주실 거지요?"

"그래야제."

안순당이 마지못해 응수했다. 시집오기 전 안순당의 친정에서는 계집이 글을 배우지 않는 걸 당연시했다. 그때의 글이란 한문을 가리키는 것이었고 언문은 글 축에도 끼이지 않았다. 언문이나마 계집이 글을 배우면 되바라지기 뻔한 이치이므로 배우지 않는 것이 낫다는 게 부친의 생각이었다. 계집은 바느질 잘하고 음식 잘 만들고 층층 시어른들 잘 받들면서 부군에 순종하면 되는 것이었다. 그리 배웠으므로 안순당은 언문이라도 깨칠 생각을 하지 못한 채 시집을 왔다. 열일곱에 시집에 들어서서야 부친을 원망했다. 시모 수항당께서 언문은 물론 한문 책을 줄줄이 꿰고 계시지 않는가. 진사 급제도 못한 학문으로 공맹의 도를 혼자 다 깨치신 양 공자 왈 맹자 왈 읊어 대던 부친과 그 밑에서 숨소리도 못 내고 살던 어머니가 미웠다. 부모에 대한 원망이 깊다고 글자가 깨쳐지는 게 아니었다. 무엇보다 글자 모른다는 사실을 아랫것들 앞에 드러낼 수가 없었다.

집안의 모든 걸 수항당께서 관장하셨으므로 안순당이 글자를 읽어야 할 필요도 없었다.

그렇게 세월이 흐르고 수항당이 돌아가고 난 세 해 만에 며느리가 들어왔다. 며느리가 글공부를 제법 했다는 말은 처음부터 들었다. 혼인하고 처가에 각시를 묵혀 두고 온 근형이 제 처가 밤낮 서책을 끼고 사는 사람이라는 말을 자랑스레 한 적이 있었다. 계집이 책이나 끼고 살았으면 바느질이 오죽하랴 싶었다. 여례가 우귀한 이튿날 새벽에 안순당은 이 방 저 방 문안을 마친 며느리한테 광목 한 필을 내밀며 말했다.

"니 친가에서 보내 주신 예단이 흡족했다마는 동네 집들에 고루 나누기에는 좀 박하드구나. 그랑게 그걸로 버신을 지어라. 한 열 죽 나올 것이다. 니 예단이라고 노나 주먼 좋아라들 하겠지야. 한 사날 걸리겄냐?"

버선 열 죽이면 백 켤레였다. 안순당이 내놓은 광목 한 필로 버선 백 켤레가 나오기는 어림없었고 사나흘 안에 짓기는 턱도 없었다. 보통 여인은 물론이고 손끝 여물기로 소문난 안순당 스스로도 당할 일이 못 됐다. 그런데 며느리는 나흘 뒤에 버선 열 죽이 아닌 열두 죽을 안순당 앞에 내놓았다. 버선솔기에 바느질 자국이 드러나기도 했으나 그럭저럭 신을 만하게 지은 데다 크기도 세 가지로 큰 것, 중간 것, 작은 것으로 마흔 켤레씩 차곡차곡 쌓아 내놓았다. 그러면서 제 솜씨가 미련해 사나흘 안에 버선 열 죽을 짓기는 어림없어서 밤에 만수네며 만수댁, 신남네 등 집안 것들을 채원으로 불러들였다고 했다. 모자란 광목은 제가 친정에서 가져온 것을 보탰으며 버선을 같이 지어 준 사람들한테는 하룻밤 세 켤레씩의 버선감을 공임으로 줬다는 말을 서슴없이 지껄였다.

간신히 수항당을 벗어난 참이라고 여겼다가 며느리살이가 시작된 걸 그날 아침에 예감했다. 예감이 틀리지 않아 10년 가까이 며느리 고왔던 날이 없었다. 그나마 이제 안순당이 끼고는 살았으되 읽을 수 없던 『가솔부』가 며느리에게 넘어갔다. 영감이 작정하고 가솔들 집짓기를 며느리한테 시켰으니 곳간 열쇠도 넘어간 거나 같았다. 어쩔 수 없는 노릇이기는 했다. 기억력에 의지해 작인들과 도조를 관리하고, 곳간에 든 양곡 가마를 세고 끼니마다 몇 됫박의 곡식을 퍼내는지 보는 것만으로 살림 운영하기가 어렵다는 것을 진작 깨달았다. 봄가을로 마름들이 들어와 이건 이렇네 저건 저렇네 고해 올 때 안순당은 내 손에 들린 장부와 그들이 하는 말을 비교할 능력이 없어 따지지 못했다. 작년엔 그만큼의 소출이 있었는데 올해는 왜 이만큼인가. 어째서 줄었고, 어떻게 해서 늘었는가를 따지는 사람은 둘도 아닌 외며느리였다. 며느리가 똑똑하고 야무진 건 인정할 수밖에 없었다. 자신처럼 눈이 어둡고 속이 좁은 계집이었다면 어쩔 뻔했는가. 노상 비위가 상하기는 해도 살림 흔들리는 것보다야 다행한 일이었다.

며느리가 『가솔부』를 당겨 들고 일어나려 하자 영감이 다시 말했다.

"명년에는 진섭이가 학교를 다녀야 할 터인데, 에미 생각은 어떠냐. 읍에서 내가 데리고 흥양소학교를 댕기게 하랴, 제 애비한테 딸려 순천서 댕기게 하랴?"

"집에서 멀리 떼어 놓기는 아직 너무 어리지 않습니까. 다행히 아부님이 읍에 계시니 아부님 계시는 동안이라도 데리고 계셔 주시면 좋겠습니다."

"허면 그리하자. 저녁나절에는 내 손님 서너 분이 드실 테니 준비하거라. 나는 낼 아침 먹고 읍으로 돌아갈란다."

"그리하겠습니다, 아부님."

시부와 며느리 사이에 어려운 것도 없고 힘든 것도 없이 죽이 척척 맞는다. 안순당은 젊은 시앗 꼼무니 노려보듯 방을 나가는 며느리를 흘기고는 하릴없이 은섭의 괴춤에 손을 넣는다. 두 돌이 넘은 아이가 아직 똥오줌을 가리지 못해 기저귀를 차고 있었다. 우리 작은셉이 아직 오짐 안 쌌네, 하자 아이가 배시시 웃으며 할미 볼에 손을 댔다. 햇솜처럼 보드랍고 따스한 손이다.

"아까 식전에 밖에서 뭔 일이 있었소?"

며느리가 나가고 난 자리에서 영감이 은섭을 안아 가며 물었다. 참 일찍도 묻는다, 속으로 영감 흉을 본 안순당은 반짇고리를 끌어당기며 대답했다.

"암 일도 없었소. 그나저나 에미한테 지 살림을 안으로 옮기라고 해도 말을 안 듣는디 어짠다요?"

기역자 형의 몸채에는 안방과 건넌방이 있고 마루방 건너에도 방이 있었다. 마루방 건너의 방 두 칸이 며느리가 살게 돼 있는 방이었다. 안순당도 시어머니가 계실 때는 그 방에서 살았다. 안방이 안순당 차지가 된 뒤 들어온 며느리는 시어미 곁에 살기 싫다는 듯 몸채에서 뚝 떨어진 채원으로 들어갔다. 새 며느리이니 그럴 법하다고 내버려 뒀는데 아이를 둘이나 낳고도 제자리로 들어오려 하지 않았다. 작은애를 낳은 뒤 안으로 들어오라 했더니 살살 웃으며 대답했다. 채원이 한갓지고 안온해 좋습니다. 그 방들은 안손님들 오시면 묵을 수 있게 놔두세요, 어무니.

영감이 응수했다.

"그래 봐야 한 집안에 있는디 지 편한 디서 살게 두시구려."

역성들어 주기를 바란 자신이 한심한 여편네라고 안순당은 스스로를 책했다.

"에미가 아직 모르는 것 같소마는 지난 추석에 왔을 때 들어 봉게 애비가 작은댁을 본 것 같습디다. 태기가 있는 모냥이고."

영감은 안순당을 한번 돌아볼 뿐 되묻지 않고 은섭을 안고 진섭에게 문을 열라며 일어섰다. 손자들을 데리고 사랑으로 건너가려는 것이었다. 작은애를 데려가 봐야 담배 한 대 참도 지나지 않아 내놓을 거면서 집에 올 때마다 아이들을 무릎에서 떼어 놓지 못했다.

"지집안지 사내안지 모릉게 따로따로 이름이나 지어 놓으시오. 어찌 됐거나 그것도 당신 손주 아니오?"

큼, 하는 헛기침과 함께 방문이 닫혔다.

"자개도 평생 작은집 데꼬 삼시롱 아들이 그렇당게 듣기 싫은 모냥이 네."

소리 내어 영감을 흉본 안순당은 반짇고리에서 무명을 꺼내 들며 한마 디 더 했다.

"자석 하나도 더 못 만들믄서, 백년 천년 작은집 끼고 살믄 뭐하냐?"

평생 영감을 따라다니며 사는 작은댁 숙순은 소생이 없었다. 둘을 낳 았으나 둘 다 놓쳤다. 안순당도 하나를 놓쳤으나 근형이 남았다. 그 아들 하나가 있어 눈에 넣어도 아프지 않을 손자들을 얻었다. 젊은 날에야 영 감이 작은댁만 굄 하는 것 같아 말도 못하게 시샘했으나 늙고 보니 자식 없는 시앗은 투기할 대상도 못 되었다. 영감이 퇴직하면 숙순이 따라 들 어와 모원에서 살게 될 것이라 그 꼴을 어찌 볼까 싶었던 생각도 요새는 시들했다. 다 늙어가지고 밤 괭이들처럼 사랑과 모원을 건너다니기야 하 겠는가. 근형이 본 계집은 제 하숙집에서 일하던 아이인 모양이었다. 이 름이 복단이라고 하던가. 스무 살이나 된 것 같고 이미 살림을 차린 것 같았다. 애를 뱄다니 별수 없이 내 식구가 되었고 내 손주를 가졌다니 배 냇저고리나 지어 줄 참이었다.

그러고 보면 녹두 년을 멀리 시집보낸 건 잘한 일이었다. 며느리 성정으로는 제 시앗도 끼고 살 법했다. 그때 치우지 않았으면 어쩔 뻔했는가. 얼마나 사나운 팔자를 타고났으면 서방과 자식 넷을 한꺼번에 잡았으랴. 서방과 자식뿐이겠는가. 그년이 태어나 여기까지 굴러든 건 부모도 잡을 팔자였다는 뜻이었다. 그런 년을 수항당께서는 당신 소생이나 되는 양 끼고 키웠다. 녹두가 열 살이 못 되어 글을 읽는다는 걸 알았을 때 안순당은 시어머니 수항당을 친정 부모만큼이나 원망했다. 어디서 굴러온 줄도 모르는 계집아이를 끼고 도는 대신 며느리 속사정이나 헤아려 주실 것이지, 싶었던 것이다. 당신 생각에는 며느리 부끄러워할까 봐 배려해 주신 것이라 여겼을지 모르지만 안순당 입장에서는 시어머니가 밉다 못해 분하고 서러웠다. 그리고 세월이 흘렀다. 녹두 년이 지닌 액운이 얼마나 컸는지는 알 수 없으나 액땜을 다 하고 다시 기어들었을 것이다. 녹두에게 남은 게 있다면 이제 그년을 감싸고도는 진섭 에미 몫이었다. 두고 봐도 될 일인 것이다.

『계성재 가솔부』 맨 앞장에는 책자의 연혁이 쓰여 있었다. 첫 기록은 350년 전쯤인 경오년 동짓달에 시작한 계성재 성주를 세 해 뒤인 임신년 3월에 마치면서 계성공 내외와 소실을 비롯해 계성재에 입주한 식솔을 적고 있었다. 당시에는 몸채만 기와로 짓고 사랑채는 나중에 지을 요량으로 방 한 칸에 마루 한 칸짜리 초가를 앉혔다. 그 무렵 후원에 연못을 파고 그 옆에 앉힌 띠풀 집이라는 뜻의 모원도 초가로 대충 지었기 때문에 생긴 이름이었다. 『경작경년기』가 그렇듯이 『가솔부』 기록자도 매번 새로 바뀐 종부인 듯했다. 이따금 이전 책자가 낡아 신책을 엮어 앞 책의 기록을 그대로 옮겨 적는다고 쓰였다. 현재의 『가솔부』는 15대 종부 수항

당신 씨가 전대의 기록을 고스란히 옮겨 놓고 새로 쓰기 시작했다. 옮겨 적는 과정에 집안 역사를 새로 공부했음 직했다. 수항당이 돌아간 뒤에는 필체가 달라졌으나 16대인 안순당 김 씨가 기록을 이어 간다는 적바림은 없었다. 안순당이 글을 몰랐기 때문에 누군가 대신 적었을 터이다. 그 때문에 여례에게 『가솔부』가 일찌감치 안겨 온 것이기도 했다.

"아씨, 다 식는구만 진지 안 잡숫고 먼 책을 그리 딜다보시오?"

여례는 낮에 읽은 녹두의 대목을 찾는 참이었다. 녹두가 자신과 나이가 비슷하다 여겨 계사년을 먼저 보았는데 그보다 한 해 뒤인 갑오년에 나타나 있었다. 갑오년에는 나이 든 노복 둘이 죽었고 스물네 살의 걸수와 스물한 살의 재순이 혼인했다. 재순은 현재의 신남네였다. 2월에 인오仁梧가 들어入왔고, 11월에 녹두綠豆가 태어났다生고 쓰인 게 아니라 들어왔다入고 되었다. 외인外人 진가陳家와 동반하여 들어왔다는 명기가 뚜렷했다. 녹두가 진가의 자식이었다면 그렇게 기록됐을 것이므로 진가가 데리고 왔을 뿐 그의 딸은 아니었던 것이다.

"신남네!"

"예, 아씨."

"녹두가 갑오년에 우리 집에서 태어난 게 아니라 들어왔소?"

"예. 갑오년, 쇤네가 혼인하든 해였어라. 그해 2월에 인오가 대문 밖에 버려져 있었고라, 녹두는 동짓달 어느 날 해 질 녘에 어떤 삼시랑한테 앵겨 왔지라. 아직 말이 트이지는 않았제만 세 살나무나 된 것 같았고요. 삼시랑은 애기를 놔두고는 그 밤으로 가부렀지라. 수항당 마님이 당신 소생인 것맨치 안채서 끼고 사셨고요."

"어떤 사내인 것 같습디까?"

"아이고, 쇤네가 뭘 알겠어라. 우리끼리 마님 모르시게 속닥속닥 한 거는 그 삼시랑이 동학당인 갑다, 그랑게 지 딸년을 이 골짝에 있는 집까지 데꼬 와서 숨게 놓고 간 거 아니겄냐 그랬지라. 그해, 그 이듬해까지 동학당들이 얼마나 난리를 쳤능가 이 골짝까지 소문이 막 들려오지 않었 겄소? 동학당들이 다 죽어 부렀다고요. 우리 동네서는 동학당 나간 사람이 한나도 없었는디도 녹두장군 노래를 못 부르는 사람이 없을 정도였지라. 먼 노래가 그라고 서럽랍디여."

"그러면 녹두라는 이름은 그 사람이 원래 달고 온 이름이오?"

"수항당 마님이 지어 준 이름일 것인디요? 인오 이름도 그라고라."

수항당은 신가이고 전주에서 고흥으로 시집온 것으로 기록되었다. 여례가 나주에서 시집오던 가마 길이 사흘이나 걸렸다. 우마차에 얹은 가마 속에 앉아 시집으로 향하는 길이 저세상으로 가는 길 같았다. 길이 너무나 멀고 고되었던 탓에 시집이 가까워 올수록 친정은 다시 못 갈 곳으로 변해 갔다. 여인이 한번 시집을 가면 시집 사람이 된다는 사실이 뼛속 깊이 새겨졌다. 수항당은 이틀 길은 더 되었을 전주에서 시집왔다. 동학란은 전주 일대에서 일어나 그 근방에서 스러졌다. 수항당은 외인 사내한테 안겨 온 계집아이에게 녹두라는 별스러운 이름을 지어 주고 성씨까지 기록했다. 아무도 그 까닭을 알 수 없도록, 그래서 이제는 아무도 까닭을 알 수 없게 되어 버린 이름이었다. 진녹두. 켜켜이 싸인 게 많은 사람이라고 생각한 여례는 책을 덮고 밥을 먹었다.

"아이, 부일아, 애기들은 났두고 네 밥이나 폭폭 묵어라."

신남네가 네 살배기 순이에게 밥을 먹이는 부일에게 말했다. 여례가 시집올 때 데려온 부일은 계집아이치고는 과묵한 편이었다. 바깥채에 기거하는 인오도 과묵했다. 그는 집에 있는 동안은 농사일이며 집안일을 묵묵히 해냈다. 그런데 1년에 한 차례씩, 가을걷이가 끝나고 동짓달이 되어 새경을 받으면 온다 간다 말도 없이 사라졌다가 봄 농사가 시작되기 전에 상거지 꼴이 되어 돌아왔다. 1년 치 새경을 다 쓰고 들어오는 성싶었다. 꼴은 그러해도 어쩌다 스치는 그의 기우듬한 눈빛이 날카롭고 깊었다. 부일은 그의 깊은 눈빛 속에서 여례가 알지 못하는 뜨거움을 느끼는지도 몰랐다. 인오에게 먼저 부일한테 장가를 들겠냐고 의중을 물어봐야 할 터였다. 만에 하나 그가 부일에게 장가들 마음이 없다고 하면 부일의 마음이 아프지 않겠는가. 그가 또 사라지기 전에 물어야 할 것이고.

"초실이, 밥 다 먹었으면 인오 아재한테 가서 나 좀 보자고 전해라."

"인오 아재를 어디로 들라고 해요?"

"내가 바깥채로 나간다고 해라. 어디 가지 말라고."

초실이 부엌 쪽으로 잽싸게 나갔다. 부일이 바깥채에서 물려 올 설거지 준비를 하려는지 초실을 따라 나갔다.

"덕이 엄마."

"예, 아씨."

"작은 뜸이나 뒤뜸 중에 어디가 살기 좋을 것 같소?"

큰 뜸 가장이에도 찾아보면 집터가 없지는 않을 것이나 큰 뜸 어름의 밭들은 대개 부쳐 먹는 사람들이 정해져 있었다.

"먼 말씀이세라?"

"이번 겨울에 집 세 채를 지을 참이오. 그중 한 채는 덕이네 식구가 살게 될 것이고."

"오매, 아씨! 우리 식구를 쫓까내실라고라?"

"방 세 칸에 마루랑 정지 번듯이 지어서 살림을 내주겠단 말이오. 어른들께서 그리하라 하셨소. 이제 아들도 낳았것다, 따로 살림을 가져야 하지 않겠냐시면서."

"집이 있으면 머하게요. 애기들하고 묵고살아야 하는디. 더구나 네찌가 또 들어섰는디 애기들 주렁주렁 달고 나가서 뭘 해서 묵고살라고요. 갯바닥만 파묵고 살아요?"

"집 지어 주면서 설마 지붕만 쳐다보고 살라 하겠소. 부쳐 먹을 전답 정해 줄 것이고 덕이네 내외 오면가면 하던 일들 계속하면 지금처럼 새경도 줄 것이오."

"그라먼 아씨, 나는 뒤뜸서 살라요. 국새 넘어 갯바닥 댕기기도 뒤뜸이 쉽고요. 철철이 반지락이랑 꼬막이랑 석화랑 많이많이 캐다 드릴게라."

쫓아내는가 싶다가 아니라는 걸 알자마자 제 실속을 챙기고 나서는 게 밉지 않았다. 수항당에게서 집과 소작지를 정해 받고 자식들을 솔가시켰다는 신남네가 성천에게 밥알을 챙겨 먹이며 덕이네를 흘겼다. 여례는 다 못 비운 밥그릇을 슬그머니 일곱 살 덕이 앞에다 갖다 놓는다. 다람쥐처럼 오밀조밀하게 생긴 덕이가 알밤 채듯 여례의 밥그릇을 제 앞으로 당겨 갔다. 안순당이 아무리 눈을 부라려도 밥을 짓는 사람은 여례였다. 끼니마다 넉넉하게 곡식을 내는 것 같은데 아이는 매양 밥이 모자란 듯 식탐을 부렸다. 일곱 살배기 배를 채워 주지 못하는 한 여례도 안순당과 다를 게 없었다.

"신남네는 녹두가 아직도 자고 있는지 좀 살펴보시오. 깨어나 있으면 좀 먹이고 씻기고, 내 옷 내줄 터이니 당장 입을 입성 좀 챙기고요. 나는 인오 좀 봐야겠소."

"초실이 데꼬 댕기시게라."

몸채에는 안순당이 계시고 사랑채에는 시부와 손님 몇 분이 술자리를 하고 계시고 모원에는 작은할매와 녹두가 있고 채원은 여례의 처소라 사내들이 들 수 없었다. 집이 아무리 넓고 깊어도 여례가 인오에게 작은 소리로 내밀하달 수 있는 심사를 물을 장소는 마땅히 없었다. 내밀해서도 안 되는 일이었다. 신남네는 혹시나 여례가 안순당한테 책잡힐까 저어하는 것이었다.

사랑채와의 사이에 긴 곳간을 두고 채원과의 사이에 가로로 긴 곳간을 둔 채 남향으로 앉은 바깥채는 마당이 넓었다. 거두어들이는 곡식들이 모두 대문 앞마당에서 손질된 뒤 바깥채 마당을 거쳐 곳간으로 들어갔다. 바깥채에는 일자형으로 방이 네 칸인데 왼쪽 한 칸은 덕이네 식구가 살고 그 곁은 마름방이고 마루 건너편 방은 원상과 두산, 영수가 지내고 오른쪽 끝방은 인오가 차지하고 있었다. 인오는 마름방에서 등잔불 한 점을 켜놓고 두산과 마주 앉아 가마니를 짜고 있다가 여례가 초실을 거느리고 들어서자 몸에 붙은 지푸라기를 털어 내며 일어났다. 방바닥을 쓸어 앉을 자리를 마련하면서도 여례를 쳐다보지는 않는다. 두산과 초실을 바람막이처럼 둔 채 여례가 말했다.

"아침에 사랑어른께서 그짝 호적을 신식으로 만들어 주라 하십디다. 집도 만들어 주라 하시고. 이왕이면 혼인해서 제금을 나라고 하시던데, 의향이 어떻소?"

인오가 비로소 고개를 들고 여례를 바라보았다. 캄캄하게 깊은 눈에 번뜩 빛이 어렸다가 스러졌다. 여례는 칼끝에 스친 듯 아찔했다.

"집을 내리시는 대신 혼인을 하라 그 말씀이신게라?"

"그짝 몫의 집은 정해진 것이고, 혼인은 다 큰 사람한테 하라 마라 하시겠소? 하라는 게 아니라 의향을 묻는 거라 하지 않소. 혹여 마음에 둔 사람이 있다면 그와 맺어서 살림을 차리라 하시는 거라고."

"그리 말씀하시면, 저는 장개들 염사가 없는디요. 그럴 맘이 있었으면 버얼써 장개들었겠지요."

장가들 마음이 없다는 그의 말에 여례의 세우고 앉은 무릎에 힘이 쭉 빠졌다. 무릎에 놓인 두 손에 힘을 주는데 인오의 날카로운 눈길이 다시 여례를 베고 달아났다.

"그리 단언할 일은 아닌 것 같소만, 그짝이 그렇다면 혼인 문제는 나중에 의논키로 하고 만수 아배, 덕이 아배하고 의논해서 작은 뜸이나 뒤뜸에 적당한 집터를 물색해 보시오. 이번 시안에 덕이네가 살 집과 그짝네, 원상이네가 살 집을 영이네 규모와 비슷이 지을 테니, 일꾼들을 모아 보고 자급할 수 있는 물목과 사야 할 물목, 인건비 들을 어림해 경비를 뽑아 보시오."

"만수 아배가 책임져야 할 일 아닙니까?"

"그짝이 목수 아니오?"

두 사람의 눈길이 충돌하듯 스쳤다가 비켜섰다. 인오가 삼동마다 나가서 목수 일을 하고 다닌다는 걸 여례가 짐작한 건 3년 전 2월 하순이었다. 꽃샘추위가 드셌는데 조부의 제사가 내일로 닥쳐 있었다. 밤늦은 시각까지 정주간에서 제사 준비를 하다 채원으로 돌아간 참이었다. 두어 시간 전까지 삐거덕거리며 매달려 있던 중문 문짝들이 보이지 않았다. 빗장까지 걸지는 않아도 밤이면 여며 두는 문이었다. 따라 들어오던 초실은 문짝이 없어진 줄도 모르고 채원 헛청으로 들어가 솥 살피기에 바빴다. 여례가 쓸 더운 물이 준비되어 있어야 했기 때문이다. 집안사람 누군가가 문짝을 떼어다 아궁이에 집어넣었을 리는 없어 심상히 여기고 헛청으로 들어가 목욕을 했다. 그 또한 제사 준비였다. 씻은 뒤 잠자리에 들었는가 싶을 때 문간에서 나무 부딪치는 소리가 들렸다. 문설주에 문짝을 맞추는 듯한 소리였다. 방문을 살짝 열고 내다보았다. 보름이 이틀 지난 밤이라 달빛이 제법 살아 있었다. 전날 돌아온 인오가 쪽문을 달고 있는 참이었다. 다음 날 보니 문짝이 새것인 양 말끔했다. 나뭇결의 무늬까지 맞춘 정교하고 튼튼한 짜임새로 볼 때 어설픈 솜씨가 아니라 일을 제대로 배운 목수의 솜씨였다.

"이번 일은 그짝이 온이 맡소. 찬바람 돌았다고 또 어디 가지 말고 세 식구가 살 집들을 잘 생각해 짓도록 해요. 집터 선정되면 나한테 알려 주고요. 초실아, 가자."

문을 열고 먼저 나선 초실이 댓돌의 신발을 냉큼 마루 위로 올려놓았다. 안에 들어가자마자 초실이 부일에게 인오가 장가들기 싫다 하더라고 나불댈 것이었다. 나이로 치면 원상이 부일의 짝으로 맞춤하기는 했다. 서른이 넘도록 장가들지 않겠다고 뻗대는 사내가 부일의 지아비감으로 당키나 한가. 그런 눈빛을 가진 사내가 고이 지아비 노릇을 할 리도 없을 터였다. 그러니 인오를 향한 부일의 눈길은 모른 체하고 원상과 짝을 맺으라 말해도 괜찮을 것이다. 말이나 해보고 싫다 하면 그때 다시 궁리하면 되는 것이었다. 여례는 곳간과 곳간 사이의 어두운 쪽문을 통해 사랑 뒤꼍으로 들어서며 새삼 부르르 어깨를 떨었다. 사랑 안에서 웃음소리가 울리는 듯했다. 술을 더 내야 할지도 몰랐다.

대보름 준비는 정초부터 시작되기 마련이었다. 나이 든 아낙들은 귀밝이술을 담그고 부럼을 챙기고 구곡 밥과 아홉 가지 묵은 나물을 준비했다. 노인들은 달집 세울 채비를 하고 아이들은 쥐불놀이용 관솔과 송진을 땄다. 꽹매구를 치게 될 남정네들은 꽹과리며 북 등의 악기를 다듬고 고깔이며 청홍 띠를 준비했다. 강강술래를 돌게 될 처자들과 젊은 아낙들은 옷을 준비하며 목청을 다듬었다. 운대들에서 아홉 동네의 강강술래 경연이 벌어질 터였다. 사람이 많은 동네에서는 두 패가 참여하기도 하는데 금당에서도 매년 두 패가 준비했다. 계성재를 기준으로 작은 뜸과 잿등과 뒤뜸이 좌반, 큰 뜸과 새토구가 우반으로 나뉘었다.

계성재에서 나가는 초실, 부일, 원상, 두산, 영수 등은 제 친분을 따라 좌반이나 우반으로 들어가 강강술래나 꽹매구 패에 속했다. 오후부터 밤중까지 먹을 음식이며 마실 술은 각 동네에서 준비하고 으뜸 패에 대한 상은 계성재에서 내는 게 관례였다. 여례는 이번 으뜸 패에 대한 상으로 쉰 벌의 놋수저를 준비했다. 각 패의 선소리꾼들에게는 색 고운 명주 수

건 한 장씩을, 참가자 전원에게는 호미 한 개씩을 내놓기로 했다. 읍내 대장간에서 만든 호미 5백 개가 수레에 실려 와 있었다.

녹두는 시집가기 전 몇 해 동안 강강술래 선소리를 잘한 모양이었다. 좌반의 반장격인 대서댁과 우반의 반장인 동수네가 선소리를 해달라고 녹두를 찾아왔으나 그네는 들은 척도 하지 않았다. 녹두는 실성한 게 아니라 실어한 것 같았다. 아무 말도, 어떤 일도 하지 않으면서 방 안에 앉아 들여 주는 밥 얻어먹기만 했다. 정초라고 온 군내의 한다 하는 사람들이 어른을 찾아와 손님들 치르느라 집안사람들이 죄 법석을 떨어도 모원의 제 방에서 나오지 않았다. 안순당의 호통조차 한 귀로 듣고 한 귀로 흘리는 성싶었다. 아예 듣지 못하는 것 같기도 했다.

점심을 마치기 바쁘게 대보름놀이에 참여할 사람들과 물자가 집을 빠져나갔다. 집 안에 남은 사람들도 두 시간 뒤 강강술래 경연이 시작되면 운대들로 내려갈 참이었다. 경연도 볼 만하나 더 큰 구경거리는 해 질 녘에 달집이 태워지면서 아홉 마을 5백여 명의 여인이 흰 치마 나부끼며 추는 군무였다. 경연 결과와 상관없이 모두 손에 손을 잡고 훨훨 날듯이 돌아치는 광경은 장엄했다. 보고 있노라면 가슴이 뜨거워지고 눈시울이 달아오르곤 했다. 지신밟기는 아침부터 시작되었다. 꽹매구 패거리가 온 동네 집 앞을 다 거쳐 다니며 꽹과리며 북을 쳐대다가 계성재에서 마무리 짓고 달놀이판으로 내려갈 터였다. 날씨가 좋아 달이 뜨면 금상첨화일 텐데 그걸 바랄 수는 없을 것 같았다.

"아씨, 마님이 안으로 드시라는디요."

주아 목소리였다. 주아는 지난 설에 시부 편에 딸려 온 아이였다. 아이는 읍내 군수 관사 앞에서 이틀을 서성거렸던가 보았다. 관사의 안주인인 숙순 씨가, 버려진 아이가 있는 것 같다는 식모의 말을 듣고 나가 안으로 들였다고 했다. 상거지꼴의 아이는 울기만 할 뿐 제가 어디서 왔는지, 왜 이틀이나 근방에서 어정거렸는지 말하지 않았다. 아이 입을 열지 못한 숙순 씨가 아이를 계성재로 보낸 것이었다. 계성재로 온 아이는 며칠 만에 제가 함평의 어느 동네에서 다섯 번째 딸로 태어난 오남이라며 입을 열었다. 두 달 전에 사내 동생이 태어나자마자 죽었다고 했다. 죽은 사내아이는 오남 이후 세 번째 태어난 사내아이였다. 오남 이후 태어난 사내아이들이 거듭 죽어 나가자 집안의 저주가 아이한테 쏟아졌던 것이다. 할미보다 어미의 저주가 심했다고 했다. 나가 디져라 이년아. 제발 디져 부러라. 아이는 차마 죽지는 못했지만 집을 나왔고 제 걸음이 어디로 향하는지도 모른 채 두 달을 동냥질하며 걸어 고흥 읍에 닿았다. 어미가 자신의 설움에 복받쳐 뱉어 낸 말을 아이는 한 귀로 듣고 흘리지 못한 채 집을 나와 내처 흘러와 버렸던 것이다. 제가 넓고 넓은 함평의 어느 마을에서 났는지는 아직까지 말하지 않았다. 제 어미의 한恨만큼이나 아이에게 맺힌 것도 많았던 것이다. 여례는 다섯 번째 딸로 태어나 버려진 오남이라는 이름이 가여워 보배처럼 귀한 아이라는 뜻의 주아라는 이름을 지어 주었다.

"무슨 일이시던?"

장부를 정리하던 여례는 당장 일어나지 않고 물었다.

"대절곶에서 손님이 오셨대요."

"안손님이시드냐?"

"예, 어떤 마님이새라."

수월헌의 안주인 삼정당이 방문한 모양이다. 수월헌은 학자 집안이 운영하는 서당이었다. 몇 년 전까지만 해도 글과 글씨를 배우기 위해 수월헌에 찾아드든 학동들이 꽤 있는 것 같았다. 근형만 해도 어린 날 수월헌을

오가며 여러 해 수학했다. 삼정당의 시부와 지아비는 물론 큰아들인 재문까지 몸가짐 단정하고 모든 사람에게 예의 바를 뿐만 아니라 높은 학식이며 빼어난 글씨로 근동에 이름이 짜했다. 문제는 학문 높고 글씨 잘 쓰는 것으로는 밥벌이가 어려운 세상이 되었다는 것이다. 경성에 임금이 아직 계시다지만 허수아비가 되었고 과거 시험이 없어진 지는 오래되었다. 조선은 없는 거나 같았다. 3년 전 기미년에 나라를 되찾자는 만세 운동이 전국 곳곳에서 벌어졌다. 읍에서도 만세 운동이 시도되었으나 불발에 그쳤다. 서울에서 만세 운동에 가담했던 젊은 목사가 〈독립 선언서〉를 가지고 고향인 고흥읍으로 돌아왔고 〈독립 선언서〉와 태극기를 제작해 장날 거사를 펼치려 했다. 하필 그날 폭우가 쏟아졌던가, 거사는 실행되지 못했고 목사를 위시한 몇 사람이 체포된 모양이었다. 그렇게 일본을 물리치고 나라를 되찾자는 운동이 시작되었다지만 조선을 되찾자는 게 아니라 대한大韓이라는 신식 나라를 찾자는 것이라 했다. 이제 자식에게 한문을 배우라고 수월헌으로 보내는 부모는 없었다.

　장부를 덮은 여례는 경대를 당겨 매무새를 살핀 뒤 방을 나섰다.

　"모원에 가서 녹두 아짐한테 삼정당께서 오셨다고 해라. 인사드리라고."

　"그 아짐은 아프잖어요. 버버리같이 말도 안 하시고요."

　녹두는 수항당 생시에 어린 나이였음에도 문안비 격으로 수월헌을 다녔다고 했다. 멀리 산다면 별수 없어도 제자리로 돌아와 있으매 삼정당이 찾아왔으니 인사나 드리라는 뜻이었다. 그로 인해 밖으로 나오기를 바란 것이기도 했다. 그렇게 나오면 나중에 강강술래를 보러 갈 수도 있지 않겠는가. 그 장엄한 신명이 녹두에게 옮겨 붙으면 듣지도 보지도 말하지도 않는, 그 짙은 어둠의 수렁에서 빠져나올지도 몰랐다. 여례는 녹두가 어둠의 수렁에 잠겨 있는 것 같았다.

"그냥 말이나 전하려무나. 안 나오면 하는 수 없는 거고."

삼정당과 안순당은 장난감인 양 은섭을 가운데 차려 놓고 이야기를 나누다가 여례를 맞았다. 삼정당이 선물로 만들어 왔는지 은섭은 제 발에 맞을 만한 앙증맞은 버선 짝을 손에 끼고 놀다가 어미한테 흔들어 보인다. 버선코에 오방색의 고양이가 수놓아 있었다. 무병장수하라는 뜻의 정성 어린 선물이었다. 내달이면 소학교 입학을 위해 읍내로 가게 될 진섭은 두산한테 딸려 나간 참이었다. 여례가 삼정당을 향해 절하자 그네가 마주 절했다.

"오랜만에 뵙습니다, 마님."

안녕하셨냐고는 묻지 못했다. 작년 봄에 며느리를 잃은 삼정당이었다. 부모를 앞선 젊은 자식의 상에 부고를 내지 못하매 며느리의 죽음에 부고를 냈을 리 없었다. 간소하게 치렀다는 수월헌의 장례 소식을 달포나 지나 들었다.

"큰살림 잘 꾸려 간다는 말씀을 자네 엄니한테 듣고 있던 참이네. 장하이. 올해도 복 많이 받으시게. 아들을 둘이나 낳아 잘 키우고 있응게 올해는 달 같은 딸 하나 낳으면 좋겠구만."

"고맙습니다. 점심 준비해 올리겠습니다. 말씀들 나누고 계셔요."

"점심 묵고 왔네. 모처럼 인사도 드릴 겸 이따가 자네 엄니한테 물어 달놀이 구경이나 갈라고 왔네. 연하정에 앉아 강강술래 도는 것을 보면 얼마나 장관인지, 대보름 다가오면 눈에 선해서 말이네. 오늘도 달이 떠 주면 얼마나 좋을꼬."

대절곶과 금당 사이의 거리가 여인의 걸음으로 두 시간은 걸린다고 했다. 이른 점심을 먹고 출발했어도 벌써 출출할 시간이거니와 삼정당의 사양은 의례적인 것이었다. 여례는 수월헌에 가보지 않았다. 안사람들이 주동되어 농사짓고 길쌈하고 누에 쳐서 어른들을 봉양한다고 들었다. 숲 속에 든 외진 곳이라 논이 많을 리 없었다. 오늘 삼정당이 홀로 건너온 까닭은 놀이 구경이 아니라 도움을 청하기 위함인 것이다.

"그러시면 저희 집 복쌈 맛이나 보셔요. 저희 어무님과 귀밝이술도 한 잔씩 하시고요."

여례가 일어서는데 안순당이 말했다.

"이따 나랑 항꾼에 달맞이하시고 오늘 밤 우리 집에서 묵어가시라고 했다. 에미, 그리 알고 준비해라."

"예, 어무님."

삼정당이 찾아온 뜻을 헤아리라는 말씀이셨다. 찬방에서는 신남네가 상을 차리고 있었다. 구곡 밥을 김으로 싼 복쌈과 접시에 담은 구채九菜와 유미주柚米酒 한 주전자가 올랐다. 모원 뒤 텃밭 가에 유자나무 세 그루가 있었다. 9대 명선당 때도 유미주를 담갔다는 기록을 보면 수령이 2백 년은 된 것으로 짐작할 수 있는데, 아직도 겨울 손님들에게 두어 개씩 선물하면서도 1년 치 유미주를 담글 수 있을 정도로 많은 유자가 열렸다.

"예전에 삼정당 뵀을 때 식해 잘 드십디다. 건개 삼아 한 접시 올리시구려."

숭어로 만든 식해는 여례가 계성재에 들어와 처음 본 음식이었다. 뒷개에서 숭어가 많이 잡혀 만들어진 듯했다. 소금물로 손질해 발라 낸 숭어 살과 나불나불 썬 무를 바람 잘 드는 그늘에서 하루 동안 말렸다. 숭어 살과 무가 꾸덕꾸덕해지면 고슬고슬 지은 싸라기밥과 곱게 빻은 엿기름에 양념해 안친 뒤 아흐레 동안 서늘한 곳에서 삭히면 숭어식해가 됐다. 숭어식해에다, 계피 넣어 삶은 수육과 묵은지를 함께 차리면 숭어삼

합이 되었다. 숭어식해는 손이 많이 가고 오래 걸리는 음식이지만 식재료가 흔한지라 가을 겨울이면 떨어지지 않게 담갔다.

"지가 갖다 드릴게라?"

신남네의 물음에 여례는 고개를 끄덕였다. 타악기 소리가 커진 걸 보면 꽹매구 패가 가까워진 듯했다. 그들에게도 술을 내야 해 닭 다섯 마리를 잡았다. 주아가 들어와 녹두 아짐이 저를 쳐다보지도 않고 책 구경만 하고 있더라고 전했다. 방구석에서만 사는 게 하도 답답해 보여 책 몇 권을 넣어 준 지 한 달쯤 된 참이었다.

"그 사람은 놔두고 바깥채 가서 누가 있능가 봐라."

"만수 할배하고 인오 아재가 대문 마당에 덕석 깔아 놓고 꽹매구 패를 기다리고 기시든디요."

"내가 나가 봐야겠다. 따라오너라."

오늘은 삼동네 사람들이 모두 노는 날이었다. 계성재에서 솔가해 나갈 사람들의 집을 짓는 일도 오늘은 쉬었다. 일할 사람들이 오늘은 죄 꽹매구꾼이나 구경꾼, 그도 아니면 술꾼이 되는 날이기 때문이다. 만수 아배와 인오가 준비하는 것도 놀이판이었다. 놀이판에 낼 행하行下로 여례는 쌀 한 가마니를 준비했다. 꽹매구꾼이 지신밟기 놀이를 통해 받는 행하는 모두 경로당인 양사陽舍로 들어가 바깥 상노인들의 점심이 되었다. 여례는 시집와서 본 이 동네의 그런 풍습이 마음에 들었다. 안노인들에게도 양사와 같은 집이 있으면 재미있을 것 같았다. 안노인들은 아무리 늙어도 손을 움직일 수만 있으면 밭을 매고 길쌈 등을 하면서 어울리게 마련이었다. 하지만 아주 늙은 안노인들은 다른 집에 마을 다니기를 어려워하는 것 같았다. 모원에 찾아드는 안노인들도 상노인들이 아니라 쉼 없이 길쌈하면서 수다 떨 수 있는 여인들이었다. 마을도 다니기 어려운 안노인들이 함께 길쌈을 하거나 때로는 같이 자기도 하는 집이 생기면 양사처럼 마을 사람들이 공동으로 부양하는 풍습이 만들어질 터였다. 며느리를 구박하며 나이 들다 거꾸로 며느리에게 구박받을 수밖에 없는 험한 말년들이 줄어들지도.

"아씨, 나오셨습니까?"

인오와 함께 대문 마당 덕석에 앉아 있던 만수 아배가 인사했다. 벌써 술판이었다. 인오는 허리만 숙였다. 지난 두어 달 동안 사나흘에 한 번 꼴로 그를 보기는 했다. 의논하거나 보고받을 일들이 있었고 며칠에 한 번씩은 여례가 집 짓는 곳에 가보기도 했다. 궂은날은 피해 가며 일한다지만 겨울날 햇볕이 난대야 얼마나 따뜻하겠는가. 종일 밖에서 일하는 사람들의 몰골이 참으로 험해 보였다. 동네에서 구한 일꾼들은 날마다 일삯이라도 쳐서 받지만 집안 사내들은 1년 새경에 포함된 일이었다. 농한기인 겨울에 집들을 많이 짓는 게 일반이어도 사람 못할 일이구나 싶었다. 그렇게 아무나 못할 것 같은 겨울 일을 인오는 해마다 나가서 하고 돌아다녔는지 집 세 채를 지어내는 솜씨며 일꾼들을 아우르는 목수로서의 품이 든직했다. 추위에 익어 거멓게 타고 튼 얼굴에 술기까지 어려 볼 만하다.

"수월헌으로 양곡을 좀 보내야겠소."

"양곡 지고 갈 놈들이 모두 놀러 나간 셈인디, 언제 보내시게요?"

"삼정당께서 직접 오셨는데, 지게에 지고 갈 만치 보낼 수는 없지 않것어요?"

"허면 얼마나 보내리까?"

"삼정당께서 오늘 밤 우리 집에서 주무신다니까, 오늘 안에 보내야지요."

"그라믄 해 안에 댕게와야지라. 천상 인오 자네가 가야 쓰겠구만. 지게도 가져가서 산 밑에 달구지 두고 올라가 그 집 식구들하고 항꾼에 져 날라야 쓰겠고."

인오가 달구지에 소를 채워 오겠다며 외양간 쪽으로 갔다. 외양간은 모원 쪽 담장 밖에 따로 있었다. 여례는 바깥채 나락 창고의 문을 열고 들어섰다. 가을에 창고마다 가득 채웠지만 어느새 여러 곳간이 비었다. 끼니를 함께하는 식구가 열여덟 명이나 되는 데다 올 삼동에는 일판의 점심이며 새참을 지어 대느라 곡식 줄어드는 속도가 빨랐다. 수월헌에도 식구가 열댓은 될 터였다. 종이 없어진 세상이라 해도 평생 그곳에서 살아온 사람들과 갈 곳 없는 사람들을 내보낼 수는 없었다. 굶어도 같이 굶는 것이었다. 열다섯 명이 보릿고개를 지나갈 만한 양곡은 보내야 삼정당이 부끄러움을 무릅쓰고 온 값이 될 거고 인심 쓰는 안순당 체면에도 그 정도는 돼야 할 것이었다. 4대가 사는 집에서 남정네들에게 양식을 얻어 오라 할 수는 없어 나섰으되 삼정당 스스로도 얼마나 마음 다져 먹으며 왔을 것인가. 구걸이 당당하므로 내주는 쪽에서는 티를 내지 않는 게 예의였다. 여례는 나락 가마니를 꾹꾹 눌러 보며 만수 아배에게 말했다.

"나락 열 가마와 겉보리 닷 가마, 좁쌀 한 말, 기장 한 말을 보내기로 하지요. 밀도 한 말 넣고요."

"그렇게나 많이요?"

"이왕 인심 쓰는데 생색나게 해야지요. 수월헌 식구가 많다면서요."

많다 싶게 양곡을 내라 하는 속셈이 더 있었다. 아무리 세상이 변해도 수천 년 써온 문자가 무용지물이 될 수는 없으므로 기본 공부는 해야 했다. 더구나 일본 글자의 근간도 한자이지 않는가. 진섭이 학교를 다니게

될 것이므로 신식 공부는 학교에서 하겠지만 한문 공부는 결국 수월헌에
의탁하게 될 터였다. 아이들의 장차 학비를 미리 내는 것으로 여기면 많
은 것도 아니었다. 삼정당이 당당하게 찾아올 수 있는 까닭도 그 때문이
었다.

3

지난 초여름 1학기 강의 마지막 날, 남자의 아내가 강의실 앞에 찾아와 말했다.

'지금까지 추문 만들기 싫어서 견뎠어요. 그런데 당신들이 너무 오래가는군요. 뜨겁지도 않으면서, 나를 가운데 두고 장난하는 것도 아니고. 이제 그만 하지요. 그만 하는데, 난 당신들이 나한테 겪게 한 그 시간들을 그냥 용서할 수가 없어요. 류 선생은, 앞으로 대학에서 강의하지 마세요. 전국 어느 대학에서도요. 앞으로 류 선생이 대학에서 강의하고 있다는 게 밝혀지면 당신들이 주고받은 이메일 1,275통을 당신이 출강하는 학교들과 그 사람 학교 홈페이지 게시판에 동시에 탑재할 거예요. 그러게 이런 꼴까지 보기 전에 끝냈으면 서로 좋았잖아요?'

그렇게 떠난 방이었다. 이삿짐센터에 연락해 시골집으로 옮길 짐을 실어 내고 버릴 물건과 승용차로 실어 갈 물건만 남은 방은 폐허 같았다. 폐허 같은 방에서 하룻밤 더 묵기로 한 건 오기에서 비롯된 감상이었을 것이다. 대체 내가 왜 이 방을 비워야 하는 거냐고, 내가 왜 십수 년 동안 쌓아 온 내 경력을 접어야 하느냐고, 내가 그렇게 큰 잘못을 했느냐고 자꾸만 우기고 드는 스스로를 정리할 필요도 있었다.

그래, 남자를 만났다. 그는 교정에서 매일 다니는 길목에 있는 나무 같았다. 안개비 내리는 날이나 햇살 보시시한 봄날 고개 들었을 때 그 자리에 있어 아스라이 빛나던 존재였다. 아무 생각 없이 스치고 지나가도 그 자리에 그대로 있는 사람이었다. 우정과 동료애와 방심과 타성이 뒤섞인 시간을 보내던 중에 그와 얽혔다. 우연이든 필연이든 우연을 가장한 필연이든 그와 남자 여자로 만났다. 사랑? 물론 사랑했다. 들킬 리 없다는 오만을 부렸다. 들켜도 상관없다는 교만은 아니었다. 나는 그 무엇보다 들키는 게 무서웠다. 어쨌든 들켰고 그만두라기에 두말없이 그만두고 멀리멀리 도망쳤다. 그런데 그게 그렇게 찍소리도 못하고 도망쳐야 할 일이었나?

누군가에게 소리치며 따져 보고 싶어도 상대가 없었다. 전화기를 바꾸면서 그 상대가 사라졌다. 이렇게 치받칠 때 폭탄 터트리듯 전화 거는 짓을 하지 않기 위해 아예 삭제한 것이었다. 지금 은현의 전화기에는 가족들과 지난 몇 달간 몇 다리를 건너 찾아든 몇 개의 전화번호가 입력되어 있을 뿐이었다. 그나마 지금 왜 폐허 같은 방에서 혼자 술 마시고 있는지 토로할 수 있는 사람도 없었다. 얼굴이나 보자고 전화 걸어 본 몇 사람은 모두 선약을 이행 중이거나 선약 장소로 향하고 있었다. 금요일이라는 사실, 주말 전야라는 것을 참 오랜만에 의식했다.

이놈이라고 다를까, 하면서도 은현은 한중경에게 전화를 걸었다.

오늘 이사하러 온다고 말했는데도 연락조차 없는 놈이었다. 전화를 받는 그의 주변이 꽤나 소란하다. 술집 같다. 어련하실까. 화가 나 끊으려는데 그가 현아, 하고 불렀다. 다 쓸데없는 짓이다 싶어 전화를 끊고 만다. 몇 시간 전 사온 술을 다 마신 참이었다. 담배는 한 개비 남았다. 전화가 걸려 왔다. 몇 번 울리게 두고 있으려니 내가 왜 이 친구한테 화풀이를 하나 싶어 전화를 받는다. 이번엔 소음이 섞이지 않은 목소리다.

"전화하고서 왜 끊어 버려? 어디야? 시골집이야?"

"정릉이야. 다 정리해 실어 보내고 버릴 것만 남은 방에서 혼자 술 마시다가 전화해 봤어."

"그날이 오늘이었구나! 난 안국동이야. 지난번에 얘기했던 김영성 감독, 영화너머 사람들 만나고 있어. 같이 어울리면 재미있을 거야. 택시 타고 이리 나올래?"

"아니, 나는 이미 취했어."

"그럼 지금 내가 그쪽으로 갈게. 옛날에 살던 근처지? 문자로 주소 보내 줘. 술 사갈까?"

"같이 있는 사람들은 어쩌고?"

"업무 시간 아니니까 괜찮아. 아, 김 감독하고 같이 가도 돼?"

"내가 그 사람을 왜 만나니? 그러려면 오지 마."

"알았어. 혼자 갈게. 주소 지금 보내."

은현은 마지막이 될 주소를 호기롭게 써서 보내고는 지갑을 들고 집을 나섰다. 빌라에서 골목을 나가 큰길을 건너면 대형 마트가 있었다. 4년 가까이 산 동네였다. 이 골목에서만 4년이지 대학 1학년 때부터 이 근동에서만 살았다. 모퉁이며 건물 하나하나가 금당보다 훨씬 익숙했다. 금요일 저녁 8시경의 할인 마트는 불야성처럼 밝았다. 아무리 취해도 술이 어느 지점에 있는지는 훤히 알고 있었다. 이곳도 오늘이 마지막이지. 맥주와 소주를 바구니에 담으면서 중얼거린다. 카운터에서는 담배를 보루째 주문했다. 다시 도로로 나서니 가을이 시작된 걸 모르는 듯 아직 잎 푸른 은행나무가 보였다. 은행나무들은 한두 잎씩 차근히 물드는 게 아니라 어느 날 느닷없이 샛노래지는 것 같았다. 돌이킬 수 없을 때까지 버티다가 속절없이 무너지는 여자처럼. 우리 수목원에도 너 같은 아이들 많다. 너희는, 아무도 눈치채지 못할 첫서리가 내린 뒤부터 물들지. 시골에 있으면 그런 걸 알게 돼. 난 그래서 시골로 가는 거야. 쫓겨난 게 아니라고. 은행나무에게 말해 주고는 길을 건넌다.

중경은 통화하고 한 시간 반 만에, 내가 설레며 이놈을 기다리다니, 한탄하게 되었을 때에야 나타났다.

"금요일이라 차가 많이 막혔어. 그리고 이것들 사오느라고."

중경은 은현에게 꽃다발을 내밀었다. 마트에서 술을 사고 나오는데 출구에 꽃가게가 있었다. 붉은 장미와 노란 장미와 푸른 장미를 안개꽃이 받치고 있는 꽃다발을 보는데 예전에 은현이 꽃을 보면 벌이 연상된다고 했던 말이 떠올랐다. 천성인 양 꽃을 피하는 은현을 꽃을 싫어하는 아이로 여겼던 기억도 났다. 좋아한다고 떠벌리며 쫓아다니면서도 정작 은현이 교내의 무수한 꽃을 피해 다니는 이유를 물을 줄은 몰랐다. 예전에 은현과의 관계가 연애로 발전하지 못한 이유가 그 때문이었던 것이다.

"꽃집에서 떨이용으로 만들었을 법한 꽃다발이지만 급한 대로 샀어."

"참 이쁘네. 고마워. 좀 담가 놔야지. 넌 앉아."

화병 한 개 있던 걸 이삿짐에 넣어 시골로 보낸 참이라 꽃을 꽂을 마땅한 그릇이 없었다. 라이터며 성냥들, 지우개니 고무줄 따위들이 잔뜩 들어 있는 유리병이 있기는 했다. 주방 한쪽에 둔 쓰레기봉지에다 유리병 안의 것들을 한꺼번에 쏟아 버리고는 병을 씻고 물을 받아 꽃다발을 꽂았다. 꽃을 꽂은 화병을 탁자로 옮겨 놓으니 나름 멋지다.

"와줘서 고마워. 사실 방을 정리하려니 쓸쓸했거든. 그래서 좀, 아니 제법 취했어."

"미리 오지 못해 미안해. 그러게 오기 전에 미리 연락하지 그랬어. 좀 도왔을 것 아냐. 같이 취해 주기라도 했던가."

섬진강까지 쫓아온 작자이므로 다른 남자들과 좀 다를 것이라 기대했다. 아니, 섬진강가에서 그런 몸으로는 운전 못한다고 기어이 대리 기사를 불렀을 때, 그 대리 기사에게 제 차 운전을 시켜 뒤따르게 하고 제가 운전을 대신해 주리라 여겼건만 대리 기사에게 여자를 실려 보낼 때 알아봤는지도 모른다. 그런 작자라 여자가 이사한다는 말을 까맣게 잊고, 일도 아닌데 술판에 어울려 있었던 것이다.

"이삿짐센터 사람들이 다 해주는데 뭘. 나는 싸가지고 갈 것만 결정하면 됐고. 하나 남은 게 난데, 그러고 보니 네가 도와주고 있기는 하다. 네가 날 싸주고 있잖아."

"오늘 서운했구나? 미안해. 그런데 앞으로는 현아, 내가 필요하면 미리 정확하게 말해 줘. 섭섭한 일 생기지 않게, 응?"

그동안 은현은 섹스 한 번 하고 나면 제 소유처럼 여기는 남자들에게 진력이 났다. 섹스로 편해진 그들의 행동이 무례하게 느껴지는 순간 관계의 끝이 보였다. 그런데도 함께 자고 나서 이제 막 다가서는 듯 구는 남자도 서운하기만 하다. 그 이중적인 감정의 결 사이에서 줄다리기하는 연애에 넌더리를 내면서도 또 시작한 것이다.

중경이 은현에게 왜 화났느냐고 물으려는데 전화가 울렸다. 김영성 감독이다. 은현의 전화를 받고 일어서는데 따라오고 싶어 하기에 거절하고 온 참이었다. 김영성은 아무래도 이쪽으로 와서 합석하고 싶은 듯했다. 김영성이 여기 와도 되겠느냐고 묻는다고 하자 은현의 눈꼬리가 사납게 치켜 오르는가 싶더니 전화기를 가로챘다.

"안녕하세요, 류은현이에요."

"류 선생님, 반갑습니다."

"매구 할매 때문에 이러시는 거죠? 그런데요, 영화너머 감독님. 영화를 찍으시든 영화를 넘으시든 저는 제 할머니를 당신 영화의 소재로 내드릴 의향이 전혀 없거든요. 그럴 만한 형편도 아니고요. 그러니까 저한테도, 제 할머니한테도 관심 딱 끊어 주세요. 아시겠어요?"

술기운에 꽤 드센 어조로 지껄였다. 살림을 정리하면서 치밀었던 분노와 자괴감과 열패감이 뒤늦게 터졌는지도 모른다. 전화를 건네받는 중경의 눈빛이 멀뚱했다.

"왜, 내가 심했니?"

"어조가 거칠기는 했어도 네 입장에서 할 만한 말이었어."

"우리 집에서는 관심 없다고 분명히 말했잖아. 왜 자꾸 연결시키니? 그 사람이 너한테 그렇게 중요해? 그럴 거면 그냥 그 사람하고 놀지 나한테 왜 와? 분명하게 말하랬지? 분명히 말할게. 난 나와의 관계에서 나한테 집중하지 않는 남자 싫어. 알았어?"

"김 감독 일은 우연히 된 거잖아. 기분 나빴다면 미안해. 앞으로
는 조심할게."

"앞으로? 앞으로는 배려할 거라니 고맙네. 근데 앞으로도 내가 부
르면 올 거니? 매번 처음 만나는 양 굴면서? 앞으로 너하고 술 마시
자고 부를 일은 절대 없어."

"난 너랑 결혼할 건데?"

"뭐?"

"너 처음 만났을 때 네가 내 눈에 쑥 들어왔어. 네가 얼마나 이뻤
는지, 난 그때 겨우 열여덟 살이었는데도 언젠가 너하고 결혼할 거라
고 생각했어. 너한테 여러 번 말했지만 그때마다 너는 나를 미친놈
취급했고. 난 매번 진심이었는데. 난 너랑 다시, 아니 정식으로 사귀
고 싶어. 결혼도 하고."

"너 지금 굉장히 웃긴 거 알아?"

"왜 웃겨? 서로 어긋나 오래 따로 살았지만 지난번 섬진강가에서
다시 만나면서 우리가 정말 결혼하겠구나 싶었어. 우리가 옛날에 연
애했다면 아주 헤어졌을지도 모르는데, 이제야 다시 만난 건 운명인
것 같단 말이야."

"학부 때도 운명 어쩌고 하더니 또야? 요새 너처럼 말하는 남자가
어딨니? 내가 아무리 남자에 굶주렸어도 그런 식으로 말하는 남자한
테 어떻게 넘어가겠냐고."

"내 말투가 그렇게 이상해?"

"셰익스피어 시대 어투 같잖아. 요즘 누가 그런 말투를 써? 나한
테 프러포즈할 거면, 현실감 생기게 요즘 한국식으로 말해 주라."

"요즘 한국식이 어떤데?"

“한국식? 내가 술에 취한 상태로 여기저기 전화질하다가 다 바쁘다는 소리 듣고 너한테 전화한 까닭이 뭐냐. 뭐겠니? 결국은 술 진탕 마시고 섹스하고 싶어서겠지. 난 지금 위로가 필요하거든. 이게 요즘 식이야.”

제가 몇 달이나 쫓아다니랴. 은현은 그렇게 생각했다. 기껏해야 석 달이면 지나간 사람이 될 것이다. 일이 생겼다는 핑계가 잦아지고, 상대방의 흠을 들추기 시작하고, 약속을 깨고, 연락이 뜸해지는 즈음이 만난 지 석 달쯤 될 때인 것 같았다. 동악산 취재를 기점으로 치면 중경과는 이제 겨우 한 달째였다. 석 달까지 갈 것도 없을지 몰랐다.

“그게 요즘 한국식이야? 류은현식이 아니고?”

“그게 그거야.”

“난 네 식이라면 괜찮지만 한국식이라면 동의하지 않아.”

“뭘 동의하지 않는다고?”

“섹스든 결혼이든 이 술자리든. 한국식이라는 익명적인 범주에다 너를 포함시키면서 이렇게 행패 부리는 거. 난 네가 보고 싶어서 온 거야. 어떤 이유로든 나를 필요로 한, 류은현이라는 고유의 인간. 날 안고 싶으면 손만 내밀면 되는데 내가 알지 못하는 이유 때문에 자꾸만 화를 내는 여자. 그러니까 한국식 운운하지 말고 그냥 날 안아. 손만 내밀면 되니 간단하잖아.”

은현이 붙잡고 있던 술잔을 놓고 중경에게 손을 내밀었다.

“그럼 내 손 잡아 줘.”

번번이 항복도 잘했다. 쉽게 항복해 오는 이유가 따로 있을 테지만 다른 누가 아닌 나한테 항복해 주니 다행이지, 생각한 중경은 탁자 위로 건너온 손을 붙잡은 채 탁자를 돌아가 은현을 당겨 안았다.

"무엇 때문에 이렇게 불안해하는지 모르겠지만 지금은, 네가 무엇을 해도 괜찮은 나하고 같이 있다는 것만 생각해."

은현이 쓴 소설 속 남자들은 거의 불안한 눈빛으로 여자한테 다가들었다. 기성세대들의 보수적인 틀에 가로막혀 자신들의 자리를 찾을 수 없다고 주절대는 그들은 안정된 일자리를 갖지 못했다는 것 이외에는 자기들이 헐뜯는 기성세대와 다를 게 없었다. 삽시간에 뜨거워졌다가 빠르게 냉각되는, 여운이라고는 없는 족속들. 냉각의 이유는 언제나 단순했다. 불안한 자신의 현실을 받쳐 줄 상대가 아니라는 것. 똑같은 불안에 시달리는 동족이라는 걸 알아채는 순간 서로에게서 물러나는 것이었다. 한중경도 은현에게는 그들과 같은 존재로 느껴질지 몰랐다. 어쩌면 더 가볍게 느낄 수도 있었다. 직업을 존재 유지를 위한 최소한의 수단으로 여길 뿐인 경박한 놈. 외교관이 직업이라면서 역사의식도 민족의식도 없는 족속. 그럴지도 모른다. 하지만 달랐다. 중경은 은현에게 키스하며 속으로 되뇌었다. 나는, 우리는 다르다. 아무것도 계산할 줄 몰랐던 때 만났지 않는가.

거실 풍경이 가관이다. 탁자 위에는 술잔이며 술병들이 어지럽고 그 가운데 꽃병에 꽂힌 장미꽃은 너무 화사해 생뚱맞다. 맨바닥에 매트 한 장 깔고 한 장 덮은 채 뒤엉켜 있는 알몸들과 주변에 아무렇게나 널린 옷가지들. 섹스를 한 기억은 있는데 잠들 때 장면은 깜깜하다. 몇 시쯤 잠들었는지는 알 수 없어도 날은 밝은 것 같다. 중경의 오른팔에는 은현의 머리가 얹혔고 그의 왼팔은 은현의 허리께에 걸쳐져 있다. 은현을 안고 잠을 잔 것이다. 꽤 여러 여자를 만났어도 안고 잠을 잘 일은 없었다. 여자들도 그랬지만 중경도 아침에는 자신의 방에서 혼자 깨어나고 싶었다. 은현과는 당연한 듯 함께 자고 함께 깨어나고 있다. 새로운 방식의 연애였다.

중경은 은현의 허리께에 있던 제 손을 은현의 샅 사이에 넣어 가만가만 매만진다. 샅 주변이 부은 것 같았다. 간밤에 여러 번의 거친 행위로 샅 주변의 살갗이 온통 쓸린 것이다. 섬진강가에서도 그랬다. 새벽에 잠들어 늦은 아침에 일어났을 때 은현의 샅 안쪽이 부어 있었다. 모기에 물린 팔이 두 배쯤 부풀고 첫 등산으로 온몸이 풀린 데다 밤새 안고 뒤엉킨 탓에 아침 섹스는 할 수 없었다. 대신 부은 팔에 찬 수건을 감아 주고 따뜻한 물속에 담가 놓고 오래 쓰다듬으며 몸을 풀어 주었다. 그때 중경은 인내가 가능해진 자신의 나이가 대견했다.

살살 만지는 동안 중경의 손가락이 젖어 온다. 은현이 깨어나는지 굼지럭거린다. 중경은 은현을 감아 들이며 젖가슴에 입술을 댔다. 은현이 그의 머리를 감싸며 푹 안겨 온다. 은현의 몸놀림이 매번 조금씩 더 자유로워지는 걸 느낄 때면 사출과 다른 쾌감이 온몸을 감쌌다. 섹스하다 죽어도 좋을 것 같았다. 격정이 지나간 뒤 은현이 숨을 몰아쉬며 중얼거린다.

"너하고 계속 만나다가는 섹스하다 말라 죽을 것 같다."

"그렇게 안 되게 조심할게."

중경은 손을 뻗어 탁자 위에 놓인 손목시계를 가져다 들여다본다. 6시쯤 된 줄 알았는데 8시다.

"왜?"

"10시 반까지 인천공항에 가야 해. 리히텐슈타인의 문화국 사람들이 오거든."

은현이 몸을 빼어 나간다. 중경은 서둘러 화장실로 들어섰다. 문을 다 여미지 못한 채 오줌을 누는데 은현이 묻는 소리가 들린다.

"리히텐슈타인이 어디에 있는 어떤 나라인데?"

"스위스하고 오스트리아 사이의 알프스 산속에 있는 입헌 군주 국가야. GNP로 따지면 몇 손가락 안에 드는 부자 나라고, 인구가 3만 5천 명쯤 돼."

"인구가 3만 5천인데 한 나라야?"

"국방권, 외교권은 스위스에 있지만 한 나라인 건 분명해."

"국방권과 외교권이 없는데 나라라고? 그게 말이 돼?"

"왜 안 돼? 늘 전쟁을 준비하고, 또 대비하고 있어야 국가야? 네가 연애를 싸움하듯 하는 것처럼? 그 문제에 대해 나중에 진지하게 토론해 보자. 우선 좀 씻고."

말을 마친 중경이 대충 샤워를 하고 수납통에서 수건을 꺼내 몸을 닦고 헤어드라이어를 꺼내 머리를 말린 뒤 나오니, 은현은 이미 제 옷을 다 챙겨 입고 중경의 옷들을 가지런히 챙겨 두었다. 중경이 서둘러 옷들을 입고는 은현의 이마에 키스했다.

"이따 연락할게."

"그래, 얼른 가 봐. 어젯밤에 와줘서 고마워."

"어, 또 봐."

은현의 집은 3층이었다. 중경이 정신없이 계단을 내려와 골목을 나서니 다행히 택시가 금세 눈에 띈다. 택시에 올라 인천공항으로 가 달라고 말하고 나서야 오늘 은현이 이사하는 날인 게 생각났다. 아차 싶다. 어젯밤에 와줘서 고마워. 은현의 인사가 그랬다. 그건 일종의 작별 인사가 아닌가. 작별이라니. 어떻게 저를 되찾았는데! 몇 달 전 은현의 소설을 읽고 다시 만날 결심을 하고도 또 망설였다. 소설집 『가웅가웅 수월래』를 다시 읽던 중 김영성 감독을 만나게 되었고 그가 뜻밖에도 10년 전 방송에 나온 「매구 할매」를 기억해 내는 바람에 마침내 기회를 잡았다. 은현에게 남자 친구가 있느냐고 선아한테 알아보기까지 했다. 그 망설임과 작심과 용기와 기회는 은현에게 다가들기 위한 과정이었다. 어떤 여자를 향해서도 그래 본 적이 없었다. 은현은 전화를 받지 않는다. 끊었다가 다시 걸어도 마찬가지다. 세 번째 만에야 받는다.

"왜, 뭐 놓고 갔어?"

"널 놓고 왔잖아."

"미친. 오글거리게 하지 말랬지?"

"알았어. 한마디만 할게. 사랑해."

대번에 미친놈, 할 줄 알았는데 잠잠하다. 또 요즘 한국식이 아니었나 싶은데 대답이 들려온다.

"알았어. 시골 가서 전화할게. 택시 탔으면 좀 자."

전화가 끊긴다. 밀려나지는 않았다. 새롭게 시작된 연애는 맞지만 자꾸 이건 특별한 경우라고, 이런 일은 처음이라고 생각하게 되는 이 연애가 은현에게는 어떤 연애인지 가늠하기 어렵다. 예전의 은현은 깍쟁이고 새침데기였다. 은현의 책 『약용 연애』를 읽었을 때 느낌도 그랬다. 깍쟁이처럼 제 감정들을 깊이 숨기고 있구나. 중경은 연애란 일상의 모든 것들의 복합 작용이 아닌가 했는데, 은현의 연애론을 읽고 나니 연애란 연애가 시작될 당시의 필요에 의해 용도가 정해지는 것 같았다. 치명적일 수 있는 알레르기를 가진 은현의 「약용 연애」에

따르면 사람은 누구나 어떤 알레르기든 갖고 있으며, 언제 터질지 모
르는 지뢰 같은 것을 내장하고 있었다. 은현에게 연애는 어떤 식으로
든 자신의 알레르기를 치료하기 위한 무의식적 의도에서 시작되고
상대가 그 용도에 맞지 않으면 끝나는 듯했다. 그리고 은현은 제 연
애의 주도권을 제가 쥐고 있는 것 같았다. 시작도 끝도 제가 해왔던
것이다. 그러므로 이 연애의 주도권도 은현에게 있었다. 중경은 한숨
을 쉬고는 눈을 감는다.

4

가방 하나 메고 대문간에 들어서서 두리번거리고 있는 남자는 30대 후반쯤으로 보였다. 말끔하게 면도한 얼굴에 남색 남방셔츠와 청바지를 입어 인상이 밝다. 지난주에 통화한 다큐멘터리 영화감독인 것 같다.

"류은현 씨? 저는 김영성입니다. 지난주 서울 오셨을 때 통화했었지요?"

"이렇게 찾아오신다는 말씀은 없으셨던 것 같은데요."

"말씀드려도 허락하시지 않을 것 같아, 실례인 줄 알면서도 그냥 왔습니다."

"우리 집을 어떻게 찾으셨어요?"

"매구 할머니 댁이 어딘지 수소문했죠. 방송국에 자료가 남아 있더라고요."

"방송국에 든든한 뒷배가 있으신가 보네요. 어쨌든 이렇게 오셨으니 일단 들어오세요."

　은현이 사랑 대청의 분합문 두 짝을 열고 그를 들어오게 했다. 여름내 걷어 올려놓는 몸채와 사랑채의 대청 분합문은 보통 추석을 전후해 내렸다. 대청이 아늑해지는 대신 가벼운 손님을 맞기에는 좀 불편했다. 김영성이 마루에 앉으며 물었다.

　"행랑 앞 저 나무가 계수나무죠? 수령이 얼마나 되었을까요?"

　대문간은 원래 양쪽에 행랑방들을 거느리고 있었다. 여례당 시절에 방들을 털어 낸 터라 지붕 아래 기둥만 선 주랑처럼 되었다. 계수나무는 행랑 왼쪽 끝 담장 가까이 서 있고 키가 지붕보다 한참 높았다. 가지가 넓은 타원형을 이루며 곧게 자란 계수나무는 봄에 적자색 새싹을 틔웠다가 차츰 푸르러져 여름 나무가 된 뒤 지금은 다시 울긋불긋해진 참이다. 그 밑에는 금산댁네서 얻어 온 강아지 두 마리가 살기 시작했다. 거뭉이 새끼는 아닌지 두 마리가 다 희었다. 은현이 암캉아지에게는 복희, 수캉아지에게는 복호라는 이름을 붙였다.

　"80년쯤 됐을걸요."

　사랑과 채원의 계수나무는 18대 종손 류진섭이 보성전문학교를 다니던 시절에 서울에서 묘목 세 그루를 가져와 심었다고 했다. 그때 모원 연못가에 함께 심었다던 묘목은 자라지 못했다. 현재 수목원에 있는 계수나무들은 집에 있는 나무들로부터 번식한 것이었다.

　"혹시 한중경하고 오늘 여기 오기로 약속하셨어요?"

　"아니요. 중경 씨 오늘 여기 온다고 했습니까?"

　"그 친구 때문에 저하고 연결되신 거라 혹시나 하고요."

　"제가 오늘 여기 가보겠다는 문자를 보냈더니 좋은 결과 얻기 바란다는 답신이 왔더군요."

　중경이 오늘 오겠다고 한 건 아니었다. 기다리기라도 하나 보네!

중얼거린 은현은 김영성에게 잠시 앉아 있으라 하고 동국 씨 방으로 들어갔다. 동국 씨는 차보다 달달한 커피를 즐겼다. 몇 가지 구비해 놓은 찻잎들은 접대용이자 장식용이었다. 다포에 덮여 있는 회녹빛 다구들이 언제 만들어진 것인지는 몰랐다. 동국 씨 나이보다 오래된 것이라는 정도만 알지 다구들의 제작 연도를 따져 본 사람은 없었다. 차를 준비해 나서니 감독은 대청을 서성이는 참이다.

"통화할 때 제가 드릴 수 있는 말씀은 이미 다 드린 것 같은데, 어쩌자고 이 먼 데까지 찾아오셨어요?"

"류 선생도 작품 쓰시니 아시잖아요. 우리 같은 사람들은 뭔가에 한번 꽂히면 어떤 식으로든 끝을 봐야 끝난다는 것을요. 저는 지금 매구 할매라는 어른한테 꽂힌 상탭니다. 결과가 어떻든 일단 그 어른을 봬야만 하겠기에 무턱대고 온 겁니다."

작정하고 온 듯 차분한 그의 어조에 집요함이 서렸다. 매구 할매는 늘 그렇듯 점심 먹고 마을 순례를 나갔다. 발길 닿는 대로 걷다가 어느 집이나 어느 밭머리에서 사람을 만나면 그 자리에서 놀기도 하는 터라 집으로 돌아오는 시간은 일정하지 않았다.

"조금 있으면 할머니가 대문 안으로 들어오실 거예요. 그런데 할머니는 듣지 못하세요. 의사소통이 어렵다는 뜻이에요. 또 할머니는 당신 내면에서 나오는 말씀만 하세요. 그런 말씀을 모르는 사람들은 알아듣기도 어렵죠."

"국어사전에는 매구가 천 년 묵은 여우가 변하여 된다는 전설 속의 신이한 동물이라고 나와 있더군요. '매구 할매'라는 할머님의 별명은 어디서 나온 겁니까?"

진녹두가 매구 할매로 불리기 이전, 금당마을에는 매구라는 귀신이 있었다. 사람이 흥에 겨워 날뛸 때 그 사람을 홀려 간을 빼간다는 귀신은 꽹매구라고도 불렸다. 풍물놀이를 매구치기라 했고 풍물패를 매구패라고 칭했다. 거기서 매구 할매라는 별명이 유래했을 거라고 짐작할 뿐 언제부터 그렇게 불렸는지, 왜 그렇게 불렸는지 현재의 금당 사람들은 알지 못했다. 노인을 왜 매구 할매라고 부르게 됐는지 모르는 마을 사람들은 자신들 나이 먹느라 바빠 노인의 나이 세기도 잊어버렸다. 그사이 매구 할매는 마을의 당산나무나 서낭당인 양, 귀물鬼物 아닌 귀물貴物이 되었다.

"그건 저도 잘 몰라요."

잘 모르는 게 사실이지만 유추까지 해주고 싶지 않은 걸 눈치챘는가, 김영성이 미소 짓는다.

"아버님께서, 매구 할머니에 관한 모든 취재를 거절하신다는 걸 여러 경로를 통해 확인했어요. 방송국에 친구가 있습니다. 덕분에 그 방송을 찾아서 보며 저 어른을 저렇게밖에 그리지 못했나, 안타깝기도 했지만 한편으로 나한테는 다행이다 싶었어요. 그때 방송이 그만큼밖에 하지 못한 탓에, 류 선생의 「매구 할매」에 나타나는 오색 복주머니에도 주목하지 않았더군요. 화면마다 앞섶에 달고 계시는데도 그냥 노리개로 여긴 것 같더라고요. 덕분에 저는 매구 할매가 무궁무진한 존재로 남아 계신 것 같아 속으로 환호했죠. 하여튼 아버님께서 매구 할머니에 관한 취재를 꺼려하시는 가장 결정적인 이유가 뭘까요? 혹시 아버님께서 허락하신다는 걸 전제할 때, 바라시는 건 어떤 점일까요? 말씀해 주세요. 부탁드립니다."

할머니는 하얀 머리에 쪽을 찌고 치마저고리를 입고 그 치맛말기에다 오방색 복주머니를 노리개처럼 달고 다녔다. 그 복주머니 속에

는 언제나 새 돈처럼 빳빳한 천 원짜리가 접힌 채 들어 있었다. 주머
니 속에 천 원짜리가 든 게 20년 전쯤부터이고 그 앞에는 5백 원이었
고 그전에는 백 원이었다. 전해 온 말로 1원짜리부터 시작됐다는 그
돈을 마을 사람들은 '아나 복돈'이라 불렀다. 노인은 마을 광장이나
큰 뜸이나 작은 뜸, 동각이나 고샅이나 논밭 언저리, 혹은 어느 집 마
당에서, 임신한 아낙이나 며느리나 딸의 임신을 기다리는 늙은 아낙
을 향해 불쑥 주머니를 내밀며 말하곤 했다. 아나, 복돈이다.

"아버지는 그때 방송이 우리 할머니를 장난감처럼 다뤘다고 여기
셨던 것 같아요. 단순한 볼거리로 만들었거나. 할머니의 백 년 삶이
장수에만 맞춰져 있었거든요. 아, 저렇게 오래 사는 사람이 있구나.
뭘 먹고, 어떻게 살아야 백 년이나 살까."

"당시 아버님이 원하시는 측면은 어떤 것이었을까요?"

"아버지도 모르셨겠죠. 그때 프로그램 만든 사람들이 우리 아버
지한테 방송 주제를 어떻게 설명하고 할머니를 찍게 허락을 받았는
지 저는 모르고요. 저는 텔레비전에 우리 할머니 나온다기에 챙겨 보
다가 속이 상했어요. 텔레비전이 우리 할머니를 희귀 동물처럼 다뤘
다고 느꼈거든요. 마을 사람들은 희귀 동물을 보는 구경꾼들처럼 그
렸고요."

"그럼 류 선생, 가령 제가 아버님께 할머님을 주인공으로 다큐멘
터리를 만들고 싶다 말씀드리고 허락받으려면 어디에다 초점을 맞춰
야 할까요? 저는 할머님의 생명성, 장수 노인으로서가 아니라 류 선
생 소설에 나타난, 잉태한 여자들한테 오색 복주머니를 건네는 신비
한 생명성에 주목하고 있는데요?"

"제 소설에 나타난 할머니 모습은 제가 본, 여섯 살짜리하고 다를

것 없는 할머니 모습이죠. 참고는 할 수 있겠지만 할머니의 일부분일 뿐이잖아요. 그 정도로는 저희 아버지를 설득시키기 어려울 거예요.”

“류 선생은 어떠신데요?”

“저도 마찬가지예요. 감독님이 우리 할머니를 작품화하고 싶어 하는 건 감독님만의 소망, 혹은 욕망이죠. 복주머니를 달고 다니시지만 대여섯 살 아이처럼 사시는 할머니한테 감독님 작품의 주인공이 되는 게 무슨 의미가 있겠어요? 그런 할머니를 모시는 제 어머니 아버지한테 할머니가 영화의 주인공이 되는 게 무슨 의미가 있고요? 할머니는 당신의 삶에 대해 설명하실 줄 몰라요. 저 나무 밑에서 노는 강아지들하고 다를 것 없으시죠. 바람 불면 흔들리고 비 오면 맞는 나무하고도 같아요. 그런 분한테 카메라를 들이대는 상상은 저도 하고 싶지 않아요.”

“만약 할머님과 의사소통이 이루어져, 할머님께 저의 이런 소망들을 말씀드린다면 어찌 말씀하실까요?”

“할머니가 영화 주인공이 되길 원하실 수도 있지 않냐, 왜 의향을 여쭤 볼 기회도 주지 않느냐, 그 말씀이세요, 지금?”

“아이고, 아니요. 무슨 그런 말씀을. 저는 아버님이나 류 선생이 허락하신다면, 할머님께서도 응해 주실 수 있을까, 그걸 물어보는 겁니다.”

“그 말씀이 그 말씀 같네요만, 우리 아버지를 통하지 않고는 할머니한테 감독님 계획을 설명할 방법이 없으니 제 대답도 같지요.”

감독의 시선이 계수나무 쪽으로 향했다. 할머니가 나타나 양손으로 강아지들을 놀리고 있었다. 복희와 복호가 할머니에게 꼬리를 살랑거리며 털실 뭉치들처럼 굴었다. 오늘 노인께선 겨자색 치마저고리에 자줏빛 마고자를 받쳐 입으셨다. 화사한데도 천지간에 당신과 강아지들만 존재하는 양 정답고 오롯하다. 그리고 적막하다. 할머니가 사람과 같이 있는 모습을 볼 때는 느끼지 못하는 적막감이 요즘 강아지들하고 어울려 있을 때면 느껴졌다. 투명하고도 완강한 차단막에 갇힌 작은 생명체들 같았다

"저분이신가 봐요."

"그래요. 할머니는 감독님과 제가 여기 있는 걸 아직 못 보셨어요. 곧 몸을 돌리실 텐데, 우리를 발견하지 못하시면 그대로 안으로 들어가실 거예요. 할머니 낮잠 주무실 시간이거든요."

"아름다우세요. 귀여우시고, 슬프고, 적막하고, 눈물 날 것 같습니다. 지금 사진 찍어도 될까요."

눈물 날 것 같다는 감독의 눈에 정말 눈물이 맺혀 있다. 할머니를 바라보는 그의 깊은 시선에 은현의 콧날도 시큰해진다. 이 사람 뭔가 좀 아는 것 같다 싶은 감동이다. 그가 할머니의 신비한 생명성에 주목한 것만 봐도 특별한 시선을 가진 게 틀림없었다. 은현이 고개를 끄덕이자 감독이 가방에서 카메라를 꺼내더니 앉은 자세에서 몇 컷을 연달아 찍는다. 감독의 셔터 소리가 텔레파시처럼 전달되었는가, 강아지들을 떼어 놓고 일어선 할머니가 은현을 발견하고는 눈을 가늘게 뜨며 물었다.

"뭔 삼시랑이냐?"

은현이 마루를 내려섰다. 은현의 기억에 노인이 사랑채에 있는 모습은 전혀 없었다. 사랑채는 당신 들어설 곳이 아니라는 게 처음부터 각인된 성싶었다. 김 감독이 따라나서서 어르신, 안녕하십니까? 큰 소리로 인사했다.

"제 손님이에요, 할머니."

"느 애비는 읍에 간 것 같든디?"

"아부지 읍에 가신 거 저도 알아요. 장희 언니는요?"

몇 해 전 바보가 되어 금당으로 돌아온 장희는 바보가 아니라 어린애가 된 것 같았다. 임신으로 몸이 하루가 다르게 커져 가는 그네는 요즘 수시로 할머니를 따라다녔다. 은현은 날마다 장희를 보면서도 임신에 대해 묻지 못했다. 누가 임신시켰건 그건 강간이었다. 강간범은 마을 안의 사내이기 십상일 터, 집집의 켯속을 서로 꿰고 사는 마을에서 장희를 임신시켰다는 사실이 드러나는 순간 금당은 끓는 냄비 속 같아질 것이다. 장희가 가진 아이의 아비가 나타나지 않는 것도, 마을 사람들이 아이 아비가 누구일 것이라 추측하지 못하는 것도 그 때문일 게 뻔했다.

"장이? 둘이 괴연재서 내래오다 국새서 동네를 내래다보는디, 선셉이하고 놀고 자풍가 구암덕네로 쑥 들어가드라."

현재 국새 아래 뒤뜸엔 구암댁 집만 남아 있었다. 구암댁이 막내아들의 병을 낫게 하려 고양이들을 고아 먹인다는 소문이 짜했다. 선셉이 통풍에 걸렸는데 증세가 심해 관절마다 혹이 돋아 괴물처럼 변했다고 했다. 그 때문에 이혼까지 하고 시골집으로 돌아왔다는 그가 집 밖으로 나오지 않는 만큼 동네 사람들도 그를 찾아가지 못했다. 그런데 장희가 그 집으로 수월하게 들어갔다니. 그동안 장희 홀로 그 집 출입이 자유로웠단 말인가. 은현이 미구에 태어날 장희 몸속 아이의 근거를 추측하는 사이 노인은 김 감독한테 시선을 두고 있었다. 감독이 허리 숙여 인사했다.

"처음 뵙겠습니다, 할머님."

"장개는 안 든 것 같은디?"

"예, 미혼입니다."

"비민하겄냐. 점잔이 놀다 가그라."

어련하겠냐는 단정적인 말씀으로 미루어 장가들지 않은 젊은 놈이라도 증손녀의 짝은 아니게 보이시는가. 노인은 김영성에게 더 이상 관심 없다는 듯 돌아선다. 은현이 약 올리듯 김영성을 향해 기다리라 하고 노인을 따른다. 원래 모원에 거하셨던 노인이 몸채 건넌방으로 거처를 옮긴 건 은현이 태어난 직후였다. 산파로서의 매구 할매가 마지막으로 받아낸 아이가 은현이었다. 그 사실을 온 동네가 다 알지만 아무도 은현의 생부가 누군지는 몰랐다.

그동안 은현은 생모 류혜국의 소설들을 모조리 읽고도 행여 발견하지 못한 기록이 있나 싶어 채원의 다락은 물론 집 안 곳곳을 몇 번이나 뒤졌다. 류혜국은 대학 시절 교재와 읽던 책들과 타자기로 쓴 소설만 남겼을 뿐 알 만한 기록은 없었다. 사진도 졸업 앨범들만 남겼다. 그 스스로 정리해 폐기한 게 틀림없었다. 분서갱유는 독재자들만 단행하는 게 아니었다. 은현도 옛 남자와의 관계를 정리하기 위해 그와 관계된 것들을 모조리 삭제하거나 제거했다. 기록을 없애도 기억이 대번에 사라지는 게 아니라는 걸 알지만 자신의 한 부분을 통째로 지우고 싶을 때가 있는 것이다.

류혜국은 1947년 태어나 1966년 대학에 입학했고 5년 만에 졸업했다. 재학 시절 대학 신문에 두 편의 소설을 발표했고 1971년 일간 신문 신춘문예로 등단했다. 그때 작품의 제목이 '꽃이거나 도끼거나'였다. 등단작 『꽃이거나 도끼거나』가 류혜국의 유고작이 되었다.

발표되지 못한 류혜국 연작 소설의 화자는 시종 계원이라는 이름의 여자였다. 계원도 류혜국과 똑같은 이력을 가졌다. 은현이 류혜국의 연작 소설들을 허구로 읽기 어려운 이유가 그 때문이었다. 11편의 연작 마지막 편에서 계원은 미혼으로 운대학교 선생이었는데 임신 중이었고 그 아이를 낳기로 작정했다. 그네가 사표를 내고 나서던 겨울 방학식 날 운동장은 온통 흰 눈에 쌓여 있었다. 소설은 계원이 교문을 나서며 뒤돌아보는 장면에서 끝났다. 세 번에 걸친 연애를 했음에도 배속 아이의 아버지가 누구인지는 밝히지 않은 채였다.

은현이 자리를 봐주자 졸음에 겨워 눈을 감던 노인이 말했다.

"동무도 좋제만 니가 서방을 데꼬왔으면 에미가 좋아했을 것인디 그랬다. 천지에 단풍이 들건디, 계수나무 한 나무도 단풍이고. 홀로 살면 그립니라."

잠꼬대인 양 몇 마디 한 노인이 짧은 잠 길에 접어든다. 은현은 살며시 일어나 노인의 방문을 닫고 나왔다. 사랑 마당에는 장희가 들어와 강아지들을 어르고 있다. 김영성이 마루 앞에 엉성하게 서서 장희를 바라보고 있다. 선섭이 놀아 주지 않아 그냥 내려왔는가. 만삭에 접어든 장희는 낯선 사람의 출현에 경계하면서도 호기심에 흘깃거리는 참이다.

5

　동국 씨는 영화감독이라는 김영성이 재미났다. 일주일 전에 은현에게서 거절당하고 갔다더니 또 찾아온 그였다. 삼고초려라도 감행할 태세였다. 인상이 선한 데다 서글서글한 말투로 제 일에 대해 조곤조곤 말하는 걸 보고 있자니 제법 심지가 있어 보였다. 더구나 서른일곱 살에 미혼이라니 호기심도 발동했다. 저녁이나 먹고 가라고 선심 쓴 것도 그 때문이다. 온 마을의 거동 임의로운 여인들이 단풍놀이를 떠난 날이었다. 은현은 싫은 내색 없이 저녁 밥상에 김영성의 자리를 만들었다. 노인과 장희와 은현이 한 상이고, 손님 때문에 동국 씨의 상을 따로 차려 내는 격식도 갖췄다. 동국 씨는 간만에 손님이 찾아든 기념으로 늦봄에 담가 둔 매실주를 꺼내다 반주를 삼았다. 반주가 있으니 저녁자리가 길어졌다.

　노인과 장희는 식사를 마치고 노인의 방으로 건너갔다. 동국 씨는 김영성의 잔에다 또 술을 따라 주었다. 노인의 방에 다녀온 은현이 빈 술잔을 들고 동국 씨 상으로 다가들었다.

"아버지, 술을 좀 많이 드시는 것 같은데요? 이따 엄마한테 혼나시려고?"

동국 씨가 씩 웃고는 은현의 잔에 술을 채워 주는데 은현이 술잔을 내려놓고는 주머니에서 제 전화기를 꺼내 살핀다. 문자 메시지가 온 듯한데 읽고는 동국 씨를 쳐다본다. 얼굴이 상기됐다.

"왜에?"

"친구가 왔대요. 대학 때 친구요."

"우리 집에?"

"예, 대문 앞에요."

"오늘은 네 손님들이 작당들을 한 게로구나. 어쨌든 우리 집에 온 네 손님이니 나가서 데려오너라."

은현이 일어서자 김영성이, 중경 씨 왔대요? 묻는다. 은현이 고개를 끄덕이고는 서둘러 나간다.

"자네도 우리 집 앞에 왔다는 은현이 친구를 아시는가?"

"예, 그 친구 통해서 은현 씨를 알게 됐고 그 덕에 여기까지 오게 된 겁니다."

김영성은 노인에 대한 촬영을 허락받고 싶다고 청한 뒤 더는 보채지 않고 있었다. 제 전작들에 대해 설명하며 동국 씨의 잔 채우기를 반복할 뿐이다. 동국 씨는 이미 거절 의사를 밝혔지만 김영성이 포기하지 않은 것을 충분히 느꼈다. 그리 쉽게 포기할 놈이, 쉼 없이 운전해 와도 다섯 시간이 걸리는 남도 끝자락까지 왔으랴. 그런데 김영성은 그렇다 하더라도 이 밤중에 찾아든 또 한 놈은 뭔 놈일까. 이름으로 보아하니 사내놈인 게 분명하지 않는가.

"그래서 지난번에 만들어 상 받았다는 그 작품, 〈불복〉은 관객 좀 들었나?"

"솔직히 돈 벌었다고 말씀드리긴 어렵습니다. 그래도 지금까지 저희가 만든 영화들 중에서는 제일 낫고요. 〈불복〉에 들어간 자금은 얼추 회수했습니다. 몇 나라에 작품을 팔았고, 국내에서도 몇 개 채널과 계약을 했습니다. 물론 만족할 수는 없습니다만, 만들 때마다 조금씩 나아지고 있다고 자위, 자부하는 중입니다."

"회사 이름이 영화너머라고? 영화를 통해 영화를 넘어 영화보다 더 좋은 뭔가를 추구한다는 의미인가?"

늙은이의 해석이 대충 맞는지 놈이 수줍은 듯 웃는다.

"발전하고 있다니, 다행스럽고 좋은 일이네. 부지런히 하시게. 그건 그렇고, 아까도 말했지만 나는 우리 집 어른을 이 동네 밖으로 내세울 맘이 없네. 자네도 봤다시피 후 불면 날아가게 생긴 양반 아니신가? 당신 두 발로 걸어 다니시지만 작은 돌멩이 하나, 가는 바람 한 자락도 조심해야 하는 게 우리 입장일세."

동국 씨는 김영성이 갖고 온 문제를 은현에게 넘기는 참이었다. 이렇게 했음에도 김영성이 포기하지 않고 은현을 설득한다면, 인정할 만한 것일 터였다. 매구 할매를 영화 주인공으로 삼자면 어쩔 수 없이 집안 내력이 들춰질 수밖에 없었다. 이 집안에 서리서리 어린 모든 건 작가인 은현의 몫이었다. 은현이 어떤 내용의 소설을 쓰고 있는지 아직 몰라도 집안 역사를 뒤적인 것으로 보아 집안 이야기가 바탕일 게 뻔했다. 장르가 다르다고 해도 겹칠 수밖에 없을 것이다. 결과가 어떻든 동국 씨는 은현의 뜻을 좇을 작정이었다.

"아버지, 제 친구 왔어요."

은현이 들어와 제 뒤에 선 놈을 가리켰다. 허우대가 크다. 양쪽 눈

꼬리가 관자놀이 위쪽으로 뻗었고 눈썹은 짙고 입술은 얇다. 김영성이 단정한 인상인 데 비해 놈은 애매하다. 겉만 커다래진 아이같이 뭔가가 부조화스럽다. 아, 눈 색깔이 다르다. 혼혈의 흔적보다 눈 색깔 때문에 이국 청년같이 보이는 것이다. 뜻밖의 사태에 동국 씨 가슴이 싸해지는데 놈은 들어오면서 은현에게 교육받았는지 찬방 문턱을 넘어서지 않은 채 절부터 한다. 문밖에서 절하는 사람은 아랫사람이거나 자식일 경우다. 은현은 놈에게 손님이 아니라 모처럼 집에 돌아온 자식으로서의 예를 갖추게 시켰다. 낮에 김 감독은 이도 저도 없이 선 채 고개 숙인 인사만 했다. 은현에게 두 놈은 존재의 위치가 다른 것이다.

"한중경입니다, 아버님."

말투는 외국인 같지 않은데 여전히 낯설다. 외국인처럼 뵈는 녀석이 한국말을 천연덕스레 하는 것도 조화스럽지는 못한 것이다.

"들어와 앉게. 서울서 왔는가?"

놈이 예, 하고는 들어와 상머리에 앉는다.

"집을 쉽게 찾았는가?"

"내비게이션 따라와 어렵지 않았는데 대문 앞에서 잠깐 당황했습니다."

"대문 앞에서, 왜?"

"은현이 이런 고택, 저택에서 사는 줄 몰랐거든요."

동국 씨가 모처럼 웃는다. 평생 집을 지키며 가꾼 보람을 처음 느끼는 성싶다.

"어쨌든 오늘은 금요일이고, 보통이라면 6시까지는 일해야 할 텐데. 그때 출발했다면 지금 여기 도착할 수 없을 텐데?"

"몇 시간 일찍 외부에서 일 본다고 하고 나왔습니다. 완전히 거짓 말은 아닙니다. 제 일의 범주에 김 감독이 하는 일도 포함되어 있기 때문입니다."

"그렇다면 다행이군. 은현아, 저녁 차려 줘라."

놈이 올 걸 알고 따로 남겨 뒀던가. 은현이 갈치조림이며 바지락 국, 미나리무침을 새로 담아낸다. 동국 씨는 새로 온 놈의 술잔에다 술을 따라주고는 흐뭇해져 두 젊은이를 바라본다. 찬방뿐만 아니라 온 집 안이 그득하게 느껴지면서 마음이 자꾸 앞선다.

"한중경이라고? 은현이하고 같은 학교를 나왔나?"

"같은 학교 같은 과를 졸업했습니다."

"무슨 일을 하나?"

"외교부에 소속되어 있습니다. 현재는 중서 유럽과의 문화 교류 부서에 있고요."

"중서 유럽이라면 어느 나라들인가? 체코도 들어가나?"

"예, 지리적으로 정확한 경계가 있는 건 아닙니다만 체코와 폴란 드, 슬로바키아, 헝가리, 스위스와 독일, 리히텐슈타인, 오스트리아, 슬로베니아 등이 중유럽으로 분류됩니다."

"서유럽은 영국, 프랑스 그런 나라고?"

"예, 아일랜드와 오스트리아, 이탈리아, 스위스와 베네룩스3국이 서유럽으로 불립니다."

"허면 오늘 자네가 그 많은 유럽을 놔두고 여기까지 온 건, 김 감 독 때문인가, 류은현 때문인가?"

"류은현 때문입니다. 한편으로는 김 감독을 빙자해서 이쪽 여행 을 좀 하자는 생각도 있었습니다. 제가 해남이나 구례, 곡성 쪽은 가봤는데 이쪽은 와볼 기회가 없었거든요.”

“그래, 어쨌든 잘 왔네. 셋이 친구 비슷이 된 셈인 것 같으니 술 마시면서들 놀게. 은현이하고 의논해서 내일 이쪽 근방에서 볼 만한 곳들을 돌아봐도 좋겠지. 유럽같이 화려한 곳은 없네. 우리나라의 유명 관광지들 같은 절경도 드문, 그야말로 여긴 촌이네. 하여도 순한 눈으로 보면 볼 것들은 어디나 있게 마련이지. 자네들이 그런 심성과 시각을 가진 사람들이라 여기까지 왔을 것으로 믿네.”

“오늘 밤 저희, 재워 주시는 거지요, 아버님?”

중경의 물음에 동국 씨는 허허, 웃는다. 뜬금없는 놈이되 귀엽기는 하다.

“김 감독만 있으면 읍내 가서 자라고 할 참이었는데, 우리 집에 빈방이 없지는 않으나 안사람이 돌아오면, 과년한 딸자식 있는 집에 홀로 찾아든 젊은 사내를 재운다고 나를 닦아세울 게 뻔하거든. 중경이 자네가 왔으니 공식적인 손님들로 인정하고 자네들이 원한다면 오늘 밤 두 사람이 우리 집에 유숙하는 걸 허락하겠네. 뒤채 모원에 보일러가 설치돼 있으니 자고 가는 건 알아서들 하고. 은현이 너로 하여 찾아든 손님들이니 아비 대신 대작해라. 네 말대로 나는 좀 과했다.”

말을 마친 동국 씨는 젊은이들을 찬방에 두고 나왔다. 조금 더 있 노라면 채신을 잃고 놈들의 신상을 캐려 들 것 같기에 서둘러 일어선 것이다. 특히 눈 색깔이 다른 중경을 물고 늘어질지도 몰랐다. 부모 는 뭘 하시냐. 고향이 어디며 본관은 어찌 되느냐. 형제가 몇이나 되 냐. 요즘 세상에 그런 게 아무 소용 없다는 걸 아들들을 통해 충분히 경험했다. 태생이 어찌 되건 어떻게 자랐건 다들 자신들이 하고 싶은 대로, 가고 싶은 대로 가지 않던가.

대청 건너 노인 방 앞에서 귀를 기울인다. 만삭의 임부가 들어 있어 방문을 열어 보지는 않는다. 장희가 켜놨는지 텔레비전 소리가 크다. 노인도 텔레비전을 즐기셨다. 당신 홀로 계실 때도 텔레비전을 곧잘 켜놓는데 케이블이 연결돼 채널이 많아진 뒤로는 내셔널지오그래픽에 등장하는 생태 프로그램을 즐겨 보셨다. 손목시계를 보고는 노인의 방 앞을 떠난다. 두 시간쯤 뒤에 단풍놀이 간 사람들이 돌아올 테고 사장나무 밑이 잠깐 소란할 것이다. 안사람이 들어오면 집 안도 잠깐 부산해질 것이다. 동국 씨는 허홍림을 기다리는 자신을 느끼며 흐, 웃는다.

열여섯, 열여덟의 청춘들이 처음 만나던 그해 삼진날. 동국 씨가 순천고등학교 3학년에 올랐을 때였다. 당시로서는 드문 일도 아니었지만 얼굴 한번 못 본 처자한테 장가들라는 여례당의 명이 내렸다. 여례당께서 손자의 혼인을 서두르신 까닭은 워낙 손이 귀한 집안에 대한 심려 때문이었다. 19대 종손의 대학 입학을 예비한 것도 있었다. 종손이 대학에 들어가 연애라도 하게 되면 어쩌랴. 할머니는 계성재를 세상 전부로 여기며 살림에만 전념할 처자를 손부로 들여야만 했던 것이다. 물론 지아비와 더불어 오래 살 사주인지, 서방 각시 궁합이 맞는지, 자식을 많이 낳을 관상을 가졌는지, 속속들이 따져 보고 성사된 혼인이었다. 할머니의 그 계산은 학교 공부 많이 한 당신의 며느리 연미령에 덴 탓이기도 했다. 전주 태생의 어머니는 진명여고보 졸업반 때 보성전문학교를 다니던 아버지를 만났고 계성재로 시집왔으나 여순 사건으로 과부가 되었다. 전쟁 통에 수절하지 못했으며 그 일로 얻은 병으로 채원에 갇혀 길지 못한 생을 마감했다. 할머니는 19

대 종손부를 학교 문턱에도 가보지 않은 사람으로 골랐다.

혼인 날짜에 맞춰 집에 돌아와 보성 예당의 신부 집으로 향할 때 예비신랑의 심사가 복잡하고 캄캄했다. 초례청에서 홍림이라는 이름의 신부 얼굴을 처음 봤다. 애달프리만치 고왔던 어머니. 그만한 미인은 못 되었다. 숫된 얼굴에 몸피는 여자로서 좀 크다 싶었다. 그럼에도 신기하게 홍림은 대번에 맘에 쏙 들었다. 익히 봐왔던 사람인 듯 다정했다. 그리고 쉰네 해째였다. 몸고생 맘고생은 헤아릴 수 없이 시켰지만 단 하나 여자 문제만은 겪게 하지 않았다. 열 계집 싫다는 사내 없다는 말들이 바람처럼 횡행해도 동국 씨는 허홍림 두고 딴 짓할 만한 여자를 만나 본 적이 없었다.

열흘 뒤가 젯날이었다. 태현이나 상현이나 처자식 없는 홀몸인 듯 저희만 다녀갈 게 뻔했다. 제사는 사내들이 아니라 여인들 손으로 이어지는 것인데, 차기 종부는커녕 셋이던 며느리가 사실상 하나도 없이 된 처지였다. 허홍림이 얼마나 서러울지, 그날을 생각하면 동국 씨는 지레 울적했다. 그날, 한 해 두 번으로 줄여 올리던 기제를 내년부터는 한 번으로 합사하겠노라 선언할 작정이었다. 자손들이 제대로 이어 가지 못할 제사가 몇 번이든 무슨 상관이랴. 가을이 저물어 가는 탓인가. 근래 들어 동국 씨는 울적해지는 일이 잦았다.

'너희가 나이 들 때쯤에는 시골에 사람이 줄어들 것이고 농사지을 사람이 없어 땅들이 돌아올 것이다.'

40년 전 선산의 산불을 겪고 나서 여례당께서 하신 말씀이었다. 그 말씀에 따라 선산 자락의 밭들에 나무들을 심기 시작했다. 여례당의 말씀이 맞아 땅들이 돌아오기 시작했다. 그 땅들에다 동국 씨는 관상수와 유실수를 심어 왔다. 어차피 묵어 갈 땅, 내외가 움직일 수 있는 동안은 돌아다니면서 과실 따는 재미라도 보기 위해서였다. 하지만 이렇게까지 사람이 줄어들 줄은 예상치 못했다. 그나마 노인께서 돌아가시고 나면 천지간에 단둘만 남은 듯이 살게 되리라고는. 사랑 앞에 이르러 동국 씨는 하릴없이 대문간에 귀를 기울여 보다 또 실없이 웃는다.

관광에서 돌아온 홍림 씨는 은현을 찾아온 사내놈들을 잡아먹을 듯이 뜯어보며 이것저것 물어 댔다. 눈치로 보아 김영성이 맘에 든 듯했다. 처음엔 중경이 외모가 좀 남다른 것 같기는 해도 공무원이라는 말에 솔깃한 기색이더니 외교부 공무원이라 외국 출장이 잦은 건 물론이고 몇 년씩 외국에 나가 살기도 한다는 말을 듣고는 안면을 싹 바꿨다. 홍림 씨한테는 자신이 관광으로 가본 중국과 일본 이외의 모든 나라가 다 외국이라는 한 나라였다. 그 외국은 자식들을 망가뜨리는 나라였다. 멀쩡하던 자식들이 선영도 부모도 몰라보는 싸가지 없는 종자로 변하게 만드는 몹쓸 나라. 떡 줄 사람은 생각도 않는데 홀로 김칫국을 마셔 대는 홍림 씨를 보다 못한 동국 씨가 내자를 끌고 찬방을 나가면서 젊은이들에게 더 놀 양이면 모원으로 건너가 놀라고 했다.

은현은 두 사람을 데리고 갯가로 넘어왔다. 금당 갯바다는 10여 년 전 20킬로미터 거리쯤에 방조제가 생기고 고흥만高興灣이 간척되면서 쓸모없는 개펄이 되어 가는 중이었다. 무진장 채취되던 굴과 꼬막과 바지락이 줄면서 쓸모없는 고등들이 새까맣게 굴러다니고 먹지 못할 파래들이 넘실거렸다. 밀물이면 파도처럼 들어와 그물에 갇히던 숭어며 문절이도 찾아오지 않았다. 계성재의 전래 음식인 숭어식해와 숭어삼합은 이제 장에서 숭어를 사다 만들었다. 여름이면 겨울에 냉동해 놨던 숭어를 사용했다. 그래도 바다는 바다인지라 짠내 섞인 바람 맞으면서 은현은 금당 갯바다의 현재를 두 사람에게 설명해주었다. 날이 흐려 바닷물은 거의 보이지 않고 바다 건너 동네에서 불빛들이 깜박거리는 것만 보였다. 중경이 물었다.

"현재는 개펄에서 먹을 수 있는 게 전혀 안 나?"

"그래도 명색이 지가 바다인데 먹을 게 안 난다 할 수는 없지. 나긴 하는데 노동 강도나 노동 시간에 비해 생산성이 너무 떨어지는 거야. 옛날에는 썰물 몇 시간 동안 한 집당 몇 동이씩 채취했거든. 아직도 개펄 작업은 마을 공동 작업으로 하기 때문에 반찬이라도 캐자고 아무나 들어갈 수도 없어. 공동 작업 하는 날을 여기서는 개 튼다고 하는데, 개 트는 날은 한 집에서 한 사람만 들어가. 즉 안주인들이 1차로 들어가서 바지락이나 꼬막 등을 캐는 거야. 두 시간쯤 뒤에 한 집에서 다른 한 사람이 자기 식구 갯마중을 갈 수 있어. 지금은 개펄 가운데까지 시멘트 길이 나 있어서 경운기나 오토바이가 들어가는데, 예전에는 전부 이고 지고 나왔지. 아이러니한 건 개펄에 바퀴 다닐 길을 낼 무렵부터 해산물이 줄어들기 시작한 거야. 그 무렵에 만의 개척 공사가 끝났는데 마을 사람들은 만의 공사가 끝나면서 개펄이 변할 줄은 예상하지 못했지."

"예전에 개를 틀 때 계성재에서도 개펄 작업에 참여했어요?"

김영성이 아직 미련을 버리지 못했구나 싶어 은현은 웃는다.

"물론이죠. 우리 엄마라고 몇 시간 노동으로 일당을 벌고도 반찬감까지 건질 일을 외면하시겠어요? 그렇게 무진장하게 나올 때는 공동 수매를 했는데, 트럭이 여기까지 와서 그물망에 들어 있는 해산물을 한 가득 싣고 나가곤 했죠. 한 집에서 수매하는 양도 똑같았어요.

예를 들면 한 가구당 바지락 50킬로그램, 석화 1백 킬로그램 식이었죠. 그렇게 공동 수매를 해도 자기 집에서 먹을 반찬감이 남는데, 그건 캐는 사람의 능력 따라 좌우돼요. 우리 홍림 씨는 아마 중간 정도 실력이셨을 거예요. 그런데 우리 집에서는 쓸 일이 많았기 때문에 엄마는 엄마보다 훨씬 실력이 좋은 아주머니들한테서 그걸 샀죠."

중경이 물었다.

"50킬로, 백 킬로씩 생산할 때, 갯마중 갈 남편이나 남자가 없는 집은 어떻게 했는데? 혼자 사는 아주머니들도 계셨을 거 아냐."

"집안에 마중꾼 없는 집의 갯짐은 대개 시아재나 이웃집의 아무개 아부지 등이 나눠서 졌어. 가령 우리 홍림 씨 젊었을 때, 토요일 오후나 일요일, 공휴일 등을 제외하면 직장 다니는 우리 아버지가 갯마중하기는 힘들었거든. 그런 집에는 대개 갯짐을 나눠 져주는 사람들이 관례처럼 정해져 있었어. 혼자 다 이고 나오는 아줌마는 없었다고 보면 돼."

김영성이 물었다.

"할머님도 젊은 날에는 개펄에 나가셨을까요?"

"당연히 그러셨겠죠? 옛날에도 개펄 속에 생물이 있었을 테니까요."

중경이 질문했다.

"너도 개펄에서 바지락이나 꼬막을 캐본 적 있어?"

"우리 세대 아이들은 개에 들어갈 기회가 거의 없었다고 보면 돼. 지금까지 이야기한 건 내가 어릴 때 본 풍경이야. 나는 대학 졸업반 때, 여름이라 바지락 개를 튼 날이었는데 엄마 따라서 들어갔어. 갯가 마을에 태어났으니 일생에 한 번은 경험해 봐야 하는 게 아닐까 싶었던 것 같아. 한 홉쯤 캤나? 공부 한번 호되게 했지. 모기에 세 방이나 물렸거든. 바지락 찾다가 허리께가 드러난 걸 몰랐어. 다음 날 엉덩이가 허리에 생긴 꼴이 되었어."

아이고, 하면서도 한바탕 웃고 난 뒤 김영성이 모닥불 옆에 있는 장작개비를 집어 불길에 얹었다. 사랑채 헛청에 쌓여 있던 장작더미에서 덜어 온 것이었다. 김영성이 장작 한 개비를 더 얹으며 물었다.

"댁에서는 은현 씨를 연이라고 부르시던데, 어디서 비롯된 애칭인가요?"

"저 태어나 은현이라는 이름이 지어졌을 때 이미 귀가 어둡던 할머니가 은현의 현을 연으로 알아들으셨대요. 애기 이름이 연이라고? 그렇게 반문하셨다나 봐요. 그래서 연이 됐어요. 애칭이라기보다 약칭인 셈이죠."

"중경 씨는 은현 씨가 집에서 연이라고 불리는 걸 알았어요?"

"저는 아까 어머님이 그렇게 부르실 때 현이라고 하시는 걸로 알아들었는데요. 현의 전라도식 발음이 연인가 보다 하고요. 그런데 정말 연이었어? 나도 그렇게 부를까, 현아?"

중경의 물음에 은현이 참아라, 하자 김 감독이 웃었다.

"괴연재는 언제 생겼어요? 산신도인 듯한, 산신도치고는 좀 낮선 그림이 몹시 바랬던데, 도깨비 그림이죠? 괴연재의 괴가 기이하다는 것보다 도깨비라는 뜻이고요?"

지난주에 잠깐 왔다 가고 오늘 오후에 다시 왔음에도 그는 어느새 괴연재와 매구 할매의 관계를 파악한 듯하다.

"할머니 젊었을 때 지어졌다고 해요. 산신도가 도깨비 그림 맞아요. 그 때문에 괴연재가 고운 도깨비집이라는 뜻이 되고요. 하지만 지금은 그냥 작고 낡은 산신당일 뿐이죠. 할머니하고 장희 언니나 가끔, 소풍 다니듯 올라가 볼까 관심 두는 사람 거의 없는 곳이고요.”

은현이 짐짓 덤덤하게 말하는 걸 느끼는지 씩 웃고는 장작 하나를 더 집어 불에 올린다.

“오후에 집 둘러보다 보니 바깥채 마당에 통나무들 잔뜩 쌓였던데, 내일 좀 패놔야겠어요. 중경 씨, 장작 패본 적 있어요?”

“아니요. 감독님은 패봤어요?”

“고등학교 1학년 초겨울에 학교 다니기 싫어서 방학을 기다리지 못하고 가출했어요. 기차 타고 구례까지 내려갔는데 막막하더라고요. 구례역 앞을 지나다니는 버스에 칠불사행이라고 써 붙인 게 보였어요. 절에 가면 먹여 주고 재워 준다는 말이 생각나 버스를 탔죠. 그 버스가 칠불사 근방을 경유하는 그날의 마지막 버스였나 봐요. 칠불사 아래라는 기사 아저씨 말에 내렸더니 칠불사는 안 보이고 팻말만 보였어요. 칠불사가 몇 킬로미터였는지는 기억나지 않지만 캄캄한 길을 걸었죠. 무지무지 가파르고 꼬불꼬불한 길이었어요. 세상의 끝을 향해 오르는 기분이랄까. 세상의 끝은 아마 최고로 높고 추운 곳에 있을 거다, 그런 생각을 한 것 같아요. 칠불사에 도착하니 정말 공양 시간도 아닌데 밥을 주고 잘 방도 가르쳐 주대요. 요사채에서, 여러 사람들 틈에서 잤죠. 아침에 일어나 종무소 찾아가서 중이 되고 싶어 찾아왔다고 했어요. 종무 스님께서, 우리는 오는 사람 안 막고 가는 사람도 안 막는다마는 중이 되겠다는 사람은 거쳐야 할 게 많다, 그러셨어요. 그리고 행자를 불러서, 이놈한테 우선 장작이나 패게 해라, 시키시데요.”

“그래서요?”

“난생처음 도끼를 잡고 장작을 팼죠. 겨울 방학이 끝나고 만산에 봄이 무르익을 때까지. 그리고 집으로 돌아가 검정고시 준비했어요. 학교로는 돌아가고 싶지 않았거든요. 어쨌든 다른 건 몰라도 장작 패기의 기본기는 갖췄다고 할 수 있어요.”

“그래도 감독님, 그 기본기로 현이 어머님을 꼬시지는 말아 주세요.”

“뭐요?”

“아까 보니 현이 어머님이 감독님한테 폭 빠지신 것 같더라고요. 사윗감으로요. 현이 어머니의 사윗감은 저란 말예요.”

김영성이 하하, 소리 내 웃었고 은현은 어이가 없어 웃었다. 웃고 난 김영성이 말했다.

“그런 말을 천연덕스레 하는 걸 보니 중경 씨 취했나 보네요. 나도 취했는데 취한 김에 물읍시다. 정말 연애 사업 하러 온 겁니까?”

“그러면 제가 감독님 도와 드리러 온 줄 아셨어요? 현이 꼬시러 왔다고요.”

“문학 공부한 사람치고는 참 비문학적인 수사법이네요. 어쨌든 오늘 중경 씨는 나를 견제하러 온 모양이에요? 지난주엔 까딱도 않더니 내가 연 2주 여기 온다니까 갑자기 위기감을 느낀 모양이죠? 여튼 잘 왔어요. 그렇잖았으면, 사람 일, 어떻게 알겠어요?”

“그러니까요.”

아이고 미친놈, 은현이 한탄하며 웃고 김영성이 칼칼칼 웃었다. 느티나무 잎들이 와스스 떨어졌다. 김영성이 웃음을 추스르며 말했다.

“나한테도 물론 은현 씨가 예쁘기는 하지만 중경 씨하고 삼각관계 만들 생각은 없어요. 나는 지금 매구 할매 생각밖에 못 해요. 중경 씨는 아직 그 어른 못 봤죠? 나는 봤어요. 얼마나 귀여우신지, 그리고 아름다우신지. 사진 보여 줄까요?"

김영성이 일어서더니 저만치에 있는 차 쪽으로 향했다. 그 틈에 중경이 은현에게 물었다.

"김 감독한테 호감 가졌던 거 아니지?"

"왜 아냐? 저렇게 멋진 사람인데?"

"그럼 내가 했던 프러포즈는 어떻게 돼?"

대체 어떻게 된 놈일까 싶어 은현의 심사가 날카로워진다. 어떻게 만날 때마다 처음인 듯이 구는가 싶은 것이다.

"야, 너는 사람 사귀면서 지금부터 사귀자 하고 사귀니? 어느 날 보면 그냥 그렇게 돼 있는 거 아냐?"

"그럼 우린 그냥 돼 있는 거야?"

몇 개 국어를 한다면서 한국말을 제일 못한다던 대학 때처럼 뭔가가 어둡다. 그런 놈이라 벌써 저를 받아들인 여자한테 새삼 사귀자는 말을 하기 위해 대여섯 시간을 운전해 왔을 터였다. 그 여자가 대학 때의 그 새내기라고 믿는 천치가 아니기만 바랄 뿐이다.

"그렇다 치고, 우리 얘기는 나중에 다시 하자. 난 지금 김 감독처럼, 김 감독하고 다른 방향에서 매구 할매 때문에 고민이야."

"아버님이 반대하신다며?"

김영성이 카메라를 들고 돌아왔다. 그가 카메라를 작동시키면서 말했다.

"두 분 말씀 다 들었어요. 나 듣지 말라는 이야기는 아닌 것 같으니 계속들 하세요."

은현이 두 남자를 번갈아 쳐다보고 술잔을 후룩 비운 뒤 중경에게서 다시 술을 받고 말을 이었다.

"아버지는 나한테 미루신 거야. 맡기신 거거나."

"왜?"

"우리 아버지 입장에선 남의 자식인 영화감독 김영성과 당신 자식인 작가 류은현의 작업 소재가 겹치기 때문이지."

"네가 지금 쓰는 이야기의 주인공이 할머님이셔?"

좀 전의 술잔이 오늘 술의 임계점이었던지 은현의 머리가 휘잉 돈다.

"주인공이라기보다 바탕이셔. 소설이 계성재에서 여수로 시집갔던 녹두가, 녹두는 매구 할매의 이름이야, 열두 해 만에 우리 집으로 돌아온 장면부터 시작되긴 하는데, 녹두는 언제나 집안에 있기는 해도 뭘 주장하는 인물이 아니거든. 우리 집안, 우리 동네의 사람들이 태어나고 자라고 살아가고 죽는 과정을 지켜보면서 그 자리에 있는 사람."

"매구 할매 원래 이름이 녹두라고? 녹두꽃 할 때 그 녹두?"

"음."

"이름 진짜 멋지다. 그런데 할머님 연세가 어찌 되시는데?"

매구 할매의 나이를 따지는 중경의 말에 갑자기 은현의 심사가 거칠어진다.

"우리 할머니 나이가 무슨 문제야? 오래 사는 걸로만 화제가 되는 거라면 기네스북에서나 찾을 것이지 우리 집엔 왜 와? 다른 사람이 얼마나 살든지, 어떻게 살아왔든지 니들이 무슨 상관인데? 그걸 상관하는 사람들은 다 자기 필요에 의한 거잖아. 상대의 본질에는 관심 없으면서 제가 필요한 만큼 상대를 파헤치며 공격하는 거 아니니?

대체 우리 할머니가 얼마를 살아왔든 니들한테 무슨 상관이냐고!”

세 사람 사이에 갯바람이 횡행했다. 김영성은 카메라에서 매구 할매를 찾아 놓은 채 얼어붙었고 한중경은 매실주가 담긴 페트병을 든 채로 은현을 쳐다보고 있었다. 은현은 내가 무슨 소릴 지껄였나 싶어 손에 들린 술을 비웠다. 비우고 나니 내친김이다 싶어진다.

“김영성 씨, 우리 매구 할매를 주인공 삼아 촬영하고 싶다면 기획서를 작성해 보여 주세요. 당신이 매구 할매를 촬영하는 게 이 시점에서 할머니며 우리 엄마 아버지, 우리 동네 사람들한테 어떤 의미가 있는지, 어떤 방식으로 촬영할 건지, 기간은 얼마나 걸리는지, 그리고 결과가 어떨지에 대한 예상까지 다 적어서 알려 주세요. 열흘 뒤가 우리 집 젯날이에요. 계성재 17대 손인 제 증조할아버지 기일에 맞춰진 합사예요. 그 증조할아버지에게는 부인이 셋이었어요. 그 세 부인 중 한 명이 매구 할매시죠. 암튼 그날까지, 아니 그날은 우리 집이 정신없을 테니 그 주말까지 계획서 만들어 보여 주세요. 아버지하고 제가 그거 보고 나서 의논해서 결정할게요. 미련이 생기시지 않도록 최선을 다해, 한중경의 말법처럼 저와 아버지를 꼬셔 주세요. 우리가 그때도 싫다 하면 깨끗이 포기해 주시고요.”

말을 길게 늘어놓고 난 은현은 중경의 손에 들린 페트병을 뺏어 술잔을 채운 뒤 들이켠다. 밤바다로 걸어 들어갈 수 있을 것 같다. 술잔을 버리고 일어나 두 팔을 펼치니 몸이 점점 가벼워진다. 붕붕 떠올라 바다 건너까지 날아갈 수 있을 것 같은데 누군가 붙든다. 중경이다. 중경인 걸 알아볼 수 있는 상태니 아주 취한 것 같지는 않은데 눈앞이 흐릿하다 못해 캄캄하다.

골목골목 개나리가 피어나고 희고 노란 민들레며 알록달록한 제비꽃
들이 살랑거렸다. 산천이 초록과 진달래 빛으로 물들었다. 녹두는 그래도
모원 밖으로 나오지 않았다. 안순당이 매구한테라도 물려가야 정신 차리
겠냐고 고함을 쳐도 꿈쩍하지 않았다. 그렇다고 억지로 끌어낼 수도 없
는 일이어서 여례는 어디 네가 언제까지 그 안에서만 사는지 보자고 내
버려 두고 있었다. 그러던 녹두가 채원의 여례를 찾아와 절하며 엎드린
참이었다.

"고개 드오. 편히 앉으시고."

바로 앉은 녹두의 얼굴이 보얗다. 삼동 내 방 안에 두고 거둬 먹인 보
람이 있다 싶어 여례는 빙긋이 웃는다.

"말씀 편히 하새라, 아씨."

한 담장 안에서 넉 달을 살았어도 저 따로 나 따로 지낸 터라 정식으로
인사 나누기는 처음인 성싶은데 녹두는 조금도 주눅 들어 하지 않는다.

"이제 정신이 좀 들었는가?"

"예, 아씨. 그동안 저를 참어 주시고 마님 앞에서 울타리 서주시느라 고생하셨지라? 죄송하고 고맙습니다. 근디도 부탁이 또 있어 갖고 찾아 뵀어요."

"들어 봄세."

"구절산에다 집 한 채 지어 주셔요."

"집이라니. 나가 살고 자픈가?"

"나가 살라는 게 아니라, 먼 기운이 자꾸 드는 성싶은디 그 기운을 다스리고 싶어서 그래라."

"어떤 기운을 느끼는가?"

"아지랑이 같은 것이어라."

"아지랑이라니. 가령?"

"예, 지난 섣달 스무날에 큰 뜸 송 참봉 댁 할매가 우리 작은할매를 찾아오새 갖고 모시 삼음시롱 말씀 나누는 걸 지가 건넌방에서 듣고 있었지라."

"그 냥반 섣달 스무삿날 돌아가셨지 않응가."

"긍게요. 스무날 아정 때 두 냥반이 건넌방서 말씀들을 나누고 기신디, 웅얼웅얼 소리뿐 내용도 소상히 듣키지 않았지라. 근디 그 목소리만 듣고 있는디도 불쑥, 그 할매가 메칠 안에 가시겄구나, 하는 생각이 들드랑게요. 그 냥반이 아직 환갑도 안 지내셨고, 동네서 질쌈 잘하고 갯것도 잘하기로 소문난 냥반 아니시오. 그만치 건강하신 것 아니겄어라? 당연히 내가 정신머리가 없어져서 헛생각을 하는 갑다, 그랬어라. 근디 사흘 뒤에 그 냥반 초상이 났다고 안 하요. 얼마나 무섭든지 혼자 오돌오돌 떨었어라. 밖에 나올 수가 없었고요. 그것만이면 우연인 갑다 하겄는디 딴 것들도 자꾸 보여라."

"또 뭐가 보이는가?"

"초실이 몸에 애기가 실린 것 같어라."

"뭐?"

"그라고 신남이 댁, 영이 어매가 둘째를 가졌잖어요?"

"그렇제. 그 소리 들은 지 며칠 안 됐구만. 자네가 그걸 어떻게 알고?"

"영이네, 순옥이가 작은 뜸서 났잖어요. 옛날부터 저랑 언니동생하던 사이라, 신남이한테 시집와 사는디, 내가 입 닫고 산당게 걱정돼서 메칠 전 밤에 지한테 왔어라."

"그랬구만. 그런데 영이네 둘째 든 게 왜?"

"참말로 방정맞은 말인디, 그 애기는 못 낳을 것 같어요. 시방 그 집서 영이네가 배 아프다고 딩굴고 있을 것 같고요."

"저런!"

"그 생각이 자꾸 나서 안 되겠다 싶어 아씨한테 이라고 왔어라. 확인을 해보시고 맞으면 집 하나 채래 주셔요. 크게도 말고, 혼자 향불 켜고 앉을 만하면 되어요. 기도를 해본 적이 없는디 해야 될 것 같어라. 아지랑이 같은 것들이 안 보이게 해달라고 빌등가, 안 볼 수 없다면 좋은 일로 되게 해달라고 빌등가요."

"난 잘 모르네만 그런 것이 신내림 아닌가? 내림굿을 치러야 하는 거 아닌가 말이시."

"지도 잘 모르지마는 그런 것은 아닌 것 같어요."

"그라면 수도암이라도 가볼랑가? 팔영산 밑에 있다는 능가사라는 절도 서너 시간 걸으면 된다든디?"

"아니요, 아씨. 그럴 것이었으면 혼자 벌써 갔겄지요. 인자 지는 어디로도 안 가고 싶어라. 평생 몸으로 할 지집 노릇은 할 만큼 한 거 같고요, 내 몸으로 저끌 것도 다 저끈 거 같어라. 내가 없어져 분 것매니 텅 비어서 백지장 같기도 하고, 허공 같기도 하고, 모래밭 같기도 하고, 물 같기도 해라. 내가 없어져 분게, 없는 나를 대신해서, 없는 나 우에 넘이 자꾸 아지랑이마냥 드리워지는 성싶기도 하고라. 나는 없는디 넘이 이라고 자꾸 드리워지먼 지가 어찌케 살겄어라. 그래서 그 집에다 풀어놔 불라고요."

백지 같고 허공 같고 물 같아진 여자 앞에서 여례는 얼른 할 말을 찾지 못한다. 내가 없어진 자리에 남이 아지랑이처럼 드리워지다니. 녹두는 삼동 내내 도를 닦은 게 분명했다.

"마님도 지가 이 집에 붙어살아도 별걱정 안 해도 된단 걸 아싱게, 날마다 밥버러지라고, 매구가 물어갈 년이라고 호통은 치새도 정작 들어내버리지는 않으시는 것 같고요. 지가 이 집에 해가 된달 것 같으면 절대 저를 고이 두고 보실 마님이 아니시잖아요. 긍게 아씨, 평생 아씨 저테서 일함서, 이 집서 살게 해주셔요. 그리고 집 하나만 맹글어 주시고요. 예, 아씨?"

"자네가 말하는 집이 신당이나 산신당하고 차이가 있능가?"

"신당은 무당이 지 혼자만의 신을 모시는 곳이겄지라. 산신당은 만산의 신들을 위한 곳임서 기도하고 자운 사람은 아무나 들어가서 기도할 수 있는 곳이고라. 주인이 없는 것 아니겄어라? 지가 말씀드리는 집이 산신당에 가까울 것 같기는 한디, 지한테 떠오르는 그림은 수염 허연 영감들이나 칼을 찬 장군들 같은 그림이 붙은 산신당이 아니어라."

"자네 머릿속에 어떤 그림이 떠오르는데?"

"도깨비들 형상이어라."

"도깨비? 자네 도깨비들이 어떻게 생겼는디?"

"사람하고 비슷해라. 한나도 안 무섭고요, 지게 지고 나가서 꼴도 베오고, 물도 질러 오고, 호미 들고 밭도 메고요. 마당도 쓸고 춤추고 노래함서 웃기도 해요. 애기도 낳고요. 이런 지가 미친 것 같다 싶음시도요, 그것들이 좋아라. 같이 놀먼 맘이 푸근해짐서 내 맘이 고와지는 것 같고라."

여수 시집서 나와 계성재로 돌아오기까지 도깨비들하고 살다 온 것 같은 말투다.

"그러면 도깨비집인 셈인디 도깨비가 굳이 집이 필요항가? 암디서나, 가령 사장나무 밑이나 국새나 동정지 괸돌 바위, 갯가 느티나무 아래 같은 디서 놀면 안 될 것 같응가?"

"이상하게 그러네요. 궤짝만 한 곳이라도 방 같은 디였으면 좋겠고요. 정면에 제 머리에 떠오르는 그림하고 똑같은 그림 한 장 붙여 놓고 향 사르고 촛불 켰으면 좋겠어요."

여느 산신당과 녹두의 도깨비집의 차이가 애매하듯 여례한테는 무당들의 신내림 존재라는 몸주와 녹두의 도깨비가 한가지로 느껴지긴 했다. 여느 무당과 녹두가 다른 점은 내 식구인지 아닌지뿐이다. 원래 계성재 사람이었던 녹두는 지금 여례한테 저를 다 내놓으며 다시 계성재 사람으로 받아 달라 청하고 있었다. 제가 숨 쉬며 살 수 있는 길을 열어 달라고 당당하게 요구했다.

"무슨 말인지 알았네. 허나 암만 바빠도 좀 기다리게. 우선 영이네 먼저 알아보고 초실이 몸도 확인하고. 그 두 가지가 사실이면 자네가 원하는 대로 구절산에다 도깨비집 채래 줌세. 약속하이. 인오가 목순게, 삼동에 집 짓고 남은 목재들도 있등만, 자네가 인오하고 다님서 적당한 자리만 찾으먼 지어 주라 함세. 자네 한 몸 담을 만치만 짓는다먼 그리 오래 걸리지도 않을 것이고. 오래 걸려도 괜찮네. 자네가 짓고 자운 대로 지어 달라 하시게. 다만 자네가 이 집서 당장 나가고 싶지 않다믄 어머님이 자네한테 찾아든 기운을 당분간이라도 모르시게 해야 쓰겄네. 어머님은 자네한테 신기 내렸다고, 당장 쫓아내려 하실 거게."

"예."

"신남 어매는 안에 있던가?"

"마님이랑 만수 어매랑 같이 이불 꾸미시는 것 같든디요."

근형이 살림 차린 복단의 출산이 멀지 않았다. 그쪽에서 태어날 아이 이름도 지어 보냈다. 사내아이가 나면 경섭이고, 계집아이가 나면 경초가 될 터였다. 아이 이름을 지어 보냈다는 건 그쪽을 정식으로 식구로 맞아들인다는 의미지만 차마 며느리에게 새 이불을 해내라고는 못하고 안순당이 직접 하고 있었다. 여례는 시모께서 무엇을 하든 당신 일이므로 반대할 생각은 없었다. 그렇지만 일손을 보탤 생각은 추호도 없었다.

"당장 영이네한테 가서 영이 어매를 돌보게 하면 애기를 건질 수 있을 것 같은가?"

"아니요. 이번에는 벌써 늦은 것 같어라."

"애어미는 괜찮을 것 같고?"

"닷 달 품은 걸 쏟고도 잘만 사는디 두어 달 품었던 것 흘림시롱 큰일이사 나겄어라?"

재작년 가을, 제가 일을 당하며 쏟아 버린 아이가 다섯 달째였던 모양이다. 녹두는 다섯 달배기 태아를 빗대어 가벼이 말하고 있으나 그렇게 쏟아 버렸다는 태아한테는 저의 세 아들과 지아비와 제 일생 또한 얹혔다. 그러므로 녹두는 여섯 목숨을 한날한시에 보낸 저도 살아 있는데 영이네가 왜 못 살겠냐고 말하고 있었다. 어떤 가벼운 말도 내막을 알고 보면 그리 무시무시한 것들이 똬리를 틀고 있기도 한 것이다.

"그라면 자네는 자네 방 가서 있소. 인자 자네 정신 들었응게, 작은할무이하고 질쌈이나 하등가. 근 몇 달 옆방서 겪어 자네도 알겠지만 요새 눈이 많이 어둬지신 거 같데."

"그러신 것 같더만요. 앞으로 작은할매는 지가 자주 살필 게라."

녹두가 절하고 나갔다. 제 시집에서 쫓겨나 계성재로 돌아오기까지 1년여 동안 어디서 뭘 하고 살았는지 묻고 싶었는데 못했다. 묻지 못한 게 잘한 것 같다. 지아비와 네 아이를 한날한시에 잃고 그 자신도 죽어 버린 이후 1년여, 어디서 어떻게 살았건 그 삶이 살았다 할 수 있는 것이었으랴. 오죽하면 그 머릿속에 도깨비들이 들어앉았을 것인가.

집안 아이들은 계집 사내 할 것 없이 뒤뜸에 새로 지은 덕이네 집에 가 있을 터였다. 방구들이 말라 도배를 하고 장판지를 붙일 거라 했다. 일한다기보다 몰려가서 시시덕거리며 놀고 있는 것이다. 장판을 다 깔고 나면 사흘 뒤 입택할 참이었다. 작은 뜸 가장이에 이웃해 지은 원상이와 인오의 집도 외형은 다 갖췄다. 인오는 장가들지 않겠다고 뻗대고 원상이는 부일이가 마다하는 바람에 짝을 짓지 못한 터라 아직 총각들인 그들의 집은 시급하지 않았다.

여례는 지난번 진섭의 입학식을 보느라 읍내 나갔을 때 약방에서 구해 온 진통제 세 첩을 챙겨 방을 나섰다. 몸채로 건너와 안방 툇마루 앞에서 귀를 기울여 본다. 신남네 목소리가 울린다. 영이네서 소동이 났다면 그 집 어른인 신남 어매라도 부르러 올 법한데 아무 일도 안 생겨서 그냥 있는 건지, 좋은 일도 아닌데 굳이 밤중에 어머니를 부르러 가랴고 참는 중인지 알 수 없다.

"어무님, 섭이 에밉니다. 은섭이 데려다 재울까 합니다."

"우리 짜근섭이는 뽀올새 잠들었다. 여서 잠든 애긴 여다 그냥 두고 에미 니나 편히 자그라."

안순당은 은섭이 젖을 뗀 뒤로는 아예 당신 곁에서 떼어 놓으려 하지 않았다. 진섭이 젖먹이 때보다 손자에 대한 애착이 훨씬 커진 것 같았다. 요즘 여례는 은섭을 끼고 자기는 고사하고 한번 안아 보기도 어려웠다.

"주아는요, 어머님?"

"우리 짜근섭이하고 놀다가 너끌어져 잔다. 장게 그냥 놨둬라."

"예, 안녕히 주무셔요. 근디 영이 할매는 어디서 주무실라요?"

"지야 지 방서 자재라. 아씨, 건너가서 주무시오."

늙은 과부인 신남네의 처소는 안채 행랑이었다. 큰 뜸에 아들 집이 있지만 자신은 행랑에서 살았다. 나가 살고 있는 만수 어매도 자주 신남 어매와 함께 잤다. 부일과 초실은 그 곁의 방 한 칸씩을 차지하고 있었다. 신남 어매는 오늘 밤 아무 소식도 못 듣고 잠들 듯했다. 심부름 보낼 초실과 부일이 나가고 없으니 여례도 그들을 찾아 나설 수밖에 없게 됐다. 사랑채 뒤꼍에 난 쪽문을 통해 바깥채로 나섰다. 사흘 후면 계성재를 나가 살게 될 덕이네 방은 불이 꺼졌다. 덕이 어매는 배가 불러 아이들 끼고 잠들었고 덕이 아배는 제가 살 게 될 집 마무리하러 갔을 것이다. 마름방엔 불이 켜졌다. 만수 아배가 아직 나가지 않았는지 그와 인오가 두런두런 이야기 나누는 소리가 나온다. 술을 마시고 있는 것 같기도 하다.

"안에들 계시오?"

방문이 황급히 열리더니 두 사람이 나와 기단으로 내려섰다. 늙고 덜 늙은 두 사람에게서 술내가 진동한다. 만수 아배가 물었다.

"어쩐 일로 나오신 게라, 아씨?"

“심부름 잔 시킬라는디 초실이도 부일이도 보이질 않아서요.”

“모도 덕이네 새집에 가 있지 않습니까. 말씀하시이다. 지가 대신 하든가, 마침 집으로 가려던 참이니 지가 가서 보내든가 할랍니다.”

“그라믄 이걸 초실이 갖다 줌서 영이네 들러 건네주고, 나한테 오라고 해주시오.”

“약인게라? 그 집에 누가 아프답니까?”

“한참 전에 영이 엄마하고 말하다가 사다 주기로 약속한 것인디 시방 갑자기 건네줘야겠다는 생각이 듭디다. 초실이 오라는 김에 전해 줄라고요.”

“뭔 낌새가 있는 갑구만요. 알겠습니다, 아씨. 제집이 영이네 유젠게 약 먼저 주고 초실이를 아씨한테 보낼랍니다.”

“그리 해주시오.”

만수 아배가 나가기 전에 여례가 먼저 돌아선다. 잠시라도 인오와 단둘이 마주 서게 될 상황을 피하려는 것이다. 3월 보름이 가까워 달이 거의 찼다. 주인들이 집을 비워 불 켜질 일이 드문 사랑채 뒤꼍에도 달빛이 드리웠다. 요요하고 은밀하며 어쩐지 어지럽다. 이러니 젊은 사람들이 밖으로 나도는 것이로구나. 동네 젊은이들은 수시로 갯가로 넘어가거나 연하당까지 내려가 논다고 들었다. 다달이 보름달 뜰 때마다 젊은 사람들이 얼마나 설레랴. 그렇게 젊은 사람들이 꽃 피듯 붙어 다니면 씨가 맺히는 게 자연의 이치일 것이다. 스물아홉에 접어든 여례는 자신이 한 번도 젊은 적이 없었던 것 같았다. 계성재 차종부로서의 혼처가 정해진 열여섯 살 때부터 어른들 뜻 살펴 모시면서 아랫사람들 거느리고 살게 될 지금과 같은 삶이 결정되었다. 앞으로야 말해 무엇할까. 평생 이 집에서 이런 모양으로 살게 될 터였다.

친정이 특별히 그리웠던 적은 없었다. 여느 여인보다 친정에서 오래 살다 온 셈이었고 이따금 어머니 아버지의 편지를 받기 때문인지도 몰랐다. 은섭을 품어 몸이 무거웠던 세 해 전 여름에는 부친께서 한번 다녀가시기까지 했다. 고명딸을 계성재로 시집보내실 때 이미 한 재산 얹어 보내신 양친이셨다. 그럼에도 부친 편에 모친이 다시 금거북과 은 스무 냥과 50원이라는 큰 용돈을 보내오셨다. 모친의 맘을 받고 한바탕 눈물 흘렸을망정 부모 노릇의 질김에 대한 감상이었지 친정으로 달려가고픈 그리움은 아니었던 것 같았다. 여례는 후, 한숨을 쉬며 채원을 향해 걸음을 옮긴다.

부른 지 한 시간도 더 지나 초실과 부일이 돌아왔다. 초실이 만수 아배의 말을 듣고 영이네에 들렀다 왔노라 종알거렸다. 영이 엄마가 하혈을 하고 배가 아프다면서 뒤집어졌다고 하고 영이 고모가 쩔쩔맸다더라고 나불댔다.

"근디 아씨는 영이 엄마가 아플 걸 어찌케 아셨사와요?"

"어쩌다 그냥 알게 됐다. 약은 먹었다더냐?"

"지들이 갔을 때는 쫌 가라앉았는데요. 애기를 쏟아 분 것 같다든디요. 영이 엄마가 영이 할매한테 염치가 없어 갖고 혼자 끙끙 앓은 모냥이고요."

"그 일이사 하는 수 없게 된 것 같고, 초실이 너 지난달에 서답 빨래를 했더냐?"

"예?"

"지난달에 달거리를 했느냐고 묻는 것이다."

곰곰이 따져 보는 눈치더니 얼굴이 굳는다. 제 몸에 이상이 생긴 걸 저는 몰랐던 것이다. 녹두가 눈이 확연히 밝아진 게, 그런 기운을 몸에 실은 게 맞은 듯했다.

"오매, 어짜까요. 지한테 뭔 일이 생갰을 게라, 아씨? 그래라?"

이제 열여섯 살인 아이였다. 달거리를 시작한 게 제 열세 살 때부터이니 몸은 여물었다 할 수 있지만 머리로 하는 짓은 여덟 살배기 덕이와 크게 다르지 않았다.

"너랑 일 벌인 사내가 누구냐?"

"동수요."

"동수가 누군디?"

"새토구 사는 동수요. 그 아부지가 이장님이잖어요."

지난 대보름 때 우반의 반장으로 달놀이 행사를 이끌던 이장댁이 동수네였다. 초실은 집 안에 총각을 셋이나 두고도 나가서 일을 친 것이다.

"동수가 올해 몇 살이나 묵었간디?"

"영수 오라비랑 동문게 열아홉 살 묵었겄지요."

이장 집에서라면 계성재서 종살이한다 여기는 초실을 흡족해할 턱이 없다. 작년 정초부터 이장댁이 된 동수네 성정이 만만찮아 보였다. 초실이 어쨌든 군수 집안의 아이인 데다 이미 저희 자손을 가졌다 하면 울며 겨자 먹기로라도 혼사는 치르겠지만 온갖 까탈을 부릴 게 뻔했다.

"나이는 맞춤하구나. 벌써 장개든 놈이 아니라니 천만다행이고. 낼이라도 마님한테 말씀드래서 그 집에다 혼삿말을 건넬랑게 그리 알아라."

"시방 지보고 시집가란 말씀이세라? 부일 언니도 아직 시집 안 갔는디요?"

"부일이는 애기가 안 섰지 않아? 너는 머잖아 배가 부를 것이고. 우세스럽게 시집도 안 가고 배 내밀고 다닐 테냐?"

"지는 아직 시집 안 가고 자퍼요, 아씨. 그 집은 할매 할배에 어매 아배에 동생도 넷이나 되는디 방은 세 개뿐이라 하고요. 그래 갖고 동수가 맨날 우리 바깥채 와서 자는디요, 할배는 맨날 양사 가서 주무신다고 하고요. 그란디 어찌께 살아요."

원상이나 영수나 두산이 하고 눈이 맞았다면 당장 방 세 칸짜리 집을 저 혼자 차지하고 살 수 있었을 것이다.

"방이 세 개나 되는디 왜 못 살아. 새 식구 맞으면서 방 한 칸 늘릴지도 모를 일이고."

"동수네 할무이는 무섭기로 소문났당게요. 동수 엄니한테 시집살이 독하게 시킨다고 온 동네 소문이 짜해요. 근디 동수 엄니도 얼마나 무섭다고요. 어매가 할매한테 안 지고 덤빈게 그 집에서는 맨날 고부간에 쌈하는 소리가 담장을 넘는다고 한당게요. 지는 그 집으로 시집가기 싫어요, 아씨."

"그리 많이 알면서 일을 치기 전에 그런 것도 생각을 했으면 좀 좋았으리?"

"동수 지가 막 댐빈디 어째요."

"니가 싫단디도 막 댐비든?"

이번에는 대답을 못한다. 물정 모르는 채 넘어갔을망정 동수가 싫지는 않았다는 뜻이다.

"니가 싫단디도 막 댐벼 니한테 애기를 태웠다문, 바깥채의 니 오래비들한테 그놈을 잡아 오래서 물고를 내놀란다."

"물고가 머신디요?"

"죄진 놈을 잡아다 꽁꽁 묶어 놓고 곤죽이 될 때까지 패주는 게 물고다. 니가 싫다는디도 그놈이 너를 억지로 어떻게 했다면 그건 겁탈이다. 겁탈은 아주 큰 죄다. 큰 죄 지은 놈은 물고를 내야지. 사랑 어른한테 말씀드래 갖고 징역살이를 시키등가. 그리 해주라냐?"

"징역살이요?"

놀라 외치더니 엄지손가락을 물고 뜯어 댄다. 물고는커녕 손찌검조차 목격한 적 없어도 곤죽이 되게 패는 게 뭔지, 징역살이가 뭔지는 아는 모양이다.

"인자 어짤 수 없다. 이왕에 니 몸에 애기가 섰고 니는 그 집으로 시집을 가야 헝게 몸조심하면서 지내거라. 홀몸이 아닝게 밤에 싸돌아 댕기지 말고 베갯닛에 원앙새나 수놓음서 시집갈 준비해. 알겠느냐? 인자 그만 건너가서 자거라. 부일이는 잠깐 남고."

초실이 어딘가 가서 한바탕 울기라도 할 듯 울상이 되어 나간다. 부일이 촛대에 다가들어 촛불을 놀리듯 초를 기울여 심지를 키운다. 스물한 살의 부일은 방금 피어난 목화꽃처럼 곱다.

"덕이네 집 일은 다 끝났드냐?"

"장판 말리느라 불 때고 있어라. 내일 이사해도 될 것 같아요."

"니는 어짤래?"

"뭘요?"

"너하고 내가 사내 지집이 아닌 바 평생 붙어 살 수는 없는 일이고, 이참에 새 집 한 채 차지함서 시집갈라냐고 묻는 것이다."

"원상이하고 같이 나가라 그 말씀이시지라?"

"원상이가 널 고와하지 않냐. 스물여섯이 되도록 허튼짓하고 다니지도 않고. 지난겨울 집 지을 때도 얼마나 열심히 일하드냐. 집 다 지서 놓은 뒤로는 제집 댕김서 담도 쌓고, 어느새 유자낭구도 심었드구나. 지 마당에만 심기 미안했던지 그 옆집에도 심어 줬고. 그게 다 무슨 까닭이겠냐. 제 맘에 널 두고 있기 때문 아니냐? 지금까지도 참 부지런하드라만 제 살림 꾸리게 되면 더 부지런해지고 제 식구를 제 살같이 애낄 사람이다."

"그 유재낭구들 때매라도 저는 원상이하고 더 못하겠어요. 옆집에 맘을 두고, 원상이한테 몸 두고 살 수는 없잖어요. 차라리 멀리 딴 동네로 가면이나 모를까 원상이한테 가서는 살 수 없을 것 같어요, 저는요."

직설로는 제 맘을 처음 표현했다. 부일의 성정으로 보면 처음이자 마지막일 터이다. 가진 것이라곤 제 몸, 제 맘뿐인 사람들한테 억지로라도 어울려 살다 보면 정들기 마련이라고 강요할 수는 없었다.

"나는 니 친정이고 어미며 언니 대신이다. 나는 니가 멀리 시집 안 가고, 내가 니 살림 봐주고, 너도 나 살펴 줄 수 있는 디서 살았으면 좋겠다. 그래서 니 맘이 원상이 아니라 인오 아재한테 있는 걸 나도 앙게, 인오 아재한테 한번 말을 해봤다. 너 수줍을까 봐서 너를 대고 한 건 아니고 그냥 장개들라고, 사랑채 어른이 그리하라신다고 말했드니 대번에 장개갈 염사가 없다드라. 사지 멀쩡하고 이미 서른 넘은 사내가 그렇게 말하는 거는 진짜 생각이 없등가, 어딘가 모잘라 그런 것 아니겠냐? 그렇게 제 손으로 제집 지서 놓고도 한번 딜다도 안 보는 것이제. 그런 판에, 그 사람은 장개 안 들겄다고 하고 니는 그 사람이 좋다고 하고, 어쩌란 말이냐."

"지는 그냥 암디도 안 가고 아씨 저테서 살래요."

"비구니도 아니고, 지집이 혼자 몸으로 어찌케 평생을 살어?"

"그라먼 절에 가서 머리라도 깎든가, 경성 가서 학교라도 들어갈래요."

"학교?"

경성에 신여자들이 다니는 학교가 생겼다는 소문은 여례도 시집오기 전부터 들었다. 혼전의 여례에게는 소문이었을 뿐이지만 시집와서 사는 동안 그게 사실임을 알았다. 이따금 경성에서 내려온 소설책이며 신문에는 동경에 유학한 학생이나 여학생 이야기가 흔했다. 남녀 관계들이 꼬이고 꼬이면서 사랑하고 배신하고 나중에는 무지몽매한 백성들을 계몽하자는 것으로 마무리되는 이야기들. 이 동네가 경성보다 몇 세월 느리게 흘러갈 뿐 세상이 얼마나 어지러이 흘러가고 있는지 짐작해 보던 참인데 부일이 학교까지 들먹일 정도가 된 것이다.

"허면 참말로 학교를 갈라냐?"

어깃장 놓듯 그냥 시부렁거린 것인지 고개만 숙이고 있다.

"니가 학교 얘길 했으니 하는 말이다만, 여자들이 다니는 학교들, 즉 몇 여학교는 기독교라는 서양교가 전도 차원에서 세운 경우라고 하더라. 큰돈 들이지 않고도 공부를 할 수 있는 것 같드라는 것이제. 서양에서 유래한 공부를 하는 것이라 들었다. 신식 공부인 게지. 그러니 학교 다님서 공부 마치고 나면 우리 같은 조선 여자들이 사는 것과는 다른 세상을 살게 될 게 분명하다. 새로운 세상이겄제? 내가 큰돈은 못 대주겠지만 너 시집보내는 셈 치고 필요한 만큼은 해주마. 니가 정이 시집가기 싫고 공부하고 싶다면 내가 알아봐 줄란다. 해볼라냐?"

내가 갈 것은 아니로되 학교 얘기가 나온 것만으로도 맘이 부풀어 아는 것을 모두 주워섬겼건만 부일은 대답이 없다. 머리라도 깎겠다와 학교라도 가겠다는 말은 똑같이 허사였던 것이다.

"결국 인오가 아니면 시집을 아니 가겠다, 그 말이냐?"

건드려진 생꼬막처럼 입을 다문다. 자한당에서 태어나 제 아홉 살 때부터 여례의 시비가 된 아이였다. 심부름을 시키기 위해 언문이나마 틔워주었고 데리고 시집을 왔다. 제 평생을 낱낱이 보아 온 것 같은데 이렇게 고집이 센 줄은 몰랐다.

"바깥채 가서, 인오 아재한테 내가 보잔다고 해라. 둘이 같이 오너라.

오되, 천천히 옴시롱 니 맘을 전해라. 부끄러워도 꾹 참고 용기를 내서, 니가 저를 좋아한다고 말허고, 니한테 장개오라고 해. 저가 니한테 장개 안 오믄 부일이 니는, 그래, 저짝 대절곳으로 시집갈 거라고 해라. 내가 그리 말했다고."

"대절곳요? 거기 집이라고는 수월헌밖에 없잖어요."

되는대로 시작해 본 말인데 말하는 중에 생각났다.

"그래, 수월헌의 큰아들 재문이 혼잣몸이 되었다드라. 그의 처가 작년 봄에 딸 하나를 남기고 세상 떴다는 걸 너도 들었지 않아?"

"그 댁 머슴이 아니라 아드님을 말씀하시는 거여요? 양반님 댁인디, 그 댁에서 저 같은 걸 가당케나 생각하실 거라고, 아씨는 참 괜한 말씀을 하시네요."

냉큼 받아 종알대는 걸 듣다 보니 부일의 말투가 거슬린다. 머리를 깎네 학교를 가네 운운했던 게 우스워지고 있었다.

"그 댁의 혼처가 아직 남아 있고 그 댁에서 괜찮다 하면 너도 괜찮을 것 같다는 말이냐?"

"이왕 제 맘에 둔 사람한테 못 갈 바엔 양반님 댁 후취 자리가 낫지 않을랑가요? 첩실은 아닐 거잖아요."

원상이한테 시집가기 싫다는 이유가 인오 때문이 아닌 것처럼 들린다. 저의 태생을 탓하고 있지 않는가.

"그 집 사람들이 뼛골 빠지게 일하면서도 하루 두 끼밖에 못 먹는 집 이라도?"

"하루 두 끼 먹으면 살 만하지 않은가요?"

"때로는 안주인이 몇 동네 건너 아는 집에 와서 식량 좀 대달라 구걸 해야 하는데도?"

"몇 동네 건너 집이라도 식량 좀 주십사 청하면 내줄 만한 집을 알고 있는 것만 해도 그 집이 부자라는 거 아니어요?"

"그리 말하는 니는 인오가 니한테 장개들겄다고 하면 인오한테 시집갈 사람이 맞기는 하냐?"

"아씨께서 물으시어 생각나는 대로 여짜운 것인디 어찌 그리 골을 내시어요?"

어째서 골이 나는지 까닭을 명확히 규명할 수 없되 부일이 몹시 괘씸해진 건 사실이었다. 사실은 저와 같은 처지의 사내들이 다 눈에 차지 않는다는 것 아닌가. 제 원하는 바대로 못할 바에는 양반네 후취로라도 가고 싶다는 말은 결국 제 원한 바가 별것 아니었다는 뜻이다. 부일이 원한 게 그리 절실하지 않다면 여례의 고심 또한 우스운 것이었다. 아이가 그토록 원하는 사내를 그 상전이 이따금 한 번씩 훔쳐보곤 한다는 사실에 죄책감을 느꼈지 않는가.

"됐다. 그건 나중에 기회가 오면 다시 생각해 보기로 하고, 좀 전에 말한 대로 인오한테 가서 내가 보잔다고 해라. 같이 들어오고. 느이 일 말고도 인오하고 의논할 게 또 있다. 혹 인오가 바깥채에 없으면, 또 너희들이 만나 이야기가 길어지면 밤이 깊었으니 내일 고해와도 괜찮다. 나가 보거라."

부일이 상전의 싸늘해진 어투에 몸을 사리며 물러간다. 여례는 괜히 펴놓고 있던 이야기책을 거칠게 덮는다. 살림을 맡았고 그 살림을 운영하매 군수이신 시부의 얼굴을 빛내는 것까지 계량해 가며 움직이는 중이었다. 그렇지만 솔직히 아직 아랫것들이라 여겨지는 그들에게 이토록 맘을 쓸 것까지는 없었다. 좋다면 짝 지어 주고 싫다면 내버려 두면 된다. 학교? 아나 학교! 저희가 처녀 귀신이 되든 총각 귀신이 되든 연년이 새경

주면서 일시키고 일하기 싫다면 나가라면 그만이다. 이제 그들 스스로 전부 자유로운 몸들 아닌가. 부일조차 허드레 것처럼 여긴 인오를 그토록 오래 맘에 담고 있었다는 게 치욕스러운 것이다. 인오를 아랫사람으로 여긴 적은 없었다. 아랫사람인 그를 아랫사람으로 여기지 못하니 다른 아랫사람들 또한 다 아랫사람으로 여기지 못했다. 그 모든 것이 착각이었다. 아랫것인 부일이 아랫것인 인오를 저와 똑같은 아랫것으로 여긴다는 것을 알게 되자마자 그들 모두는 아랫것이 되었다.

한참 기다려도 그들은 오지 않는다. 이래저래 상전 체면이 우스워졌다. 여례는 헛청으로 나가 양치를 하고 세수며 뒷물을 한 뒤 방으로 돌아온다. 자리옷으로 갈아입고 아랫방에다 이불을 펴고 윗방에 켜져 있던 불을 끄고 두 방 가운데 장지문을 닫은 뒤 자리에 눕는다. 문고리들을 걸었는지 의심스러워 다시 일어난다. 아랫방의 이중 방문과 이중 창문, 윗방의 문고리를 다 확인하고 장지문을 다시 닫은 뒤 이불을 뒤집어쓴다. 이불 속에서 진물처럼 질금질금 흐르기 시작한 눈물이 쿨럭쿨럭, 기침 같은 울음으로 변한다.

　괴연재를 짓기 시작한 이후 소청에다 그리기 시작한 녹두의 산신도는 언뜻 보면 아이의 장난 그림 같았다. 머리에 뿔 하나씩을 달고 활짝 웃고 있는 아홉 도깨비가 갖가지 형상으로 놀고 있었다. 녹두가 그림을 그리는 동안 여례는 고운 도깨비의 집이라는 뜻의 '怪妍齋'를 써서 인오에게 현판을 만들게 했다.

　괴연재는 판자로 지붕을 이은 한 칸짜리로 지어졌다. 집은 작아도 여러 그루의 나무를 베어 넘기고 평평하게 다진 자리에 돌을 쌓아 기단을 만들고 갑석을 얹은 뒤에 세웠다. 연하당 너머까지 한눈에 바라다볼 수 있는 위치이나 멀리서는 알아볼 수 없게 산신당 앞의 소나무들은 살려두었다. 미구에 안순당의 귀에까지 소식이 들어가겠지만 뒷산 중턱에 이미 세워져 버린 집을 당신이 어찌하실 것인가. 더구나 그 집이 도깨비집임에랴.

　제가 그린 그림을 괴연재 정면 벽에 붙이고 현판을 걸어 입택을 하기

로 한 오늘, 녹두는 분홍 저고리에 녹색 치마를 입어 새색시 같다. 현판
이 걸리는 것으로 입택이 끝나자 녹두는 제단에다 촛불을 두 개 밝히고
향을 피우고 기도에 들어갔다. 녹두가 알아듣지 못할 말로 기도하는 동안
주변을 빙빙 돌며 까불던 주아가 기단 아래서 현판을 올려다보며 말했다.

"요로케 쪼꼬만 집에 문패가 달린 거는 처음 봐요, 아씨. 문 위에 달
린 글자가 뭐여요?"

아이의 질문에 여례는 인오를 돌아보았다. 현판 크기의 종이에 글자
를 써주기는 했으되 그가 글자의 뜻을 아는지 모르는지 신경 쓰지 않았
다. 녹두가 한글은 물론 어지간한 한문 글자는 읽는 것 같기에 인오도
당연히 그럴 거라고 생각했다. 인오도 여례를 보고 있었다. 눈이 마주치
자 장난하듯 왼눈을 찡긋한다. 당신이 벌인 일이니 당신이 수습하라는
뜻 같다. 저 사람이 저 글자 정도는 아는구나 싶어진 여례도 장난기가
발동했다.

"집 짓고 글자 새긴 사람한테 물어보려무나."

"아씨가 쓰셨잖아요?"

"나는 종이에 썼지 나무에 새기지 않았다. 긍게 나는 모른다."

주아가 입을 삐쭉이더니 인오를 돌아본다.

"글면, 아재가 말씀해 줘요."

인오가 여례를 쳐다보며 대답했다.

"저기 글자를 새긴 판자는 문패라고 하지 않고 현판이라고 부르는데,
현판은 집의 이름표라는 뜻이다. 현판 왼쪽 글자는 신기한 도깨비라는 뜻
의 괴자고, 가운데 글자는 곱다는 뜻을 가진 연자다. 오른쪽 글자는 조용
한 집이라는 뜻의 재자다. 그래서 현판의 왼쪽부터 읽어 괴연재다."

"아아, 알았어요. 도깨비 괴, 고울 연, 조용한 집 재. 괴연재. 긍게 깔

끄막 속에 조용히 숨어든 도깨비집은, 매구 도깨비 같은 녹두 아짐이 기도하는 집이고요, 마님한테 들키면 고운 아씨가 혼나는 집이어요. 아씨는 마님한테 맨날 맨날 혼나죠. 그쵸 아씨?"

인오가 하하하 웃는다. 지금까지 본 적이 없을 만큼 환한 웃음이다. 아니, 여례는 그가 웃는 걸 처음 본 것 같았다. 인오를 웃긴 주아는 녹두만큼이나 이상한 아이다. 겨우 반년가량 데리고 산 아이가 평생 데리고 산 아이처럼 친근했다. 발랄하기로는 종달새 못지않았다. 괴연재에서 나와 문을 여미고 돌아선 녹두가 하늘을 우러러보더니 말했다.

"아씨, 금방 비가 쏟아지겄소. 담 바꾸로 내래가십시다."

"흐리기는 해도 금세 쏟아질 것 같지는 않은디, 금방 오겄능가?"

지난겨울부터 봄 내내 비라고는 괭이 눈물방울만큼씩 두어 번 지나갔다. 마늘밭이며 보리밭이 바작바작 타들어 사람 속도 탔다. 이러다 모내기철에도 애를 끓이겠다 했더니 다행히 모내기에 맞춤하게 비가 내려 주었다. 온이 해갈된 건 아니라도 모를 내놓은 논마다 벼들이 뿌리를 내려 들판은 연둣빛 바다처럼 찰랑거렸다.

"예, 금세 오겄어라. 인오 성, 뭐하요, 빨리 아씨 모시고 갑시다."

"자네 땜시 올라왔는디 날 탓하는가? 금세 비가 내릴 것 같으면 아조 한줄기 지나간 담에 내래가제?"

"쉬랍게 지나갈 비가 아닌 것 같은 게 그라지라. 아씨, 어여 갑시오. 주아야, 가자."

녹두가 주아의 손을 잡고 뛰기 시작했을 때 갑자기 비가 쏟아지기 시작한다. 장대처럼 죽죽 내리꽂히는 빗발이다. 뒤늦게 번개와 함께 천둥이 쳤다. 저만치서 주아가 엄마아, 비명 지르며 녹두의 품으로 파고들고 녹두는 주아를 품고 소나무 밑으로 피신한다. 여례는 삽시에 끌려 괴연재의 처마 아래, 인오의 품속에 들어가 있었다. 겨를 없이 그의 입술이 여례의 입술에 닿았다. 눈앞이 캄캄해졌다. 사내의 뜨거운 혀가 거세게 파고 들어와 여례의 혀를 휘감으며 짓눌렀다. 혀를 잡힌 채 어찌할 바를 몰라 허둥거리는 여례의 몸이 단짝 들려 옮겨진다. 괴연재 안이다. 여례를 문 옆의 벽에 붙인 인오가 제 두 손으로 여례의 두 팔을 그러잡아 세우고 두 눈을 똑바로 뜬 채 말했다.

"이따 나를 쳐 죽이시오. 지금은 이리 해야겠소."

다시 입술이 그의 입술에 봉해지더니 그의 혀가 파고들었다. 순간 여례는 자신이 무너지는 상상을 했다. 한 번도 뜨거워 본 적 없던 몸이 그의 품에서 골골살살 활활 타오를지도 몰랐다. 전신의 실핏줄 낱낱까지 일제히 폭발할지도 모를 전율에 몸을 맡기고 저승까지 닿아 볼 수도 있을지도. 나의 중심과 그의 중심이 곧장 만나 피안의 중심을 향해 치닫는 걸 숱하게 상상하지 않았는가. 어떤 꼭대기, 가본 적 없는 정점. 그곳에는 불이 켜져 있을 것 같았다. 하지만 그걸로 끝일 터였다. 그 한 번으로 자신이 다시는 이 사람을 보지 않으려 할 것이다. 여례는 그의 혀를 마주 안지 않았다. 그를 밀어 내기 위해 힘을 쓰지도 않았다. 그가 하는 대로 내버려 두었다. 저항하지 않으니 인오가 멈칫한다. 그가 여례로부터 제 얼굴을 떼어 내고 한 발짝 물러났다. 두 사람의 눈이 마주쳤다. 여례가 말했다.

"나도 이녁을 오래 봐왔소. 하지만 지금은, 이대로는, 이녁을 안지 못하겠소."

그의 눈 속에 검은 강물이 고인 듯했다. 그의 눈 속에 흐르는 검은 강물이 여례의 가슴에서도 흘렀다. 문은 열린 채였다. 처마 밖에서는 빗발이 지붕을 뚫을 듯이 쏟아지고 있었다. 여례는 두 손으로 그의 얼굴을 받쳐 입술을 댄 다음 떼어 낸다.

"나를, 어여삐 여겨 주어 고맙소. 아마 내 평생 나를 예삐 여겨 준 유일한 이가 이녁일 것이오. 오늘을 잊지 않으리다."

그가 대답하기 전에 여례는 그 앞에서 몸을 돌린다. 장대처럼 내리꽂히는 빗발 속으로 들어서 산길을 뛰지 않고 걷는다. 그가 달려 나와 흙탕물 흘러내리는 산길에 자신을 자빠뜨렸으면 싶었다. 금수처럼 뒤엉키다 흙탕물에 잠겨 숨이 멎어 버려도 좋을 것 같았다. 그럴 일이 없으리라는 건 알았다. 그럴 사내였으면 열두 해를 두고만 봤으랴. 그를 받아 안지 못한 걸 남은 생애 내내 후회할지도 몰랐다. 빗물에 감춰진 이 눈물, 이미 후회하고 있지 않은가. 못났다, 참으로 못났다. 뭘 위해 밀어 냈단 말인가. 산 아래 국새에 걸음을 더 늦춘다. 갯들 쪽에서 넘어오던 사람들이 푹 젖어 내려오는 여례에게 인사를 하고는 지나쳐 간다. 뒤뜸을 지나고 큰 뜸 가운뎃길을 지나고 사장나무 앞을 지나 계성재 옆길의 밭에서 토란잎 한 장을 꺾어 머리에 쓴다. 아이들이 하는 것을 보았던 게 떠올라 해본 것이다. 쓰나 안 쓰나 똑같다. 하지만 한 번도 해보지 않을 때와 하고 난 뒤는 다를 것이다. 해보지 않은 채로는 어떻게 다른지 절대 알지 못하는 것도 있는 법이다. 이대로 하늘이 무너져도 괜찮을 듯싶다. 혹은 이대로 세상이 끝나도 좋을 것 같다. 앞으로 백 년을 바위처럼 너끈히 살 것도 같다.

또 방천이 나기 시작했다. 이제 뿌리를 내리기 시작한 벼들이 흐무러져 내리는 논둑과 함께 아래 논들을 덮치고 있다고 만수 아배와 덕이 아배가 차례로 고해 왔다. 큰비만 내리면 잠기는 큰 들도 벌써 흙탕물 바다가 된 모양이다. 논둑 밭둑이 마구 터지고 있지만 사람이 할 수 있는 일이라고는 비가 그친 다음에 나가 보수하는 것밖에는 없었다.

"설마 하니 밤새 쏟아지기야 할라디여. 잦아들것지요. 내일 새벽에 만수 아부지는 오종굴, 안소재, 제비나리를 돌아 붉은데기 쪽으로 옴시롱 금계 저수지를 둘러보고, 덕이 아부지는 큰들에서부터 지등까지 다녀오시오. 지등 저수지도 보고 와서 상황을 알려 주시오. 이 밤에는 어차피 할 일이 없응게 나가서들 쉬시고요. 아, 모원 헛청 문이 바람에 쓸렸능가 나달댑디다. 날 밝으면 인오한테 들어와서 집 안 여기저기 손 좀 보라고 하시오."

덕이 아배가 대답했다.

"원상이가 그라는디 인오 성님 아까 해거름 참에 도롱이 덮어쓰고 붉은데기 신작로로 나갔다든디요. 어디 가냐고 소리 질렀지만 비에 먹혀서 안 들랬는가 그냥 가더라고 합디다. 또 역마살이 도졌능 갑다, 그랬다고 하고요."

"아무리 역마살이 도졌기로 이 빗속에 도롱이 둘러쓰고 나간단 말이오?"

따지듯 묻는 여례의 목소리가 떨린다. 초가일망정 방 세 칸에 마루와 정주간 번듯하고 너른 마당에 흙돌담 쌓아 안온한 제 새집을 비워 두고 그가 떠난 것이다. 만수 아배가 혼잣말처럼 웅얼거렸다.

"농사철인디 오래지 않아서 돌아오것지라."

언제고 돌아오긴 하겠지만 이번에는 오래 걸릴 터이다. 열두 해를 쳐다보기만 하다가 덤빈 까닭이 무어랴. 그 환한 웃음소리. 돌아오지 않을지도 몰랐다. 여례는 고개를 끄덕인다. 두 사람이 사랑마루를 내려가 처마 밑을 통해 바깥채로 나간다. 농사일 등에 관해 의논할 때는 사랑 대청에서 사람을 만났다. 경상 양쪽에 세워 놓은 호롱불들이 유리갓 안에서

춤을 춘다. 마당을 내리긋는 빗발은 어두워 보이지 않는다. 검게 땅을 두드리듯 울리고 사람의 마음을 두드리듯 울릴 뿐이다. 그 어두운 마당에 도롱이를 뒤집어쓴 사람이 나타난다. 여례의 가슴이 덜컥 내려앉는데 인오가 아니라 품에 안은 보퉁이가 젖을세라 웅크리고 나오는 녹두다.

"왜 나오는가?"

"새토구에 염희댁이라고 살어라. 초실이네 유제요."

이 동네 와서 10년째 사는 여례가 모르는 사람들이 제일 많은 곳이 새토구였다. 초실을 그쪽으로 시집보낸 덕에 새토구의 여러 아낙을 보았지만 염희댁이라는 젊은 아낙의 얼굴은 여러 젊은 아낙들과 뒤섞여 명확하지 않았다.

"염희댁이라는 이가 왜?"

"지금 산통하는 모냥인디 초산인 디다 애기가 거꾸로 들어서 그대로 두먼 산모나 태아가 위험할 것 같어요."

"염희댁이 새각시인가? 염희댁이라면 염희 어미가 있을 것 아닌가?"

"염희 어매는 오래전에 저세상 갔고라. 염희는 지 할매 손에 컸는디 할매도 몇 년 전에 돌아갔담서요. 시방 그 집에는 염희 아배하고 염희만 있을 거여요."

녹두는 10여 년을 떠났다가 돌아왔고 그네가 떠나 있던 그 세월 동안 금당에는 여례가 살았는데 동네를 꿰고 있는 사람은 녹두다. 부일을 수월헌으로 시집보낼 때도 그랬다. 홀아비가 되었다곤 해도 한창 젊은 장손인 재문과의 혼사를 수월하게 성사시켜 왔다. 무슨 말로 삼정당을 설득했는지 여례가 물었을 때 녹두는 부일이 얼마나 총명하고 야무진지만 설명했다고 말했다. 그 말만 했을 리는 없어 다그쳤더니 수월헌에 보릿고개 날 양식이 전혀 없는 것 같더라고 했다. 지참금을 들려 보내기로 암묵적인 합의를 본 것이다. 그만큼 수월헌의 사정이 궁핍하다는 의미였다. 여례는 안순당 모르게 친정에서 보내온 금두꺼비와 현금 20원을 지참금으로 들려 부일을 수월헌으로 시집보냈다. 지난겨울 지은 집 한 채 값에 해당하는 금액이었다.

"그 이웃 아낙들이 돕겄제. 왜, 자네가 가볼라고?"

"가봐야 할 것 같아서요. 광에서 미역하고 쌀 몇 줌 갖고 나왔어요. 다녀올게라."

"나도 같이 가볼까?"

쉬이 잠이 올 것 같지도 않은 밤이었다. 낮에 폭우 속을 걸었던 탓에 비가 무섭지 않거니와 밤을 홀로 견디고 싶지도 않았다. 여례는 바깥채에 들러 도롱이 하나 뒤집어쓰고 어지러운 밤길을 나선다. 도깨비같이든 매구같이든, 눈이 밝아졌다고 하지만 내림굿도 안 한 녹두가 이제 산파 노릇을 하고 나설 모양인데 어떻게 할지 궁금하기도 하였다.

염희네는 초실의 시가인 이장네를 지나 좁은 골목 끝에 있었다. 산 밑의 옹색한 터에 자리 잡은 자그만 초가다. 토방에다 횃불 두 점 꽂아 뒀고 중늙은이와 젊은이가 그 곁에서 서성거리고 있다가 녹두와 여례의 등장에 몸 둘 바를 몰라한다. 금세라도 주저앉을 듯한 초가지붕 끝에서 거무튀튀한 빗물이 줄줄 흐른다. 처마 안으로 들어선 녹두는 불이 켜져 있는 왼쪽의 작은 방문을 거침없이 연다. 방 안에는 산모 말고도 여인이 셋이나 있다. 그중 한 사람은 초실의 시할매다. 그네가 출산을 유도하고 있는 것 같다. 산실엔 더운 비린내가 진동했다. 양수를 다 쏟고 피를 쏟는 중인데 아기는 나올 기미가 없는 것 같고 산모는 이미 기진한 성싶다.

"동수 할매, 아짐들, 잔 나와 주시오."

들어갈 자리가 없어 문밖에서 안을 들여다보던 녹두가 아낙들에게 말했다. 낮고도 완강한 어투다. 아낙들이 주섬주섬 밖으로 나오다가 여례를 발견하고는 놀라 허리를 숙인다. 녹두가 방 안으로 들어가더니 산모의 이마를 쓰다듬고는 바깥을 향해 말했다.

"암만 산실이라도 그렇제, 여름인디 먼 불을 이라고 때놨다요. 애기 낳기 전에 애기 어매 쪄 죽겄소. 소반에다 맑은 물하고 빈 주발 세 개하고 빈 접시 하나 차려다 주시요."

제가 안고 온 보퉁이를 끄르더니 모시 이불보를 꺼낸다. 산모를 덮고 있는 이불을 걷어 내고 모시 자락으로 덮는다. 걷어 낸 이불을 둘둘 말아 문 바깥에 있는 아낙들에게 건네준다. 여인들이 빈 상을 가져다주자 쌀 세 그릇을 차리고 장곽을 놓는다. 보퉁이에 향촉 갑도 넣어 왔던가 향촉 두 개를 꺼내 등잔불에다 댄다. 향이 피어오르는 향촉을 가운데 쌀그릇에 다 꽂아 놓고는 등불을 꺼버린다.

"삼신상을 채렸고요, 더워서 문을 못 닫응게 안에 불을 껐어라. 향이 있응게 모기는 안 들어올 것이요. 애기를 돌려 눕혀야 항게 잔 조용히들 계심서 삼신할매한테 기도나 해주씨요."

아낙들은 젊은 녹두가 하는 짓이 어이가 없는지, 네까짓 게 뭘 알아 이러는지 모르겠다고 구시렁거리면서도 입을 다물기는 한다. 녹두가 어떻게 돌아왔고 돌아와서 어찌 지냈는지 알기에 보통은 아닐 것이라 짐작하는 눈치다. 바깥에 켜놓은 횃불이 있어 방 안이 아주 어둡지는 않다. 조용해지자 향이 방 밖으로도 흘러나온다. 자단향이다. 자단 향내가 비린 내와 더운 기로 어지럽던 방 안을 진정시키고 있다. 녹두는 기진해 눈 감고 있는 산모의 머리를 가만가만 매만지며 그네 귀에 대고 바깥의 사람들이 알아듣지 못할 소리를 연신 속삭인다.

어느 순간 산모가 고개를 끄덕이며 눈을 뜬다. 그러자 녹두는 산모의 두 손을 제 배에 모두어 놓고 감싸듯 안고 엎드려 쓸어 주면서 또 알아듣지 못할 소리를 중얼거린다. 산모가 몸을 뒤채어 엎드린다. 낑낑거리면서 엉덩이를 들어 올렸다 낮추고 또 들어 올렸다 낮추기를 거듭한다. 녹두는 산모의 허리를 들어 주고 어깨와 배를 쓸어 주면서 함께 힘을 쓴다. 산모가 반듯하게 누웠다가 다시 엎드려 엉덩이를 들어 올리는 힘겨운 동작을 반복하는 동안 함께 움직이는 녹두는 계속 중얼거린다. 자세히 듣자니 못 알아먹을 소리도 아니다.

초롱꽃 같은 애기야, 알밤 같은 애기야. 곱고 고운 애기야, 인자 인자 밖에 나와, 재미나게 살자. 옳제 옳제 그렇제. 그렇제 우리 애기 이쁜 애기. 호리호리 이쁜 애기.

이불 둘러쓰고 숨은 고집쟁이 아기를 밖에서 꾀는 것 같은 소리다. 주문이 아니라 아기한테 순하게 나오라고 타이르는 소리다. 산모는 이를 악 물고 용을 쓰고 지켜보는 사람들도 소리를 못 내면서도 함께 힘을 쓰느라 땀을 뻘뻘 흘린다. 아아 악! 산모가 소리를 지른다. 다시 진통이 시작됐다. 산모를 엎드려 놓은 녹두가 말했다.

"동수 할매, 희순 어매, 들어오셔 이 사람 어깨 잔 잡아 주씨요."

무릎을 꿇고 팔을 뻗어 엎드린 자세로 낳게 할 참인 것 같다. 동수 할매와 희순 어매가 방으로 들어가 엎드린 산모의 양어깨를 받치며 엎드린다. 산모가 힘을 쓰다 무너질까 봐 받쳐 주는 것이다. 녹두는 산모의 가랑이를 벌려 제 벌린 무릎으로 고정시키고 엉덩이를 떠받치고 있다. 잘하네, 염희댁, 어야 잘하네. 장하이. 자네 이름이 뭣인가. 옳제. 이름이 머시라고? 악을 쓰소. 자네 이름이 머시라고? 악을 쓰랑게. 깬님이요. 내 이름은 박깬님이요. 깬님이가 비명 대신 제 이름을 대며 악을 썼다. 잘했네, 깬님이. 이쁜 이름이구만. 인자 애기 머리가 만져지네. 세상에 다시없는

효녀가 나오고 있네. 애기 이름이나 질까? 옳제. 다시 숨을 모아서, 찬찬히, 옳제. 인자 힘 잔 쓰자. 셋, 하면 힘쓰소. 하나, 두울, 셋! 어야, 잘했네. 어야, 우리 애기 잘한다. 달처럼 이삐라고 달님이라 할까나. 달처럼 쑥 나오라고 달님이라 할까나. 그래 달님이 니도 잠깐 쉬고. 인자 다시 셋 하면 깬님이랑 달님이랑 같이 힘 쓰자. 자아, 하나, 두울, 셋.

깬님이가 제 이름과 달님을 쉰 번도 넘게 부르고 동수 할매가 급기야 썩을 년이 새끼 한번 지랄맞게도 난다고 욕설을 해대고 희순 어매가 그러려면 나가시라고 소리 지르는 와중에도 녹두는 의연하게 아기를 달래고 어미를 부추긴다. 어야, 우리 애기, 그래, 잘한다. 자아 이제 그만 나오니라, 달님아. 깬님이도 힘주고, 자아 같이 하나, 둘, 으샤!

몇 시나 됐을까. 여례는 안타깝다 못해 주니가 나서 젖어 늘어진 치맛자락을 감친다. 태어날 아이의 할아비는 횃불을 다시 만들어다 밝혔고 아이 아비는 견디지 못해 사립짝을 나갔다가 들어오기를 반복한다. 소란이 커지자 이웃 아낙들이 하나둘 사립 안으로 들어왔다. 자정이 넘은 듯했다. 정주간에서는 물이 끓고 바지락을 넣은 미역국이 펄펄 끓다 못해 졸아들 지경이 되었을 때 깬님이가 지르는 악소리가 났다. 드디어 아기를 밀어 낸 것이다. 녹두의 두 손에 핏덩이가 안겨 있었다. 머리가 유난히 큰 아기다. 녹두가 무명천을 펼쳐 든 동수 할매한테 아기를 건네준다.

"꼬치도 안 달고 나옴시롱 야착키도 하다. 햇님인지 달님인지, 으짠다고 이라고 에미 애를 믹이냐 가시내야. 느 할매가 살았으면 욕을 발대로 묵었을 것이다."

갓난이에게 시비를 건 동수 할매가 무명으로 아기를 싸더니 눈이며 코며 귀들을 닦고 나서 거꾸로 들고는 엉덩이를 찰싹찰싹 때려 댄다. 마침내 아기가 울음을 터트렸다. 깬님이는 후산 중이다. 태반 등의 후산물이 물커덩 빠져나온다. 희순 어매가 실로 아기의 배꼽에 매달린 탯줄을 묶더니 소독해 싸두었던 가위를 녹두에게 건네준다. 녹두가 오늘 밤 산실의 주장이었다는 것을 인정하는 것이다. 녹두가 탯줄을 잘랐다. 산모 밑을 받쳤던 천 자락에다 탯줄이며 태반 등을 아울러 싸더니 안고 나와 염희 아배에게 가져다준다. 산실의 흔적을 태우는 일은 집안 어른의 몫이었다. 다시 산실로 들어갈 줄 알았던 녹두가 여례에게 말했다.

"어여 집에 갑시다, 아씨."

아낙들이 애기 한 번 더 들여다보고 가라는데도 제 도롱이를 뒤집어쓰더니 삽짝 밖으로 서둘러 나간다. 여례는 인사를 건네는 아낙들에게 밝은 날 다시 보자고 하고는 녹두 뒤를 따른다.

"왜 그리 서두르는가? 어둔게 조심해 가세."

몇 걸음 앞선 녹두에게 말하는데 녹두가 도롱이를 내던지며 털썩 주저 앉는 것 같다. 힘을 너무 써서 쓰러졌는가. 놀란 여례가 다가가 들어 보니 녹두는 골목 한가운데 앉아 오줌을 누고 있다.

"깬님인지 깻잎인지, 햇님인지 달님인지 가시내들 땜에 오짐 참니라고 숨넘어갈 뻔했소. 누군 애기 낳느라 죽네 사네하고 있는디 난 오짐 매 럽다고, 오짐 잔 누고 올란다고 기다리람서 일어나겠어요?"

그러고 보니 여례도 한참 전부터 오줌이 마려웠다. 여례도 도롱이를 던져 버리고 이미 젖어 버린 옷을 들추며 쭈그려 앉는다. 참았던 오줌이 줄줄 나온다. 녹두가 옆에서 히히 웃기 시작했다. 미친년처럼 배를 잡고 낄낄거린다. 여례도 웃는다. 클클 웃는데 눈물이 난다. 빗물 같기도 하다. 쿨럭쿨럭 두 여자의 웃음과 울음이 뒤섞여서 비 내리는 한밤중의 좁은 골목이 아득한 꿈같다.

6

　홍림 씨는 며느리들에 대한 기대를 접으려 아무리 기를 써봐도 속이 타고 분통이 터졌다. 호주에 가 있는, 결혼사진을 봐도 얼굴이 감감한 둘째 며느리가 오늘 새벽에 전화를 걸어 왔다. 어머니, 가뵙지 못해서 죄송해요. 제가 제사 지내러 가는 건 고사하고, 애비가 저희 보러 올 만한 여유도 안 되네요. 호주 가고 나서는 제사라고 따로 전화 한번 할 줄 모르는 저한테 설마 비행기 타고 제사 모시러 오라고 할 것인가. 홍림 씨가 화나는 건 호주에 간 사실 자체였다. 지 새끼들을 어찌 키우건 지 맘이라 하더라도 지 새끼 키우며 내 새끼를 잡으니 문제인 것이다. 둘째 며느리의 그 말은 결국 돈을 해달라는 뜻이었다. 홍림 씨는 전화를 탁 끊어 버리고 싶은 걸 겨우 참으며 오냐, 여기 걱정은 말고 애기들 잘 챙기고 너도 몸조심하니라, 했다. 끊고 나서야 혼자 지껄였다. 가라고 누가 떠밀길 했냐, 오라고 누가 끌기를 하냐. 아나 돈이다!

　큰며느리는 제 차로 한 시간 반이면 오는 광주에 있었다. 제수 장만은 같이 하지 못해도 저녁에 잠깐 다녀가긴 하겠다는, 체면치레라도 해주길 바랐다. 그런데 오늘이 월요일이라 출근한 상태이기 때문에 못 온다고 전화해 왔다. 제사가 토요일이나 일요일에 걸렸다면 몸이 아파서 못 온다고 했을 것이다.

"허는 수 없제, 어짜겄냐. 들어가그라."

전화기를 접어 행주치마 주머니에 집어넣던 홍림 씨는 썩을 년! 하고 터지려는 욕설을 간신히 삼킨다. 아무리 교회를 다녀도 종손집 며느리가 해도 너무 하지 않는가. 뻔뻔하기를 넘어 안면몰수하기로 작정하지 않고서야 이럴 수는 없는 일이었다. 홍림 씨가 가슴을 퍽퍽 쳐대자 눈치를 보고 있던 성심 씨가 다독인다.

"바쁜게 못 오제요. 토요일도 일요일도 아닌디 어찌케 오겠소. 그라고 언제라고 성님이 며느리들 덕 봤소? 속상해하지 말고 냅둬 불소야."

"그래, 잊어불라네. 지까짓 것들 없다고 지사 못 지낼라딩. 그때 생각낭가? 여례당 돌아가샜을 때."

"야착했지라. 칠일장에 문상객을 3천 명 너미 치렀지라? 오매, 할매 가신 거 서러워할 새론 밥 해대다가 판잣굿났었제. 손은 얼마나 시럽든지. 난 세상 변함시롱 젤로 고마운 게 머시냐면 고무장갑이랑게. 고무장갑 끼면 일이 한나도 안 무섭단게요. 요새야 따순 물도 펑펑 나오고. 그때에 비하면 참말 새 발의 피 아니오?"

"긍게, 쌀이 지천으로 남어 도는 세상에 겨울에도 푸성귀 넘치고, 기계가 일을 반은 해주고. 새 발의 피제. 난 세상 변하면서 젤로 좋은 게 전기밥통이데. 전기밥통에 밥해서 거기다가 그대로 절주 안칠 때마다, 요새도 좋아서 박수 칠 때가 있당게. 미리 해놔야 할 것들에 빠진 것이 있능가나 한번 챙개 보소. 내가 원래 깜박깜박 잘 안 헌가?”

“원래 뭘 그래요. 잊어 묵는 것이 없어 고달픈 사람이 성님이제. 제기는 닦어 놨고, 떡은 이따 방앳간에서 갖고 오겄지라. 꿔야 할 생선들은 장으로 찾으러 가먼 되고요. 다식, 약과, 양갱이, 산자, 절주 돼 있고, 두부하고 가오리묵도 쒀뒀등만요. 김치들도 다 해뒀지라? 숭어식해도. 어포, 육포는요?”

“해서 광 냉장고에 뒀네. 이번에 딸내미 키운 보람을 아조 톡톡히 봤그만. 가오리묵 쑤는 방법이, 숭어식해나 꿩자반 같은 것이 옛날 책에 나와 있단 걸 이번에 알았네야?”

“그란다요?”

“긍게 그것이 9대 할매가 쓴 책에 나와 있는디 내가 맨드는 것하고 비스무리 하드랑게. 가오리묵은 가오리를 손질헐 때 밀가리가 아니라 보릿가리로 씻는 것만 달르제 실고치랑 채 썬 파랑 흰 지단 노란 지단 넣어서 굳히는 것까정 똑같다등만.”

“꿩자반은 묵어 본 지 참 오래돼 부맀는디 그것도 똑같답디여?”

“나는 꿩을 손질해 밑간해서 온이 하루 꾸덕신 담에 장독에 넣는 걸로 배우고 만들었는디 옛날에는 사흘을 꾸덕애 갖고 아조 빼뜩빼 득해진 담에 넜다등만.”

“그랬다요? 이참에 연이 공부시킨 것이 아니라 성님이 공부를 톡톡히 했구만이라?”

“긍게, 늙어도 매구 할매같이 공불 잔 해야는디 당최 글잘 못 보겄으니 어짠당가. 행순이 성님 올라먼 아직 멀었고, 이장댁이랑 피어리스도 점심때 지나야 전적 부쳐 주러 올 것이고. 일손 가진 지집들은 모도 공장에 가서 더 와줄 사람도 없응게, 시작허세. 자네는 바깥

솥에 불 먼첨 살리소. 연이 니는 안에서 나물하고 탕 해라."

삽시간에 일을 나눈 홍림 씨와 성심 씨가 바깥에 있는 화덕으로 나간다. 두 여인이 세 개의 솥에다 동시에 불을 지피면서 두어 광주리씩 되는 숙주와 시금치와 미나리와 콩나물을 데쳐 내고 꼬막과 석화를 삶고 문어와 닭을 쪄낼 터이다. 홍림 씨가 고무함지에다 한 양동이의 꼬막을 쏟아붓고 물줄기를 대더니 와락와락 문질러 대는 소리가 부엌으로 들어온다. 성심 씨가 피운 불 내음도 솔래솔래 밀려든다. 은현은 씻어 받쳐 놨던 표고버섯과 고사리와 토란 소쿠리를 가스레인지 옆으로 옮긴다. 냉장고에서 양념으로 쓸 쌀가루와 참깨가루와 들깨가루들을 꺼내 싱크대에 줄줄이 세운다. 제사 한 번에 나물과 탕만 해도 각기 여섯 가지씩인데 모든 음식은 최소한 150명분이었다. 내일 이른 아침 양사와 숭모당에 내갈 음식들을 한꺼번에 만들기 때문에 나물거리와 탕의 주재료가 부엌으로 들어오는 족족 해치우지 않으면 걷잡을 수 없어진다. 일을 신속하게 하기 위해 양념 통들을 차례차례 늘어놓고 갈아 놓은 쇠고기와 알 바지락과 생새우 살에 밑간을 시작한다. 제상에 올릴 분량의 탕과 나물에는 오신채五辛菜를 넣지 않아야 하므로 덜어 내 따로 준비한다.

"성님, 연이 시집 안 보내요?"

성심 씨의 큰 목소리가 부엌으로 날아든다. 홍림 씨 목소리는 더 크다.

"안 보내고 자퍼서 이라고 있겠능가? 저 가시내가 저라고 뻗대고 있는디 이 촌구석에서 내가 먼 수로 사웃감을 찾겄능가."

"지가 살던 디서 찾아야제, 여그서 사우를 찾을라면 쓰간디요?"

"지가 살던 디서 아조 짐을 싸갖고 왔는디 어짠당가? 이따가 지

방에 한번 가보소. 침대니 식탁이니 하는 것들은 전부 내불고 책만
갖고 왔는디도 책이 머릿방까지 쌓였당게."

"서울 지 집을 아조 갖고 와부렀다요?"

"서울 집세가 원체 쎄서 놔둘 수도 없다등만. 올해는 벌써 다 갔
고, 내년까정은 글 씀시롱 이냥저냥 집에 있겄다고 하고, 그것이 지
하는 일에 더 득이 된다고 항게, 우선은 두고 볼 참이네. 그 핑계로
나도 참말로 모처럼 딸내미 끼고 사는 재미를 보고 안 있능가? 요새
같으면 솔직허니 애써서 교수 되면 머하고 선생이니 공무원이니 되
면 머하겄냐 싶네. 잘났다 잘났다, 우리 메누리들만치 잘났을라디
여? 지 서방들 뚝뚝 이개 묶음서 빙신들 만들고 시부모도 퍽퍽 눌러
불쌍히 만들고 종손 시집 나 몰라라, 교회 가고, 먼 나라 가고. 교수
고 선생이고 공무원이고 그렇게 잘나면 머한당가?"

"그라고 다 암것도 아니라고 쳐불면 사웃감을 어디서 찾는다요?"

"그건 나도 몰겄네. 할매를 영화로 찍고 잡다고 찾아온 영화감독
이라는 놈이 모원서 열흘째 묵고 있는디, 아침 일찌거니 나갔응게 자
네는 못 봤제. 첨에 그놈 보고는 혹시 내 사웃감잉가, 사내다운 디다
가 인상도 서글서글하니 참 좋단 마시, 가슴이 둥개둥개 설렜동만,
개코나! 가시내는 날마다 얼굴 대고 삼시롱도 닭 소 보대끼 데면데면
하고, 할매는 그놈을 지나가는 삼시랑인가 눈도 안 떠보시고. 그래서
맘을 접었네."

"할매를 영화로 찍는다고요? 옛날 텔레비에 나오신 것매니?"

"아이갸 고따구로 한다고 하면 연이 아부지가 이 집에 붙여 났겄
능가? 아조 진중한 영화를 사실적으로다 만든다고 한당께."

"우리 할매가 영화배우가 되새라? 어떻게요?"

"나사 알겠능가만, 할매한테 이래라저래라 배우 노릇이사 시킬라디? 그냥 할매 뒤나 졸졸 따라댕김서 사진 찍겄제. 요새는 그렇게 심심해 뵈는 영화를 만드는 사람도 종종 있다데. 텔레비전에도 그런 거 흔히 안 나오등가. 산속에서 귀신맹키 혼자 살고 있는 영감을 졸졸 따라만 댕김서 아나운서가 뭐라고 뭐라고 설명해 주는, 그런 모양샌 것 같어. 아직 결정이 난 거는 아니고. 연이 아부지하고 연이가 메칠 뒤 영화감독이라는 놈의 계획인가 뭔가를 심사한다데. 그래 갖고 그놈이 할매를 괴롭게 안 함서 영화로 잘 찍겄다 싶으면 할매한테 말씸 드래 보고 동네 사람들한테도 이야기해서 해볼 참인가 보등만."

"사웃감은 영 아니고요?"

"그놈은 아니라고 판명 났다고 안 헝가. 말이 났응게 더 하네만 열흘 전에 감독하고 같이 온 놈이 한 놈 더 있었네. 멀대같이 키가 크고 낯색은 허여멀건헌디 생긴 것은 어짠지 양놈맹키 괴팍해 보이데. 사실로 눈빛부터 양놈 비스무리하기도 하데만, 눈 색깔이, 우리는 거 머 보이자능가. 근디 그놈은 눈 색깔이 아조 묘하당게. 퍼런 것 같다가 잿빛인 것 같다가 물 같어 뵈기도 하고. 그러거나 말거나 두 놈을 모원에다 재우고 담 날 아침밥을 줬는디 할매가 괴팍하게 생긴 놈을 보심시롱 빙긋이 웃으시데?"

"외국 놈매니 생겼는디도 안 설어하시고 웃으셨새라? 오매, 그라믄 그놈이 사웃감인 갑소."

"끝까지 들어 보랑게. 그놈 외할매가 미국 사람이라고 안 헝가. 눈이 외할매를 탁애 갖고 근다등만. 으쨌든 외할배는 한국 사람이라 그라고 즈그 엄니도 반은 한국 사람이고 친가는 전부 한국 사람들이라고 해서 봐줄라고 안 했능가. 그랬등만 아이고! 그놈 지가 외국서 일헌다고, 아니, 금세라도 외국 나가 일할 수 있다고 안 형가?”

“뭔 일을 허는 놈인디요? 아직은 백수라요?”

“백수가 아니라 공무원인디 외교분가 외통분가, 외국 나가서 몇 년이나 살다 온 지 몇 달 안 됐고 또 금세 나갈 수도 있다데. 근디 내 맘이 곱게 그놈한테 가겄능가?”

“넘들은 외국에 못 가고, 못 보내서 난린디 성님은 딸내미 외국 보내기가 당최 싫그만요?”

“좋겄능가? 그놈의 외국 땜시 작은 메누리며 그 장것들을 4년이나 못 보고 있는디. 교현이 놈은 3년이나 못 봤고. 좋겄어, 내가? 그날 아침밥 묵고 연이하고 감독하고 놀러 간다는 그놈한테 잘 가라고 쫓아 부렀네. 차마 다케는 오지 말라고 찍어 불든 못했네만 잘 가라는 그 말이 그 말인 걸 그놈도 알아묵었는지 그 밤에는 감독하고 막둥이만 왔등만.”

홍림 씨는 부엌의 은현에게 들으라는 듯 더 큰소리로 말하고 있었다. 그렇게 간 중경이 한 차례 더 다녀간 사실은 없었던 일로 치고 있다. 은현은 중경이 얼 띤 듯 드세게 다가오는 게 좋은 참이었다. 얼마나 계속될 관계일지는 알 수 없어도 아직은 시작 단계이므로 결별을 떠올리지 않아도 되었다. 그와 헤어진다고 해도 그와 함께한 시간들이 상처로 남지 않을 터였다. 어쨌든 홍림 씨가 중경을 거부하는 건 그야말로 우물에서 숭늉을 찾는 격이었다. 성심 씨가 목소리 낮춰 물었다.

“연이하고는 뭔 사인디요?”

“대학 댕길 때 친구라데.”

“친구가 영화감독하고 같이 놀러 왔는디, 성님은 그라고 사래질을 해부렀소. 막둥이하고 뭔 사인 것같이 보잉게 그랬겄제?”

“지가 친구라고 항게 친궁갑다 하제.”

“흘러가는 대동수를 막제 젊은것들이 친구 어짜고 하는 걸 믿소?”

“한강수도 막고 영산강수도 막 막고 틀어 대는 세상에 대동수쯤 못 막을라디?”

“말은 그래도 뭔 사잉게 여그까지 찾아왔을 거신디, 성님이 그래서 쓰겠소?”

“즈그가 먼 사이거나 말거나 나는 가차이 두고 때마다 왔다 갔다 하는 사우를 기어이 볼 작정이네. 즈그 올 때마다 곡식이며 반찬을 차 짐칸에다 꽉꽉 채워 보냄서 에미 유세, 장모 유세도 실컷 떨어 보고. 너메 집 자석들은 시골집서 뭘 못 싸갖고 가서 난리란디 내 새끼들은 어매가 싸주는 걸 거름덩이라도 되는 것매니 털어 싸니 내가 분해 죽겄당게.”

“사우를 그라고 골라 찾다가 딸내미 시집을 언제 보낼라고요?”

“딸내미를 더 늙힐 거 같애서 솔직허니 조바심이 안 나는 거슨 아니네마는, 이왕 늦은 거 한두 해 더 묵으면 어짜냐 싶기도 허네. 시집가는 순간부터, 우리 실컷 살아 봐서 알자능가? 고생보따리 받는 거 아닝가? 그 보따리 잔 늦게 받으면 지 좋고 나 좋고제. 뭣보다 가시내 데꼬 사는 맛이 달달하단 마시. 저것이 없을 적에 상노인하고 영감하고 나하고 셋이 뭘 하고 살았는지 당최 모르겄당게. 요새 같으면 아예 데릴사우나 봤으면 싶네.”

“성님 말 실컷 듣고 봉게 결국 딸 자랑이었고마잉.”

“오매 미안허네야, 자네는 아들들만 있는디.”

성심 씨는 순천으로 시집간 주아 씨에게서 태어나 열 살 무렵에 계성재로 돌아왔다. 스무 살 즈음에 녹동 쪽으로 시집갔는데 시집간 해에 서방님이 군대에 갔다. 서방 없는 시집살이를 하던 중에 서방 친구와 엉키고 말았다. 그 바람에 시집에서 쫓겨난 성심 씨는 광주로 갔고 식당에서 찬모 노릇을 했다. 은현이 류혜국의 소설을 통해 알게 된 성심 씨의 내력은 거기까지고, 아이 셋 달린 홀아비와 재혼했다는 사실은 은현이 수시로 주워들은 것이었다. 성심 씨는 자신의 아이를 낳지 못했다. 전실 자식들을 다 키워 결혼시키고 나서 남편을 여의었다. 남편과 살던 서른일곱 평짜리 아파트 한 채가 전 재산이었는데 자식들이 아버지 돌아가자마자 집을 4등분하자고 나섰다. 하도 치사해 두말없이 아파트를 넷으로 쪼개 방 한 칸을 남겼다. 그러고 나니 자식들도 없는 셈이 되어 버렸다.

"긍게, 성님 딸내미 자랑 속을 듣고 있장게 복창이 달림서 샘이 막 나요. 좋겠소, 성님은 딸이 있어서. 이따 행순이 성 오면 또 복창이 막 달릴 건디. 그 성님은 평생 자식 자랑질에 목이 쉬는 사람 아니오?"

류혜국의 보모였던 행순 씨는 이웃 면의 농사꾼 총각한테 시집가서 자식을 일곱이나 낳고 남편과 해로하고 있었다. 성심 씨에게 그렇듯 행순 씨에게도 계성재가 친정이었다. 그네는 보통 점심때쯤에 갓 찧은 쌀 석 되와 제찬 값이 든 봉투를 안고 제사를 모시러 왔다.

"연이야."

매구 할매가 어느 사이 부엌으로 들어와 은현을 불렀다. 바람이 너무 세니 오늘은 집에 계시라, 아침상 머리에서 동국 씨가 당부드렸다. 노인은 동국 씨의 말을 따라 당신 방에 계셨던 참이었다.

"왜요, 할머니? 뭐, 드려요?"

"장이가 오늘 중으로 몸을 풀랑가 븐디, 노산에 초산이라 지날로 날랑가 모르겄다. 나는 인자 심이 없응게 니가 가서 의원으로 데꼬 가그라."

8만여 인구가 사는 군청 소재지인 고흥 읍내에는 산부인과가 없었다. 은현이 장희를 데리고 두 번 간 산부인과는 40여 분 거리의 순천에 있었다.

"엄마 아부지하고 의논해서 방법을 찾아볼게요."

"시방 넘어가 봐라."

할머니가 돌아서 나가자마자 은현은 샘가를 향해 엄마아! 외친다. 왜야? 홍림 씨가 소리쳐 대답했다. 빨리 들어와 보시라는 말에 데쳐 내 헹궈 짠 나물거리들을 잔뜩 안고 들어온다.

"장희 언니가 오늘 중으로 애기를 낳을 것 같다고 하시네요."

"머어?"

"자기 날로는 못 낳을지도 모르겠다고 병원으로 데리고 가라세요."

"바뻐 숨넘어가겄구만, 해필이면 오늘 난다냐. 별량댁은 보나마나 공장 갔을 것인디, 동네에 손 멀쩡한 여편네들은 모도 공장 가고 없는디. 아이고오, 성가셔라. 하는 수 없제. 행순이 고모 택시 타고 당장 오시라고 해야쓰겄다. 이장댁한테도 얼렁 오라고 해야겄고. 니는 지금 장희네로 가봐라. 몸띵이가 소만해져 갖고 니 혼자서는 거들지도 못할 경게, 일단은 아부지 모시고 가그라. 시시로 전화하고. 아이, 돈 있냐?"

"예."

방에 들른 은현은 우선 담배 한 개비를 물고는 축사에 나가 있는 동국 씨에게 전화 걸어 장희네 집으로 오시라고 했다. 아침에 방을 나선 이후 첫 담배였다. 언제 또 피울지 몰라 통화 뒤 한 개비를 더 피우고는 외투며 지갑을 챙긴 뒤 방을 나섰다. 샘가에서는 성심 고모 혼자 일하고 홍림 씨는 은현이 비운 부엌에서 득달같이 손을 놀리고 있었다. 은현이 저, 지금 가요! 하고 외치자 홍림 씨가 부엌 창을 내다보며 소리쳤다.

"아이, 바뻐 숨넘어가겄는디 시방 어디 나가냐?"

은현은 어이가 없어 발걸음을 멈췄다. 큰 솥뚜껑을 든 채 솥 안의 석화를 들여다보고 있던 성심 씨도 멀뚱해져 부엌 쪽창을 쳐다보았다.

"장희 언니 애기 날라 해서 병원에 데려가려고 가잖아. 엄마, 왜 그래?"

"아참, 나 잔 봐라. 얼렁 가봐라. 돈이 있어얄 건디 지갑은 갖고 가냐?"

"예, 가져가요. 가서 전화할게요."

작은 뜸 가장이에 있는 장희네 집 앞에 도착해 내리는데 카메라를 멘 김영성이 골목 위쪽에서 내려왔다. 그는 지난 열흘 동안 매구 할매의 일상과 동네 안팎을 살폈다. 그의 스태프라는 사람들이 두 차례 다녀갔다. 오늘 아침 식사 뒤에는 외출해 내일 돌아오겠다고 나간 참이었다. 며칠 전부터 제사 준비로 들썩이다 오늘 절정에 이른 집안 분위기를 보고 자리를 피해 주려고 했던 것이다.

"은현 씨! 여기 웬일이세요?"

"장희 언니가 아기를 낳을 것 같아, 병원 데려가려고 왔어요. 감독님은 외출한다더니 기껏 여기세요?”

“읍내 가서 목욕하고 머리 좀 다듬고, 그냥 동네나 어슬렁거리자 싶어 돌아왔어요. 괴연재 다녀온 참이고요. 장희 언니가 지금 아기를 낳아요?”

열흘째 모원에서 지내는 그도 은현을 좇아서 장희를 장희 언니라고 불렀다. 장희가 아기를 낳는다고 하니 모처럼 재미난 일을 만난 것 같은가 보다. 매구 할매의 복주머니의 위력에 대해 듣기는 했으되 직접 볼 일이 없는 참이라 설렐지도 몰랐다.

“감독님한테는 안됐지만 아기는 병원 가서 낳을 거예요. 그럼 어슬렁거리세요. 정 궁금하면 병원까지 따라오시든지.”

김영성을 약 올린 은현은 동국 씨 오토바이가 다가오는 것을 보며 장희 집으로 들어섰다. 흙돌담을 덮은 마삭줄에 단풍이 들어 담장 색깔이 온통 불그레하다. 마당가의 커다란 유자나무가 아직 퍼런 열매를 주렁주렁 매달았다. 방문이 닫혀 있는데도 들릴 만큼 텔레비전 소리가 크다. 언니를 부르며 방문을 여니 텔레비전 소리에 묻혀 있던 장희의 정경이 눈에 들어온다. 이미 산통이 시작된 듯했다. 이불이 흥건히 젖었을 정도로 양수가 터진 상태인데 장희는 엎드린 채 낑낑거리고 있었다.

“대체 무슨 짓이에요? 좀 아프다 싶으면 전화를 할 것이지 전화도 못 해?”

“갑자기 너무 아파 갖고 울음만 나고, 무서워서. 아이고 연이야, 나 죽는다.”

“요새 애 낳다가 죽는 여자는 없대요. 이 동네서는 백 년 동안 애 낳다 죽은 여자 없었고.”

큰소리는 치지만 떨리기만 할 뿐 은현도 어찌해야 좋을지 몰라 전화기 먼저 꺼내 드는데 동국 씨가 들어왔다. 눈앞의 상황에 대해 은현보다는 동국 씨의 눈이 밝은지 대번에 말한다.

"병원 가기 늦은 거 같다. 넌 엄마한테 전화해라. 나는 집에 가서 할머니랑 니 엄마를 차로 모시고, 금세 오마."

동국 씨가 급히 나가고 은현은 홍림 씨한테 전화해서 상황을 설명했다.

"아이고, 넋 나간 년. 양수가 흥건하다믄 오래 걸리지는 않겄다. 당장 나오겄다는 애기를 누가 말리겄냐."

"아프다고 뒤집어졌다고요. 어떻게 해? 나는 뭘 해줘야 하냐고?"

"뒤집어지게 산통함시롱 디지는 지집은 없느라. 지집이란 것들은 디져도 새끼는 낳고 디지는 법잉게, 지랄발광해싸도 냅두고 니는, 찜통이나 큰 솥 같은 거 두 개 찾아서 물이나 끓여라. 두 개 다 물 가득 받아 가스레인지에 올려놔. 그라고 저번에 봉게 별량댁이 기저귀감 한보따리 끊어 오드라. 원체 깔끔한 사람이라 말간 물 뚝뚝 떨어지게 단속해 놨을 것이다. 기저귀감이 원래 산욕실 수건으로 씌는 법이다. 방 안 어디 있을 겅게 찾아보고 있어라. 느 아부지 오시면 할매 모시고 갈겅게, 니는 걱정할 거 하나 없다. 할매가 암만 심이 없어도 매구 할매고, 나도 그 할매 저태서 새끼를 여섯이나 남시롱 반백년 넘게 살았다."

홍림 씨는 태현 이전에 미현, 주현이라는 딸과 아들을 낳은 적이 있었다. 동국 씨가 서울에서 대학을 다닐 때였다. 그때는 서울과 고흥이 너무 멀어 홍림 씨는 서울에서 첫 아기를 낳았고 낳은 지 백일이 못 되어 아이를 놓쳤다. 아이를 놓친 홍림 씨는 대학생 남편을 홀로 두고 귀향했고 다시는 밖에서 살 궁리를 하지 않았다. 주현은 두 돌 막 지난 어느 밤에 손쓸 새 없이 놓쳤다. 그렇게 두 아이를 잃고 세 아들을 낳은 뒤 시누이의 딸을 늦둥이처럼 갖게 된 홍림 씨는 은현도 자신이 낳았다고 표현했다.

어떻게 표현하건 자식 여섯을 낳은 홍림 씨는 자신만만했지만 새끼를 한 번도 낳아 보지 못한 은현은 손이 떨려 비명 질러 대는 장희를 만져 줄 엄두를 내지 못한다. 언니, 조금만 참아요. 울 엄마랑 할머니랑 금세 오신대. 연신 중얼거리며 일어나 부엌으로 들어가 본다. 부엌만 간신히 입식으로 개조해 놓은 오래된 집이었다. 그나마 장희가 직장 다니며 한참 잘나갈 때 고친 부엌이라 했다. 부엌 고칠 때 안쪽으로 화장실 겸 다용도 공간이 덧붙었다. 찜통이며 곰솥은 그 안의 선반에 있었다. 찜통과 곰솥은 낡았으되 반짝반짝, 얼룩 한 점 없이 닦여 있다. 낡은 찜통이 이만치 반짝이려면 얼마나 닦아 댔을까. 찜통을 헹궈 물을 받으며 보니 싱크대며 수납장 안의 그릇들도 전부 반짝반짝하다. 홍림 씨의 아이고, 소리가 귀에 들리는 것 같아 은현은 한숨을 내쉰다.

제사 모시던 중에 동국 씨가 내년부터 현재 집에서 올리는 16대, 17대 18대까지의 모든 기제를 18대 류진섭의 기일에 맞춰 합사할 것이라 선언했다. 더불어 앞으로 봄철 묘제와 가을 시제는 자식들이 굳이 참석하지 않아도 된다고 덧붙였다. 자식들에 대한 기대를 거두어들인 것이었다. 자신의 삶을 정리해 나가는 중임을 표명한 자리이기도 했다. 그렇게 제를 올리고 음복을 마친 마을 사람들이 돌아간 뒤 안방에서 이야기를 나누고 있던 동국 씨와 태현, 상현 사이에서 큰

소리가 났다.

"그래서 처자식이 죽든 말든 내버려 두란 말이오? 그것들보다 내가 먼저 죽을 것 같은데 어쩌라고요?"

상현이 태현을 향해 쏟아 낸 소리는 결국 동국 씨를 향한 것이었다. 처자식을 유학 보내고 나서 쌓인 빚이 1억이 훨씬 넘는다고, 목이 졸려 죽을 것 같으니 유산을 미리 달라는 말이었다. 아이들을 조기 유학 보낸다고 할 때부터 걱정했던 일이기는 했다. 안팎이 공무원으로 만났지만 결혼 뒤 10여 년 동안 겨우 집 한 채 장만한 사람들이 왜들 저러나. 상현의 입장에서 짐작해 보면 더 말이 안 됐다. 안팎으로 벌어도 간신히 생활하는 공무원들 아닌가. 그런 판에 한쪽이 벌기를 그만두고 쓰기만 할 수밖에 없는 삶을 시작하겠다니. 자신의 한 달 월급에 버금가는 학비와 생활비를 무슨 수로 송금하려고 상현이 무모하게 나서나 싶었다. 처음부터 안고 시작됐던 문제가 마침내 터진 것이다.

그렇다고 해도 아버지 앞에서 뛰쳐나가다니. 나이나 적은가. 태현이 상현을 쫓아 대문간으로 나왔을 때 동구 밖 저만치로 달아나는 불빛이 보였다. 앞서 나와 상현의 차가 사라지는 것을 보고 있던 은현이 말했다.

"작은오빠가 전화 안 받아요. 내처 가버리려나 봐요. 술이 제법 됐을 텐데. 아버지는 어쩌고 계세요?"

동국 씨는 네 자식들에게 자신이 할 수 있는 최선을 다해 뒷바라지해 왔다. 아들들이 결혼할 때마다 집을 사주지는 않았을지라도 방 두 칸짜리 전셋집은 똑같이 얻어 주었다. 시골 공무원이 그 정도 하려면 얼마나 노심초사했을지 태현도 이제는 알 수 있었다. 상현도 이제 알 만한 나이였다.

"사랑으로 들어가셨다. 죄송해서 따라 들어갈 수가 없어 나왔다. 어머니한테도 마찬가지고."

"큰오빠는, 내일 아침에 가도 되죠?"

"그래야지. 막둥이 너한테 참 면목이 없다."

"나한테 무슨. 엄마 매실주 좋아하세요. 고모들한테랑 한 잔씩 권해 드리면 엄마 금세 풀리실 거예요. 같이 들어가요, 큰오빠."

태현은 별빛 한 점 보이지 않는 밤하늘을 올려다보곤 돌아선다. 10월 하순의 밤바람이 살을 에듯이 차다. 아내는 작년 봄에 장로가 되었다. 기독교 집안에서라면 여자가 그것도 아직 젊달 수 있는 나이에 장로가 된다는 건 굉장한 경사일 것이었다. 아내로서는 자신을 축하해 주기는커녕 경원시하는 시집 사람들이 고와 보일 리 없었다. 더구나 장로 노릇을 하자면 교회나 교리에 더욱 충실해야 할 터, 제사를 더욱 멀리할 수밖에 없을 것이었다.

아내는 집 안에서 목소리 높이는 일 한 번 없었다. 결벽증에 가까울 만큼 집 안을 깨끗이 정돈했고 아이들을 챙겼으며 남편을 수발하고 자기 월급의 십일조를 교회에 꼬박꼬박 바치면서도 살림을 늘렸다. 그 나름으로는 모든 게 완벽했다. 시집의 제사만 받들지 않았다. 문제는 계성재가 제사로 그 존재 명분을 가진 집이라는 것이었다. 그래서 태현은 연애할 때부터 분명히 밝혔다. 나는 계성재 20대 종손이며 결혼하면 제사며 차례를 당연히 이어받아야 한다. 당시에는 박선주도 수긍했다. 모태 신앙이었는데 연애하고 결혼할 당시에는 교회로부터 멀어져 있던 참이었다. 아내가 신앙을 되찾은 건 두 번에 걸친 유산 뒤였다. 아내는 다시 임신을 하게 됐을 때 교회를 찾아가 아이를 무사히 낳게 해달라고 기도를 올렸던가 보았다. 어떤 이유로든 무사히 태어난 류한서는 계성재 21대 손인데 박선주는 그 아이를 교회로 데려가 하느님의 종으로 삼겠노라 맹세해 버렸다.

둘째아이를 갖기 전 외도한 적이 있는 태현은 아내에게 큰소리칠 입장도 못 됐다. 고교 시절 좋아했던 여자와 조우하게 되었고 몇 번 만나다 아내에게 들켰다. 아내는 그 여자에 대해 한번 말했다. 그 여자를 계속 만나려거든 이혼하고 만나라. 태현은 그 여자와 즉시 헤어졌다. 이래저래 부모에게 면목이 서지 않을수록 태현은 시골집에 오고 싶지 않았다. 어떤 일로든 한번 왔다 가면 열흘 이상 일상이 불편했다. 당연히 와야 할 때 오지 않고 버티노라면 스스로에게 분노가 치밀었다. 새벽마다 교회에 가는 아내의 꽁무니에 대고 그만 살자고 말하고 싶을 때가 부지기수였다. 기도하고 돌아와 아침밥을 짓는 동시에 출근 준비를 하는 사람을 향해서도 이혼하자는 말이 솟구치곤 했다. 내뱉지는 못했다. 대번에 그럽시다, 할 것 같기 때문이었다. 제사 받들자고 이혼을 할 수도 있는가. 살아 있는 사람의 삶이보다 죽은 자들을 기억하는 게 중요한가. 이혼을 한들 혼자 제사를 받들 수도 없었다. 제사 올릴 때 절은 사내들이 앞서 올리지만 그 절을 올리기 위한 모든 과정은 여인들 손으로 이루어지지 않는가. 가게에서 파는 어포나 육포, 과일 몇 개 사다 놓고 올릴 수 있는 제사라면 모를까 계성재 제사는 종부와 차종부의 손길이 기본이었다. 마흔다섯 살 차종손인 태현은 사방이 꽉 막힌 수렁에 빠진 상태였다.

자정이 가까웠다. 길고도 긴 하루였다. 그 하루를 연장시키려는 듯 전화기가 진동했다. 은현은 챙겨 온 술을 병째 몇 모금 마시고는 전화기를 끌어당겼다. 중경의 전화인가 했더니 낯선 번호다. 더구나 경기도 지역 번호를 달고 있다. 은현은 전화기를 밀어 내고는 맥주를 몇 모금 다시 마셨다. 새벽에 일어나 양사와 숭모당에 내갈 아침 준비를 해야 했다. 너무 피곤해 술을 빌리지 않고는 잠들 수 없을 것 같았다. 잠잠해지는가 싶던 전화기가 다시 울린다. 은현은 전화를 받았다. 저쪽에서 나야, 한다. 옛 남자다.

지난 학기 강의를 끝으로 집에 돌아온 날 할머니가 복돈 주머니를 주었다. 그날 밤 은현은 복돈 주머니를 아궁이에 넣어 살라 버리고 이튿날 광주로 가서 중절 수술을 했다. 옛 남자를 샅샅이 남김 없이 죽이기 위해, 그 때문에 몸에 찾아들었던 생명도 서둘러 없앴다. 그렇게 샅샅이 죽은 남자가 나타나 나야, 라고 하는 건 기이하다. 남자의 아내가 강의실 앞에 나타났을 때 놀라기보다 분노했다. 그가 제 이메일을 아내에게 고스란히 읽힐 정도로 무신경한 사람이었다니. 무신경과 무책임은 같은 것이었다. 두 사람의 관계를 추문과 쓰레기로 만든 사람은 그였다. 그때는 그렇게 간주했다. 집으로 돌아와 지내면서 그때를 지나왔다고 여겼다. 가끔 지난 초여름 강의실 앞의 장면이 떠올라 소스라치기도 하지만 그조차 지난일로 지나 보내고 있었다.

"어쩐 일이세요?"

"한 번은, 통화라도 해야 할 것 같아서."

"혹시 댁이세요? 댁에서 저한테 전화하시는 거예요?"

"아니, 청평 쪽이야. 공중전화가 보여서."

그가 왜 월요일 밤 자정 무렵에 청평에 가 있는지 알고 싶지 않았다. 이쪽 전화번호를 어떻게 알았는지도 묻기 싫다. 그는 과격한 사람이 아니었다. 과묵하지도 않았다. 잔잔한 목소리로 이야기 나누길 좋아했다. 대중 매체에 등장하는 스타 교수는 아니어도 학생들에게 신망받는 교수였다. 남자 여자로서 만난 그와 통속적으로 3개월쯤 뜨거웠을 것이다. 지난겨울이 그로 하여 따뜻했다. 봄이 오면서 다시 선배와 후배 동료와 친구가 합체된 듯한 복합적인 상대로 되어 가는 걸 느끼던 참이었다. 그의 아내가 아니었어도 오래지 않아 그를 지나왔을 것이다.

"저는 자려던 참이에요."

"밤이 깊기는 했지."

"예."

"어떻게 지내?"

"잘 지내고 있어요. 혹시라도 걱정하셨다면, 그러지 않아도 돼요."

"걱정 안 했어. 잘 지낼 거라고 믿었고."

"선생님도 잘 지내세요."

"그래, 목소리 들었으니 됐어. 다시 전화하는 일은 없을 거야. 안 할게. 먼저 끊어."

그가 다시 전화해 오는 일은 없을 것이다. 그가 그런 사람이라 좋아했다. 그때의 감정을 사랑이라 표현하지 않을 만큼 그를 향한 감정이 인색해졌을지라도 그는 류은현의 한 계절을 감싸 준 사람이었다. 은현은 술병을 가져다 남은 술을 야금야금 마신다. 중경에게 안긴다면 금세 잠들 수 있을 것이다. 목소리라도 듣는다면. 하지만 옛 남자의 전화를 받고 나서 중경에게 전화를 걸 수는 없다.

7

 김영성이 2주 동안 계성재 안팎에서 찍은 사진들과 동영상들을 편집해 영사기로 보여 주었다. 강아지들과 놀고 있는 할매의 모습과 새벽 장독대에 정안수 올려놓고 비손하는 할매의 옆모습과 대문을 나서고 동각 앞을 지나 잿등으로 향하는 뒷모습들. 장희의 아기가 태어난 날 그 집에서 나오는 모습. 할매가 나온 뒤 장희네 대문에 걸린 금줄과 제사 풍경들. 홍림 씨를 비롯한 아낙들이 사발이 오토바이에 짐을 싣고 들판이나 마을길을 달리고, 몸이 불편한 안노인들이 보행기를 앞세우고 숭모당을 드나드는 모습들. 김영성의 표현대로 그림 속 노인은 짠하면서도 아름다웠다. 그리고 화면 속의 사람들은 어느 외진 섬에 사는 한 족속들처럼 서로 닮아 있었다.

 촬영 기간은 이번 겨울부터 내년 겨울 초까지 1년을 잡았으며 촬영 일자는 180일 이상이다. 할매가 접근을 허락하는 거리에서만 촬영한다. 촬영에는 계성재에서 내주는 노인 관련 자료며 사진, 동영상과 녹음이 포함된다. 할매가 접촉하는 마을 사람들만 카메라에 담을 것이며 카메라에 담긴 사람들의 허락 하에 화면에 남긴다. 내레이션으로 사용할 글은 작가 류은현과 감독 김영성이 공동으로 쓰되 류은현 작가의 원고료는 작가와 의논해 따로 결정한다. 마을에서 허락하면 동각에다 스태프들의 베이스캠프를 칠 것이며 캠프 장소의 사용료는 일반 민박지의 숙박료 수준으로 마을에 지불한다 등등. 세부 사항이 67개나 되는 기획안의 마지막 항목은 매구 할매의 초상권 사용료 및 출연료인데 금액이 1억 원으로 되어 있었다.

"다큐멘터리 영화라면서 김 감독한테 이렇게 쓸 큰돈이 있겠냐?"

동국 씨의 질문에 기획서를 들여다보던 은현은 아버지를 쳐다보았다. 사흘 전 상현에게 1억 5천만 원을 송금한 동국 씨였다. 상현에게는 운댓들의 논들을 담보 잡히고 대출받은 돈이라고 했지만 실상은 은현이 서울 전세방을 빼다 맡긴 돈에다 작년에 단풍나무 3백 그루를 팔아 가지고 있던 3천만 원을 보탠 것이었다. 은현의 결혼 자금이 통째로 상현의 빚 닦기로 사라진 것이었다.

"지금 아버지가 생각하셔야 할 건 김 감독의 자금이 아니라 김 감독한테 영화를 허락하실 건지 말 건지 같은데요."

"할머니가 허락하셨고, 너도 이미 하기로 한 거 아니냐?"

한 시간 전 은현은 매구 할매에게 김영성이 만든 영상을 컴퓨터로 보여 주며 이런 식으로 할머니를 영화로 찍게 될 거라고, 괜찮겠냐고 여쭀다. 할머니가 물었다.

'그 삼시랑이 나를 활동 사진으로 찍음서 진짜로 하고 자운 말이 뭣인디야?'

김영성의 의도를 어느 정도 이해했다고 여겼던 은현은 잠깐 말문이 막혔다. 생명성의 아름다움이니 단순한 삶 속에 깃든 복합성이니

하는 김 감독의 의도가 갑자기 추상적으로 느껴졌던 것이다. 그래서 쉽게 말했다.

‘할머니가 이 동네서, 그리고 우리 집에서 수많은 사람들과 함께 살아왔고 살아가는 모습이 아름답대. 결국 할머니가 이뻐서 영화로 만들고 싶다는 거지.’

당신이 이뻐 그렇다는 말에 웃은 할머니는 당신이 사람들과 더불어 사는 모습을 찍고 싶어 하는 감독의 뜻을 이해했다.

‘그래 갖고 그 삼시랑이 나를 졸졸 쫓아댕김서 사진을 찍는다고? 1년이나? 내가 1년을 다 못 살고 죽으면 어짤라고?’

은현은 그런 일은 없을 거잖냐고, 모원에 묵고 있는 삼시랑이 지난 보름간처럼 할머니 주변을 얼쩡거리고 다녀도 되겠냐고 다시 물었다. 할매가 대답했다.

‘머신지는 몰라도 사진기 든 놈이 나를 강아지같이 졸래졸래 따라 댕기면 동네 사람들이 심심치 않겠구나.’

“할머니가 얼마나 오래 사셨는지 보다 어떻게 사셨고, 살고 계시는지, 그걸 어떻게 표현하는지가 관건이겠지만, 김 감독의 전작들을 보니까 사려 깊은 사람이라는 걸 알겠더라고요. 이번 화면만 해도 할머니의 진수를 포착하고 있는 것 같고요. 김 감독을 믿는다면, 할머니의 백여 년 생을 기록으로 담아 놓는 것도 의미 있는 일이 아닐까 싶어요. 더불어 우리 집안의 한 시절 기록이 될 테고요. 무엇보다 아버지하고 제가 감수를 할 거잖아요.”

“네가 쓸 작품들하고 겹치는 대목들이 생길 텐데 그 점은 괜찮겠냐?”

“김 감독의 화면에는 과거사들이 직접 표현되지 않을 거잖아요.

제 글과 겹치는 부분이 생긴다 해도 김 감독과 제 관점이 다를 수밖에 없으니 큰 문제는 없을 거고, 혹시 발생하는 문제들은 제가 공동 기록자니까 조정하면 될 것 같아요. 그러니까 지금 결정할 건 김 감독한테 영화를 하게 할 건지 말 건지예요. 하게 해요?"

"그럼 그렇게 하되, 할머니의 출연료는 받지 않는 걸로 하자. 할머니가 재미나하지 않고 힘들어하시면 언제든지 중단할 수 있다는 단서를 달아서 말이다."

"그건 저도 찬성이지만 김 감독하고 다시 의논해야 할 거예요. 김 감독, 영화너머는 회사잖아요. 계약 사항이 그렇게 막연하면 나중에 복잡해질 수도 있다고 생각할 거예요. 그리고 1억이라는데 그거 받아 상현 오빠 주면 어떨까 싶기도 해요. 엊그제 보낸 돈이라야 빚만 간신히 청산할 텐데, 금세 또 쌓이지 않겠어요?"

"내 생각은 다르다. 김 감독한테 할머니 삶을 기록하게 하면서 할머니가 쓰실 일 없는 돈을 받는 건 어불성설이거니와 류상현이 할머니한테 물 한 모금 떠드린 일이 없는데 그 할매를 팔아 제 자식들을 키우는 건 도리에 맞지 않는다고 본다. 사지 펄펄한 데다 아직 창창한 나이에, 직업이 없는 것도 아닌데, 자식을 그렇게밖에 키우지 못할 것이면 그건 내가, 또 네가 어떻게 할 수 있는 일이 아니다. 이번에는 네 어머니가, 상현이 돈 안 해주면 집을 나가 버리겠다고 협박해서, 그렇게 억지를 쓸 수밖에 없는 어머니로서의 마음을 존중해 우선 네 결혼 자금을 끌어 줬다만, 끝이라고 분명히 못 박았다. 그래 봐야 무슨 소용이겠냐만."

"몇 년은 버티겠죠. 그러다 보면 무슨 방법을 찾지 않겠어요?"

"그 방법이 뭔가에 따라 우리 집의 운세가 결정될 것이다. 나 죽자마자 네 어머니를 볶아서 땅을 팔아 달라 할 게 뻔한데, 네 어머니가 몇 날이나 버티겠냐. 그러면 태현이네서도 가만있을 턱이 없고, 교현이라고 다르겠냐. 계성재가 이왕 찢길 거라면 제 몫을 노나 달라고 나서겠지. 언젠가, 머지않은 날에 네 식구를 가지게 될 너는 어떨 거 같으냐?"

"글쎄요. 저는 모든 게 이대로 있었으면 좋겠지만, 나중엔 어떻게 변할지 모르죠. 어쨌든 아직까지는 우리 집이 나눠지는 걸 상상한 적이 없고요, 앞으로도 그런 일은 없었으면 좋겠어요."

"나도 그렇게 되길 바라지 않아 안간힘을 썼다만 진작 분열, 균열이 시작되었고 떨어져 나간 부분들은 사라졌다. 면소 근방과 읍 쪽에 있던 땅들이 그 예다. 전국에 있는, 소수를 제외한 대개의 종택들이 사람이 살지 않는 빈집으로 남아 관에서 형식적으로 관리하는 문화재가 되어 버린 이유는 지키는 사람이 없거니와 종택에 달려 있던 재산이 사라졌기 때문이다. 자손들이 곶감 빼먹듯이 빼먹었기 때문에 집이 아니라 껍데기만 남은 거지. 우리도 시일이 문제일 뿐이다."

"너무 비관적이시네요. 큰오빠는, 큰언니가 제사 지내기를 거부해서 그렇지 집에 대한 애정과 책임감이 있는 사람이잖아요. 상현 오빠도 요즘 너무 힘들어서 그런 거고, 교현 오빠도 그렇게 생각 없는 사람 아니에요."

"나도 그렇게 생각하고 싶다만, 어떤 상황들이 생기면 시골집이나 선영에 대한 생각을 먼저 접을 수도 있는 사람들이 네 오라비들이라는 걸 안다. 또 태현이 퇴직 후에 제 처한테서도 자유로워져 혼자라도 돌아와 살겠다고 생각하고 있는 것도 모르지 않는다. 퇴직까지 20년 남았지. 내가 네 큰오래비 나이일 때는 20년 뒤의 내 모습이 상상 가능했다. 집을 자식들에게 어떻게 물려줄 것인가, 물려줄 수는 있을 것인가 고민하게 될 줄 몰랐다는 것만 빼면 지금 모습과 비슷했다. 네 큰오라비는 아버지와 같지 않다. 너도 알다시피 네 어머니하고 비슷한 처와 살고 있지 않기 때문이다. 비슷하기는커녕 전혀 다른 생각을 가진 사람이 네 큰올케 아니냐. 종부 없는, 제사 지내기 싫은 아내를 가진 장자, 종손은 아무것도 아니다. 해서 나는 종손으로서의 네 큰오라비를 믿지 않는다. 같은 이유로 상현과 교현이도 믿지 않는 것이고."

"그럼 어쩌시려고요?"

"너는 어쨌으면 좋겠냐?"

이번엔 은현이 하하 웃는다.

"아버지 하시고 싶은 대로 하셔야죠. 그래도 지금 제 생각으로는, 우리 집이며 우리 집에 속한 것들이 오래 유지되기를 바라요. 우리 남매들한테 별별 일이 닥쳐도, 사실 집하고 무관하게 자신들의 삶의 현장에서 벌어진 일일 테니까, 집은 놔둔 채 각자 해결하고, 집은 유지했으면 싶은 거죠. 어디서 어떻게 살든 명절이나 제삿날에는 집으로 돌아와서 차례 지내고 성묘하고 제사 지내면서요. 그런 방법이 있었으면 싶고요."

"현재 아버지 생각에, 집을 최대한 오래 유지할 방법은 너한테 있다."

"저한테, 어떻게요?"

"네가 도장을 찍지 않는 방법이다. 나와 네 어머니 사후에 이 집의 모든 것은 너희 4형제에게 공동 상속된다. 그런데 공동 상속된 재산권을 행사할 때 공동 상속인 중 한 사람이라도 반대하면 아무도 아무 일도 하지 못한다. 단 한 뼘의 땅도 팔지 못한다는 것이다.”

“그런 신통한 수가 있었어요?”

“신통해 뵈냐? 너는 네 오래비들이 도장 찍으라고 회유하고 협박해도 넘어가지 않을 자신 있냐?”

“설마요.”

“만약에 말이다.”

“협박까지 당하면 안 찍을 수 없겠죠. 회유만 해와도 금세 넘어갈 거예요. 제가 무슨 힘으로 오빠들 앞에서 버티겠어요? 그렇지만 혹시 그런 사태가 생기면 제가 최대한 버텨 볼게요. 못 버틸 것 같으면 도망쳐서라도요.”

동국 씨가 칼칼칼 웃고는 말했다.

“그나마 그건 네 어머니와 내가 같은 날 죽는 행운이 생겨야만 가능한데 아버지가 먼저 죽을 게 뻔한 상황에서는 글러 먹은 일이다.”

“왜 자꾸 죽는다 죽는다 하세요? 그리고 아버지가 먼저 돌아가시면 뭐가 다른데요?”

“통계상 여인들의 평균 수명이 10년 정도 길거니와 우리 동네를 보더라도 태반의 경우가 그렇다. 내가 먼저 죽는 게 자연스럽지. 그렇게 전제했을 때 홀로 남은 네 어머니가 네 오빠들을 무슨 수로 이겨 먹느냐는 거다.”

“공동 상속이라면서요. 그럴 경우 엄마도 공동 상속자가 되시는 거 아니에요? 제가 도망이라도 쳐보겠다니까요?”

“네가 아직, 우리 땅 중에 농지로 되어 있는 것들이 전부 네 어머니 명의로 되어 있는 걸 모르는구나.”

“그래요? 『경작경년기』에는 그런 얘기가 나오지 않던데, 왜 그렇대요?”

“집과 선산과 뒷산을 제외한 땅들 거개가 여례당 할머니로부터 네 어머니에게 상속되었다. 여례당께서는 안순당을 건너 수항당으로 부터 상속받으셨고. 예로부터 종손이라는 사내들이 밖에서 딴짓하며 살림 들어먹는 일이 흔하기 때문에 그걸 방지하느라 우리 집에서는 대대로 종부들에게 땅을 상속해 온 것이다.”

“와, 할머니들이 참 멋지셨네요.”

“할매들은 멋지셨나 모르겠다만 그 할매들한테는 언제나 당신들을 이어 갈 차기 종부가 있었다. 쉰 살, 예순 살이면 고된 살림살이에서 한발 물러나 늙어갈 여유도 있었고. 네 어머니는 그게 없지.”

“그러니까 엄마랑 아버지가 그냥 함께 오래오래 사세요. 매구 할매만큼요. 아니, 더 오래오래요. 그래서 2대 매구 할매와 매구 할배가 되세요.”

허허 웃은 동국 씨가 화제를 돌렸다.

“중경이하고 결혼 생각까지 하는 것이지?”

“사귄 지 얼마 안 된걸요.”

“기간이 얼마나 됐는지는 중요하지 않지. 그리고 너희는 대학 때 만났다면서?”

“여태는 그냥 동기였죠. 앞으로도 어떨지 잘 모르고요. 더구나 엄마가 그 친구를 싫어하셔서 조심스러워요.”

“네 어머니가 싫다 하면 아무도 안 만나고, 결혼도 안 할 거냐?”

“엄마가 정말로 싫다 하시면 결혼은 못 하죠. 저는 엄마 아버지가 좋다는 사람하고 결혼할 거예요.”

“네 어머니는 중경이가 싫은 게 아니라 그놈이 너를 멀리 데리고 갈까 봐 꺼리는 것이다.”

“저도 알아요. 그리고 저도 집에서 멀리 가 살고 싶지 않아요. 엄마 말씀대로 때 되면 집에 와서 엄마한테 친정엄마 노릇, 장모 노릇 실컷 하시게 하면서 살고 싶어요. 집에서 김치며 온갖 반찬, 양식 다 가져다 먹을 거고, 엄마한테 애기도 봐달라고 보채면서요.”

“중경이와 결혼하게 되면 어쩌려고 그리 큰소리를 쳐? 그 녀석을 국내 근무만 하게 잡아 둘래? 게다가 그 녀석 부모님께서는 아들을 국내에만 묶어 둘 며느리를 좋아하시겠냐? 외아들이라면서.”

“그렇다고 하데요.”

“지금 그분들은 어디 살고 계시다고?”

“어머니가 먼저 퇴직하셨는데 고향인 샌프란시스코와 서울을 오가면서 팔레스타인 난민을 지원하는 단체에서 활동하시는가 봐요. 아버지도 퇴직하신 뒤 저술하시면서 외교부의 동유럽 관련 분야에서 자문으로 일하신다는 것 같고요. 현재는 두 분 다 샌프란시스코에 계시는 것 같아요. 여튼 저하고 중경이는 아직 결혼 생각할 단계는 아니에요. 혹시라도 그렇게 되고 외국 갈 일이 생기면 지 혼자 왔다 갔다 하라죠 뭐. 저는 가끔 관광하러나 가고요. 엄마 아버지 모시고.”

“우리 딸이 엄마 아버지한테 인심을 크게 쓰는구나. 알았다. 우선은 일단 사귀기 시작했다는 정도만 알고 있으마. 참고로 아버지는 그 녀석이 맘에 든다. 요즘 사내놈들 같지 않게 순진해서 좋다. 무엇보다 여기까지 내 딸을 찾아와 주는 놈이라서 좋고. 네 어머니도 살살 꼬시면 넘어올 것이다. 중경이한테도 그리 전해라. 시간 되는대로 와서 네 어머니한테 아부하고, 나중에 어떻게 되든 우선은 평생 외국에 나가서 일하지 않아도 되고, 국내 근무만 해도 출세 잘할 수 있노라,

큰소리 탕탕 치라고 말이다.”

“엄마한테 아부할 수 있는 좋은 방법이 뭔데요?”

“네가 그 녀석 덕에 정말 행복한 걸 네 어머니가 느끼기만 하면
된다. 영화에 관해서는 앞으로 네가 김 감독하고 조율해 나가거라.
몇이나 와서 살지는 모르겠지만 김 감독 팀이 동각 아래채를 사용하
는 문제는 내가 양사 가서 의논해 최소 경비로 조율해 보마. 우리 바
깥채를 좀 치우고 쓰라고 하려다 생각해 보니 그들이 우리 집에 들면
네 어머니가 그 사람들 식사를 신경 써야 하는 문제가 생기겠더라.
또 김 감독 팀이 동각에 머물러야 동네 사람들이 우리 집만의 일이
아니라 동네 일로 여길 것 같기도 하고. 빈 채로 쇠락해 가기만 하는
동각을 젊은 친구들이 1년 정도 쓴다면 동네로서도 반대할 까닭이
없겠지. 밥은 저희가 지어 먹으면 될 테고. 동네 어른들한테 인사 잘
하고 청소 잘하고, 그럴 리는 없겠으나 고성방가를 한다든가 노상방
뇨를 하는, 엉뚱한 짓 하지 않는 기본만 잘 지키라고 해라.”

“그렇게 전할게요.”

김영성은 아침에 설명회를 치른 뒤 내일 가부를 알려 주겠다는 말
을 듣고 바람 쐬고 돌아오겠다며 나갔다. 2주 동안 동네 안에 갇혀
산 그였다. 어느 정도는 긍정적으로 결정 나리라 알고 있겠지만 나름
대로 긴장했을 것이다. 은현은 사랑채를 나서며 김영성에게 문자 메
시지를 보냈다.

‘어디 계세요? 아버지가 해보자고 하시네요.’

김영성에게서 답신이 오기 전에 전화가 울렸다. 중경이다. 그가
대뜸 물었다.

“영화는 어떻게 하기로 했어?”

"그게 그렇게 궁금했어? 하기로 했어."

"우와, 김 감독 좋겠다. 잘됐네. 잘할 거야."

"누가 들으면 네 형인 줄 알겠다."

"형 동생하기로 했으니 형 맞지 뭐. 그건 그렇고, 나 어디 있게?"

"혹시 유럽에라도 가 있니?"

"운대학교 앞이야. 연하정에 사람들이 있는 게 보여."

"뭐?"

"그냥 올라가려다가 전화 먼저 한 이유가 뭐냐면, 지금 너희 집으로 가면 널 안을 수 없기 때문이야. 한밤중까지 기다려야 하잖아. 우리 당장 결혼하자."

"미친. 온통 그 생각뿐이지?"

"지금은 그래. 그러니까 일단 네가 내려와, 응?"

"아무리 바빠도 대낮에 어딜 가니? 수목원 쪽으로 올라와. 다리 건너서 우리 동네와 우리 집 진입로를 지나 150미터쯤에 비파나무 숲길이 보일 거야. 비파나무를 몰라도 가보면 알아. 그 안쪽에 우리 축사며 나락 건조장 등이 있고 거길 지나 더 오르면 계수나무 숲이 나와. 차가 거기까지 들어가니까 거기 있어. 내가 지금 갈게. 하여간에 미쳤어."

욕을 하면서도 은현은 몸채 곁을 얼른 지나 자신의 방으로 향한다. 찬방에서는 김치 담그느라 부산했다. 제사 지내고 가을걷이를 돕던 성심 씨가 점심 먹고 광주로 돌아갈 참이었다. 한 달여 뒤 김장을 하게 될 것이라 조금씩만 담는데도 가짓수가 많아 오전 내 수다판을 벌이고 있었다. 방을 나와 엄마, 저 잠깐 나갔다 올게요, 소리치고는 대답도 듣지 않은 채 대문으로 뛴다. 차에 올라앉아서야, 엄마가 싫다

하면 결혼하지 않을 것이라 큰소리친 게 떠올라 쓴웃음을 짓는다.

할매가 중경을 바라보는 시선은 처음부터 온화했다. 홍림 씨는 중경이 맘에 차는 건 아니지만 할매가 고운 눈으로 보는 데다 딸내미가 좋아 죽는 것 같으므로 어쩔 수 없이 두고 보는 참이었다. 지금만 해도 정신없이 뛰어나갔다가 한 시간도 넘게 만에 놈을 달고 들어왔다. 젊은것들이 무슨 짓을 하고 왔을지는 보지 않아도 뻔했다. 대낮이건 한밤이건 눈에 뵈는 게 없는 것들 아닌가. 할매가 상에 둘러앉은 사람들을 향해 어서들 먹으라고 손짓했다. 성심 씨가 할매에게 말을 걸었다.

"할무이, 쩌 삼시랑이 연이 내야가 될 걸 으뜨케 아시었어요?"

"머?"

"신건지 같은 쩌그 삼시랑 말이어라. 어떻게 연이 짝인지 아시냐고요."

"넘의 꿈을 뀌면 안 되야, 내 꿈을 뀌야제."

"아이고오, 꿈 말고요, 저짝 있는 삼시랑 말이어라."

"시암이나 둠벙을 팔라먼 시암이나 둠벙이 필요한 근방에 가서 오두마니 서, 내리 숨을 쉼서 숨을 고른 담에 눈을 가니스럼하게 뜨고 쳐다보믄 된다."

"뜬금없이 먼 둠벙이요? 긍게 지 말은요, 할무이."

홍림 씨가 손을 들어 성심 씨의 어깨를 가만히 누른다.

"성심이 니같이 매사에 숨넘어가는 사람은 저짝 세상을 댕개와도 못 본다."

"긍게 머를요, 할무이."

"아지랑이 말이다. 시암이나 둠벙이 될 만한 곳이먼, 긍게, 쩌 밑에 물맥이 응등그린 곳이먼 아지랑이가 피나서 소용돌이치는 곳이 있는 벱이다. 아지랑이가 안 핀 곳은 백날 파봐야 헛거이다."

"긍게 시방 쩌 삼시랑한테서도 아지랑이가 피나고 할무이한테는 그게 보이신다 그거이신 게라?"

"아이, 가시내야. 밥알 튄다. 니는 애기 때부텀 입에 밥 넣고 말해 쌓다가 그르케 혼구녕이 났는디 아적도 그라냐."

할매의 말에 동국 씨와 홍림 씨가 꾸륵꾸륵 웃었고 은현도 입을 막으며 웃는다. 입을 닦은 성심 씨는 내친걸음이라는 듯 또 묻는다.

"그라믄요, 할무이. 젊은 아낙 늙은 아낙을 막론하고 아나 복돈이다 하고 주실 때 말이어라, 그럴 때도 아지랑이가 보이시는 게라?"

할매는 당신 앞 접시에 놓은 숟가락에다 우표만 하게 자른 묵은지 한 잎 놓고 앵두만 한 수육 놓고 식해 접시에서 콩만 한 무조각과 숭어 살을 집어다 놓는 작업 중이라 성심 씨를 못 보았다. 봐야 들으므로 듣지 못한 것이다.

"으매, 오라부이, 성님. 나는 여니때는 할무이가 귀를 고래쩍에 잡사 분 걸 묵어 분단 말이오? 글다 가끔 진짜 궁금한 것이 있어서 여쭈다가 엿장시 떠난 담에 고무신짝 들고 나서는 것맹키 그걸 깨달아라. 그때마다 속이 터져 불라 안 그라요."

윗목상에 앉은 중경이 살그머니 몸을 돌려 가까이 앉은 아랫목의 은현을 건드렸다. 어른들이 지금 무슨 말씀을 하시는 거야? 내가 마땅치 않다는 말씀이셔? 은현이 속삭였다. 아니, 고모가 할머니한테, 처음부터 어떻게 네가 내 남편감인지 알았냐고 물으시는 거야. 몸을 돌린 은현이 성심 씨에게 말했다.

"고모, 중경이는요, 방금 두 분이 하신 말씀을 거의 못 알아들었
대요. 두 분 말씀의 요지가 뭐냐고 저한테 물었어요."

"우리가 뙤놈 말 했간디? 뙤놈 말을 했드라도 그렇제, 우리한테
물으면 되제, 왜 니한테 속닥거린다냐? 가뜩이나 할무이 땜에 뚜껑
이 열릴 참인디 암도 듣지 말라고 느그 둘이 영어를 시부렁거림서 약
을 올래야? 그건 어디서 난 예절이다냐?"

"고모, 저 사람 이름은 중경이에요. 좀 전에 소개드렸잖아요. 삼
시랑이라 하지 말고 이름 부르세요. 중경이 아버님은 황해도에서 나
신 이북 분이세요. 어머니는 미국에서 나셨고요. 중경이는, 아버님이
유학 가신 독일서 태어나 대학 입학할 무렵까지 일곱 나라를 돌아다
니며 컸어요. 한국말을 잘하는 것 같아도 금방 고모처럼 알아듣지 못
하게 일부러 막 이쪽 말을 쓰시면 잘 못 알아듣는다고요. 그래서 중
경은 지금 어른들이 자기 혼내는 말씀들을 하고 있는 줄 알아요."

"그라믄 내가 서울말로 물어볼란다. 여보시오, 중경 씨."

커다란 몸을 잔뜩 접고 앉았던 중경이 깜짝 놀라 예? 고모님, 하며
곧추앉는다.

"중경 씨가 이쪽 말을 잘 모른당게 이쪽 풍속도 잘 모르는 것 같
어서 물어보는디, 중경 씨가 시방 이 자리에 껴 앉아 갖고 식사를 하
는 자격은 어떻게 되시오?"

"예?"

"그러니까 내가 중경 씨를 삼시랑이라고 부르는 건 중경 씨가 우
리 은현이 그냥 친구라는 말이고, 연이 내야라고 하는 것은 연이 사
람, 즉 은현이 남편 될 사람이라는 뜻이다 그 말이에요. 중경 씨가 그
냥 삼시랑인지, 연이 내얀지 내가 잘 모르니까, 한 서방이라고 못 불

렀다 그 말이오. 이제 알겠어요?”

“고모님, 저는 은현이한테 결혼하자고 쫓아다니는 놈입니다. 그냥 한 서방이라고 불러 주시면 좋겠습니다.”

“대학 때부터 친구라면서 왜 이제야 쫓아다니게 됐어요?”

“예전에는, 제가 은현보다 두 살 적어 그랬는지 은현이가 저를 키만 큰 애로 취급하면서 좋아해 주지 않았습니다. 사실 제가 철이 없었습니다.”

“지금은 우리 은현이가 두 살 아래인 중경 씨를 다 큰 사람으로 좋아해 주고 있어요?”

“그런 것 같습니다. 그리고 고모님의 서울 말씨가 더 어려운 것 같으니 그냥 편하게 말씀해 주세요.”

웃음판이 벌어졌다. 함께 웃는 동국 씨의 가슴 한쪽이 저릿했다. 중경의 부친이 독일에 유학했다는 말 때문이었다. 중경의 부친은 아마도 누이 혜국의 또래일 터였다. 혜국이 대학 들어가 사귄 남학생도 독일로 유학 갔었다. 혜국이 요절에 이르게 된 시초가 그로부터 버림받은 것에 있었다. 동국 씨는 그렇게 여겼다. 얼굴 한번 본 적 없고 이름도 몰랐던 누이의 첫 사내. 그는 어딘가에서 잘 늙고 있을 터였다.

“중경이 너는 외국서 고등학교를 다니다가 왜 한국으로 진학하기로 했더냐?”

동국 씨 질문에 중경이 수저를 내려놓으며 대답했다.

“외조부님이 서울에서 나셨는데, 도쿄를 거쳐 샌프란시스코로 건너가 자리를 잡으셨답니다. 그분이 돌아가시기 전에 저더러 어느 나라 사람으로 살 거냐고 물으셨어요. 저는 제가 한국 사람이라고 여기고 있었지만, 미국에 있는 대학에 진학할 생각이었습니다. 외조부님으로부터 그 질문을 받고 나니 제 소속이 얼마나 애매한지, 제가 어느 나라 사람으로 살아야 할 것인지 다시 생각할 수밖에 없었습니다."

"다시 생각하니 한국 사람이더라?"

"예, 아버님. 그때 제가 이중 국적을 가지고 있었는데 미국 것을 포기하고 한국으로 들어왔습니다. 한국 사람으로 살기 위해 군대도 일찌감치 갔고요."

"대학은 왜 거길 택했어?"

"아버지가 거길 다니셨기에 아무래도 친숙했습니다. 그렇지만 저는 은현처럼 정식으로 입학한 게 아니라 외국인 학생 특별 전형으로 간신히 입학했습니다. 졸업도 겨우 했고요."

은현도 제 생모가 졸업한 대학에 입학했다. 아이들이 인연이기는 한 모양이었다.

"겨우라도 졸업했다니, 장하다."

"그렇죠, 아버님? 덕분에 제가 은현을 만났잖아요."

다시 한바탕 웃고 난 홍림 씨는 중경을 새삼스레 건너다본다. 어쩔 수 없이 사위로 받아들여야 할 것 같다. 할매가 놈한테서 아지랑이가 보인다는데 어쩌겠는가. 할매에게 보이는 아지랑이는 새 목숨이 생기는 곳이나 산 목숨이 지려는 곳은 물론 인연이 닿는 사람들에도 서려 있었다. 오랜 세월 지켜보아 알았다. 젊은 날의 할매는 신기 같은 게 있었다고 하지만 늙은 할매는 맑은 영靈으로 느끼는 것이었다. 하는 수 없는 일이라고 여기면서도 홍림 씨는 한숨 대신 밥을 삼킨다. 내 자식이 되고 말리라는 걸 모르지 않았는데 첨에 모지락스레 굴었던 것이 맘에 걸린다. 그렇다고 당장 사위 대접할 맘이 동하지는 않으니 말이나 조심할 수밖에 없는 것이다.

"에미야."

이럭저럭 점심이 끝나고 숭늉을 마시던 할매가 홍림 씨를 불렀다.

"금산덕한테 잔 가보자."

"금산덕 오늘 미역 공장 갔을 것인디요. 왜요?"

"사흘 전에 숭모당서 잠깐 봤는디, 그땐 암시랑도 안틍만 시방 뜬금없이 금산덕이 뵌다."

작년 김장철에 일흔일곱 살의 계매댁이 김장을 준비하다 쓰러졌다. 혼자 김장하는 법은 없는지라 이웃 아낙들과 함께 배추 걷어다 절이는 일까지 같이 했고 김치 속 준비해 버무리는 것도 당연히 여럿이 어울려 할 참이었다. 그사이, 절인 배추를 건져 씻는 과정을 혼자 하려 했던 것 같았다. 그때는 새벽이었다. 할매가 계매댁네 좀 가보라 해서 갔더니 토방에 쓰러져 있었다. 구급차 불러 병원으로 가서 깨어났으나 반신불수가 되어 있었고 자식들이 요양병원에 입원시켰다. 계매댁은 요양병원에서 반년을 살다가 장례식장으로 갔고 마을로 돌아와 자신의 밭머리에 묻혔다.

"김장철도 아니고, 멱 공장 갔을 것이 틀림없는디 뭔 일이 있을랍디여마는, 할무이가 말씀하싱게 가보기는 해야제라. 바람이 많이 부요. 날도 차고요. 지가 애비하고 가볼랑게 할무인 그냥 집에 계시씨요. 심심하시면 연이한테 차로 숭모당에나 델다 달라고 하시고요."

"그라먼 그래라."

노인이 찬방을 나가자 동국 씨가 같이 일어섰다. 어른들의 기세가 심상치 않아 보여 궁금증이 이는지 김 감독이 슬그머니 따라 일어난다. 본격적인 촬영은 다음 주에 서울에서 사람들이 더 오면서 시작하는 모양이었다. 하지만 김 감독이 벌써부터 슬금슬금 찍을 건 다 찍고 있는 걸 홍림 씨는 알고 있었다. 조금 전 밥상머리에서도 녹음기 돌리는 건 눈치챘다. 김 감독이 제가 들고 다니는 손가락만 한 녹음기에 대해 설명한 적이 있기 때문이다. 크기는 그렇게 작아도 온 방의 보스락거리는 소리까지 다 담기는 녹음기라 했다. 할매의 아지랑이 이야기도 다 주워 담았을 것이다.

금산댁 집은 새토구에 있었다. 금당 진입로에서 왼쪽으로 틀면 계성재고 오른쪽으로 난 산밑 길로 들어서면 금산댁 집이었다. 금산댁은 여례당 젊은 시절에 계성재에서 새토구로 시집간 초실의 며느리였다. 여든 살인 금산댁은 아들 여섯에 딸 둘을 낳았고 하나도 잃지 않고 다 잘 키웠다. 셋째 아들의 회사가 돈을 아주 잘 버는 것으로 소문났다. 막내아들은 고등고시에 들어서 판사를 하고 있었다. 막내며느리도 판사였다. 그 자식들이 양사며 숭모당에 고기며 술, 돈을 들여놓을 때마다 금산댁의 얼굴에 들기름 칠한 것 같은 자랑이 줄줄 흘렀다. 잘된 자식은 자랑하되 못된 자식은 한사코 숨기는 법이라서 자세히는 몰라도 작은딸은 이혼하고 재혼까지 했어도 다시 갈라선 것 같았고, 큰아들은 왕래하지 않은 지 꽤 오래된 참이었다.

금산댁네는 대문을 들어서면 마주 보이는 게 집의 옆면이었다. 마당 끝 개집에 묶인 흰둥이가 꼬리를 흔들어 댄다. 흰둥이는 제 새끼를 다 떼어낸 뒤 금산댁과 둘이 살고 있었다. 자식들에게 보내려 했던가, 마당가에 네 개의 쌀자루가 놓였다. 대문 오른쪽에는 동백나무가 심겼고 그 안쪽이 샘이었다. 샘을 본 홍림 씨는 오매, 어짜꼬! 비명을 지른다. 자식들에게 햅쌀과 함께 김치를 담가 보내려 했던지 스무 포기는 될 법한 절인 배추들 사이에 금산댁이 넘어져 있었던 것이다. 이번에도 염병할 놈의 김치가 문제였다. 금산댁은 허리를 삐끗한 정도가 아니라 혼절했다. 숨은 쉬는 것 같다. 홍림 씨가 금산댁을 끌어안고 아짐아짐, 불러 보는 사이 동국 씨가 구급차를 불러 댔다.

"어이, 감독, 뭐항가. 이 냥반 몸이 얼음댕인디 우선 안으로 들애야제. 그 사진기 놓고 와서 업소."

당황한 김 감독이 샘 덮개 위에다 카메라를 놓고는 홍림 씨 앞에 등을 대고 앉는다. 홍림 씨는 금산댁을 김 감독 등으로 밀어 올린다. 금산댁의 몸피가 큰 데다 정신을 놓아 버려 태산처럼 무겁다. 동국 씨가 전화기를 접으며 다가와 홍림 씨를 도왔다. 먼저 마루에 올라 방문을 열어 보던 홍림 씨는 어째사꼬이, 한탄한다. 방이 냉골이었던 것이다. 아침에 일어나서 보일러를 켜지 않은 게 분명했다. 어쩌면 가을 들면서 아직 한 번도 켜지 않았을지도 모른다. 쌀 포대들과 김치가 아니었으면 미역 공장에 돈 벌러 갔을 사람이었다. 우선 이불에 눕히고 보일러 스위치를 눌러 놓고 사내들을 내보낸 뒤 젖은 옷을 갈아입혀 놓고 나니 밖이 소란스럽다. 어느새 구급차가 온 것이다. 구급대원 둘이 들어와 금산댁을 달랑 들어 들것에 놓고는 저희가 가져온 담요를 덮고 산소 호흡기를 끼우고는 홍림 씨에게 물었다.

"환자가 언제쯤부터 이러고 계셨을 것 같습니까?"

절인 배추를 씻어 놓고 김치 속을 준비하려 했을 테다. 우체국 택배 차는 오후 2시경에 마을에 들르므로 아침부터 서둘렀을 것이다. 절인 배추의 두벌 씻이가 덜 끝난 상태였다.

"서너 시간은 됐을 것 같소. 응급 처치를 해야지라. 얼렁 데꼬가시오."

"보호자가 같이 가셔야지요."

"제일병원으로 갈 거 아니오? 금방 아무나 따라갈 겅게, 어서 가란 말이오."

"신고인이라도 함께 가셔야 합니다."

"그라요? 그라면 나라도 가야제. 여보 연이 아부지, 여 배람박에 금산덕 새끼들 전화번호 줄줄이 붙었소. 난 구급차 타고 갈랑게, 당신이 금산덕 새끼들한테 전화해 놓고, 숭모당에랑 이장한테도 알려 놓고 따라오시오."

금산댁이 차에 실리고 홍림 씨가 올라타자 구급대원 한 사람이 올라오더니 문을 턱 닫는다. 그 소리에 홍림 씨의 가슴이 덜커덕 내려앉는다. 한 세상이 닫히는 소리 같은 것이다. 금산댁이 이대로 가버릴 것 같았다.

"여보시오, 금산덕! 정신 잔 채래 보시오. 예, 금산덕?"

불러 보고 흔들어 보지만 대답이 없다. 소리 없이, 차가 움직인다. 뭔가에 홀려 딸려 가는 것 같다. 그렇구나. 죽으러 가는 길이 이것이구나. 혼자서, 아무도 없이 뭔가에 홀린 듯이. 홍림 씨는 들것 맞은편 붙박이 의자에 털버덕 걸터앉는다. 이렇게 허망하게 가는 것이었다. 눈물이 난다. 금산댁이 불쌍한 건 아니다. 살 만큼 살았지 않는가. 아무도 자기가 충분히 살았다고 하지 않지만 죽은 사람들을 보면 충분히 산 것 같아 보였다. 그 옛날 시누이 혜국은 겨우 서른을 넘기고 충분히 살았다는 양 제 모든 걸 정리해 놓고, 새끼에게조차 미련 없이 죽었다. 그때도 불쌍하지 않았다. 살아 있는 게 서럽고 원통했을 뿐이다.

홍림 씨는 몸을 추슬러 다시 금산댁의 손을 잡는다. 쇠스랑처럼 딱딱하고 마른 흙덩이처럼 거친 손이 차다. 아직 데워지지 못한 게 아니라 정말 차가워지고 있는지도 몰랐다. 한 세상 참 부지런히도 사시등만 기어이 이러고 가실라요? 진짜 이렇게 그냥 가불라요, 금산 덕? 한 마디도 더 안 하고 이렇게 가불라요? 알았소. 한 마디 더 하면 머하고 한 마디 더 들으면 머하겄소. 더 살아 좋은 꼴보다 좋찮은 꼴 이 더 안 많소? 이점저점 다 냅두고 가실라면 다 잊어불고, 돌아보도 말고 그냥 편히 가시오. 연신 속삭이며 금산댁의 차가운 손을 어루만 지자니 사는 게 허망하고 서러워 눈물이 난다.

나락을 베고 훑고, 이고 지고 실어 들이면서 보름 넘게 정신없이 가을 걷이를 해 들였다. 대문 마당에 쌓인 나락만 훑으면 얼추 끝날 성싶은데 새벽부터 날이 궂었다. 이른 새벽부터 눈이 벌게져 안방으로 들어온 녹두가 평소답지 않게 안절부절못했다. 눈이 빠질 것 같고, 머리가 터질 것 같고, 가슴이 찢어질 듯 아프다며 여례당한테 순천 좀 가보라고 했다. 바빠 숨넘어가게 생긴 날 순천은 무슨! 여례당은 자네가 날궂이하는 모양이라고, 괴연재에 가 머리 식히면서 도깨비들한테 오늘 하루만 비가 내리지 않게 기도하고 오라고 내보냈다. 녹두가 기도한다고 올 비가 오지 않는 것은 아니지만 최소한 아프지는 않을 것 아닌가.

공일空日도 반공일半空日도 아니지만 영감이 집에 들어올지도 모른다. 녹두는 영감이 본가로 들어오는 날 집을 비우기 일쑤였다. 영감이 왔을 때 집에 있어도 사랑채나 안채에는 얼씬도 하지 않았다. 여례당을 조심한다기보다 영감과 마주쳤을 때의 처신을 귀찮아하는 것 같았다. 어쩌면 괴연재에서 동촌으로 나가 대절곳까지 넘어갔는지도 모른다. 부일의 둘째 며느리가 수태했다는 말을 들은 게 언제였을까. 들어도 눈에 보이지 않으면 잊기 일쑤다. 지난여름에 소식 들었으니 지금쯤 만삭이거나 산기가 있는지도 모르겠다.

수월헌으로 시집간 부일은, 여례당이 지참금으로 건넨 금거북을 밑천으로 양잠업을 시작했다. 대나무가 많아 대절곶이라 불렸던 수월헌 일대가 온통 뽕밭으로 변하고 큰 잠실이 지어지기까지 채 10년이 걸리지 않았다. 부일의 아들들은 모친의 양잠업을 열심히 키워 가고 있었다. 부일이 아들 둘에게 신식 공부를 시키지 않고 한학만 하게 한 것은 그렇다고 하더라도 며느리들을 너무 부려 먹는 게 아닌가 싶긴 했다. 덕분에 살림을 그렇게 불리기는 했을 테지만 시집살이를 너무 독하게 시키는 성싶었다. 지난 제사 때 와서 한다는 말이 아들들은 집안을 일으키게 하였으되 손자들은 버젓한 공부를 시킬 것이라고 했다. 손자 낳은 지 얼마나 됐다고, 제가 앞으로도 백 년은 살듯이 굴었다.

"마님, 성천입니다."

여례당은 아침상을 막 받은 참이었다. 돌배기 혜국이 상에 올라앉으려 해서 끌어안는데 성천이 들어와 절했다.

"조반 전이제? 상 채리라 할랑게 예서 들고 출근하소."

달님네를 향해 성천의 상을 차리라고 명하려는데 그가 말린다.

"묵고 왔습니다. 어제 퇴근할랄 때 괴이한 소문이 퍼져 와서, 간밤에 뵈러 들를라다가 너무 늦어서 지금 왔습니다."

"괴이한 소문이라니?"

"엊그제 여수서 군인들이 반란을 일으켰답니다. 여수서 총칼 세우고 일어난 반란군이 순천이며 보성, 장흥 등지서 총질을 해댄답니다. 우리 고흥으로도 쳐들어오고 있다는 말이 있고요."

손녀 끌어안고 재롱 보고 있을 때가 아닌 것 같다. 소문이 소문으로 끝나는 법은 없지 않는가. 아들과 손자와 주아네와 류인오가 순천에 있고, 영감이 읍에서 읍장 노릇을 하고 있었다. 녹두가 새벽부터 수선 피운 이유가 그 때문이었던 것이다. 여례당은 아이를 행순에게 안겨 주고 방을 나가게 한다.

"군인들이 반란을 왜 일으켰는디? 왜, 나라를 찾았응게 인자 다시 임금을 세우자고 한당가?"

"좌익 군인들인 모양입니다."

"좌익이라면 공산주의를 허자는 사람들 말인가? 일제 때부터 배운 사람들 사이에서 유행했다는 그 사상?"

"그런 것 같습니다."

"그 사람들이 적대하고 벼르는 사람들이 누구랑가?"

"저도 잘 모르겠습니다만 일단 관공서를 겨냥하고 다닌다는 것 같습니다."

"군청, 읍사무소, 면소, 경찰서 같은 데를 타격하고 다닌다면, 읍장님 같은 사람들이 표적이라는 뜻이겠구만?"

"아무나 보고 쏜다는 말도 있습니다."

"그렇겄제. 그런 것 가릴 만한 위인들이 총칼 쳐들고 나서지는 않을 텡게. 여튼지, 자네도 오늘은 물론 당분간 면소에 나가지 말고 동네에 꽉 붙어 있게. 설마하니 그자들이 이 시골까지야 쳐들어오겄는가?"

기록상으로 금당은 생긴 이래 단 한 번의 난리도 직접 겪지 않은 동네였다. 임진왜란 당시 지금의 녹동인 녹도진에서 왜군과의 싸움이 일어났을 때 백 섬의 양곡으로 아군의 후방을 지원했다는 기록이 『계성재 경작경년기』에 올라 있을 뿐이다. 백 섬의 양곡을 옮기자면 수십 명의 마을

장정들이 함께 움직였을 터 그들도 전쟁에 참여한 것이긴 했다. 하지만 수백 년 전에 70여 리 밖 바다에서 일어난 그 전쟁이 이 동네가 치른 유일한 전쟁이었다. 그 어느 곳보다 동네 안이 가장 안전한 것이다.

"군내 기관마다 경계령이 내려진 상황인데요, 사무소에 나가 봐야지라. 가봐야 상황을 알기도 하겠고요. 저녁에 다시 찾아뵐랍니다."

경계령이 내려졌다면 사태가 꽤 심각하다는 뜻이다.

"그라믄 그리하게만 자네 손가락 하나도 안 다치게 아무쪼록 몸조심해야 쓰네. 식구들이 자네만 쳐다보고 살잖응가."

성천도 요즘 복잡했다. 위아래로 줄줄이 달린 누이들이 시집가고 나서 장가를 든 그였다. 면서기를 하고 있는지라 좋은 혼처와 맺었지만 장가들자마자 제 아비가 죽었지 않는가. 어미는 노망기를 보이기 시작했는데 성천 처의 출산이 다가오고 있었다.

성천이 나간 뒤 여례당은 무슨 일을 먼저 해야 할지 궁리했다. 영감을 집으로 오게 하는 게 급선무일 성싶다. 영감을 집에 있게 한 다음 그의 차를 타고 순천으로 가야 하는 것이다. 그와 같은 사내들이 표적이라는데 영감을 보낼 수는 없었다. 젊으나 젊은 며느리는 더욱 보낼 수 없었다. 또 농번기 방학 중이기는 해도 에미 저도 학교 선생이었다. 동국 애비가 문제였다. 가을걷이 도우라고 소학교에서 농번기 방학도 하는데, 난리가 났다면 새끼를 데리고 얼른 빠져나올 것이지 난리 통에 무슨 선생 노릇을 하겠다고 뻗대고 있단 말인가.

여례당은 방을 나서 순심 아배 원상과 정운을 불렀다. 열네 살인 정운은 몸이 날랬다. 자전거를 타면 바람처럼 달리는 성싶었다. 읍까지의 20리 길쯤 반시간이면 당도할 것이었다. 아침밥을 먹는 참이었던 정운이 득달같이 나왔다. 내년부터는 제 아비 인오가 있는 순천으로 가서 중학교를 다니게 될 아이였다. 원상이 따라 나왔다.

"정운이 너, 시방 자전거로 읍에 가서 읍장님한테 거기 식구 데리고 집으로 들어오시라고 해라. 암만 바쁜 일이 있어도 일단 놔두시고 당장 들어오시라고. 아, 다른 말은 하지 말고 내가 숨넘어가기 직전이라고 말씀드려라."

정운이 달려 나가는데 찬방에서 아이를 안은 미령이 나온다. 아침부터 무슨 일인가 싶어 큰 눈에 근심이 서렸다. 달님 어매며 숙순 할매 등의 안식구들이 죄 찬방에서 나온다.

"어머님, 무슨 일이셔요?"

"느 아버님을 모셔 오라고 정운이를 보냈다. 아버님 들어오시먼 내가 순천으로 가볼란다. 여수에서 군인들이 반란을 일으켰단다. 여수하고 순천이 지척이라 순천도 시끄러운 모양이다. 순심 아배, 자네는 오늘 나락 일 잘 단속하고, 식구들이 행여라도 동네 밖으로 나가지 않도록 단단히 잡도리하게. 이장한테도, 반란군들이 장흥, 보성은 물론 우리 고흥으로도 내래오고 있다더라 함서 동네 사람들이 읍이나 면소 쪽에 안 가는 게 좋겄다고 알리라고 하시게."

순심 아배가 대답했다.

"그리하겠습니다만, 무슨 큰일이야 벌어지겠습니까?"

"얼마나 큰지는 몰라도 일은 벌어진 거 같은디 그게 다 지나갈 때까정은 조심조심 살아야 쓰겄제. 자네는 나가 일보고, 에미는 애기를 행순이 주고 달님네하고 같이 순천 보낼 짐 좀 싸거라. 내가 가서 애비하고 동국이를 데리고 올란다마는 상황이 어짤지 모릉게, 애비가 어지간하믄 학기 중에 움직일 사람도 아닝게, 필요한 짐을 싸놓거라. 아버님 들어오시먼 그길로 갈란다."

“하오면 어머님, 제가 가보는 게 어떨까요?”

제가 몇 년이나 살다 온 집이므로 제가 더 익숙하지 않냐는 말이다. 물론 그렇지만 날마다 지척의 학교에 나가는 것조차 염려스러운 며느리였다. 아이를 둘이나 낳고 스물여덟에 이르렀음에도 애고 어른이고, 계집이고 사내고 가릴 것 없이 미령을 바라볼 때는 얼이 빠졌다. 계집을 흔히 꽃에 비유하지만 미령은 꽃 같기보다 비 갠 뒤 하늘에 문득 나타나는 무지개 같았다. 미령을 처음 본 사람들은 입을 헤벌린 채 아무 말을 못하거나 오매, 한탄했다. 개교한 지 5년 된 운대학교의 학생 수가 2백 명에 가까워진 것도 연미령 선생 덕이라고 교장이 우스갯소리를 할 만큼 미령은 미모가 빼어났다.

“나도 군인들이 총칼 들고 설치는 난리는 안 저꺼 봤다만, 작정하고 나선 무리가 총칼까지 들었다면 그건 진짜 난리일 것이다. 난리 중에 젊은 아낙들은 집에서 문 꽁꽁 닫고 있는 것이 그나마 최선이다. 나 돌아올 때까지 에미는 밖에 한 발짝도 나가지 말거라.”

정작 난리가 났다면 집 안에 숨는다고 비켜갈 수 있는 건 아니다. 난리는 그 파장이 더 큰 법이다. 그래서 난리인 것이다. 방으로 들어온 여례당은 행장을 차리기 시작한다. 늙은 아낙이라 몸 걱정할 일은 없으되 무뢰배들일지라도 함부로 보지 못할 늙은이의 권위는 입성에서부터 비롯된다. 난리가 나기는 났구나. 여례당은 장롱에서 옷을 꺼내며 중얼거린다. 나들이옷을 찾는 게 아니라 갑옷을 찾고 있지 않은가.

여례당이 저전동 집 대문을 들어서자 샘에서 빨래를 하고 있던 성심네가 돌아본다. 황망히 일어나는데 배가 제법 불렀다. 두 번이나 간 시집을 못 살고 나온 이유가 애를 낳지 못해서였는데 세 번째가 인연이었던지 둘째 아이까지 가진 참이었다.

"아씨 오샀어라?"

여례당을 여전히 아씨라 부르는 성심네이므로 여례당에게도 성심네는 아직 주아였다. 구슬처럼 귀한 사람으로 살라고 주아라 이름 했음에도 어린 날 제 태생지에서 떨려 나온 게 여전히 서러운가, 주아는 한 곳에 붙박여 살질 못했다. 진섭의 집에다 들여놓은 것은 성심 아비와는 부디 해로하길 바라서였다. 양 군이 집에서 가져온 짐꾸러미를 두 손에 들고 들어와 마루에 놓았다. 여례당도 마루에 앉았다. 방 안에서는 아무 기척이 없다.

"국이 애비는 집에 있능가?"

"서방님은 학교에 가 기실 시간이지라."

"애비가 아침에 멀쩡히 학교에 갔다고?"

"그라믄요."

"애들은?"

"되랜님은 옆집서 놀고 계새라. 성심이도 거그서 놀고 있고요. 좀 전까지 저도 거그 있다가 왔네요. 난리 났다는 소문 듣고 오샀지라?"

"그랬네. 뭔 소리 좀 들은 게 있능가?"

"오늘 아침부텀 반란군이 진압군한테 소탕되는 참이라고 하데요. 반란군은 아무나 보고 우익 사람이라고 죽애 대등만 진압군은 아무나 보고 좌익이라고 쏴 죽이는 판이라고요. 어지께까지 죽은 사람들은 반란군에 죽었고, 오늘 죽은 사람들은 진압군에 죽은 것이라고요. 그래 갖고 지가 아침에 서방님한테 학교 가지 마시라고 항게, 이제 괜찮아졌다고 하시데요. 학교가 열려 있는디 선생이 어찌 집에 있겠냐 하심서 되랜님이나 꽉 붙들고 있으라고 당부하심서 나가샀어요."

"가서 애기들 찾아오게."

성심네가 대문을 나갔다. 손자 얼굴을 보고 나서 순천고등학교로 갈 참이었다. 난리가 났다지만, 느려 터진 차를 타고 오는 동안 짐차 두어 대와 마차 몇 대를 지나쳤을 뿐 별것 없는 것 같았다. 순천 들어와서 거리가 적막하다는 생각이 들긴 했어도 와보니 별일 없는 듯했다. 아무 일도 없다면 본정통에 있는 점방들을 둘러보고 내려가면 될 터이다. 난리를 일으켰대도 반란군이 큰 거리에 줄줄이 서 있는 애먼 점방들을 태우지는 않았을 것이다.

여례당은 순천과 벌교와 고흥 읍내를 아울러 40여 개의 점방 자리를 세주고 있었다. 농지가 아무리 많아도 그 농지에 붙어사는 수많은 입들을 채우기에도 늘 빠듯했다. 그러므로 농지는 수많은 식구들의 것이지 내 것이 아니었다. 내 것이 아닌 바 내 것인 양하려면 거기 붙어사는 식구들의 배를 주리게 할 수밖에 없었다. 시집올 때 친정에서 받아 온 돈과 나중에 보내 주신 돈을 가지고 장사를 해보기로 한 건 그래서였다. 치마끈 동여 붙이고 장사치로 나설 수는 없어서 시작한 게 류인오를 통한 집 장사였다. 가게 자리를 사서 인오에게 고치거나 짓게 하여 가게를 하려는 사람에게 세를 놓는 장사. 자랑스럽게 내놓을 만한 일은 아니로되 농사보다 수입이 훨씬 나았다. 무엇보다 류인오가 멀리 떠돌지 않을 일이 되었고 여례당에게도 고정적인 수입이 되어 주었다. 성심 아비는 류인오를 도와 여례당의 순천 장사를 돌보고 있었다.

넓지도 좁지도 않은 뜰 곳곳에 가을꽃인 국화와 백일홍이 만개했다. 삼동 한 철만 빼고는 제 뜰에 꽃이 피게 만드는 사람이 며느리였다. 미령은 곱게 자란 티는 물론 배운 티도 제 예쁜 티도 내지 않고 부지런히 살림을 배우려 들었다. 시골집으로 들어와 사는 것도 여례당이 강요한 게 아니라 제가 원한 것이었다. 운대학교가 설립된 뒤 선생으로 나선 것도 마찬가지다. 무슨 일이든 빨리 하지는 못하되 꽃을 피우듯 섬세하게 해냈다. 글씨체며 그림들이 얼마나 어여쁜지. 『계성재 식음록』을 다시 쓰면서 그림을 덧붙일 만큼 엉뚱하기도 한 며느리는 꽃이 아니라 꽃을 피우는 손을 가진 사람이었다. 여례당은 다른 아낙들이 왜 그리 며느리들을 볶는지 이해할 수 없을 정도로 며느리가 어여뻤다. 내 속으로 낳았어도 저리 예쁠까 싶을 정도로 사랑스러웠다.

대문이 열리더니 동국이 할무이, 외치며 팔을 벌리고 달려온다. 여름방학 함께 보내고 두 달도 채 못 됐는데 부쩍 큰 듯한 놈이 품 안으로 달려든다. 묵직하다. 여례당의 가슴이 뻐근하면서 환희로워진다. 어린 시절의 진섭을 노상 안순당한테 앗기고 산 데다 어른들 어려워하느라 많이 보듬어 보지 못했다. 여례당 스스로 손자를 보고 그 손자를 안을 때마다 예전 시부와 시모께서 손자들을 당신들 품에서 놓지 않으려던 까닭을 알 듯 했다. 살아 있음이 얼마나 느꺼운지. 평생 사는 동안 구석구석 패었던 자국들이 손주들을 안노라면 다 메워지는 성싶었다.

"우리 국이 씨, 오늘 학교에 잘 다녀오셨는가?"

"아니요, 할무이. 엊그제부터 아부지가 저한테 며칠 동안 학교 쉬라고 하셔서 팽팽 놀았어요."

"팽팽 놀았어? 아이구 잘했네. 할미가 자네 아부지 학교에 가서 자네 아부지 모시고 올 거게, 자네도 오늘은 더 놀러 나가지 말고 집에서 성심이랑 놀고 있소이. 알겠능가, 류동국 군?"

"예, 마님."

할미의 말투가 경쾌하니 아이의 말도 장난스러워진다. 여례당은 동국의 머리를 쓰다듬어 놓고 다섯 살배기 성심의 볼을 쓰다듬은 뒤 대문을 나와 차에 올랐다. 순천고로 가세. 여례당의 명에 운전수 양 군이 차를 움직였다.

학교도 조용했다. 교무실에는 선생이 몇밖에 없었다. 류진섭 선생은 보이지 않았다. 선생들이, 오늘 류진섭 선생은 출근하지 않았다고, 출근하지 않기에 귀향한 줄 알았다고 했다. 아침에 멀쩡히 집에서 나갔다는데 학교엘 나오지 않았다니! 그렇다면 길이 엇갈린 것이로구나! 그렇게 생각하던 여례당은 고개를 젓는다. 제 새끼를 난리 통에 놔두고 저 혼자 달아나는 애비가 어디 있으랴. 진섭은 그리 정신머리 없는 사람이 절대 아니다. 다시 저전동 집으로 가볼 양으로 교무실을 나서는데 한 중늙은이가 슬그머니 다가왔다.

"지는 이 학교 소삽니다, 마님."

"류진섭 선생을 잘 아시오?"

"그러믄요, 마님. 류 선생님이, 본가에서 보내오셨다면서 번번이 양곡 자루를 갖다 주셨습니다. 마님 은혜이셨겠지요."

"오늘 류 선생이 출근을 안 했담서요?"

"오늘 아니 나오시길래 귀향하신 줄 알았습니다."

"어제까지는 나왔다 그 말이제라?"

"예, 마님. 저…….."

머뭇거리는 사품이 여간 느린 게 아니어서 여례당은 와락 역정이 났다. 이 상황에서 설마 잔돈푼이라도 건네주기를 바라는가 싶은 것이다.

"머시오."

"지도 인자 생각나서 말씀드리는디, 혹시 모르니 역전으로 가셔 봅시오. 사흘 전서부터 거그서 사람을 찾기도 한다는 소문을 들었기에요."

시절이 어지러우니 찾아봐야 할 사람도 있을 것이었다. 진섭은 제 부친과 달리 공부를 좋아했고 맘결이 가지런하고 섬세했다. 이 세상에 계집이라곤 유일무이, 제 처뿐인 줄 알면서도 주변 사람 맘을 고루 살필 줄 알았다.

적막하다 여겼던 거리가 역전에 이르자 판이했다. 총칼 든 군인 수십 명이 진을 치고 있고 수백의 남녀노소가 울부짖고 있었다. 울부짖는 사람들 앞에는 가마니에 싸인 주검들이 즐비했다. 진섭은 거기 있었다. 사람들 사이를 헤치고 다니기도 전에, 진섭아, 애비야! 불러 보기 전에 눈에 들어왔다. 역사를 향해 머리를 둔 주검들은 얼굴이 채 덮이지 않은 채 반듯이 누워 제 주검의 주인이 찾아오기를 기다리고 있었다.

설마 저게 내 아들이랴! 여례당은 아들의 주검을 보고도 믿지 못해 만지려다 기절했다.

깨어나니 양 군의 품이다. 진섭은 옆에 있었다. 여례당은 아들을 끌어안으려 몸을 일으키다가 또 혼절했다. 다시 깨어나니 군인 둘이 다가와 들여다보고 있는 참이다. 여례당이 일어나자 그들이 관계를 물었다. 임자가 맞는지 확인해야 주검을 내준다고 한다. 여례당은, 순천고등학교에서 선생 노릇 하는 내 아들이라고, 아침에 멀쩡하니 출근한다고 나갔다는데 내 아들이 왜 여기 이렇게 있느냐고 울부짖었다. 내 아들은 좌익도 우익도 아닌 착실한 선생일 뿐인데 내 아들을 누가 이렇게 만들었냐고 따지다가 또 쓰러졌다.

다시 깨어나, 내 아들을 죽인 놈이 누군지 말하라고 군인들을 향해 달려들었다. 말하지 않을 거라면 나도 죽이라고 군인의 멱살을 잡았다. 내동댕이쳐지면 또 달려들었다. 그 정경을 보다 못한 한 군인이 여례당에게 다가와 한쪽으로 이끌더니 나지막이 말했다.

"여기 있는 주검들 중, 아드님 같은 젊은 하이칼라들은 새벽에 들어선 진압군이, 도망치는 좌익으로 간주하고 쏜 사람들입니다, 마님. 제가 쏜 것은 아닙니다만, 마님께 대신 용서를 빌겠습니다. 그렇지만 마님, 예서 이리 소리치고 소동을 부리시면 아드님은 좌익 인사여서 죽은 것으로 기록될 겁니다. 시절이 그렇지 않습니까. 부디 아드님 시신을 수습해 떠나십시오."

스물 두어 살이나 된 군인이었다. 저 어린 사람이, 또 여기 있는 군인들이 무엇을 알리라고 내 아들 물어내라고 발악했을까. 여례당은 고개를 끄덕인다. 진섭은 이미 뻣뻣했다. 고흥 군내를 통틀어 단 석 대밖에 없는 자가용이라지만, 사후강직으로 굳은 아들의 몸을 구기지 않고는 차에 태울 수가 없다. 여례당은 진섭의 몸을 구겨 넣을 수는 없었다. 역전 주변에는 어느새 시신을 옮겨 주고 돈을 받으려는 수레꾼들이 모여 있었다. 어제도 그제도 있었을 그들을 여례당이 이제 발견했을 뿐이다. 누구는 출근하다 총에 맞아 죽고 누구는 그런 시신을 옮겨 주며 돈을 버는 게 세상살이였다.

여례당은 양 군에게 그중 멀쩡해 보이는 수레를 가리키며 주인을 데려오라 했다. 다시 아들을 만져도 눈물은 나지 않는다. 아침에 구두를 신었을 텐데 지금은 양말만 신은 맨발이다. 누가 벗겨 간 것이다. 흰 셔츠에 남색 양복 윗도리를 걸친 채 가슴팍에 총알을 박고 있는 것 같은 아들의 얼굴은 원래의 제 빛을 알 수 없을 만큼 검푸르며 칙칙하다. 내 아들이므로 알아보았지 잠깐 알던 사람이었다면 몰라봤을 만큼 딴사람 얼굴이다. 어떤 일로도 어미를 애먹인 적이 없는 자식이었다. 은섭이 날 때부터 허약해 홍역을 이기지 못하고 세상을 등졌지만 진섭은 한번 앓아누운 적도 없었다.

"그리 고운 자식이더니 에미를 이리 배신하고 갈라고 그랬드냐. 무정한 놈아."

한탄해도 눈물은 나지 않는다. 머리는 맑다 못해 서리가 찬 듯했다. 자신의 몸이 아들의 몸처럼 굳어서 피가 돌지 않는 거라고, 피가 돌지 않으니 눈물인들 돌까 보냐고 여례당은 스스로의 상태를 분석한다. 양 군과 함께 온 수레꾼은 말 두필에 매인 수레를 끌고 있다. 여례당은 그에게 고흥으로 갈 거라며 돈은 원하는 만큼 주겠노라 했다. 수레꾼이 공손해진 얼굴로 양 군과 함께 진섭을 들어 수레에 눕혔다. 여례당이 두루마기를 벗어 덮어 주자 수레꾼이 새끼줄로 진섭을 수레에 꽁꽁 동여맸다.

여례당은 수레꾼에게 차를 따르라 하고 순천고로 향했다. 교문으로 들어서고 운동장을 지나 본관 앞에 차를 세우게 했다. 수레가 뒤따라와 멈췄다. 여례당은 혼자 차에서 내려 교무실로 갔다. 두어 시간 전에 그 교무실에 들어서던 여례당과 지금 들어서는 여례당은 같은 사람이 아니었다. 아까는 불안을 감출 수 없던 늙은 여편네였으나 지금은 더 이상 무서운 것도 없고 눈에 뵈는 것도 없는 어미다. 교무실에는 아까보다 선생들이 많았다. 그들을 골고루 훑은 여례당은 교감 아무개라고 명패를 놓고 있는 책상 앞으로 다가들었다.

"나는 이 학교 국어과 선생 류진섭의 어미 권여례요. 교장을 뵈야겠소."

교감이 일어서며 교장이 현재 교내에 계시지 않는다고 대답했다. 선생들이 긴장해 다가들었다.

"허면 교감 선생님이 시방 이 학교의 젤 어른이시구만요. 현재 학교에서 젤로 가는 어른이시니 내 여쭈리다. 이 학교 선생이자, 내 아들이고, 류씨 계성공파 18대 종손인 류진섭이가 좌익이오 우익이오?"

"무, 무슨 그런 말씀을. 류 선생은 성실하고 모범적인 교사입니다. 어찌 이리 하시는지요? 류 선생, 향리로 귀가하지 않았습니까?"

“향리, 귀가요? 난리가 났다는디도, 그 소식이 저 시골까지 번져 왔는
디도 귀가, 안 헙디다. 그래서 내가 와서 역전서 찾았소. 찾아내 저 밖에,
데리고 왔소. 역전에서 피칠갑을 해가지고 엎어져 있는 것을 내가 찾아서
싣고 왔소. 그대로 집으로 데려가서 장례나 치를 것인디 내가 왜 여길 왔
냐! 좌익인지 우익인지가 뭣인지, 당신네들 선생들한테 물어볼라고, 왜
이 난리가 났는지 알고 싶어서 왔소. 내 아들이 입을 열 수 있으면 내 아
들한테 물어볼 것인디, 허면 아조 소상히 갈쳐 줄 선생인디, 그 선생이
입을 못 열게 돼부러서, 물어볼 디가 없어서 일로 왔소. 좌익은 내가 알
기로 왼편 날개요 우익은 오른편 날갠디, 날짐승이나 집짐승이나 사람이
나 오른편 왼편이 같이 있어야 날고, 걷고 일도 하고 그러는디, 오른쪽이
왼쪽을 죽이는 일도 있소? 왼편이 오른편을 잡아먹는 이치가 따로 있는
것이오? 나는 도대체 몰겄응게, 갈쳐 줘보시오. 좌익이 머시오. 우익은
또 머시오. 말씀을 해보시오.”

“류, 류 선생도 이, 일을 당했습니까? 벌써 학생들 여럿이 변을 당하
고, 소재 파악이 안 된 선생들도 여럿이라 저희도 지금 걱정하고 있었습
니다.”

“여럿이, 여럿이 변을 당했다고 했소, 시방? 여럿이! 시방 그것이 말
이오, 막걸리오. 학교 젤 어른이람서, 맨날 어김없이 출근하고 퇴근하든
선생이 안 나오믄 이 난리 통에 뭔 사달이 생겼는 갑다 하고 찾어봐야 하
는 거 아니오? 이 방에 꼭꼭 숨어 앉어서 날이 지고 새기를 지달리고 있
을 것이 아니라? 난리가 난 날, 애초부텀 학교 문을 닫아 걸든지! 역전
흙바닥에, 가마니때기에 덮여 허섭쓰레기매니 굴러댕기게 해놔야 쓰겄
소? 멀기나 머요? 엎어지믄 코 닿는 데 아니오?”

“화, 황송하옵니다. 미처. 시국이. 경황이.”

"그랑게 이런 시국, 누가 왜 맨들었냐고 여쭙지 않소? 왼편 반란군이 맨들었소, 오른편 진압군이 맨들었소? 좌익인지 우익인지가 뭐신지 나는 모롱게, 누가 내 아들을 저리, 왜 저리 맨들어 놨는지 말씀해 주시란 말이오. 사람은 원래 뭔 일을 당하면 내가 왜, 어떻게 그 일을 당했는지는 알아야 숨을 쉬고 사는 거 아니오? 내가 멀쩡하든 자식을 잃었는디 뭘 알아야 슬퍼도 하고 원통해도 할 거 아니냔 말이오."

"제주서 반란이 일어나 갖고 그걸, 정부에서 여수 주둔하던 14연대 군인들한테 진압하라고 명령했는갑습니다. 근디 그 속에 섞였던 좌익패들이 반란을 일으켰다고 합니다. 그래 갖고 14연대 반란군을 진압하러 또 진압군이 내려와서, 와중에 수천 명이 죽어 가는 중이라고, 저희도 현재로서는 그 정도까지만 파악했을 뿐 아직 뭐가 뭔지 잘 모르고 있습니다, 류 선생 자당님. 황송합니다."

"그랑게 교감께서는 암것도 모르신다는 말씀이시구려? 허면 나는 누구한테 물어볼께라? 누구한테 이 억하심을, 이 분을 풀어야 한단 말이오?"

"이, 일단 자당님, 류 선생을 좀 보게 해주실랍니까?"

여례당은 밖으로 나가 보라며 팔을 휘두르다 무너진다. 너무 용을 쓴 탓에 기진한 것이지 혼절한 것은 아니다. 선생들이 교감을 따라 줄줄이 나가는데 한 젊은 선생이 다가와 여례당을 부축했다. 그가 의자에 앉혀 주며 말했다.

"어머님, 저는 박호삼이라고 합니다. 수학을 가르치는데, 류 선생하고 막역했습니다."

아들하고 막역하다는 말을 듣자마자 여례당은 눈물이 솟구친다. 몸 안에 울음의 돌풍이 인 듯했다. 울음의 회오리는 그렇지만 소리로는 되어 나오지 못하고 숨만 막힌다. 박 선생이 여례당을 감싸 안고 등을 두드렸다. 그가 등을 두드리며 죄송합니다, 죄송합니다, 어머님, 자꾸만 되뇌었다.

혼인하여 자식들을 둔 종손의 죽음에 이레 장이 당연했으나 부모 앞서 죽은 참척이었다. 진섭의 장례는 사흘장으로 치르되 동네 밖으로 부고를 내지는 않기로 했다. 부고를 낼 짬도 없거니와 부고 내봐야 임종한 날을 합쳐 사흘이라 문상객 받을 짬도 없었다. 객사한 바람에 집 안으로 못 들고 바깥채에다 상청을 차렸던 진섭의 주검은 간소한 상여에 실려 선산으로 갔다. 류근형은 아들의 산소에서 내려오는 길로 읍으로 향한다. 읍에도 난리가 나 있었다. 읍뿐만 아니라 군내 각처에 여수 순천에서 내려온 반란군들이 횡행하고 있다고 했다. 여수, 순천에서는 진압된 그들이 보성, 장흥, 고흥 등지에서 설쳐 대는 모양이었다. 진압군도 따라 들어오고 있는 듯했다. 이미 패잔병이 된 반란군들이라 숨을 곳을 찾아 떠났을 것이었다. 근형은 외아들을 잃은 참변을 당했지만 공직자인바 난리의 뒤처리를 해야 했다.

읍으로 향하는 근형의 눈앞이 그믐밤처럼 껌껌했다. 잠깐 스쳤던 녹두의 눈빛도 그랬다.

'난리 지날 때까지 읍내 나가지 마시오.'

어제 아침 진섭의 입관을 마친 참에 바깥채 마당에서 마주친 녹두가 그렇게 한마디 했다. 그동안 얼굴 본 일이 몇 번 되지 않은 그네였다. 부러 불러 볼 사이가 아니거니와 근황에 대해 물을 계제도 못 됐다. 가끔 그네가 실제로 집 안에 살고 있는지도 의심스러웠다. 어느 때는 느닷없이 눈앞에 나타난 듯한 녹두를 앞에 두고 녹두가 맞느냐고 물을 뻔하기도 했다. 근형과 비슷한 나이인 녹두는 볼 때마다 다른 세상에 다녀온 듯 나이가 들어 보이지 않았다. 아까 산역에서 내려왔을 때 또 부딪친 녹두가 다시 말했다.

'오늘은 나가지 말고 집에 계시오.'

쉰다섯 살의 육신에는 바위가 얹힌 듯하다. 일제 치하에서 대를 이어 공무원 노릇을 하다 해방을 맞았어도 친일 분자라는 손가락질은 받지 않았다. 부친의 권유로 담배 전매소에서 공직으로 건너와 20년째이되 공직으로 한 평의 땅도 늘린 바 없었다. 그저 눈 어두운 시골 백성들의 눈이고 손이고 발이거니 하며 일해 왔다. 운대학교를 세우는 데 앞장선 것도, 학교를 세우는 데 일조하고 뒤로 물러난 것도 남 앞에 나설 뜻이 없었기 때문이었다. 작년에는 마을에 신식 방앗간을 만들어 삼동네 곡식을 찧을 수 있게도 했다. 방앗간 설립 자금 전액을 계성재에서 부담하고도 사용료는 공장장격인 두산이의 공임과 기계를 돌릴 때 들어가는 기름 값만 받을 뿐이다. 덕분에 인근의 나락이며 겉보리며 밀이 모두 금당 방앗간으로 들어와 쌀과 보리쌀과 밀가루가 되어 돌아갔다. 특별히 잘못 살아온 것 같지는 않았다. 소년 시절 몸 달아했던 녹두를 두고 장가들었고, 내자를 두고 복단을 취했으며 세 여인을 두고도 더러 길가 계집들을 품기도 했으나 대개의 사내들이 그러하므로 근형이 유난히 잘못한 건 없었다. 이런 참척을 겪지 않았다면 앞으로도 그리 여기며 살 터였다. 하지만 그제 밤 늦게 주검이 되어 돌아온 아들을 보자니 스스로의 삶을 되새겨 보지 않을 수 없었다. 장부로서, 사내로서 잘 살았는가. 사람으로 잘 산다는 건 어떤 것인가.

사흘 만에 들어선 읍사무소는 뒤숭숭하다. 읍내에서만 이미 다섯 사람이 죽었는데, 공직에 있는 사람들은 아니었다. 도갓집 주인 송 씨와 그의 수하 한 명, 미곡상 주인 양 씨와, 도단 장사꾼 김 씨, 고흥의원의 사무장 박 씨 등. 면면을 보자니 모두 일제 때 소문이 좋지 않았던 사람들이었다. 해방 직후부터 광복청년회니, 대한 청년회니 하는 단체에 속해 새나라의 일꾼을 자처하면서 이른바 우익 인사들과 더불어 설치던 사람들이기도 했다. 그런데 외지에서 들어온 반란군들이 그들을 어찌 알았을까. 한밤중에 귀신처럼 집으로 찾아가 그들을 집게로 집듯이 집어내 죽였다는데 어떻게 그럴 수가 있었을까. 누군가 반란군들과 내통하고 있는 것이다. 내통자는 결국 죽은 이들과 척을 진 사람일 터. 류근형은 다시금 내가 누군가와 척진 일은 없는가 생각했다. 읍에서만도 10여 개에 달하는 어떤 단체에도 속해 있지 않았다. 평생 어떤 것도 악착스레 해본 적이 없고 무엇에도 대들어 본 적이 없었다. 유난히 베푼 일도 없는 만큼 누구와 척질 일도 없었던 것 같았다. 하지만 알 수 없는 일이다. 진섭은 누구와 무슨 척을 져서 죽은 게 아니지 않는가. 오래도록 따로 살면서 간간이 만난 아들이지만 진섭이 공부 좋아하고 제가 한 공부를 제자들에게 가르치길 좋아하는 문사라는 건 알았다. 어느 한쪽에 경도되지 않을 중용을 갖춘 아들이었다.

어둑해질 무렵 경찰서에서 각 기관마다 서류를 정리해 소개疏開하라는 연락이 왔다. 읍내는 물론 군내의 각처에서 반란군 잔당들과 그들에 부역한 자들에 대한 수색이 벌어질 것이라 했다. 뒷북을 쳐도 유분수지. 중얼거린 류근형은 직원들에게 제 분야의 서류들을 모두 안고 퇴근하라고 명령했다. 오늘 밤 숙직인 윤 서기가 저는 어찌하느냐며 쳐다보았다.

"자네는 명색이 숙직잉게, 나랑 밥이나 묵고 좀 더 있다가 퇴근하소."

읍내 집에는 심부름하는 아이만 있었다. 복단을 본가에 두고 온 참이었다. 안사람 여례당은 아들의 주검을 찾아온 뒤 그대로 몸져누웠고 이른 봄날 피어난 버들개지처럼 연약한 며느리는 넋이 나갔다. 동국도 돌봐야 했다. 여덟 살배기가 말을 잃은 채 사흘 내내 상주 노릇을 했다. 죽은 아들보다 손자의 그 꼬막만 한 어깨 때문에 눈이 시렸다. 은섭이 살아 있었더라면 지금 스물여덟 살이고, 복단이 낳은 경섭이 살아 있었더라면 스물다섯 살쯤 되었을 것이다. 스물세 살인 딸아이 경초는 시집가 남의 식구 된 지 네 해째이다. 자식을 모조리 앞세운 셈이다. 그러고 보면 너무 오래 살고 있는지도 모른다.

"읍장님, 예 계실 것 같으면 저녁 자실 걸 뭐라도 주문해 올까요?"

윤 서기의 말에 류근형은 자신이 아니라 그가 저녁 먹을 때가 되었다는 걸 깨달았다. 전등이 켜져 있어 잊었으나 밖은 캄캄했다. 읍에는 전기라도 들어오지만 계성재는 어두운 강물에 잠긴 것 같을 것이다.

"아니, 나는 금당으로 다시 들어갈라네. 자네도 정리하고 문 다 잠가 놓고 퇴근허소."

윤 서기한테 말하고 일어서는데 사무소 문이 발칵 열렸다. 써늘한 바람이 먼저 들이쳤다. 양복도 아니고 한복도 아니고 군복도 아닌 해괴한 복색들 다섯이 사나운 기세로 들어섰다. 류근형은 의자로 다시 주저앉았다. 녹두가 읍에 나가지 말라더니 이 때문이었던 것이다. 올 것이 왔구나 싶었다. 흡사 그들을 기다리느라 죽치고 있었던 것 같았다.

뭐든지 함께 만들어서 함께 나누며 살자는 공산주의. 그 말은 어려울 것 없었다. 참 좋은 뜻이었다. 여례당 스스로도 그렇게 살아왔다. 내 땅을 내 것이라 여기지 않고 그 땅에서 함께 일하며 살아가는 사람들의 것이라 여겼다. 아들과 영감을 잃기 전까지 그랬다. 그들을 잃게 한 원인에 좌익과 우익이 있었고, 그들의 배후에는 공산당과 정부가 있었다. 이태 전 가을 참변을 겪고 나서 그 한번으로 그칠 일이 아닐 것이라 예상했다. 그때 좌익들의 뒷배가 이름도 거창한 조선 인민 민주주의 공화국이라면 우익의 뒷배는 대한민국이었다. 크고도 큰 백성의 나라. 두 나라의 이름의 뜻은 같았다. 산적 패가 일어나도 두목이 없어지기 전까지는 그 패를 따르는 무리가 있게 마련인데 양쪽에 만백성을 위한다는 뜻을 가진 나라가 섰음에 오죽하랴.

여례당은 똑같이 잘사는 세상을 알지 못했다. 그런 세상을 믿는 자들의 어리석음도 믿지 못했다. 유사 이래 모든 사람이 똑같이 잘사는 세상이란 존재하지 않았다. 그런 세상을 결코 바라지 않는 자들이 그런 세상을 명분으로 권력을 잡고, 그 권력을 유지하기 위해 전쟁을 일으키는 것이었다. 그 허상을 믿고 따르는 자들이 전쟁에 공명하여 한 번씩 미친 세상이 도래하는 것이다. 좌편 날개와 우편 날개가 서로를 적으로 삼아 싸워 대는 세상.

여례당에게 지난 이태간은 불신의 나날이었다. 작인들에게 도지를 절반으로 줄여 주며 전답을 맡기고, 순천이며 벌교 등에 있던 점방들을 모조리 팔아 살림을 정리한 것도 세상을 믿지 못한 탓이었다. 예상했던 대로 되었다. 서울에 터진 전쟁 소식을 들은 지 채 한 달도 지나지 않았는데 전쟁이 이 남녘 끝까지 덮쳐 들었다. 모든 사람이 똑같이 잘사는 세상에 공명해 여례당에게 대서고 나선 자들이 마을에도 생겨 있었다. 아직 많지 않았으나 적지도 않았다. 지금까지는 잠잠해 있는 자들도 머지않아 부화뇌동하고 나설 것이었다.

읍에 나타난 공산당은 군당이니 면당이니 하며 빠르게 조직화되더니 운대학교가 인공 세력에게 점령됐다. 마을 단위로 젊은 부녀들까지 동아리를 지어 가는 듯했다. 금당 안에서는 면소 주사로 일하는 성천과 군청 서기로 일하는 인철이 피신해 나갔다. 읍에 인공 세력이 들어온 직후였다. 미령도 그때 피신을 시켜야 했던 것을, 이 난리 통에 어디로 보내랴, 집이 제일 안전하지 않는가, 그렇게 여겼던 게 실책이었다. 어제는 각 마을의 젊은 부녀들이 인공당에게 글자를 배우기 위해 밤이면 운대학교로 모일 거라는 말이 들렸다. 그들에게 글자를 가르칠 사람이 근동에서 누가 있으랴. 운대학교에서 선생 노릇을 했던 미령이 불려 나갈 게 불 보듯 훤했다. 미령이 그들의 꼭두각시로 불려 다니는 수모를 당할 수 없으려니와 머지않은 날에 인공을 진압하며 나타날 자들로부터 당하게 될 치욕도 문제였다. 치욕이 치욕으로 끝나던가.

"에미, 짐 다 꾸렸냐?"

채원의 며느리 방 앞으로 다가든 여례당이 물었다. 가방 두 개가 마루에 나와 있었다. 짐을 꾸려 놓고 아이를 다독이는 중이었는지 안에서 조심스레 일어나는 기척과 함께 문이 열린다. 여례당은 뒤따른 행순에게 방으로 들어가 혜국이 깨지 않게 하라고 눈짓했다. 새벽 2시였다. 흐린 양초 불빛에 비친 며느리는 낡은 무명옷을 입고 있음에도 달빛 아래 핀 연꽃 같다. 수척하면 수척한 대로, 윤기가 있을 때면 당연히 제 주변을 영롱하게 만들어 버리는 사람. 미령을 집에 둘 수 없는 까닭이 그 때문이었다. 저들이 데려다 저들의 꽃이거나 깃발인 양 쓰려 할 것이기 때문에.

"혜국이라도 데려가고 싶습니다, 어머님."

"난리는 길어야 석 달이다. 찬바람 돌기 전에 돌아오게 될 것이다. 애들 걱정은 말고, 날 밝기 전에 도착해야 하니 어서 떠나거라."

갯가에서 꽹매구를 쳐대며 놀아나는 무리가 모원 옆 남새밭머리에 둔 닭장을 침범해 닭 몇 마리를 가져간 게 지난밤 9시 무렵이었다. 사흘째 자행된 약탈이었다. 밤마다 모원 뒤쪽에서 닭들이 비명을 지르는 소리에도, 그 곁 외양간에서 소들이 웡웡거려도 여례당은 아무도 내다보지 말라고 식솔들을 단속했다. 온 동네 집집마다 있는 닭장을 두고 외진 계성재 닭장을 노린 놈들이 두려웠다. 그 하잘것없는 놈들을 두려워하는 자신이 치욕스러웠다. 계성재의 닭들을 잡아다 먹으며 놀던 놈들의 소란이 그친 지 한 시간 남짓 되었다. 군내를 통틀어 몇 대 안 되는 자가용을 아직 가지고 있었지만 며느리를 데려다 줄 수는 없었다. 그 차를 운전하는 인오한테 짐을 지고 며느리를 데려다 주고 오라 하는 참이었다. 식구들에게도 미령이 어디로 가는지 알리지 않을 것이라 수발 들 사람을 딸려 보낼 수도 없었다. 녹두가 함께 가지만 며느리가 자리 잡는 것을 보고 돌아올 터였다.

　인오가 들어와 양손에 미령의 가방을 들고 나섰다. 미령이 보퉁이 하나 안은 채 그의 뒤를 따랐다. 모원 뒤쪽에서 사당 숲을 통해 붉은데기로 나간 다음 상촌과 반산 옆을 거쳐 중대로 들어간 뒤 수월헌으로 갈 참이었다. 난리가 나니 믿을 사람이 결국은 내 식구였던 부일이었다. 어제 낮에 건너간 녹두가 이쪽 상황을 전했을 때 부일은, 난리가 가라앉기 전까지 제집 식구들은 세상에 없는 사람들인 듯 살 터이니 미령을 데려다 놓으라고 했던가 보았다. 모원 뒤란에 녹두가 나와 있었다. 방 안의 숙순할매나 경초네도 눈치챘을 테지만 아무것도 모르는 체, 아무 소리도 듣지 못한 척 고요하다.

　"집 걱정, 애들 걱정은 일절 하지 말고 데리러 갈 때까지 몸 성히만 지내라."

　인오가 가방을 지게에 얹은 채 숲으로 올라섰다. 미령이 허리 숙여 인사하고는 뒤를 따랐다. 녹두가, 잘 데려다 주고 올 테니 걱정 마시라, 속삭이고는 어둠 속으로 들어간다. 세 사람이 금세 보이지 않고 소리도 멀어진다. 안채로 돌아온 여례당은 잠자리에 드는 대신 정주간으로 들어섰다. 미령의 걸음이 더뎌도 두어 시간이면 수월헌에 닿을 것이고 인오는 아침 식전에 돌아올 터. 그가 미령의 친정이 있는 전주에 다녀온 것으로 할 작정이었다. 그가 모는 차가 마을을 떠났다가 돌아오는 광경을 마을 사람들에게 보이기 위해 계획된 여정이었다. 그가 하루, 혹은 며칠을 어디서 보내고 돌아올지는 알아서 하겠지만 나서기 전에 아침이나 먹이고 싶은 것이다.

　진섭이 살아 있다면 오늘 이 자리에 앉아 있을 사람은 여례당이 아니라 아들이었을 것이다. 얼마나 다정한 아들이었는지. 장가들어 애를 둘이나 낳고도 어미와 단둘이 있을 때면 엄마라고 부르던 아들이었다. 엄마, 미령이가 속 썩여요? 나무랄 일 하나 없는 제 각시를 알면서도 짐짓 어미 역성을 들어 주며 농담하던 아들.

면당위원장 김기희는 진섭 또래로 보였다. 나름대로 갖춰 입은 군복이 무거워 보이는 까닭은 계절 탓이리라. 김기희라고 저를 소개하는 말투로 보아 막돼먹은 위인은 아닌 듯했다. 대청 아래에 총 메고 선 두 놈은 짐짓 무표정했다.

"동민 절반가량이 개펄로 넘어갔다더니 동네가 텅 빈 듯합니다."

물때가 아침 9시경에 나서 마을 사람들이 뒷개에 넘어가 있었다. 한번 개를 틀 때마다 한 집에서 두 사람씩만 가는 게 규칙이었다. 개를 텄을 때 마을에는 3분의 2 이상의 사람이 남아 있게 마련이어도 동네가 빈 듯이 느껴지는 것도 사실이었다. 계성재에서는 경초네와 달님네가 들어갔고 달님 아배와 행순이 갯마중을 갔다.

"물이 들기 시작했을 테니 동네가 곧 왁자해질 것이오. 우리 집도 그렇고."

"이 동네는 개펄이 있어 그나마 덜 곤궁할 것 같습니다."

점잖아 보여도 말에는 가시가 박혔다. 인민들의 곤궁함을 들어 제 의도에 대한 포석을 깔고 있지 않는가. 하지만 이만한 예절이라도 아는 자이니 여례당으로서는 다행이었다. 금당은 군내에서 제일 큰 동네였다. 20리 거리의 읍에서 벌교를 지나 순천, 광주로 이어지는 신작로가 운대학교 앞을 지나갔다. 동네 앞에 들판이 있고 뒤쪽으로 개펄이 달린 덕인지, 2백 가구가 넘었고 천 명이 넘게 살았다. 천 명 넘는 사람이 똑같은 음식을 먹지는 않겠으나 하루 세 끼니를 다 먹고 사는 것은 갯바닥 덕이었다. 철철이 솟아나는 갯것들은 양곡을 보충할 뿐만 아니라 장에 내다 팔면 곧장 돈이 되었다.

"내 평생 이 동네에서 아사한 사람은 보지 못했으나 곤궁함이란 상대적인 것 아니겠소?"

차마 여례당 앞에 나서지는 못하면서 대문간에 진을 치고 있는 젊은 놈들이 있었다. 근 며칠 밤마다 갯가에서 난장을 치며 여례당을 위협하던 동네 놈들이었다. 그들은 곤궁하다 여길 것이고, 똑같이 가져야 할 저희들의 것을 계성재가 차지하고 있다고 여길 터였다. 두 해 전 가을, 이웃 동네에서 벌어진 살육은 멀리서 온 반란군들이 아니라 근동에 살던 자들이 폭도로 변해 벌인 일이었다. 하룻밤 새 마흔세 명이 죽어 나갔다. 읍에서 영감이 죽어가던 밤이었다. 그 밤에 금당에서 아무 일도 벌어지지 않은 건 마을에 있던 놈들이 미처 폭도로 변할 새가 없었기 때문이었다. 어쩌면 녹두 덕일지도 몰랐다. 동네 안에 계성재 덕을 보지 않은 집은 있을지 몰라도 녹두 덕을 입지 않은 집은 없었다. 그 녹두가 계성재 식구인바 쉽사리 이 집을 넘볼 수는 없었던 것이다. 하지만 이제 그들은 폭도로 변신해 있었다.

"말씀이 꽤나 방어적이십니다. 저는 어떤 위협을 하려 마님을 찾아뵌게 아닙니다. 저희가 양민들을 위협하러 다니는 무리도 아니고요. 체제를 정비해 가는 중이라 이따금 불상사가 발생하긴 합니다만 곧 안정될 것입니다."

"총을 메고 민가에 들어선 게 위협이 아니라는 말씀은 수긍하기 어렵소만, 나를 찾아온 용무를 말씀하시오."

"저희가 운대, 용반 위원회의 임시 사무소로 수용한 운대학교를 이 댁이 중심이 되어 설립했다고 들었습니다. 그런 학교를 양해도 구하지 않은

채 쓰게 된 걸 사과도 드릴 겸, 학교가 다시 열릴 수 있게 협조해 주십사
고 부탁드리러 왔습니다."

"학교 설립은 근동 아홉 마을 사람들이 함께 한 일이라 내 집이 유난
한 치하나 사과를 받을 처지는 아니오. 그리고 학교는 방학이 끝나면 저
절로 개학을 하지 않소? 학생들을 등교 못하게 하지는 않을 거 아니오?"

"그럴 리가 있습니까. 방학 끝나면 학생들이 등교하는 건 당연지사고
요. 여름 동안 문맹 여성들을 위한 여름학교를 열 참입니다. 각자 집에서
하는 일에 방해되지 않도록, 저녁나절 두 시간쯤요."

"그쪽에서 이미 학교 차지한 마당에 나한테 새삼 청할 사안이란 게
무엇이오?"

"수줍음 많은 여성 동무들이 학생인바, 선생도 여성이어야 할 듯한데,
이 댁 며느님이 마침 운대학교 교사였다고 들었습니다. 며느님이 당분간
교사직을 맡아 주셨으면 하고 부탁드리려 찾아뵀습니다."

"그리 점잖이 말씀해 주시니 고맙구려. 허지만 우리 며느리가 운대학
교에서 몇 년 선생질을 한 것은 이미 과거사요. 우리 아이가 이태 전부터
시난고난 앓게 되어 선생질은 고사하고 집 밖으로도 못 나서고 사는 걸
근동 사람 중에 모르는 이가 없을 테요. 그나마 지금은 제 친정에 보내
놓은 참이라 김 위원장의 부탁을 들어주기 어렵겠소."

미소를 짓는다. 비웃음은 아니다. 이 집의 차가 새벽에 동네를 빠져나가
더라는 말을 듣고 미령이 달아났다는 걸 들어 짐작하며 들어왔을 터였다.

"며느님의 친정이 먼 곳입니까?"

"전주요."

"전주도 이미 저희들이 관리하고 있으려니와 거기까지 도착하기도 수
월치 않으리란 걸 아실 텐데도 보내셨습니까?"

"위원장도 다 듣고 오셨을 법한디, 우리 며느리 병은 이태 전 사태로 제 서방을 잃고 난 뒤 실기하여 생긴 심화요. 그렇게 심약해져 사는디 요새 밤마다 새 세상 왔다고 꽹매구치며 잔치 벌이는 사람들이 우리 동네에 많소. 그 소리가 우리 며느리한테는 제 서방 잡아먹은 총 소리하고 똑같이 들려서 밤마다 잠을 못 잔다고 합디다. 어젯밤에는 급기야, 제 친정 아버님이 걱정된담서 밤새 울어쌀더이다. 심약이 극에 달한 며느리한테 내가, 난리 통에 어딜 가냐고, 젊은 아낙이 몇백 리 길을 나설 시절이 아니라고 암만 달래도, 갔다 와야겠다고 합디다. 며느리가 요즘 하루하루 보내기가 너무 고되어 그런 것 같아, 솔직히 나도 꽹매구 치며 위협하는 놈들 속에서 젊은 과부 며느리 끌어안고 있기도 무서워 날 밝자마자 보냈소. 내 자식, 내 집 일이매 위원장의 허락을 구할 일은 아니었던 것 같소만?"

"그럴 리가 있습니까. 얼마나 지나야 며느님이 돌아오시겠습니까?"

"상황 봐서 지 알아 오겠지요. 며느리 싣고 간 차만 먼저 올 수도 있고요. 어쨌든 나는 우리 며느리를 선생으로 내세울 형편은 아니오만, 위원장이 위원회를 운영하는 데 그 비용이 필요하다면 성심껏 내놓을 용의가 있소. 또한 세상이 달라져서 내가 가지고 있는 땅을 인민들하고 노놔야 한다면 그도 순순히 따를 것이오. 위원장이 학식과 인품이 그만한 사람인 듯하고 그런 사람이 믿고 따르는 공산당이 또 그럴 만할 것이라는 믿음으로 부탁드리오. 내가 감당할 일은 가능한 최선을 다해 감당할 테니 우리 동네나 내 집에 해를 끼치지는 마시오. 할매들하고 어린애들만 남은 집에 총칼 세우고 들어오지도 마시고."

"대다수 인민들이 우리들을 오해하고 있습니다. 우리들은 흉악한 폭도가 아닙니다. 대민 사업을 하고 있기는 하나 저도 군인이고요. 학교는 인민들이 오해하는 그 부분을 이해시키고자 여는 겁니다. 더불어 문맹인 인민들에게 글눈을 틔워 주자는 뜻이고요. 그게 우리 당의 대민 사업의 일환입니다.”

“폭도 아닝게 나 같은 늙은이를 마주하고 앉아 조근조근 설명해 주고 계시겄지요. 고맙게 생각합니다. 상황 따라 폭도로 변하는 자들이란 하나같이, 위원장과 같이 공부를 해서 자신이 하는 일의 대의와 명분을 잘 알고 행하는 사람들이 아니라, 저희들의 개인사나 사감을 대의에다 갖다 붙이면서 그냥 날뛰는, 뭣도 모르는 자들일 것이라 생각합니다. 그런 자들을 공부시켜서 나아가고자 하는 세상에 바르게 닿을 수 있게 하는 것도 위원장 같은 분들이 하는 일일 것이라 믿고요. 어쨌든 그 당에 대한 지금까지의 오해는 가는 세월과 함께 저절로 풀리게 되겄지라. 아, 김기희 위원장은 어디, 댁이 어디시오?”

또 웃는데 표정이 맑다. 늙은이의 노회한 질문이라 여기지는 않는 것이다.

“저는 경기도 오산에서 났습니다. 왜요, 마님?”

“위원장하고 나이가 비슷하다 싶은 내 아들 생각이 나서, 한번 물어봤소. 괘념치 마시구려. 갯바닥에 간 사람들이 반지락 몇 망태씩 캐서 돌아올 때가 다 되었소. 반지락이 별다른 양념 없이 끓여만 놔도 아주 시원허니 먹을 만합니다. 나한테 청하실 사항들이 결정되면 다시 들러 말씀해 주시고, 오늘은 위원장과 동행들한테 소찬이나마 점심을 대접하고 싶소. 잠시 기다리다 자시고들 가시구려.”

“아닙니다, 마님. 동각에 가서 이장님 잠깐 만나고, 양사에 가서 노인분들도 잠깐 뵙고 운대학교로 내려가야 합니다. 위원회실에서 회의가 있습니다. 오늘 밤부터 학교가 열릴 것이라 그에 대한 준비도 해야 하고요.

차후에 다시 댁에 오면 그때는 한 끼 주십시오."

일어서는 그를 굳이 잡지는 않고 여례당은 대문간까지 따라나선다. 대문 마당 끝 피나무 밑에서 뙤약볕을 피하고 있던 놈들이 우르르 일어선다. 여덟 놈이나 된다. 여례당을 향해 인사를 하는 놈이나 못 본 척 슬쩍 고개 돌리는 놈이나, 친숙한 얼굴은 없으되 낯선 얼굴도 없다. 전쟁이 나지 않았다면 갯마중 갔을 놈들이었다. 김기희가 대문 마당 끝인 피나무를 지나 동네 쪽으로 향하자 놈들이 줄줄 따라간다. 참 하릴없는 놈들이되 언제 폭도가 될지 알 수 없는 무서운 자들이기도 했다. 여름이 참 길었다! 소리 내어 읊조린 여례당은 돌아서서 양쪽으로 열어 놓은 대문 한쪽을 닫았다. 개를 몇 마리 키울걸 그랬다는 생각이 든다.

8

　봄비가 내린다. 서늘한 흙내 속에 촉촉한 봄 냄새가 섞였다. 태어난 지 5개월째 접어든 봄은 새순처럼 자라면서 제 주변을 촉촉하게 적셨다. 숭모당 노인들이 부르는 봄의 별명이 메주땡이였다. 메주처럼 못생겼다는 반어에는 물큰한 정이 담겨 있었다. 넋 나간 년이 애비도 모르는 자식을 낳아서 어쩔거나 했던 우려는 스러졌다. 뒤뜸에 외떨어져 사는 구암댁이 봄이 자신의 손녀라고 나섰기 때문이다. 지난 정월 보름날이었다. 구암댁이 통 출입하지 않던 숭모당에 와서 자신의 아들 선섭이 장희를 여러 차례 안은 전사가 있노라 토설했다며 한바탕 눈물을 짰다. 선섭은 병 때문에 제가 살던 세상에서 쫓겨나 탯자리에 돌아왔으나 꼴이 꼴인지라 바깥출입을 못하고 살았다. 그런데 장희가 아무렇지도 않게 선섭을 찾아다녔다는 것이다. 구암댁은 별량댁 앞에 거금 30만 원이 든 봉투를 내놓으며 자신이 살아 있는 동안 봄을 같이 키우겠노라 했고 별량댁도 함께 울며 그 뜻을 받아들였다. 그 자리에 있던 여인들이 모았으면 한 동이는 될 만한 눈물을 함께 쏟았다. 덕분에 봄은 두 할머니와 엄마 아빠가 있는 아이가 되었다.

마을은 영화장이들로 인해 분위기가 달라졌다. 지난 초겨울 김장 무렵부터였다. 품앗이로 하는 김장 때 계성재에는 이장댁이나 피어리스댁 등 대여섯 명이 함께 하는 게 관례가 된 참인데 작년 김장 때는 열 명도 넘는 여인들이 맞잡아 주러 왔다. 홍림 씨가 영화장이들의 김장까지 아울러 담는다고 숭모당에서 자랑한 덕분이었다. 메주를 쑬 때도 그랬고, 정월 보름 지나 장을 담글 때도 샘가며 장독대 주변이 왁자했다. 호기심 생긴 양사 노인들의 동각 출입이 잦아졌고 숭모당의 노인들이 김치통을 들고 동각을 찾아보게 되었다. 조금 더 젊은 축, 50대와 60대 여자들이 음식을 만들어 들고 그동안 도외시하던 숭모당에 출입하는 일도 잦아졌다. 영화너머의 영화장이들도 보름에 한 번꼴로 숭모당을 영화관으로 만들어 오래된 한국 영화를 상영했다. 봄의 백일을 즈음하여 사진을 찍어 주었고 원하는 노인들의 영정 사진도 찍어 주고 있었다. 그사이 세 차례의 초상이 났고 봄이 왔다.

"연이야, 우리 메주땡이 좀 봐봐. 배밀이를 하고 있어. 거북이 같아."

방바닥의 봄은 제 등에 지구를 떠메기라도 한 듯 온 힘을 써서 두 팔을 짚고 배밀이를 하고 있다. 힘을 쓰느라 얼굴이 정말 메줏덩이처럼 울퉁불퉁해졌다. 30센티미터쯤 움직였는가, 콩 하고 이마방아를 찧는다. 앙, 울음을 터트린다. 장희가 끼루룩 웃고는 아기를 안아 젖을 물린다. 장희는 아기가 울면 옷섶부터 젖혔다. 젖병 같은 건 장만 하지 않아 봄은 분유 맛을 몰랐다. 천 기저귀를 써 일회용 기저귀도 몰랐다. 은현이 유모차를 선물했지만 포대기 둘러서 업고 다녔다. 자신을 놓아 버리고 원시로 돌아간 장희는 아기도 거의 원시인처럼 키우고 있었다.

"근데 연이야, 저 족자에 뭐라고 써 있는 거야?"

장희가 가리키는 건 작년 여름 은현이 다락에서 찾아내 벽에 건 족자다. 젊은 날 채원의 주인이었다가 요절한 18대 종부, 연미령의 유품 중 하나였다.

魚 我所欲也 熊掌 亦我所欲也 二者 不可得兼 舍魚而取熊掌者也
生亦我所欲也 義亦我所欲也 二者 不可得兼 舍生而取義者.

물고기는 내가 바라는 것이고 곰 발바닥 역시 내가 바라는 것이지만, 둘을 아울러 가질 수 없다면 물고기를 버리고 곰의 발바닥을 취해야 할 것이다. 삶과 정의 역시 내가 바라는 것이나 둘을 다 가질 수 없다면 삶을 버리고 정의를 취해야 할 것이다.

『맹자』 '고자장구 상편'에 나오는 글귀로 연미령의 부친께서 계성재로 시집가는 딸에게 내훈 삼아 내리신 글이었다. 한마디로 쉽고 편한 삶보다 어렵더라도 귀한 삶을 살라는 맹자의 정의를 딸에게 강조하신 것이다.

"물고기하고 곰 발바닥이 있는데, 두 가지를 다 가질 수 없다면 곰 발바닥을 가져야 한다는 뜻이야."

"에이그, 곰 발바닥을 얻다 쓰게? 곰 발바닥이 있기나 하고?"

진저리 치는 장희의 말에 은현도 진저리를 쳤다. 의로움이고 정의

인 곰 발바닥을 취하라니. 그런 말씀을 들려 딸자식을 시집보냈으니 그 딸자식이 채원에 갇혀 살다 피를 토하며 죽은 게 아닌가. 60여 년 전 이야기였다. 30여 년 전에는, 폐병 걸려 죽었다는 연미령의 딸 류혜국이 역시 이 방에서 딸 하나를 떨궈 놓고 세상을 버렸다.

"잘도 먹네, 우리 봄이."

은현은 눈을 감은 채 젖을 빨아 먹는 봄의 볼을 슬쩍 만진다. 봄이 눈을 새초롬히 떠보고는 뺏어 먹기라도 할 것 같은지 한 손을 들어 제 엄마 젖을 움켜잡는다. 장희가 아기 이름을 지어 달라 했을 때 은현에게 대번에 떠오른 이름이 봄이었다. 며칠간 수십 개의 다른 단어를 떠올렸지만 봄을 당할 수 없어 봄은 봄이 되었다.

전화벨이 울렸다. 양선아다.

"방금 어떤 여자가 우리 회사로 전화를 걸어 와서 네 전화번호를 묻는다기에 내가 받았거든. 작가 전화번호를 함부로 가르쳐 줄 수 없는 게 원칙인 데다 네 전화번호가 바뀌어서 회사에서도 모른다고 일단 내가 능쳤어. 그랬더니 이 여자가 자기는 최재영의 안사람인데 너하고 꼭 통화를 해야겠다는 거야. 그러면서 너한테, 자기에게 전화하라는 말을 전하래. 현아, 최재영이 혹시 우리 학부 때 강사였던 그 최 선생이니? 너 석사 때 전임된 그? 그 선생 부인이 왜 그런 투로 널 찾니?"

옛 남자의 아내가 또 쳐들어왔다. 은현은 그렇게 느꼈다. 벌에 쏘이기라도 한 듯 심장이 벌떡거렸다.

"나중에 말할게. 손님들이 있어."

"무슨 일이 있긴 했구나? 네 번호는 계속 모르는 걸로 해야 하니?"

"응."

"알았어. 무슨 일을 벌여도 괜찮지만 소설은 쓰면서 해라."

장편 소설 『매구 할매』가 시작된 와중에 매구 할매를 주인공으로 한 다큐멘터리 영화가 기획되고 작업이 시작되었다. 영화 작업이 선아에게는 뜻밖의 행운으로 느껴지는가. 얼른 쓰고, 잘 쓰라고 수시로 보챘다. 두 권으로 예정된 『매구 할매』 1권은 한국 전쟁까지였다. 선아가 읽어 보겠다고 볶는 바람에 1권의 초고를 보낸 게 지난 1월 말이었다.

2권은 한국 전쟁을 거친 뒤 병을 얻은 연미령의 장면부터 시작했다. 무지개인 양, 달빛 아래 핀 연꽃인 듯 아름다워 시어머니조차 홀렸던 그네는 병들어 채원에 갇힌 채 죽음을 기다렸다. 요양하라 수도암으로 보냈던 며느리가 중놈과 연사를 벌였다는 걸 알게 된 여례당의 분노가 채원을 가시덤불처럼 둘러쌌다. 미령의 어린 딸 혜국은 서릿발처럼 차가워진 할머니와 숨 쉴 때마다 피를 토해 내는 엄마 사이에서 오도 가도 못하고 떨며 지냈다. 채원에 들어갈 수 있는 사람은 매구 할매뿐이었다. 『매구 할매』 속 계성재 사람들과 금당 사람들은 은현의 손에서 다시 한 생을 빠른 속도로 살고 있었다.

"연이야, 얼굴이 왜 그래? 나쁜 사람 전화 받았어?"

작년 제일祭日 밤 옛 남자로부터 전화를 받았다. 더는 삭제할 것도 남지 않은 상태에서 받은 전화였고 때늦은 작별 인사였을 뿐이다. 깡그리 삭제시켰다 여겼음에도 다시 1275라는 숫자가 선명하게 떠오르는 걸 보면 그때도 다 죽이지 못한 모양이다. 그래서 그를 다시, 더 죽이란 말인가? 무슨 순애보라도 쓴 줄 알아? 전화를 하라고? 그건 어디서 근거한 권력이며 행패인데? 선아에게 답하지 못한 말들이 마구잡이로 살아난다.

“내 얼굴이 어떤데?”

“곤죽이 되게 얻어맞고 기절하려는 얼굴 같아.”

“언니는 누구한테 곤죽이 되게 맞아 봤어?”

“나 감옥 갔을 때 같은 방 있던 여자들한테 곤죽 되게 맞았잖아.”

은현이 들어 아는 사실은 장희가 은행에 근무할 때 직속상관과 함께 은행돈을 횡령했고 그 책임을 혼자 지고 감옥에서 세 해가량 살았다는 것뿐이었다. 그네가 빼돌렸다는 수십억 원의 돈은 아마도 사건 터지기 직전 외국으로 달아났다는 그 상관이라는 작자가 쓰면서 살고 있을 터였다.

“그 여자들이 언니를 뭣 때문에 때렸어?”

“첨에는 왜 때리는지도 몰랐는데 나중에 보니까 멍청하다고 때린 거더라. 30억이나 해 처먹은 년이, 너도 알지? 내가 뭔 짓하고 감방 갔는지? 그 돈을 도둑놈한테 다 뺏기고 혼자 빵에 왔다고, 천불난다고 때린 거였어.”

“정말, 말 나온 김에 나도 좀 묻자 언니. 그때 그 돈 정말 남자가 다 가져갔어?”

“나는 그 돈 본 적도 없어.”

“근데 감방은 왜 갔어?”

“그 남자가 횡령하는 서류를 내가 다 만들었으니까.”

“모르고 만들었어?”

“알았어.”

“알았어?”

“나는 언젠가 그 남자하고 내가 같이 쓰게 될 돈을 마련하는 거라 여겼어. 그때는 그 사람 말을 다 믿었으니까. 그때는 그게 사랑이라고 여겼으니까."

"천불나네 정말. 감방 여자들이 때릴 만했겠어. 나도 한 대 쥐어박고 싶다."

"그랬다니까. 그 여자들이 나 때린 이유 알고 나니까 나도 내가 맞을 만한 거 같더라. 정말 아픈데 진짜 시원한 거야. 더 때리라고 맨날 맨날 막 덤볐지. 그래서 너무 맞았나 봐. 어느 날 보니까 내가 살아 있는지 죽어 있는지, 내가 있는 곳이 어딘지 모르겠는 거야. 그 담부터 자주 모르겠어. 여기가 금당이라는 거, 지금 내가 있는 곳이 너희 집이거나 우리 집이거나 숭모당이거나 그렇다는 걸 아는데도, 어떨 때는 여기가 감방인 것 같고 아닌 것도 같고, 내가 봄이를 낳았는데, 내가 낳은 것도 같고 네가 낳은 것도 같고, 매구 할매가 낳은 것도 같고, 애기가 땅에서 그냥 솟아나와 나한테 앵겨 있는 것도 같고, 헷갈릴 때가 있거든. 선섭이가 선섭이인 걸 잘 아는데 난 선섭이가 도깨비인 줄 알았잖아."

"웬 도깨비?"

"언날에 괴연재에 들어갔는디 거기서 도깨비가 쑥 나오더라고. 내가 도깨비 신령님 안녕하세요? 그랬등만 도깨비가 하이고, 미친년, 그래 난 안녕하다, 하고 또 쑥 들어갔어. 그래서 내가 국새로 내려와 선섭이 집으로 쳐들어갔더니 도깨비가 선섭이고 선섭이가 도깨비고 그렇더라. 선섭이는 혹이 많아서 진짜 도깨비 같기도 하거든."

은현도 하이고, 미친년 하며 나오려는 소리를 간신히 삼킨다.

"선섭 아재가 봄이 아빠인 건 알아요?"

"그렇겄제 뭐. 도깨비가 선섭이밖에 없응게."

"선섭 아재가 도깨비 같아서 그 품에 들어가 앵겼어?"

“아니, 나비 땜시.”

“나비라니? 고양이?”

“고양이가 나비잖아. 선섭이네에 나비들이 많이 모이는데 언날에 엄마 나비가 선섭이 엄마 땜에 죽었어. 구암댁이 나비들을 잡아서 선섭이한테 고아 먹이잖아. 그래서 선섭이가 새끼 나비 멕일 우유 사러 가느라고 집을 나왔다가 나한테 딱 들켰지. 둘이서 새끼 나비를 살리려고 선섭이 똥차 타고 우유 사러 읍내 갔어. 선섭이는 사람들 앞에 못 나성게 내가 우유를 샀제. 우유 사갖고 와서 새끼 나비를 딜다봤더니 그새 죽었어. 선섭이가 막 울고 나도 막 울다가 나중에 봉게 둘이 안고 있드라. 근데 나는 그런 일들이 전부 꿈에서 벌어진 것 같았어. 지금 이러고 있는 것도 꿈꾸고 있는 것 같어.”

“언니가 철학 하고 있네. 장자님이 울고 가시겠어.”

“장자님이 누군디?”

“사는 게 꿈인지, 꿈이 사는 건지 모르겠다고 한탄한 할아버지가 있어. 옛날에.”

“봄이 잔다야.”

넋 나간 장희가 철학을 할 뿐만 아니라 시도 쓰고 있다. 제 품에다 영롱한 아기를 안아 재우면서 봄이 잔다고 읊고 있지 않는가. 철학하고 시 쓰느라 졸리나 보다. 봄을 낳기 전에 붙은 살이 그대로 있어 온몸이 둥글둥글한 장희가 아기를 안은 채 옆으로 스르르 기울어진다. 입이 찢어져라 하품하면서 눈을 감는다. 은현은 벽장에서 꺼낸 베개를 장희 머리에 받쳐 주고 담요로 모녀를 덮어 준다. 그들에게서 젖 비린내가 났다. 마당에는 봄비가 내리고 있었다. 3월 초, 봄비 내리는 마당은 이내가 잔뜩 끼어 해 질 녘처럼 어둡다.

방바닥을 만져 본 은현은 전화기와 담뱃갑을 들고 방을 나와 헛청으로 들어선다. 담배를 물고 아궁이를 헤집어 본다. 아침에 군불 한 부삽 넣고 만 탓에 잿불이 없다. 불쏘시개용으로 내다 놓은 폐지를 아궁이에 넣고 불을 붙인다. 1970년에 돌아간 인오 할배가 손봐 놓은 그대로의 헛청 아궁이였다. 40여 년이 지났음에도 연기 역류하는 법이 없을 만치 잘 만들어진 아궁이다. 불쏘시개에 올려 놓은 장작 몇 조각에 금세 불이 벗닿는다. 여례당과 류인오는 평생 문 하나쯤을 사이에 두고 살았다. 그들은 정말 사랑했을까. 문 하나를 가운데 두고 그 문을 열지 않은 채 평생 사랑하기란 가능한 일일까. 은현이 쓰고 있는 소설 속에서의 그들은 문 하나를 사이에 둔 채 평생 사랑했다. 죽음에 이르러 그들 사이의 문이 사라질 것이었다. 실제의 그들이 어떠했는지는 몰랐다. 시안이와 금자동이 각시가 서로 연모했다는, 매구 할매의 옛날이야기를 한껏 써먹고 있을 뿐이다.

주머니 안의 전화기가 진동한다. 하루 한두 번씩은 전화해 오는 남자다. 전화기 속의 중경이 말했다. 비 온다, 현아. 거기도 비 오니?

"마당에는 비 오고 이내도 끼었는데 아궁이 앞은 따뜻해. 장희 언니랑 봄이가 와서 자길래 불 때러 나왔거든. 인터뷰는 잘했어?"

오전의 전화로 그는 오후에 폴란드에서 온 다큐 감독, 애니메이션 작가 등하고 인터뷰 약속이 있다고 했다.

"지금 막 끝나고 잡담 나누는 중인데, 현아, 내일 내가 이 사람들 데리고 가도 될까?"

"뭐?"

"토마스라는 다큐 감독과 그 일행이야. 이 사람들이 올해 EBS 국제 다큐 영화제에 출품하려는 작품 주제가 김 감독 작업하고 닮았어.

폴란드 크라쿠프는 우리나라 경주처럼 천년 고도야. 제2차 세계 대전 때 독일군이 주둔하는 바람에 오히려 중세 도시가 파괴되지 않고 잘 간직돼 있거든? 크라쿠프 옛 시가지에, 폴란드 근현대사를 다 안고 살면서 작은 구둣방을 하고 있는, 아흔 넘은 할아버지가 계시대. 토마스가 그 할아버지를 주제로 작업하고 있는데, 피노키오처럼 작고 말랐대.”

“김 감독하고 비슷한 작업 한다는 사람을 김 감독 작업 현장으로 데리고 온다는 게 말이 돼? 서로 피해 다녀야 하는 거 아니야?”

“이 사람들 작업은 거의 끝났는데 뭐. 게다가 토마스 일행이 김 감독 현장을 보러 가고 싶다는 건 매구 할매를 뵙고 싶다는 뜻이기도 해. 싫어?”

“너는, 그들을 왜 데리고 오고 싶은데? 일 때문에 만난 사람들마다 다 일촌 맺을 셈이야?”

“아니, 난 계성재를 보여 주고 싶어서. 관광 상품이 아닌, 살아 있는 한국의 고택을 자랑하고 싶거든.”

“네가 지금 하고 싶은 게 우리 집을 관광지로 만드는 거잖아.”

“다르지.”

“뭐가 달라?”

“계성재는 네 집이고 네 집은 내 처가니까 내 집이기도 하잖아. 애정의 밀도가 다르지.”

“네 멋대로 네 처가야?”

“내 멋대로가 아니라 당신 멋대로지. 나는 너한테 청혼했고 네가 결혼하자 하면 언제든 하는 거니까, 당신 멋대로잖아. 그런데 정말, 『매구 할매』 다 쓰고 결혼할 거야? 결혼식 잠깐 하고 계속 쓰면 안 돼?”

그가 주로 내려오는 편이지만 지난겨울 동안 은현도 서울을 세 번 다녀왔다. 그의 집에서 묵고 한 번은 캠핑도 따라갔다. 거의 매주 만나는 셈이었다. 마주 보는 시간이 그렇게 많았음에도 류은현이 허홍림 아닌 류혜국을 통해 태어났다는 사실을 말하지 못했다. 말하고 싶지 않았다. 임신까지 했던 연애에 대해서도 입을 다물었다. 다른 남자하고 사귈 때도 이전 연애에 대해서는 말하지 않는 게 당연했다. 그런데 지금은 꼭 일부러 숨기는 것처럼 느껴졌다. 중경에 관한 한 은현은 해야 할 말과 하지 않아도 되는 말 사이에서 갈피를 잡지 못한 상태였다.

"결혼은 우선 됐고, 토마스인지 감독인지 하는 사람들은 데리고 와. 밥 한 끼는 차려 줄게. 몇 사람이라고?"

"남자 세 명에 여자 한 사람. 내일 새벽에 출발할게."

부지깽이를 들고 아궁이 안의 불을 건드린다. 벌건 불꽃이 붉은 안개처럼 몰려든다. 하지 않아야 할 말, 그냥 하지 않는 말, 일부러는 하지 않는 말, 작은 거짓말, 큰 거짓말. 은현은 중경에게 거짓말을 한 적이 없음에도 계속 큰 거짓말을 하고 있는 듯했다. 그러면서 해야 할 말을 하지 않아도 될 때를, 돌이킬 수 없어질 순간을 기다리는 것 같았다.

9

　운암산 수도암修道庵은 30여 년 전 류혜국이 드나들던 때와 20여 년 전 은현이 소풍을 다니던 초등학교 때와 현재가 별로 다르지 않다. 60여 년 전 연미령이 드나들 때와도 비슷할 터이다. 다닥다닥 붙은 법당과 법당 양쪽의 요사와 문간채들은 여전히 작고 좁고 낡았다. 법당인 무루전撫淚殿의 단청은 빛바랬다. 작은 전각들의 회벽 곳곳이 깨져 흙이 드러났고 군데군데 세월의 문장처럼 푸른 이끼를 새기고 있다. 길을 내려다볼 수 있게 된 누마루 삼면에 유리문이 생기기는 했으나 오래된 목조 건물에 끼워 놓은 새시 문은 이물스럽다. 그 곁방 문이 누마루 쪽으로 열려 있었다. 그 방에서 세 여인이 인기척 소리에 은현을 내다보았다. 요즘 수도암에는 비구니가 주지로 있다고 들은 적이 있는데 그들 중에 비구니는 없는 것 같다. 일흔 살은 넘었을 듯한 여인은 반백의 머리카락을 뒤통수에다 쪽 찌듯 감아 놓았고, 50대쯤으로 보이는 여인은 머리카락은 짧았으나 비구니의 알머리는 아니다. 또 한 할머니는 아흔 살은 되어 보인다. 쪽 찐 머리의 여인이 물어왔다.

"젊은 여자가 혼자 구경 오는 일은 드문디 어찌케 오셨소?"

"금당이 집입니다. 집에 와 있다가 어릴 때 소풍 다닌 기억이 나서 와봤습니다."

"그라면 법당에 들어가 절이나 하고 나오시오. 따끈한 차나 한잔 드릴 텡게."

법당도 어릴 때 보던 풍경과 다른 것 같지 않다. 아주 크게 보이던 불상들이 작아 보이고 높고 깊어 보이던 천장이 낮고 침침해 보일 뿐이다. 은현은 느리게 삼배하다가 세 번째 절을 하며 잠시 엎드려 있었다. 그 옛날 연미령과 류혜국도 이 자리에 와서 엎드린 적이 있었다. 류혜국이 소설로 쓰는 바람에 허구의 장면처럼 느껴지기 일쑤지만 허구가 아닌 실재였기 때문에 이 암자는 계성재 사람들에게는 오래도록 금기의 장소였다. 은현이 5학년까지 다닌 운대학교는 봄가을 소풍을 이 수도암과 수월헌이 있는 대절곳을 번갈아 다니곤 했다. 소풍이 농사철이라 따라다니는 엄마들이 거의 없었는데 은현의 소풍 길에는 홍림 씨나 동국 씨가 꼭 따라다녔다. 그 시절 은현은 벌레 때문에 엄마 아버지가 따라다니는 거라고 여겼다. 커서 돌이켜 보니 벌레 때문만이 아니었다. 동국 씨와 홍림 씨는 은현을 수도암이나 대절곳에 혼자 보낼 수 없었던 것이다. 그 때문이었던지 은현이 약간만 아파도 소풍은 가지 못하는 것으로 되곤 했다.

은현이 법당에서 나오자 요사의 여인들이 방으로 들어오라 권했다. 방바닥이 따뜻하다. 탁자며 컴퓨터 등이 단출하게 정리된 방이다. 짧은 머리의 여자가 찻잔을 건네주었다. 차는 알맞게 따뜻하다. 70대 여인이 물었다.

"뭔 일 하시오?"

"소설을 씁니다. 저는 류은현입니다."

"금당에 류씨가 많제."

아흔 살이 넘음 직한 할머니다. 은현은 그렇다고 맞장구치며 수도암을 배경으로 이야기를 써볼까 하여 왔다고 했다. 류혜국 소설의 주인공 계원은 운대학교 교사 시절에 자신의 기억과 자기 어머니의 행적을 좇아 수도암에 왔다가 진경이라는 법명의 스님과 만났고 그를 사랑했다. 계원이 사랑한 세 번째 남자가 진경 스님이었다. 70대 여인이 되물었다.

"긍게, 작가시구먼?"

"예. 지금은 찻길이 났지만 제가 소풍을 다니던 20여 년 전까지만 해도 옛날 길로 걸어 다녔지요. 그 옛길 모퉁이에 커다란 돌무덤이 있었고요. 그 돌무덤에 무슨 이야기가 달려 있었다는 게 불쑥 생각났어요. 여기 오면 혹시 그 돌무덤에 대해서 아시는 분이 있지 않을까 싶데요. 아, 보살님, 법명이 어찌 되셔요?"

수도암 옛길 모퉁이에 있는 돌무덤 이야기는 인터넷에 나와 있었다. 옛날에 기도하러 절에 찾아든 여인을 몹시 연모했으나 차마 그네를 범하지 못하고 홀로 죽은 스님의 무덤이라는 설화였다.

"나는 일심이네."

"예, 일심 보살님. 녹음을 좀 해도 괜찮을까요?"

"녹음? 하이고, 본격적으로 할랑가 보네? 맘대로 허소마는, 어짜까? 나는 이 근동 사람이 아니고, 여 있는 원덕 보살은 훨씬 먼 디서 온 사람인디. 나는 거그 돌무덤이 있고 그 무덤이 옛날 이 절에 기시든 스님 무덤이란 말만 들었제, 그 안에 뭔 얘기가 더 있는지는 모르겠는디. 아, 풍암댁 성님은 운곡서 평생 사셨응게 아는 것이 있으실 것 같은디? 혹시 뭔 이야기 들어 본 적 있으시오?"

50대로 보이는 여자가 원덕이고 아흔 살 넘은 듯한 할머니가 풍암댁인 듯하다. 수도암 아랫동네 운곡에 사는 모양인 풍암댁은 허리가 굽어 보이지만 주름 깊은 얼굴이 다른 보살들보다 희다. 귀도 밝은 듯했다. 매구 할매처럼 의치를 했을 치아가 희고도 가지런하다. 풍암댁이 은현을 쳐다보며 말했다.

"내 손에 든 숟구락도 잊어 묵고 찾는디 먼 정신이 있어서 옛날 일을 생각한당가?"

"요새 일은 깜박깜박하새도 옛적 일은 잘만 말씀하시등만 뭘 그리 빼시오? 이 사람이 작가라고 안 허요. 작가는 이야기를 짓는 사람잉게, 우리 절을 이야기 속에 담을랑가 본디, 혹시 아요? 할매하고 나도 이야기 속에 들어갈랑가? 그래 갖고 우리 절이 유명해질랑가?"

은현이 녹음기를 켜 탁자 위에 올려놓는다. 김 감독 팀이 가장 어려워하는 게 매구 할매의 목소리 잡기였다. 은현이 그 일을 맡은 셈이었다. 할머니와 이야기 나눌 때마다 레코더의 전원을 누르는 게 요즘 습관이었다.

"그랑게 나보고 시방 저 아래 있는 돌무지 속에 들어 기신 여명 시님 이약을 하라 그 말이여?"

류혜국의 소설은 역시 소설이 아니었다. 소설에 등장한 이름이 대번에 나타나지 않는가. 여명은 연미령을 사랑하다 파국을 맞은 스님이었다. 돌무덤 이야기도 수백 년 전래된 설화가 아니라 기껏해야 60년쯤 된 사실인 것이다.

"예, 여명 스님 애길 들려주실래요? 보통 스님들이 돌아가시면 다

비해서 무덤을 남기지 않잖아요. 그런데 여명 스님께선 왜 돌무덤에 묻히셨어요?”

“자네가 어디서 왔다고?”

“금당요.”

“밝은 골 사람이라문 거그 쌔고 쌘 할매들한테 물어볼 것이제 여까지 왔당가? 그 동네에 매구 할매도 기시잖응가? 그 할매, 안직 살아 기시제?”

“물론 그 할머니가 계시지만 연세가 너무 많으신 데다 여명 스님은 금당에서 나신 분이 아니잖아요?”

매구 할매는 당신의 많은 것을 몇십 년 전쯤에 미리 하늘로 올려 보낸 듯 과거사에 대해 말하는 일이 드물어졌다. 작정하고 졸라야 잠깐씩 말할 뿐이다.

“그 할매가 요새는 몇 살이나 자셨을랑가? 자네 앙가?”

“백 살은 되셨다고 들은 것 같은데요.”

“아이갸, 그 할매 백 살 넘은 지가 백 년은 됐을 것인디 뭔 소리여, 시방?”

일심 보살이 눈이 동그래져서 머시라고요? 했다. 가만 놔두면 매구 할매가 2백 살이 되고 말 것 같지만 은현은 굳이 정정하지 않는다.

“그 할매가 도깨비집을 달고 상게 그라제. 아, 그 도깨비집 안직 썽썽하제?”

“그럭저럭요.”

“그 집 이름이 머신지 생각이 안 나네. 참 괴이연 이름이었는디.”

은현이 속으로 웃고는 대답했다.

“그 도깨비집 이름이 괴연재입니다.”

“긍게 맞구만. 괴이연집. 내가 안직 허깨비는 아니랑게.”

자찬한 풍암댁이 갑자기 자신의 치마를 훌쩍 젖히더니 고쟁이 주머니를 뒤졌다. 찾는 게 없는지 아이고 내 정신머리, 한다. 근래 홍림 씨가 부쩍 자주 하는 한탄이다. 일심 보살이 풍암댁을 흘기며 말했다.

“거 또 담배 찾으시는구려? 어지께 밤에 떨어졌잖소. 노인네가 그놈의 담배를 영영 못 끊고 달고 사시오? 용코 잘돼 부렀소. 과자나 드시오. 원덕 보살, 과자나 둬 봉지 끄내 오소.”

원덕 보살이 옆방으로 과자를 가지러 가는 사이 은현이 가방에서 새 담뱃갑과 라이터를 꺼내 풍암댁에게 내밀며 이걸 피우시라 했다.

“아심잖게, 자네도 마침 담배를 피우는구만? 고맙네야.”

일심 보살이 얼굴을 찡그렸다.

“용천시럽게, 노소간에 그거시 뭔 보약이라고, 것도 절집에 오새 갖고 부처님 안전에서 불을 때싼다요?”

“아따매, 내가 아흔두 살이나 퍼묵어 갖고 몸띵이 생각하겄능가? 그리 애꼈다가 뭣에 쓰게? 그라고 이것도 없음사 내가 허구한 날 홀로 멀 함서 살어? 요것이 있어서 그나마 심삼차니 사는디. 부처님이사 한없이 자비로운 양반 아니싱가? 이 망구탱이, 아니 백구탱이 굴뚝에 불 때는 것쯤이사 봐주시겄제. 안 그라요, 부처님?”

풍암댁이 건너편의 무루전을 향해 큰 소리로 물었다. 부처님 대신 일심과 원덕이 깔깔대고 웃었다.

“할머니, 돌무덤 주인이 여명 스님이라고 하셨잖아요? 여명 스님이 금당 살던 각시하고 정분 난 일이 있으셨죠?”

“젊은이가 벨걸 다 아네. 전쟁 끝난 뒤였을 거시여. 여명 시님이 전쟁 전 여순 사건 즘에 이 절로 오셨는디, 아, 여순 사건이 머신지는 앙가?”

연미령의 정인이었던 여명 스님이 여순 사건 즈음해 이 절에 나타난 스님이라는 사실은 처음 듣는 것이다.

“책에서 배웠습니다. 그런데 여명 스님이 원래 여기 계셨던 게 아니라 여순 사건 즈음에 이 절로 오셨어요?”

“하믄. 시님이 여순 사건 즘에 피골이 상접해 갖고 이 절로 오셨는디 한눈에 봐도 이짝 사람이 아니등만. 그때는 세상이 하도 무서웅게 타지 사람들이라먼 모도 도끼눈을 뜨고 볼 땐디, 스님이랑게, 더구나 우리 주지셨든 개선 시님이 당신 제자 시님이라고 항게, 이삐봤제. 그 시절이 뽈새 다 지나 부렀응게 하는 말이제만 아매도 여수서 고흥으로 내래와 갖고 순경 군인들한테 쫓기든 반란군이었을 것이여. 그리 짐작한 사람들도 있었겠지만 모도 눈감아 분 것이고. 그다가 우리 여명 시님, 참 헌헌장부여서 절로 눈감어 주고 싶었등 것 같고. 말씸도 차분차분 얼매나 잘하셨든지. 그때는 이 절이 번성했을 때라, 시절이 수상해 한 맺힌 사람들이 많어서도 그랬등가, 사람이 많이 들었구만. 그래 갖고 계성재 젊은 과수가, 자식이 아들 하나, 딸 하나 있었다는디 폐빙이 들었는 갑데. 그 과수가 폐빙 든 까닭은 인공 때 숨어 산 세월 때문이었을 것이여. 아, 전사가 또 있네! 계성재 종손 부자가 여순 사건 때 항꾼에 변을 당해 부렀잖응가. 자네도 금당 사람잉게 알겄제?”

은현이 잘 안다고, 자신이 그들의 직손이라고 나설 수는 없었다. 더구나 여명 스님이 반란군 일당이었을지도 모른다니. 여례당이 그런 사실을 알았다면 연미령을 채원에 가두고 죽게 내버려 둔 게 이해가 된다. 아무리 전쟁 직후였다고 해도 그렇게 아끼던 며느리를 폐병으로 죽게 했을까. 내내 그게 의문이었다.

"엇비슷한 이야기를 들은 적 있는 것 같습니다. 읍 인근에서는 떼죽음도 있었다지요?"

"아조 무작시런 시절이었제. 그래 갖고 종부와 종손부가 한 파수에 쌍과부가 돼부렀당게. 계성재 마님이 영감님하고 아드님 잃어불고 살림 줄인 이약은 아조 유명하제. 대주들이 항꾼에 죽어 붕게, 집안에 망조가 들었다고 여기셨겄제? 삼동네 잭인들을 모도 불러 놓고 도지를 반으로 줄여 주는 문서에 손도장 찍게 함시롱 땅 간수만 잘해라 하셨다여. 집 안서 부리든 가솔들을 집 밖으로 내보냄시롱은 땅을 내줌서 느그 손지들이 장개들 때꺼정 그냥들 지서 묵으라고 하셨고. 심도 읍는디 다 끼고 있다가는 다 노쳐 불까 봐서 그란다는 뒷말도 있었제만 여튼지, 인심을 더 얻은 거는 사실이었제. 모도 마님 배포에 고마워함시롱 그 댁 일이라믄 너메 일같이 안 생각했응게. 그 마님이 금당 한가운데, 사장나무 근방에다 방앳간을 세운 것이 해방된 다음 핸가 일인디, 그 덕택에 삼동네 사람들이 봄 가실이믄 줄줄이 금당으로 들어갔잖응가. 그런 시절에 마님 메누리, 젊은 과수가 운대학교 선생이었제. 작가 자네도 그 동네 사람이랑게 알겄제만 해방되기 전 운대학교 세울 때 계성재서 논을 서른 마지기나 내놨지 않응가."

"오매, 서른 마지기나요?"

일심 보살이 추임새를 넣었다. 풍암댁이 크게 고개질을 하고는 차 한 잔을 비우고 새로 담뱃불을 붙인다.

"학교 터가 원래 계성재 땅인디 대보름이믄 인근 마을이 모도 모여서 꽹매구치고 강강술래하든 자리였어. 그때는 참 배고픈 시상이었는디도 어짠다고, 모여서 놀믄 그라고 재미났등가 몰라. 보리 싱긴 들판이 훤했제. 흰옷 입은 수백 아낙들이 손잡고 강강술래 돌 때 달이라도 뜨믄 내가 달나라까지도 갈 것 같었당게."

"으매, 멋졌겠소. 성님도 강강술래를 도셨소?"

"말이라고. 열닷 살 처녀들부텀 마흔 넘어 손지 본 아낙까지 뛸 심만 있으믄 강강술래를 돌았는디, 거그서 빠지게 되믄 뒷방 차지 할매가 돼분 걸로 쳤제. 좋이 반나절은 펄펄 날뜀서 소리소리 외대자면 얼마나 기운이 씌는 일인지 모릉당게. 나도 선소리 잔 한다는 말 들었네."

"그래 갖고 성님 목청이 여적도 그리 좋으시구려?"

"여적 좋기는 뭐 좋아. 그래도 내가 선소리 해갖고 한번은 우리 동네가 으뜸한 적도 있제. 그때 소리 잘했다고 상으로 받은 것이 코고무신이여. 진솔 버신매니 하이얀 그 코고무신이 얼매나 좋았든지 신기도 아까왔당게."

은현이 끼어들었다.

"운대학교 자리가 강강술래하던 자리였나 봐요?"

"글제. 한 집에 논 열 마지기만 있으믄 부자로 불리던 시절인디 서른 마지기를 내놓은 계성재 마님 배포는 다 알아 모시던 참이제. 계성재 마님의 시부 되시든 양반이 말년에 우리 군 군수로 퇴직함서 학교 세울 생각을 했등가 보등만. 그 냥반이 많이 못 살고 가새 붕게 나중에 메누님이 성사시킨 것이고."

일심 보살이 되물었다.

"그 집 양반이 일제 때 군수를 했어라? 그래 갖고 그 집이 그라고 부자가 됐는 갑구만이라?"

"아이갸, 그 집은 옛날 꼿날부텀 부자였제. 군수도 일제 되기 전부텀 하고 있었다든디?"

"오매, 그래라?"

"어쨌그나, 여순 사건으로 대주들이 읍어져 분 판이라 믿을 거시 뭐 있었어. 인공 때 공산당 놈들이 선생하는 당신 메누리를 델다가 앞장세울라고 지랄들을 함시롱 여쉬 댄디, 그 시엄니 되신 양반이 얼마나 무서웠겄어. 대주들을 잃은 판에 메누리까지 잃게 생겼는디? 그래 갖고 메누리를 대절곶 수월헌에다 피신시캤던 모냥이라. 눈치 챈 사람들이 왜 읍었겄어? 해도 암도 입을 안 열고 모른 체끼했겄제. 그 메누리가 계성재로 시집올 당시 전주서 젤가는 부잣집 따님이었다등만. 그 시절에 이짝 동네에는 차라는 물건도 없었는디 그 선생은 전주서부터 택시 타고 짐차 두 대에다 혼수를 꽉 채와서 시집왔다잖 응가? 삼동네에 소문이 떠르르했당게. 그런 사람이 계성재 외메누리로 들어왔는디, 산전에 뭔 고생을 해봤겄어? 전쟁 통 피난살이에 폐빙이 들어 부렀제. 그래 갖고 과수였을망정 어엿이 아들 낳고 딸 난 메누리가 발병헝게 그 집안에서는 애먼글먼, 손주들한테서 떼어 놀 겸 요양 겸 해서 메누리한테 하님을 붙여 일로 보낸 것이제. 그 메누리가 오먼 요 옆방을 썼제. 나는 딱 한 번 그것도 사리살짝 봤는디, 초승달맹키 야리야리해 갖고 차암 이삐등만. 지집인 내가 보는디도 한숨이 막 나드랑게. 그래 갖고 그 메누리는 병이 쪼깐 나섰다 싶으문 집에 갔다가 또 심해지문 절로 오길 거듭함시롱 뒤 해가 흘렀는디, 병이 낫긴새로이 절에 올 수도 없게 깊어져 분 모냥이라. 별당에 갇혀 가꼬 죽을 날만 지달린다고 소문이 났제. 근디 언날에 우리 여명 시님이 밝은 골 그 집엘 찾아간 것이여."

풍암댁은 이야기가 클라이맥스에 오르자 딱 멈추고는 주변을 둘러보며 여유롭게 차 한 잔을 마시고 새 담배를 꼬나문다.

"아이고, 그래 갖고 어쨌는디요. 여명 시님이 그 집에 찾아가서 어쨌다고라?"

일심 보살이 이야기를 보챘다. 은현도 슬그머니 끼어들었다.

"여명 스님이 계성재를 왜 찾아가셨대요? 그 각시 병이 깊어서 기도해 주러 가셨을까요?"

"그거사 나도 모르제만, 우리 시님이 그 각시집, 계성재에 가서 각시를 만나고 잡다고 그 집 사람들한테 청했는디, 그 집 사람들이 우리 시님을 문딩이 내몰대끼 몰아내고 대문을 잠가 부렀다등만. 왜 그 집 사람들이 우리 좋은 시님을 그렇게 홀대했는지 그때는 다들 잘 몰랐제. 그래 갖고 그 집서 쫓개난 우리 시님이 그 집 대문 밖에 꿇어앉어서 마님의 하회를 지달리다가 삼천 배를 하는 걸 온 동네 사람이 지켜보게 됐드라 그것인디, 그때가 보리 방애를 찧든 때라, 방애 찔라고 구루마에 겉보리 싣고 가서 밤새 지달리든 유제 동네 사람도 많았든 모냥이여. 계성재하고 방앳간은 엎어지든 코 닿을 덴디 스님 본 사람도 많았겄제."

"아이고, 숨넘어가겄소. 그래 갖고라?"

"시님이 삼천 배를 끝내고 낭게 날이 밝었고, 시님은 그 집 앞을 떠났다등만!"

풍암댁이 말을 끊자 일심이 또 보챘다.

"시님이 그냥 떠나 부렀어요? 뭔 노무 이약이 그라고 싱겁다요?"

"성질도 급허네잉. 이약 속에 나온 정갱을, 생각을 잔 함시롱 들어야제, 얼매나 짠한가 말이시. 그래 갖고 우리 시님이 그 집 앞을 떠나왔는디, 그 집 각시가 그 밤에 별당서 홀로 저세상으로 가분 것이여. 궁게 우리 시님은 밤새 절함시롱 그 각시한테 작별을 고한 거시제.”

눈도 못 감고 숨을 거둔 그 각시의 주검을 발견한 사람이 여섯 살 류혜국, 혹은 계원이었다. 연작 소설 중 한 편에 그 대목이 나타나 있었다. 엄마 눈 감어. 무서워 눈 감어.

“그래서요, 할머니?”

“그랑게 그 과수가 그리 불쌍히 죽고 난 담에야 우리 시님하고 그 각시하고 정분났더란 소문이 참 뒤늦게, 삼동네에 짜하니 퍼졌당게. 운암산 산마루 바위 밑에서 그 두 사람을 봤다는 둥, 대절곶에 안개 짜욱할 때 여명 시님이 여자를 업고 걷는 걸 봤다는 둥, 벌교서 둘이 나란히 걷는 걸 봤다는 둥.”

은현이 재우쳐 물었다.

“왜 그 각시가 죽은 뒤에 소문이 번졌을까요?”

연미령이 죽기 훨씬 전에 집안에서는 다 알고 있었다. 류혜국의 소설에 따르면 여례당은 며느리가 병을 얻은 게 피난 시절부터 시작된 중놈과의 연사 때문이었던 것으로 간주했다. 운암산에 같이 깃든 대절곶과 수도암은 따지고 보면 지척이었고 연미령과 여명은 피난 시절부터 서로 알았던 것이다. 연미령이 병든 채로 채원에 연금된 건 그래서였다.

“왜냐면, 여명 시님이 폐빙에 들었다고 소문이 났거덩. 각시가 폐빙 들어 죽었잖응가. 근디 우리 시님 폐빙은 헛소문이 아녔어. 배작 배작 말러 감시롱 기침을 해댔응게. 그다가 우리 시님이 곡기를 완전히 끊어 부렀지 않응가. 두 달 가차이 물로 입만 축임서 쪼개 논 장작

개비모냥 뽀짝뽀짝 말러 가등만 갤국 드러눴고, 눈 지 열흘이 못 돼 갖고 숨을 놓았제. 밝은골 각시가 죽었다는 소식 들은 지 반년쯤 뒤였을 거시여. 보통 시님들이 열반하문 치르는 다비식도 못 하고 저 아래 돌무지 밑에 암장당하대끼 묻혔제."

"무덤을 왜 거기다 정했을까요? 옛날 길이나 그 주변은 비탈진 데다 순 비럭 밭이라 땅이 험하잖아요."

"그것이 우리 시님이 마지막 남긴 말이어서 그랬다대. 여명 시님도 짠하고 그 각시도 짠하게 죽었지마는 생각해 보문 우리 절도 그때부터 짠해져 부렀제."

"왜요?"

"왜기는, 그때 제법 번성해서 사람이 끓었던 수도암이 좋잖이 소문이 나부러 그랬제. 중이 너메 집 메누리를 탐했다고 소문이 나붕게, 넘 일 잘못되기만 하먼 옳다구나 양반인 체끼하고 자픈 쟁글한 인심이 수도암을 외면해 분 것이제. 계성재서 해마다 시주를 적잖이 했는디 딱 끊어 부렀다고 했고. 이래저래 수도암은 젊은 지집들은 올 수 읍는 절이 돼부렀어. 아조 영영 절집 문이 닫힐랑가 싶던 적도 있는디, 너메 이약 메칠 못 간다고 세월 강게 수그러들기는 하등만. 화냥년 취급하든 밝은골 각시나 지꺼분한 중놈이라 욕하든 여명 시님을 동정하는 여편네들도 솔솔 생기고. 그래서 여 올라옴시롱 우리 시님 무덤에 돌 하나 얹음서 두 사람 맹복을 빌어 주게 되고. 나도 돌 솔찬이 올렸제."

한참 입 다물고 있던 일심 보살이 새물거리며 나섰다.

"말말이 우리 시님 우리 시님 해쌓는걸 봉게, 풍암 성님도 그 스님을 솔찬히 사모하셨등 갑소야?"

"암만. 이사 사모했제. 내가 전쟁 지나간 그 어지런 판세에 열흘이 멀다고 좁쌀 한 줌, 쑥 한 망태라도 캐 싸 들고 이 절엘 오르내린 것이, 까놓고 말해서 부처님 때문이었겠능가? 나만 그랬간디? 그런 여편네들 쨰부렀었네."

"그라면 그 각시보다 성님이 먼첨 스님을 꼬셔 불지 그랬소?"

"오매, 내가 꼬신다고 넘어올 시님도 아니었제만 그보다도 사모는 할망정 언감생심 시님 꼬실 생각을 어찌케 한당가? 너메 지집으로 삼시롱 그건 못할 일이제."

은현이 끼어들었다.

"그 밝은골 각시는 과부였다면서요? 스님하고 그 각시하고 그렇게나 정이 깊었으면 각시가 죽기 전에 데리고 달아나 버리시지, 여명 스님도 참 못나셨네요. 중 노릇 좀 안 하면 어때서요?"

풍암댁이 손사래를 쳤다.

"여명 시님이 중 노릇 아까워 각시 데꼬 못 달아났겠능가? 그 각시가 과수였제만 버젓이 너메집 메누리고 애기들 딸린 에민디, 중하고 눈맞어 달아났다고 소문나면 그 집안 꼴은 머시 되고 그 애기들 앞날은 또 어찌케 되겠능가. 그거는 하늘 아래 용서받지 못할 일이제. 자네는 책 쓰는 선생이람서 그런 것도 모릉가?"

무안하지만 수긍하고 싶지는 않다. 반론을 제기할 수도 없으므로 은현은 못 들은 체할 수밖에 없었다. 들을 이야기는 다 들은 것 같았다. 은현이 아는 것과 노인네가 말하는 것들의 내용의 다름은 세월의 풍화 작용일 뿐이다. 은현은 녹음기를 정지시키기 위해 집어 들었다. 풍암댁이 새 담배에 불을 붙이고 나서 물었다.

"어야 작가야, 아까부텅 왔다리 갔다리 하는 그 볼펜 같은 것이 머시라고?”

“이건 말소리를 담는 녹음기예요. 방금 할머니가 하신 말씀들을 녹음했어요. 글 쓸 때 들으면서 쓰면 이야기가 잘 풀리거든요. 잊어먹는 내용도 없고요. 한번 들어 보실래요?”

은현이 녹음기를 재생시켰다. 그랗게 나보고 시방 저 아래 돌무지 속에 들어 기신 여명 시님 이약을 하라 그 말이여? 볼펜 같은 녹음기에서 울려 나온 풍암댁 목소리에 여인들이 박장대소했다. 은현은 녹음기를 끄려다 그냥 둔다.

“한번 뱉은 말은 쏟아 분 물이라고 했는디 물이 어디로 안 가고 그대로 있구마잉. 내 집 문간 앞에서 차 타 눈 한 번 깜짝 감었다 뜨믄 절집 문간 앞에서 내리들 않나. 산속에서도 전화를 막 받고 걸고, 아흔 살 묵어도 새 이빨 해 끼고. 참말로 좋은 시상이랑게. 옛날에 죽어 분 사람들은 얼매나 분할까잉.”

“할머니, 한 가지 더 여쭐게요. 여명 스님 돌아가시고 난 한참 뒤, 그러니까 지금으로부터 30여 년 전에는 이 수도암에 어떤 스님들이 계셨어요?”

“30여 년 전? 내 환갑 즘이구만. 그해 봄에 광주서 난리가 났다고 뒤숭숭했제. 우리 손지도 그때 광주서 대학교 댕길 땐디, 그즘 여긴 개선 노시님하고 젊은 진경 시님이 기셨제. 진경 시님이, 죽을 자리 찾아서 일루 오신 개선 시님을 지극정성으로 봉양하셨구만. 노시님이 여서 돌아가시고 난 뒤에 진경 시님이 뒤해나 더 기셨등가. 건 왜 묻는당가? 그런 이약도 쓸라고?”

“이 절에 또 어떤 분들이 계셨는지 궁금해서요. 진경 스님은 어떤 분이셨어요?”

"여명 스님매니 헌칠하게 잘난 스님이셨제. 침을 얼매나 잘 놨든지 여편네들이 침 맞으러 일부러도 올라오고 그랬당게. 또 급할 때면 마을로 시님을 청하기도 했고."

류혜국 소설에 나타난 진경 스님도 그랬다. 소설 속에서 운대학교 교사인 계원과 진경 스님이 엮이게 된 직접적인 계기는 스님의 침술 때문이었다. 계원이 수도암에 오르다가 가파른 산길에서 넘어져 허리를 다쳤고 몇 시간이나 움직이지 못하고 있었다. 늦가을이었다. 계원이 꼼짝 못하고 있는 새 날이 어두워졌고 다친 몸은 얼어들었다. 그 밤에 얼어 죽었을지도 모를 계원을 구해 준 사람이 진경 스님이었다. 아랫마을에 다녀오다 계원을 발견한 진경이 그녀를 업고 수도암으로 올랐고 계원은 꼬박 닷새를 여기 묵었다. 그 닷새 동안 계원은 30년에 가까운 삶을 반추하는 한편 자신을 간병하는 스님을 사랑하게 된 것이다. 하지만 소설에서 스님과 계원이 실제로 몸을 섞는 장면은 묘사되지 않았다. 몸을 다친 젊은 여자와 어쩔 수 없이 그녀를 보살피게 된 젊은 스님 사이에서 빚어지는 긴장감이 아슬아슬할 뿐이었다.

"진경 스님은 여신도하고 정분난 일 없으시고요?"

"그 시님 기실 때 암 일도 터지지 않응게 암 일도 없었던 것이제. 왜, 자네는 진경 시님도 뭔 일을 냈었으먼 좋겠능가? 그래 갖고 자네 이약거리가 많었으먼 쓰겄어?"

정곡을 찔린 은현이 웃었다. 일심과 원덕도 웃는다.

"그 진경 스님은 지금 어디 계실까요? 살아 계실까요?"

"아직 일흔 살도 못 잡샀겄지만, 오는 순서는 있어도 가는 순서는 없다고 항게 몰르제. 그거시 꼭이 궁금하면 송광사 가서 물어보문

쓰겄구만. 옛날 이 절 스님들은 모도 거그서 와서 걸로 불려가곤 했
응게."

　진경 스님이 살아 있는지는 알 수 없지만 인터넷에 나올 만한 활
동을 하지 않는 것만은 확실했다. 은현은 인터넷에서 진경 스님을 수
없이 검색해 봤다. 수없는 진경이 있되 류혜국 소설에 나왔음 직한
진경은 찾지 못했다. 은현의 전화벨이 진동했다. 양선아다. 녹음기를
꺼 가방에 넣고 잠깐 실례하겠다며 전화기를 들고 밖으로 나서는 등
뒤에서 풍암댁이 소리쳤다. 어야, 내래갈 때 나 잔 데꼬가소잉.

쿠데타로 세워진 정권을 무너뜨리고 민주화를 이루겠다는 천과 그의 동지들의 의지는 혜국에게 시시포스의 바위처럼 무위하게 느껴졌다. 독재 정권을 무너뜨리자고 전국의 학생이 다 들고일어났다는 4·19 혁명이 불러온 게 결과적으로 쿠데타로 세워진 군사 정권 아닌가. 탱크를 앞세운 5·16 정권은 시간이 갈수록 폭압적으로 변해 가는데 그에 대항하는 게릴라들은 맨손이었다. 천도 그 맨손의 게릴라 중 한 명이었다. 혜국은 그들이 애잔했다. 국밥 한 그릇, 막걸리 한 주전자 사주기 위해 생활비를 쓰면서도 기꺼웠다. 천이 드나들기 쉽도록 하숙집을 버리고 자취방을 구하기까지 했다. 그런데 도망자가 된 줄 알았던 천이 군에 입대해 있다고 한다. 혜국은 자신이 알지 못한 새 그가 검거되어 중앙정보부의 지하실에 들어가 있을지도 모른다고 수없이 생각한 참이었다. 음침하고 끔찍하다는 그곳. 한번 들어가면 두 발로는 못 걸어 나온다는 남산 속의 지옥.

"혜국 씨, 혜국 씨 연인인 돈키호테가 도망자인 게 나아요, 변절자인 게 나아요?"

천의 동료 창이 따지듯 물어 왔다. 창은 혜국이 작년 봄에 교내문학상에 응모해 당선된 단편 소설 「연인의 타자기」를 빗대어 말하고 있었다. 「연인의 타자기」는 '돈키호테'라는 남자를 연인으로 둔 '나'의 이야기였다. 「연인의 타자기」에서 돈키호테는 '체 게바라'의 다른 이름이었고 나의 연인에 대한 은유이기도 했다. 혜국은 천으로부터 체 게바라에 대해 들었다. 남미의 정글 속에서 게릴라 활동을 하고 있다는 젊은 혁명가. 체 게바라가 혁명을 꿈꾸는 전 세계 젊은이들에게 우상 같은 사람이라고 말할 때 천도 혁명가였다.

하지만 체는 오래 버티지 못할 거야. 체가 사라져도 혁명을 꿈꾸는 자들은 계속 나타나겠지. 그게 역사의 순환 법칙이니까. 악순환 법칙이거나.

천이 그렇게 말한 게 작년 여름 만났을 때였다. 그날 이후 천은 혜국의 눈앞에서 사라졌다. 천이 사라진 두어 달 뒤 체 게바라가 볼리비아 정글 속 마을에서 사살됐다는 외신이 떴다. 혜국은 천이 볼리비아에 가 있을지 모른다는 상상도 무수히 했다.

"대답해 보세요, 혜국 씨."

천이 도망자든 변절자든 혜국에게는 배신자였다. 천을 버리면 그만이었다. 3년 전, 만난 지 얼마 되지 않아 알게 된 천의 정체는 학생 혁명가였다. 천이 이른바 운동권 학생이라는 걸 안 순간 그로부터 달아났어야 옳았다. 그를 좋아했으므로 달아나지 못했다. 달아나기는커녕 작가가 되어 돈키호테의 동지이자 아내로서 살 꿈을 키웠다. 돈키호테의 삶이 몽상으로만 이루어진 것이라 해도 그의 몽상에 인간이 추구할 수 있는 그 어떤 가치가 담겨 있지 않는가. 돈키호테가 창을 겨누며 달려드는 대상이 넘어뜨려야 할 적이 아니라 풍차라 해도 그의 창끝 너머에 존재하는 적을 함께 바라볼 자신이 있었다. 「연인의 타자기」를 그래서 쓸 수 있었다.

하지만 천이 사라져 버린 지금에 이르러 그를 버리지 못할 것은 없었다. 천이 창을 비롯한 제 동료들을 배신한 사실까지 신경 쓸 계제가 못 됐다. 그의 동료들은 배신당했을지 몰라도 혜국은 버림받았다. 그런 사실을 모른 채 사라진 그를 목메어 찾아다니고, 살아만 있으라 기도하며 기다렸다.

"창 씨는 저보다 먼저 천을 만난 사람 아니에요? 저보다 훨씬 많은 시간을 함께 지냈잖아요? 그런데 왜 저한테 대답을 바라세요? 천이 입대해 있다고 말씀하시면서 저한테 바라는 게 뭔데요? 제가 군에 있다는 천한테 면회라도 가길 바라세요? 아니면 천을 대신해 당신들 조직원이라도 되라는 거예요?"

창이 술 주전자를 기울였다. 주전자가 비었는지 흰 액체가 잔으로 몇 방울 떨어지고 만다. 그가 아저씨, 술 한 주전자 더요, 하고 소리친다. 학교 앞 주점이었다. 개학 전인 데다 아직 낮이라 손님은 몇 되지 않았다. 천과 창들의 아지트이기도 한 이곳에 불려 나올 때마다 혜국은 술값을 치러 왔다. 배신자와 그의 동료들을 위해 할머니가 부쳐 주는 돈을 술값으로 탕진해 온 것이다. 좌익이건 우익이건, 보수건 혁명이건, 자신들이 믿는 것이 세상을 위한 정의라고 믿는 이데올로기들에 치를 떠는 할머니였다. 그런 할머니 앞에 천을 내세울 자신도 없으면서 그와의 미래를 꿈꾸고 준비했다.

주인아저씨가 술 주전자를 가져다주었다. 창이 제 사발 그득히 술을 따르고 나서 혜국의 잔을 건너다보더니 아직 차 있는 것을 확인하고는 주전자를 내려놓는다.

"우리는 두 가지 방향으로 생각해 보고 있어요. 천이 배신한 게 아니라 현재 상태에서 몸을 숨길 가장 적절한 장소로 군대를 택한 것이다. 천은 어떻게든 드러날 수밖에 없는 상황이었으니까요."

"또 한 방향은 뭔데요?"

창이 대답 대신 술 사발을 비웠다. 천을 만나면서 창과도 친해졌다. 그들에게 혜국은 동지는 아니었다. 혜국 스스로도 그들의 이념과 이념에서 비롯된 비밀스러운 그룹에 끼고 싶지 않았다. 그들의 외곽에서 천의 연인으로, 창을 비롯한 몇 사람과 안면을 트고 사는 엉성한 친구로 족했다. 때문에 그들 그룹 안에서 이루어지는 일들을 알지 못했다.

"또 한 방향이 뭐냐고 묻잖아요?"

"이미 말했잖아요."

"변절자요? 지금 당신들이, 천을 변절자로 규정했다고 말씀하시는 거예요? 천이 변절해 당신들을 밀고라도 했어요? 당신들은, 밀고당할 만큼 큰일을 해왔어요? 그런데 당신들은 어떻게 대로와 다름없는 주점에 앉아 술을 마시고 있죠?"

"그런 의미가 아니잖아요."

"그런 의미 같은데요. 어떤 일을 하다 하기 싫어지면 그만둘 수도 있는 거 아니에요? 당신들 그룹에서 빠져나가면 변절자가 되는 거예요? 피의 맹세라도 했어요? 당신들이 하고자 하는 일을 폄훼할 생각은 없지만 동료가 그만뒀다고 변절자로 모는 건, 정말 우습네요. 그리고 기껏 그 말을 해주기 위해서 나를 불러낸 창 씨는 더 우습고요."

"혜국 씨가 걱정하면서 기다리는 게 안쓰러워서, 혜국 씨 친구로서 천의 현재를 알려 주기로 한 거지 천을 변절자로 규정했다는 말은 아니에요."

그들이 천을 변절자로 규정하지 않았다면 혜국 앞에서 눈곱만 한 뉘앙스라도 풍길 리가 없었다. 그들 중심으로 들어가 보지 않았지만 혜국도 그 정도는 알았다. 그들은 천이 제가 속했던 조직에서 단순히 빠져나간 것이 아니라 명백한 변절 행동을 하고 군대로 달아난 것으로 보고 있는 것이다.

"고맙네요. 앞으로는 저한테 천에 대해 전해 주시지 않아도 돼요. 어디 있는지 안 것만으로 충분해요. 더는 궁금한 것도 없고요. 저는 그만 가볼게요. 오늘 술값은, 천의 소식 전해 주신 값으로 제가 내고 가죠."

한껏 내뱉은 혜국이 나가기 위해 가방을 챙기는데 그들 좌석으로 다가오는 남학생이 있었다. S 대학의 승이다. 다가든 승이 혜국의 가방끈을 잡으며 창에게 인사했다.

"창 선배님, 간만에 뵈어요. 왜 국이 선배를 쫓아내고 계세요?"

창이 대답했다.

"자네 고향 선배님, 내가 쫓아내는 게 아니라 나한테 화가 나서 가시는 참이다."

"그 말씀이 그 말씀이잖아요."

혜국이 승의 손에 잡힌 가방끈을 휙 잡아챘다. 가방끈은 여전히 승의 손에 쥐여 있다.

"이거 못 놓니?"

승을 만난 건 작년 가을 재경 고흥 향우회에서였다. 서울에 유학 와 있는 고흥 출신 대학생이 20여 명 모였던 자리. 법대 1학년이라던 승은 뜻밖에도 수월헌 출신이었다. 승의 할머니는 계성재에서 수월헌으로 시집간 부일당이었다. 양잠으로 돈을 벌었던 부일당은 아들 대에서 축산업을 시작했다. 집집마다 쟁기 메고 수레를 끄는 소 한두 마리 키우는 시절에 대절곶에는 수십 마리의 소가 든 축사가 있다고 했다. 상주하는 일꾼만 해도 대여섯 명은 된다 하고 일머리가 시작되었을 때 대절곶으로 품

팔러 다니는 사람들은 수십 명씩이라 했다. 이제 수월헌은 선비 집안이 아니라 대절곳 부잣집으로 불렸다.

"지금 가셔야겠다면 선배, 제가 바래다 드릴게요."

승은 K 대 다니는 혜국이 계성재 사람인 걸 안 뒤 친오뉘 간이나 되는 양 굴었다. 그의 엉겨 붙는 듯한 언행이 혜국은 질색이었다. 승의 유들거림이 거슬렸던지 창이 말했다.

"승, 아직 날 저물지 않았다. 네 고향 선배님은 그냥 가시게 하고 너는 이리 와 앉아."

승이 되받았다.

"아뇨, 창 선배님. 저는 아침이든 저녁이든 국이 선배를 댁 앞까지 모셔야 합니다. 그러는 게 마땅한 걸로 되어 있거든요."

"무슨 소리야?"

"동향 출신끼리만 아는 게 있습니다. 국이 선배 모셔다 드리고 돌아오겠습니다. 그때까지 계시면 술값은 제가 계산할게요. 가요, 혜국 선배."

혜국은 승이 놓은 가방을 어깨에 메며 창에게서 돌아섰다. 오후 4시, 2월 하순의 해는 짧다. 어느새 싸늘한 어둠의 기미가 느껴졌다. 천은 전방에 가 있다고 했다. 화천이라던가. 혜국은 여중 시절부터 동국 내외에게 얹혀 산 덕에 서울살이 10년째지만 서울 위쪽으로는 가본 적이 없었다. 화천이라는 곳이 어딘지 몰랐다. 천은 혜국이 모르는 곳에 가 있었다. 그가 그곳에 닿기까지의 과정도 일절 알지 못했다.

주점을 나서자 이웃 구둣방에서 틀어 놓은 스피커에서 노랫소리가 요란하다. 커피 한 잔을 시켜 놓고 그대 올 때를 기다려 봐도 웬일인지 오지를 않네. 지난해부터 흔히 들리는 〈커피 한 잔〉이라는 곡이다. 슬픈 내용의 가사를 경쾌한 곡조로 부르는 게 유행이 된 즈음인 것 같았다. 혜국이 버스 정류장에 서자 승이 물었다.

"하숙집으로 안 가세요?"

서울역에 가면 순천 가는 막차를 탈 수 있을 것이다. 방학이 되어도 천이 언제 올지 몰라 시골집에 가지 못했다. 방학 내내 자취방에서 천을 기다리며 타자기나 두드리고 있을 때는 시골집이 그리운 걸 몰랐다.

"시골집으로 갈 거야."

"곧 개학인데요?"

"난, 휴학해."

"왜요?"

"그건 네가 알 것 없고."

서울역을 경유하는 버스가 다가왔다. 혜국은 승을 돌아보지 않고 버스에 올랐다. 승이 뒤따라 올랐지만 아는 체하지 않았다. 내릴 때도 못 본 체했다. 명절도 주말도 아닌 때라 서울 역사 안은 한산한 편이다. 매표소에서 7시발 순천행 표를 끊고 났을 때도 승은 역사 안에 있었다. 지켜보고 있었던 듯 승이 다가왔다.

"7시 표예요?"

"알 거 없어."

"7시 표면 새벽 3시에 순천 닿을 텐데 어쩌려고요?"

혜국은 전화를 걸기 위해 걸음을 옮겼다. 오라버니한테 전화만 걸면 되었다. 그는 아무 때라도 혜국을 마중하러 나왔다. 대신 동국의 퇴근 시간 안에 사무실로 전화를 해야 했다. 금당에는 아직 전기가 들어오지 않았다. 계성재에서 쓰는 자가 발전기로는 전화기를 사용할 수 없었다. 마을 전기 공사에 대한 논의가 몇 년 전부터 있었지만 여례당은 관심 두지 않았다. 전화를 신청하고 부스로 들어서는데 승이 따라 들어왔다.

"무슨 짓이야?"

"신호 울리네요. 받아요."

혜국은 승을 노려보곤 돌아서서 송수화기를 들었다. 류동국 계장을 찾으니 잠깐 기다리라는 말과 함께 정적이 생겼다. 승의 숨소리가 들렸다. 담배 냄새도 났다. 천도 담배를 피웠다. 그가 피우는 담배 냄새를 싫어하지는 않지만 키스할 때는 질색이었다. 사귄 지 얼마 지나지 않아서부터 천은 혜국과 단둘이 있을 때는 담배를 피우지 않았다. 그래도 그의 품에서는 늘 은은한 담배 냄새가 났다. 은현은 천에게서 나는 그 정도의 담배 냄새를 좋아했다. 전화 속에 나타난 사람은 동국이 아니라 조금 전의 그 사람이다.

"류 계장이 오늘 출근하지 않았답니다. 전화 거신 분은 누구십니까?"

"류 계장 동생입니다. 제 오라버니가 왜 출근을 안 했는지 혹시 아세요?"

"어제 저녁참에 금당 앞산에 산불이 난 모양입니다. 아직 진화를 못해서 군청 산림계 쪽에서도 출동했답니다."

금당 앞산은 계성재 선산이었다. 집에 불이 난 건 아니라지만 혜국은 덜덜 떨며 전화를 끊는다. 광주의 전남도청에서 근무하던 동국이 고흥군청으로 전근 간 게 작년이었다. 사내들이 한결같이 더 큰 세계에서 살기를 바라 서울로 몰려드는데 서울에서 대학을 졸업한 동국은 전남도의 공무원으로 취직했고 결국 고흥까지 내려갔다. 갓 서른 살이 됐을 뿐인 그는 넓은 세상에서의 출세보다 집과 식구들을 선택했다. 그가 지금 집에 없다면 노인들이 얼마나 놀라셨을까.

"왜요, 오라버니께서 못 데리러 오신대요? 그럼 순천에서 내려 어쩌게요?"

혜국이 전화기를 내려놓고 돌아섰음에도 승이 건들거리듯 말했다. 돌아서니 거의 안기는 꼴이 되었다. 승과 더불어 선산에 난 산불을 걱정할 기분이 아니었다. 혜국이 그를 밀쳤다. 그가 뒷걸음으로 문을 밀며 물러났다.

"한 시간 반이나 기다려야 하는데, 밥이나 먹죠?"

"여태 밥집에 있다 왔는데 무슨 밥을 또 먹니? 네 패거리들한테나 가봐."

"패거리라니, 듣기 거북하네요."

"작당들이라 할까?"

"뜻대로 하시고, 밥집이 싫다면 다방 가서 차나 한잔 하죠."

"싫어. 나 혼자 있고 싶으니 그만 가줘."

"차가 싫어요, 내가 싫어요?"

"말장난할 기분 아니란 말야. 너한테 신경 쓰고 싶지도 않고."

"천 선배가 말없이 입대한 게 그렇게 충격이에요? 그건 일종의 수순이라는 걸 몰라요? 3년이나 그의 연인으로 지냈다면서? 혹시 천 선배하고 연락된 거 아니에요? 그러면서 이러는 거 아니냐고요."

"한 마디만 더 하면 경비 부를 거다."

"뭐라고 부를 건데요? 치한 있다고? 빨갱이 있다고 소리칠 건가요?"

"너, 참 싫다!"

낮게 읊조린 혜국은 휙 돌아서 화장실로 향했다. 승이 따라오지 않은 걸 느끼면서도 화장실로 들어섰다. 지린내를 참으며 10분을 버티고 나왔다. 승은 보이지 않았다. 혜국은 대합실이 아닌 역사 광장으로 나섰다. 해가 기울었다. 어두운 바람이 매섭다. 산불은 꺼졌을까. 끄지 못했다면 그 산불은 어디까지 번지는 걸까. 가슴에 산불이 옮겨 붙은 듯 뜨거워졌다,

눈도 뜨겁다. 혜국은 눈을 감싸고 주저앉아 울음을 터트렸다.

산불은 그저께 오후 붉은데기의 밭머리에서 시작됐다. 한껏 건조한 때였다. 날이 흐리고 바람이 거세지 않아도 불길은 거침없이 타올랐다. 해 질 녘에 시작된 산불이라 사람이 할 수 있는 일이 거의 없었다. 두어 시간이나 지나 인오 할배가 생각해 낸 게 묘원에서 아래 방향을 향해 맞불을 놓자는 것이었다. 반산 쪽에서도 바람의 방향에 따라 맞불을 놓았다. 계성재 선산과 이어진 송촌 옆 산과 반산 마을 뒷산을 다 태울 기세던 불길은 맞불에 둘러싸여 잦아들었다. 잦아들긴 했어도 완전히 진화된 건 아니었다. 가슴 졸이며 날이 밝기를 기다렸던 마을 사람들이 잔불 진화에 나섰다. 세 마을 가운데 있던 산이 절반가량 탄 뒤였다. 오늘도 종일토록 남은 불씨를 찾아 껐다. 해가 저물고 있었다.

금당 한의원의 정운 씨가 들어와 전등이 켜진 안방으로 들어갔다. 그에게 인사한 혜국은 홍림을 따라 정주간으로 들어섰다. 말린 문저리를 넣은 시래깃국을 진하게 끓였다. 날이 저물었으므로 산에 간 사람들이 금세 돌아올 터이다. 미나리와 알바지락을 데쳐 초무침을 했고 묵은지를 들기름에 볶았다. 묻어 오는 사람들이 꽤 될 것이라 밥이며 국을 한 솥씩 했다. 숯불 위에 소금 뿌린 생 숭어를 줄줄이 뉘어 놓고 굽던 달님네가 말했다.

"애기씨, 집에 오자마자 산불을 봐서 놀랐겠네."

"불티가 동네로 날아오지 않는 것만도 다행이라 여겨야죠."

홍림은 혜국과 달님네의 대화를 들으며 국솥을 열었다. 정말 이만하기 다행이었다. 지난 이틀에 가슴이 거멓게 탄 것 같았다. 국솥에서 김이 피어올랐다. 여례당께선 홍림이 차려 내는 모든 음식이 맛나다고, 잘했다고 곧잘 치사하지만 음식이 약간만 짜도 물을 가져오라 했다. 아이, 물 잔 가져오니라. 짜다고 말하는 것이 아니라 물을 찾는 것이다. 여례당에게 적정한 맛은 약간 싱거운데 그 약간이 여간 까다로운 게 아니었다. 여례당의 정주간 일을 30년 넘게 하고 있는 달님네도 끼니마다 어려워하며 간 맞추기를 홍림에게 미루기 일쑤였다. 홍림은 누구나 두려워하는 여례당을 우러르며 섬기지만 어렵지 않았다. 이 집에 속한 건 사람이건 물건이건 다 에미 니 것이다. 어른이 이따금 그리 말씀하시는데, 다 내 것인데, 무슨 시집살이를 느끼랴. 그 내 것의 하나인 선산이 새까맣게 타 홍림의 가슴에도 새카만 그을음이 생긴 것 같았다.

"애기씨, 간 좀 보구려."

홍림이 국이 든 종지를 혜국에게 내밀었다. 혜국이 종지를 받아 후 불면서 국 맛을 봤다. 문저리가 들어가 비릴 줄 알았더니 삼삼하고 구수하고 시원하다. 빨갛게 익기 전에 말린 고추가 들어가 얼큰하기도 한 달님네의 맛이다. 태어나면서부터 달님네가 만든 음식을 먹어 온 혜국이었다. 서울에서 집을 그리워할 때면 식구들보다 달님네가 만든 음식이 먼저 떠올랐다.

"간은 삼삼하니 딱 좋고, 맛은 일품이에요. 달님 할매, 멋져요. 내가 서울서 제일 그리워하는 사람이 달님 할매라고 누누이 말했죠?"

큰딸 이름이 달님이라 달님네라 불리는 그네는 혜국에게는 그냥 달님 할매였다. 혜국의 치사에 달님네가 으히히 웃는다. 홍림은 할머니들의 저녁상을 먼저 차리기 시작했다. 할머니와 작은할머니는 겸상이었다. 홍림이 시집왔을 때 또 한 분의 작은할매인 복단 할매까지 아울러 이미 그러고들 계셨다. 정실과 소실들의 관계가 아니라 동무지간들 같았다. 희한한 양반들이었다.

홍림은 아무리 생각해도 다른 여자와 더불어 동국을 섬길 수 있을 것 같지 않았다. 동국이 다른 여자를 눈여겨볼 수도 있으리라는 상상이 되지 않거니와 그가 다른 여자를 품게 되면 홍림은 살 수 없을 것 같았다. 그래서 5년 전에 돌아가신 복단 할매를 생각하면 짠했다. 여례당 대신 지아비를 가까이 섬기며 자식까지 낳았지만 그 지아비가 없으매 복단 할매는 존재 자체가 희미했다. 지아비와 함께 살았을 때도 다르지 않았을 것이다. 모원에서 방 한 칸씩 차지하고 살기는 녹두 할매하고 똑같았는데, 녹두 할매가 온 동네를 활보하시며 사람들을 돌보는 것에 비해 말년의 복단 할매는 집 안에서 길쌈만 하다 돌아가셨다.

"그런데 작은할머니가 아까부터 안 보이시네?"

혜국의 말에 달님네가, 뒤뜸 가셨는 갑제, 대답했다.

"누구 집에 아기 받으러 가셨나? 도대체가 온다 간다 말씀이 없으시다니까. 진짜 매구 귀신 같아. 그나저나 달님 할매, 산불이 왜 났다요?"

혜국의 질문에 숯불 위의 숭어들을 뒤집던 달님네가 뒷마루로 난 문을 쳐다본다. 뒷마루는 안방의 뒷문과 연결돼 있었다. 어지간한 소리는 안방으로 들어가지 않았다. 혜국은 무심코 물었는데 달님네는 안방의 눈치부터 보고 있었다. 안방의 여례당께서는 며칠 전부터 고뿔을 앓았다. 앓는 참에 산불까지 나는 바람에 맘이 상했는지 몸살이 더친 듯했다. 혜국도 덩달아 속삭인다.

"왜, 여례당 아시면 먼 일 나요?"

달님네는 날 새기 전에 계성재로 들어와 저녁 먹은 뒤에 나간다. 밤에 동네 안에서 벌어진 일에 대해 듣기 십상이었다. 이틀이나 지났으니 불이 어쩌다 났는지 달님네는 아는 것이다. 듣지 못했으나 홍림도 알 것 같다. 불이 시작된 곳이 붉은데기 호영댁네 밭머리이니 불이 어쩌다 났건 일부러 질렀건 그 집에서 비롯된 것이다.

"맨날 10시 넘어서 나갔다가 새복같이 들어오는디 내가 멀 안당가."

"근디 할매, 왜 속삭이요?"

"애기씨는 왜 속삭잉가?"

"나는 할매가 속삭잉게 그라제."

"나는 애기씨가 속삭잉게 그라는디?"

여전히 속삭이는 사품으로 노소간에 웃어 댄다. 홍림은 그들을 대신해 안방 눈치를 보았다. 호영댁 아들 헌수가 낸 불인 모양이다. 헌수는 전쟁 때 동네를 떠났다가 15년이 지나서야 돌아온 사람이었다. 이북으로 갔다거나 산사람이 되었다가 죽었다는 말들이 있었지만 화순 탄광 쪽에서 일하며 산 모양이었다. 그쪽에서 만났다는 젊은 각시 구암댁을 데리고 돌아온 그는 노상 술에 취해 살았다. 시집오기 전에 일어난 일이라 홍림은 그때 일은 잘 몰랐다. 그 시절에 대해 말하는 사람이 아무도 없었다. 하지만 인공 치하에서의 석 달이 지나간 뒤 사라진 아들들을 따라 동네를 떠난 집이 열 집이 넘는다는 사실은 알고 있었다. 호영댁네는 그대로 살았으므로 그 아들도 동네로 돌아왔다. 어느 집이 동네를 떠나건 들어오건 여례당이 관심 두지 않았으므로 홍림도 그랬다. 하지만 헌수라는 사람이 산불을 냈다면 아무 일 없이 지나가지 않을지도 몰랐다.

산에 갔던 사람들은 날이 완전히 저문 뒤에야 돌아와 저녁상을 받았다. 스무 명 남짓이나 되는 사내들이 재를 잔뜩 묻히고 들어왔으므로 어느 방으로도 들이지 못하고 바깥채 대청에다 깔개를 깔고 상을 차려 냈다. 지난 대보름에 쓰고 남은 막걸리도 한 동이 내놨다. 동국이 바깥채 밥상머리에 나와 앉은 여례당에게 산불 지나간 자리의 정황에 대해 설명했다. 예서제서 한마디씩 보탰다. 붉은데기에서 위로 번져 간 불길로 선산이 절반가량 탔으되 맞불을 놓은 덕에 불길이 묘원까지 넘어오지는 않았다. 붉은데기에서 옆으로 번졌던 불도 산자락을 한바탕 훑다가 맞불에 막혀 위로 오르지는 않았다. 반산과 송촌 쪽도 비슷한 상황이라 했다. 보고를 받은 여례당이 밥상에 둘러앉은 사람들을 향해 말했다.

"우리 땅에서 시작된 산불잉게 당연지사 반산하고 송촌 찾아가서 사과를 해야제. 배상은 관례에 따라 할 만큼 하도록 해라. 그 문제는 그리 처리하고, 그저께 해 질 녘에 붉은데기서 뜬금없이 불이 왜 났당가? 거그가 호영댁네 밭머리 아닝가?"

밥상머리의 사람들이 일순 조용해졌다. 동국도 얼른 할 말을 찾지 못했다. 어제 아침 산에서 이미 들은 참이었다. 그저께 헌수가 붉은데기 밭머리에서 술에 취해 소리 지르고 있는 걸 본 사람이 여럿이었다. 호영댁의 밭은 산을 지고 있으면서 면소로 난 길에 면해 있었다. 그 밭이 일곱 마지기나 될 만치 넓고 평평한 데다 기름져서 무엇이든 심기만 하면 풍작이었다. 붉은데기 전답들이 원래 그렇게 기름졌다. 금계저수지에서 물을 끌어 쓰므로 어지간한 가뭄도 타지 않았다. 헌수가 그 밭을 팔려고 했던가 보았다. 팔아서 다시 금당을 뜰 작정이었던 것이다. 차마 금당 사람한테 말을 못 내고, 지척인 송촌도 건너 반산으로 가서 밭 살 사람을 찾았는데, 그 동네 사람 중에 임자가 나섰다. 목 좋은 땅이 헐값에 나온 걸 보고 한동안 궁리했던 반산 사람은 땅을 사기로 작정했고 헌수와 함께 면소로 가서 등기부를 떼어 보았다. 헌수가 팔아먹으려던 붉은데기 밭의 명의가 허홍림으로 돼 있는 걸 안 반산 사람이 불같이 화를 내고 달아나 버렸다. 자기 것이라고 믿었던 땅이 계성재 소유라는 걸 알게 된 헌수는 그제 오후 내내 밭머리에서 길길이 날뛰었던 모양이었다. 제 평생은 물론

제 부모 때도 농사지어 온 땅이 왜 계성재 것이냐고. 그러다 마른 풀 우거진 밭머리에다 불을 놓아 버린 것이었다.

"늙은네가 묻는디 암 소리들이 없구먼. 긍게 내 산에 불 지른 사람이 누군지 나를 빼고는 온 동네가 다 알고 있단 말이제? 온 동네가 다 아는디, 불낸 자나 그 식구나, 나한테 코빼기도 안 비치고 있단 것이고? 누군가? 호영댁 큰아들잉가?"

여례당은 고성을 내면서도 헌수라는 이름을 입에 올리지 않는다. 이름을 몰라 호영댁 큰아들이라 부르는 게 아니다. 여례당은 한번 기억한 것을 절대로 잊지 않는 사람이었다. 동국을 비롯해 인오 할배며 다른 사람들도 서로 눈치만 보았다. 헌수는 어제 새벽으로 달아나 버렸고, 그 어미 호영댁은 벌써 여러 번 계성재 앞까지 왔으나 여례당이 무서워 들어오지 못하고 물러가기를 거듭한 모양이었다. 조금 전 홍림이 동국에게, 녹두 할머니가 호영댁네 가 있다며 알려 준 내용이었다. 호영댁과 그의 며느리를 데리러 간 것 같다고. 그네들이라도 데리고 와 여례당 앞에 엎드리게 해야만 그네들이 계속 금당에서 살 수 있기 때문이었다.

"그렇구먼. 그자가 불을 질른 것이여. 태현 애비, 그렇다냐?"

동국이 하는 수 없이 산에서 그런 말을 들었노라고 대답했다.

"들은 걸로만 범인이라 단정헐 수는 없제. 함부로 그래서도 안 되는 것이고. 그랑게, 애비, 낼 아침 출근하는 길로 경찰서 가서 신고해라. 내 산에 불이 났고 손해가 막심헝게 나와서 샅샅이 조사하고 범인을 잡아서 손해를 배상시키등가, 물어 줄 능력이 안 되는 자라면 기어코 징역살이를 시키라고 해라. 혹시 범인 달아나 부렀다고 어영부영 넘어갈 생각은 절대 말라고도 해라. 읍내 경찰서에서 해결 못한다고 하면 내 도경에라도 쫓아갈 것이라고. 자네 성천이도 내 말 들었제? 자네도 관에서 일항게 태현 애비랑 항꾼에 경찰서 가서, 선은 이렇고 후는 이렇다고 상세히 보태 주게. 내 정식으로 부탁함세. 인자 다들 편히 식사들 하소. 술들도 실컷 마시고. 어지께랑 오늘 고생들 많었네. 고맙네들."

동국은 여례당이 말도 안 되는 억지를 펴놓고 대청을 내려가 사랑채 쪽으로 향하는 뒷모습을 멀거니 지켜보았다. 산불 내고 징역살이하는 사람은 없었다. 부러 불을 내는 경우가 없기도 할 테지만 어쩌다 난 불이 번지게 되는 건 누구나에게 불가항력인 지라 물리적인 배상을 하는 일도 없었다. 하지만 산 임자가 불 낸 자를 정식으로 고소하는 경우에는 다를 수밖에 없다. 여례당은 헌수를 명백한 방화범으로 지목했다. 기어이 죗값을 묻겠다는 뜻이다. 불을 낸 자가 헌수이기 때문이다. 동국은 고개를 돌리다가 성천 씨와 눈이 마주친다. 성천 씨의 눈이 어른 말씀대로 할 것이 아니라 달리 방법을 찾아야 할 것이라고 말하고 있었다. 인오 할배도 동국에게 고개를 저어 보였다. 여례당 말씀을 따르는 게 옳지 않다는 것이다. 마을 사람들 앞에서 나눌 수 있는 대화가 아닌지라 자리 끝난 뒤에 다시 논의하자는 뜻이기도 하다.

전쟁 당시 마을에서 여례당에게 맞서고 나선 무리 중 한 젊은이가 헌수였다. 헌수 무리가 여례당에게 총칼까지 들이대지는 못했으나 여례당이 느낀 두려움과 치욕은 고스란히 남아 작용했다. 배신감은 말할 것도 없었다. 전쟁 끝에 며느리를 잃고 나서 여례당이 맨 먼저 시작한 일이 담장 높이기였다. 기존의 담장을 두 뼘씩이나 높이는 걸로도 모자라 사당 숲이며 채마밭까지 담장으로 에워싸는 대규모 공사를 벌였다. 10여 년 전 동국이 혼인한 뒤로는 평생 안 하던 여행을 시작했다. 여행 다녀온 뒤에는 집수리 공사를 벌였다. 쓸 사람 없어 묵어 있던 사랑 행랑을 주랑으로 바꾸는 데 몇 달씩 보내는 식이었다. 안채, 모원, 사랑채 방들에 달려

있던 골방들을 털어 내 방들을 넓히는 데는 몇 년이 걸렸다. 오늘 헌수가
방화범이 된 것은 산불을 낸 때문이 아니라 19년 전 여례당에게 대섰기
때문이었다. 여례당은 아직도 홀로 전쟁을 겪고 있었다.

10

고흥 읍내 5일장이 상설 시장이 돼버린 게 20년 가까웠다. 장날이 따로 없는 대신 일요일이면 거개의 상점이 문을 닫고 노점상들도 나와 있지 않았다. 그런 줄 알면서도 장에 온 건 나흘 뒤 한식날에 올릴 묘제 때문이다. 아들들을 부르지 않고 양사나 숭모당에 밥을 내지도 않겠지만 제상 한 상은 차려야 하기에 기본적인 제수는 필요했다. 미리 장만해야 하는 물목도 있었다. 평생 제사 지내기에 이골 난 허홍림에게는 계절에 따른 제수 장만 일정이 정해져 있었다. 열흘 전에는 식해를 안쳤다. 포를 완전히 건조시키지 않고 8할쯤 말리는 게 전래 방식이라 아흐레 전에 어포와 육포를 준비했다. 김치는 종류에 따라 네댓새 전부터 담갔다. 그러므로 육포는 벌써 다 말라 냉장고 안에 있어야 하고 대구포는 비득비득해져 있어야 하는데 허홍림이 포를 생각해 낸 건 한 시간 전 점심때였다.

오매 내 정신 봐라. 내가 노망났는 갑다야!

밥 먹다 말고 쏟아진 내자의 한탄에 동국 씨는 내심 건조기에 넣어 말리면 될 텐데 싶었다. 어지간한 집마다 방아기와 고추 등을 말리는 대형 건조기가 있었다. 동국 씨의 축사 옆 기계 창고에는 나락 건조기와 대형 건조기가 있고 집에는 부엌에서 쓰는 소형 건조기도 있었다. 다시 생각하니 먹고 남은 과일까지 말리는 소형 건조기라도 제상에 올릴 포를 건조기에 말리는 걸 본 적은 없는 것 같았다. 고양이나 새들이 아무리 등쌀을 부려도 그것들은 바람이 잘 통하는 안채 광의 처마 밑에서 아흐레를 말려야 하는 것이었다. 그래서 말했다. 이번에는 뭐든 한 접시만 있으면 되잖소. 그것들을 말리기에는 이미 늦었응게 포를 사다 씁시다.

된서리를 맞았다.

'당신이 노망났는 갑소야! 다 사다 써불라먼 짓상은 멀라고 채리요? 맨몸으로 할랑할랑 가서 절이나 뒤자리 하고 내래오먼 되제. 아, 혹시 마누래 고생 덜 시캤다고 자랑하고 자퍼서 그라요? 인자 와서? 한 백 년이나 지나 갖고?'

그 소동 끝에 장으로 나왔다. 고깃간에서 육포용 홍두깨살 덩이와 불고기감과 국거리를 샀다. 철시한 시장통 변두리 생선 가게에서 대구 세 마리를 사면서 나흘 뒤 제수로 쓸 생선들을 구워 달라 주문했다. 시장 입구의 닫혀 있는 하나로 마트 앞에 차를 세워 둔 참이라 서둘러 차로 돌아왔다. 막 시동을 건 참에 홍림 씨가 말했다.

"아이고 내 정신아, 실고치를 안 샀소야."

실고추는 어포에 뿌리는 것이었다. 육포 만들 때 쓰는 조청이나 간장은 의당 집에서 만들어 두고 쓰지만 실고추는 사서 써야 한다. 만능인 것 같은 허홍림에게도 마른 고추를 실처럼 만들 재주는 없기 때문이다.

"가다가 킴쓰 마트서 사먼 되제. 거기는 온갖 것이 다 있잖소. 실고추 말고 또 뭐가 필요한지 잘 생각해 봐. 집에 가서 또 뭘 잊어부렀다고 징징대지 말고."

"아니, 내가 채식이네 점방 가서 얼릉 사올랑게, 여그 잠깐 계시오."

"가다가 킴스 마트서 사잔게?"

"사던 디서 사야제, 딴 디서 사먼 맘에 안 차요."

화를 낼 겨를도 말릴 짬도 없다. 차 문을 열고 나간 홍림 씨가 부산스레 시장통으로 들어간다. 식료 잡화점인 채식이네 점방도 닫혔지 않냐는 말이 뒤늦게 생각났으나 동국 씨는 어디 헛걸음 한번 해봐라 싶어 쫓아 나가지 않는다. 나가는 방향으로 주차한 참이라 길 건너편 스포츠 용품점과 그 곁 옷가게가 눈에 띈다. 유리문 안에 걸린 여자들 옷이 색색으로 곱다. 허구한 날 몸통바지 차림인 내자와 헐렁한 면바지로 지내는 딸의 입성이 떠오른다. 평생 내자가 지어 주거나 사주는 옷을 입고 살았던 동국 씨는 그네 옷을 사본 적이 없고, 생일이며 어버이날에 딸에게서 스웨터니 남방셔츠 등을 선물 받아도 아이 옷을 사본 적이 없다.

"나도 참 애지간허다."

중얼거린 동국 씨는 옷가게를 한번 들어가 보기 위해 전화기를 꺼낸다. 홍림 씨한테 하나로 마트 건너편 옷가게로 오라는 말을 하려는데 전화벨이 뒷좌석에서 울린다. 멜 끈이 긴 보라색 손가방이 뒷좌석에 던져져 있다. 서너 해 전 은현이 생일 선물이라고 사다 준 것으로 메기 편하다고 장에 올 때면 꼭 메고 다녔다. 오늘은 돈 내주는 사람이 따로 있었던 탓에 차에 오르자마자 뒷좌석으로 내던져 놓고는 실고추 산다고 맨손으로 활개 치며 간 것이다. 뒷좌석에서 집어다 열어 본 가방 안에는 지갑이며 전화기, 메모지들과 지갑에 들어가지 못한 지폐들로 어지럽다. 가방 바닥에 동전이 수십 개는 됨 직하고 구겨진 손수건이며 브로치, 볼펜과 입술연지도 있다. 엉뚱한 건 말라빠진 알밤 세 개와 도토리 두 개, 녹차 씨앗 한 알이다. 한 꼬투리에서 나왔음 직한 금송화씨 몇 개가 잘라 낸 손톱 모양으로 굴러다니고 마른 치자 하나와 검정콩 몇 알도 있다.

"참 여러 세상 담아 들고 다니는구만."

혼잣소리를 하며 웃은 동국 씨는 홍림 씨의 가방을 닫아 조수석에 두고 차를 나와 길을 건넌다. 홍림 씨가 차에 돌아와 두리번거리면 보일 만한 거리였다. 옷을 사든지 못 사든지 생각난 김에 한번 여인들의 옷을 구경해 볼 참이다. 죽기 전에 해야 할 몇 가지 일들인가, 죽기 전에 하고 싶은 몇 가지 일들인가, 그런 내용에 관한 외국 영화가 있었다. 텔레비전에서 그 영화를 설명하는 걸 보면서 동국 씨는 잠깐, 나는 죽기 전에 무엇을 해야 하고 무엇을 하고 싶은가 생각해 본 적이 있었다. 죽기 전 해야 할 참 많은 일들이 생각났으나 대부분 이미 자신의 손을 떠난 것들이었다. 죽기 전에 하고 싶은 일들이 뭔가 하는 문제 앞에서는 어리둥절했다. 평생 해야 할 일만 생각하며 살아온 탓인지 하고 싶은 일이 뭔지 알 수 없었다. 붓글씨를 조금 더 잘 쓰기 위해 날마다 두어 시간씩 연습하지만 그건 하고 싶은 일이라기보다 해야 할 일에 속한 것 같았다. 내자와 둘이 여행을 해본다? 그 생각이 떠오르자마자 환청처럼 허홍림의 목소리가 들렸다. 할매를 모시고 갈라요, 놔두고 갈라요? 숭모당에다 매껴 놓고 가리까, 선영에다 채래 놓고 가리까?

가게 문을 열고 들어서자 말총머리를 하고 눈두덩을 검게 칠한 여자가 반색하며 나온다. 젊지만 은현보다는 나이가 들어 보인다. 몸에 착 달라붙은 은색 바지에 같은 색 짧은 앞치마 같은 걸 걸쳤고 검정 부츠를 신었다. 하체에 비해 풍성한 상체엔 검정 옷으로도 가리지 못할 살이 제법 붙어 조화롭지 않다.

"어서 오세요, 사장님. 뭘 찾으세요?"

"내자가 집에서 편하게 입을 만한 옷이 있소?"

말하고 나니 딸내미 옷 먼저 찾을걸 그랬다 싶다. 한 달 전쯤 폴란드에서 왔다는 네 젊은이는 계성재에 찾아든 최초의 외국인들이었다. 그들 넷에 영화너머의 네댓 명과 중경과 은현까지, 한 떼거리의 젊은이가 새 나라 족속들처럼 어울리는 걸 보면서 동국 씨는 딸의 옷차림에 자꾸 눈이 갔다. 몸피 큰 그들 사이에서 청바지에 회색 윗도리를 받쳐 입은 은현이 한결 왜소해 보였던 것이다.

"내자라면, 아! 사모님이 입을 옷요? 사모님 연세가 어떻게 되시는데요? 사이즈는요?"

"일흔셋이고, 허리 둘레는 댁네보다 좀 클 거 같소. 출입복이 아니라 바지든 치마든 집에서, 장보러 다닐 정도로 편히 입을 수 있는 고운 옷을 찾소."

"아아, 그런 옷은요 어르신, 저희 같은 매장이 아니라 장거리에서 찾는 게 쉽답니다. 아니면, 할머니를 모시고 나오시던가요."

홍림 씨에 대한 호칭이 삽시간에 사모님에서 할머니로 변한 걸 깨달은 동국 씨는 자신의 입성을 살핀다. 오전 내내 축사에서 거름을 냈다. 점심때 집에 돌아가 몸을 씻고 옷을 갈아입었다. 20년쯤 묵은 회색 점퍼와 낡은 재색 바지에 태현이 버리고 간 빛바랜 로퍼를 신었다. 깨끗하긴 했으나 갈데없는 촌 할배 입성이다.

"알았소. 내자 옷 한 벌 고르는 김에 집에 와 있는 딸내미 옷도 한 번 사볼라 했등만. 역시 여인네들 옷을 늙은이가 사기는 어려운 것 같구려. 실례했소이다."

아차 싶어 하는 가게 여자의 얼굴을 한 번 더 쳐다보고 돌아선 동국 씨는 가게를 나와 다시 길을 건넜다. 가게 여자가 지켜보고 있는 것을 의식하며 자신의 승용차로 다가든다. 5년째 타는 차일망정 상노인과 노년의 내외가 탈 것이어서, 이전에 타던 차를 은현에게 주련다는 핑계까지 대면서 산 차였다. 동네 안팎에서 홍림 씨는 사륜 오토바이크, 이른바 사발이를 노상 타고 다니고 동국 씨는 오토바이나 경운기를 몰고 다녔다. 허구한 날 바깥채 마당에 덮개 씌워 세워 두기 일쑤인 검정 승용차는 아직 윤기가 났다. 가게 여자는 매끄러운 차의 문을 여는 할배가 젊은 시절에, 요즘도 한 시간 반이 걸리는 광주에서 고흥까지의 꼬불꼬불한 비포장도로를 한 시간 반 만에 주파한 나름 속도광이었다는 것을 알 리 없다. 제가 고운 말 두어 마디 보탰으면 옷 두 벌쯤은 아무 생각 없이 사고 봤을 속없는 늙은이인 것도 몰랐을 것이다.

"나이를 뻘것으로 묵었다, 내가."

차 안에 들어앉아 한바탕 자조하고 난 동국 씨는 시각을 살핀다. 홍림 씨가 시장통 안쪽에 깊이 든 채식이네 점방에 간다고 나선 지 20분이 지났다. 벌써 돌아오고도 남은 때였다. 채식이네 점방이 닫힌 걸 보고 다른 점방을 찾아다니는가. 하여간에 고집은! 혼잣말을 하던 동국 씨는 불현듯 뒷덜미에 서릿발이 닿은 것처럼 한기를 느낀다. 뭔가 잘못된 것 같지 않는가. 늙어 가면서 고집이 생기고 목소리가 얼토당토않게 커졌을망정 허홍림은 아닌 건 아닌 걸 아는 아낙이다. 채식이네 점방이 닫힌 걸 보고는 돌아올 사람이었다. 걷다가 손가방이 없다는 걸 깨달은 순간 돌아설 사람이기도 했다. 무엇보다 채식이네 점방은 50여 년 동안 장거리를 휩쓸고 다닌 허홍림의 걸음으로 1분이면 닿을 곳에 있었다.

뭔가 잘못됐다!

동국 씨는 그 말을 내뱉지 못한다. 소리를 내는 순간 잘못된 뭔가가 기정사실이 될 것 같다. 제사를 합사할 수도 있다는 생각을 못했던 10여 년 전까지 허홍림은 닷새마다 장에 다니지는 못했을지라도 열흘에 한 번은 장을 봐야 하는 사람이었다. 제사를 줄인 그즈음부터 사발이를 타게 되자 그 재미에 장에 다니는 횟수가 오히려 늘었다. 장거리가 집만큼이나 익숙한 사람인데 내가 지금 무슨 생각을 하는가. 자책하며 차 밖으로 나선다. 허홍림이 언제 어디서 나타날지 모르므로 차가 보이는 선에서 최대한 걸어 거의가 닫힌 시장통을 기웃거린다. 그러는 사이 10여 분이 더 지난다. 그때서야 내자가 돌아오면 차 앞에서 기다릴 것이란 생각이 났다. 채식이네 점방을 향해 서둘러 걸음을 옮긴다. 심장이 벌렁벌렁 뛰었다.

팔방으로 좁고 꼬불꼬불한 미로의 가운데, 채식이네 점방은 닫혀 있었다. 채식이네 점방 맞은편에 몸통바지 등을 파는 가게의 문이 반나마 열려 있다. 물건을 정리하다 빼꼼히 고개를 내민 주인한테, 좀 전에 채식이네 점방 찾아온 이러이러한 아낙을 봤냐고 묻는다. 못 봤다고 한다. 동국 씨는 다시 하나로 마트 앞으로 돌아왔다. 홍림 씨는 돌아와 있지 않다. 내자가 언제 돌아올지 모르므로 차를 움직일 수도 없었다. 차를 그 자리에 둔 채 동국 씨는 시장통을 돌기 시작했다. 허홍림의 단골 가게들마다 살피고 팔방으로 난 시장 입구를 다 돌았다. 버스 터미널과 단골 약국에도 들렀다. 그 사이사이에 차로 돌아와 허홍림이 왔는지 살폈다. 홍림 씨와 헤어진 지 한 시간 반이 흘렀을 때 동국 씨는 은현에게 전화를 걸었다.

"혹시 니 어머니 집에 오셨냐?"

"아버지랑 같이 나가신 엄마를 집에서 찾으세요? 장보시다 싸우셨어요?"

"아니다. 할머니는 어디 계시냐?"

"조금 전에 성심 고모가 오셨어요. 묘제 지내려 미리 오셨다는데, 당분간 여기서 살림 좀 살아야겠다고 하는 게, 또 식당 일을 그만두셨나 봐요. 할머니하고 모원 연못가에 계세요. 왜요?"

"김 감독 팀은?"

"할머니 근방에 있죠. 왜요, 아버지?"

"그러면 시장통에 있는 농협 마트 앞으로 지금 오너라. 니 엄마를 잃어버렸다."

"엄마를 잃어버렸다는 게 무슨 말씀이세요?"

"나도 잘 모르겠다. 여튼 당장 오너라."

은현이 사색이 되리라는 걸 알지만 어쩔 수 없었다. 전화를 끊고 주변을 서성이면서 동국 씨는 퇴직하면서 끊은 담배를 생각해 냈다. 추접하지 않게 늙으며 오래 살기 위해 끊은 담배였다. 허홍림보다 오래 살 거라고는 생각하지 않았다. 점점 싸가지 없어져 가는 자식들은 믿을 수 없고, 숭모당의 안노인들 거개가 그렇듯 결국 혼자 남겨 두고 죽을 수밖에 없을 것이므로 살아 있는 동안이나 깨끗하게 함께 살다가 어느 날 잠자듯 세상을 떠나려니 했다. 그리 되기 전에 제사를 한껏 줄이고 땅을 정리해 놓고 자식들이 그 땅 때문에 싸우느라 어미를 몰아붙일 일 없도록 단단히 단속해 놓을 작정이었고 그렇게 해가고 있는 중이었다. 그랬는데 뭔가가 어긋나고 있었다. 미칠 듯이 담배 생각이 났다. 은현이 제 방에서 몰래 피우는 담배 연기를 지금 동국 씨는 맡는다. 내자를 찾으러 가야 할지, 담배를 사러 가야 할지 몰라 갈피를 못 잡는데 전화벨이 울린다. 은현이다.

"왔냐? 어디냐?"

"아니요, 예당에서 외숙모가 전화를 해 오셨어요. 엄마가 외가에 오셨대요. 고흥 택시로요. 택시는 외숙모가 돈 줘서 돌려보냈다고 하시고요. 엄마는 지금 졸리다고 누우셨대요."

동국 씨가 주저앉을 것 같은 다리에 힘을 주며 차에 기대선다. 손이 달달 떨린다.

"정황이 어떻다 하시드냐."

목소리도 떨렸다.

"실금을 하셨대요. 꽤 놀란 눈치인 것 같다시고요. 택시 기사가 여중학교 앞에서 엄마를 태웠대요. 손을 들고 계시기에 태웠더니 예당 배정골 허 진사네 가자고 하더래요. 그리고 외가 대문 앞에서 차 세우라 하고는 쑥 들어갔다고 하고요. 아빠, 엄마가 갑자기 왜, 왜 그러세요?"

"아빠가 지금 외가로 가보마. 엄마 모시고 돌아갈 테니 그때 이야기하자."

나이가 든 딸내미는 급하면 아버지 대신 아빠를 부른다. 그 생각을 하며 전화를 끊고 운전석에 앉은 동국 씨는 얼른 시동을 걸지 못한다. 허 진사는 허홍림의 조부셨다. 당신은 과거를 치른 적도 없으나 전대의 후광으로 평생 허 진사라 불렸고 그 집은 허 진사 댁이 되었다. 물론 지금은 아무도 그렇게 부르지 않았다. 채식이네 점방에서 여중학교 앞에 이르는 길목. 허홍림은 느리게 걸어도 5분이면 닿는 그 거리에서 길을 잃고 반백년 넘게 산 제집도 잊어버리고 고작해야 십오륙 년 살았을 뿐인 친정으로 갔다. 얼마나 캄캄했으랴. 동국 씨의 눈앞도 캄캄했다. 캄캄한 눈에서 질금질금 눈물이 났다. 누이 혜국이 주검으로 발견됐을 때 울었던가. 울지 못했던가. 그때 너무 놀라고 참담했던 탓에 울지 못했을 것이다. 이후 다시는 그만큼 놀랄 일은 없었고 앞으로도 없을 거라 여긴 것 같았다. 지금은 놀란 건지도 잘 알 수 없었다. 눈물이 나서 눈을 뜰 수 없는 현실이 캄캄할 뿐이다.

성심 씨 보기에 영화쟁이들은 참을성이 대단했다. 아침이면 집으로 들어와 하냥없이 할매 방 쳐다보며 기다리는 젊은이들. 말을 시킨다고 알아듣는 양반이시길 할까. 걸음마 뗀 돌배기처럼 아장아장 걷는 할매를 찍소리도 없이 따라다니는 걸 보노라면 하품이 날 지경이었다. 전부 총각이라는 사람들이 허구한 날 어쩌려고 저러고 있을까 싶었다.

"나는 진짜 영화가 맹글어지고 있는지 의심스럽당게요."

성심 씨의 말에 동국 씨가 대답했다.

"그렇게 만들어지는 영화라고 하니 내버려 두고, 자네한테 할 말이 있어서 따로 보자고 했네."

"말씀하시오."

"지난 일주일 새에 벌어진 일들이야 자네도 다 지켜봤응게 말할 것 없고, 연이 어매 병이 몇 달이면 호전될 것이라고 하지만 호전일 뿐 남은 생애 동안은 항상 다스리며 살아야 한다네. 지금까지와 같은 모냥새로 살 수는 없게 됐고.”

　허홍림은 장에서 길을 잃은 이튿날로 광주의 대학 병원에 가 입원하고 정밀 진단을 받았다. 심한 우울증에서 비롯된 가성 치매라고 했다. 가성 치매이긴 하나 우울증을 동반하고 있으므로 언제든 치매로 전이될 수 있는 상태라고 했다. 우울증의 경우 50년가량 사이좋게 산 배우자를 잃었을 때나 나타날 법한 중증으로 꽤 오래전부터 앓았을 거라는 진단도 나왔다. 환자를 우울하게 하는 요소들이 뭔가. 며칠에 걸친 심리 검사 결과 환자 주변의 모든 게 우울의 요소로 드러났다. 맘대로 안 되는 자식들과 너무 오래 붙박여 산 집과 마을, 고된 일과 평생 속 썩인 일 없는 남편까지. 그동안 허홍림은 스스로 의식하지 못했지만 무수히 죽음을 생각했을 것이고 죽은 사람들을 부러워했을 것이라 했다. 스스로 억눌러 왔던 자의식이 터진 것이므로 언제든 스스로를 죽일 수 있는 상태라고도 했다. 그렇지만 한편으로는 치매 증상을 완화시키는 약과 항우울제를 복용하면서 정기적으로 임상 치료를 받으면 호전될 수 있다고 했다. 실제로 입원하면서 복용하기 시작한 약효 덕인지 그네는 잠이 턱없이 많아진 걸 제외하면 장터에서 길을 잃기 전과 흡사했다.

　“알고 있어요. 그래서 내가 여그서 지냄서 할매 수발도 들고 성님도 잔 살필까 하잖어요.”

　“그래 달라고 부탁하는 참일세. 대신에 자네한테 마냥 그냥 있으라고 할 수는 없고 다달이 월급조로, 약소하나마 한 80만 원씩 줄 테니 아예 살림을 살아 주게.”

　성심 씨가 동국 씨를 빤히 쳐다보았다. 오랫동안 도시에서 살아 시골 아낙 같지 않게 얼굴이 흰 편이고 주름살도 덜한 데다 검버섯도 거의 피지 않았다. 그네 눈이 벌게지면서 눈물이 흐른다. 동국 씨가 당황스러워 마당을 내다보는데 성심 씨가 말했다.

"나는 아직도 식당 다님서 일당벌이를 하요마는, 이번에도 다니던 식당서 젊은 사장한테 레시피대로 안 하고 음식 맛을 바꾼다고 된소리 듣고 던져 불고 온 길이었지마는, 이 집에 오면 내가 이 집 식구인 것매니, 그래서 성님이 아픙게 살림 잔 살아 줘야겄다 하고 있는디, 오라부니가 돈을 준다고 하싱게 당장 나가라는 소리로 들리요."

제주祭主들이 병원에 가버린 탓에 묘제를 묘원에 가서 못 지내고 사당에다 상을 차렸다. 아들들한테 얼마나 섭섭했는지 묘제 지낸다는 말은커녕 저희 모친 아픈 것도 알리지 못하게 해서 성심 씨가 준비했다. 제법 제주 시늉을 하는 은현과 함께 제상에 절을 올릴 때 성심 씨는 자신이 객식구라는 생각을 하지 못했다.

"그런 뜻이 아닌 걸 알잖은가? 연이 어매는 저런디 연이는 오래지 않아 시집을 보내야 하고, 그러자면 자네가 당분간이 아니라 아조 여기서 살아야 할 것 같은디, 어떻게 마냥 그냥 살아 달라 하겠는가? 그래서 맘 붙이면서 살 수 있게, 누구나 따로 돈이 필요하지 않응가? 연이 어매만 해도 평생 딴 주머니, 그래 봐야 할매 복주머니 수준이었제만, 딴 주머니 차고 산 사람이네. 그걸 상현이한테 홀랑 앳겨 버리고 나서 저 모냥이 된 게 아닌가, 요새 내가 그런 생각 할 정도로 연이 어매가 딴 주머니에 재미져 하는 걸 지켜봤네. 어쨌거나 누구나 돈이 필요항게, 자네한테도 재미지게 살림 살면서 딴 주머니를 차게 해주겠다는 것이제."

허홍림이 따로 차고 있던 주머니. 늙은 서방이 꿈에도 모를 거라 여기면서 벽장 이불 밑에다 꼭꼭 숨긴 통장 안의 돈. 스스로 가욋돈이라 여기는 돈이 생기면 읍내 장에 갔을 때 농협에 들러 저축하는 것 같았다. 그 3천2백만 원가량이 쌓이기까지 허홍림의 20여 년이 걸렸다. 그걸로 뭘 하고 싶냐고 언젠가 물어볼 참이었다. 10원도 달라고 안 할 테니 뭘 할 건지만 알려 달라. 어쩌면 진작 물었어야 할지도 모르지만 그걸 묻는 순간 허홍림의 보물이 사라질 것 같아 꿈에도 모르는 척, 지켜보는 즐거움을 간질간질 누렸다. 그랬던 늙은 내자의 보물이 아무 보람 없는 짓거리로 날아가는 걸 보면서도 동국 씨는 헛기침 한번 못했다. 재작년의 일이었다.

"월급 받는 것이 고용살이제 뭔 딴 주머니요?"

"허, 그런 말이 아니지 않어?"

"월급을 언제까지 주실라고요? 성님은 금방 말짱해지실 건디, 성님 병이 다 낫어도 월급을 계속 주실라고요? 그러면 나는 면목이 없어질 것이고, 여기서 살 수도 없어져 불겄지라. 나는 12평짜리 임대주택 하나 있잖어요. 나를 에미로 생각하는 자식이 없응게 나도 퍼줘야 할 자식이 없고, 아직은 사지 멀쩡해서 일은 잘 허요. 근디 나이는 일흔둘이나 됐소. 인자 이 집서 살기 시작한다면 또 어디로 가겄어요? 여기서 이 집 식구로 살다가 여기서 죽어 이 동네 어디 산에 묻혀야제라. 이런 나보고 월급 받고 이 집서 살라고 하면 내가 어뜨게 살어요? 그냥, 잘하든지 못하든지, 밥을 묵든지 죽을 묵든지 한 식군게, 밭도 메고 갯바닥도 가고 그람서 어울렁더울렁 살아 보자 하시면, 광주 살림 아조 정리해다가 여그서 살다 죽을라요. 월급 준다고 하면 못 살고요."

70여 년을 살았어도 동국 씨는 여인들의 속내를 알 수가 없었다. 끝내 아비를 밝히지 않은 채 애를 낳아 놓고 스스로 숨을 거둬 가버린 누이나 평생 부부 싸움 한 번 한 적 없이 살아왔으면서 죽고 싶을 만치 우울했다는 내자나, 한 톨의 피섞임 없이도 누이로 여겨 왔던 류성심이나 속을 알 수 없기는 똑같다.

"알았네. 차차 광주 살림 정리해다가 마루 건넌방에다 풀소. 주민 등록도 옮기고. 우리 중에 누가 먼저 갈지는 아무도 모릉게 자네 말대로 어울렁더울렁 살아 보세. 우리는 오늘 나가면, 우선은 한 사흘 예정한 참이네만 며칠 더 걸릴지도 모르겄네. 인자 자네가 아조 들어왔응게 걱정 안 허고 돌아댕기다 올라네."

엿새간 대학 병원에서 살다 온 내외가 여행을 떠날 참이었다. 이 집이 등에 걸머진 맷돌이나 된 양 홍림당을 힘들게 해온 참이라 바람을 쐬러 간다. 앞으로도 종종 그래야 한다는 게 병원의 처방이라 했다. 함께 집 비운 일이 평생 없었던 내외가 늙고 병들어 비로소 여행을 나서 보는 것이다. 젊은 날의 성심 씨가 세상에서 가장 부러워했던 사람이 홍림당이었다. 성심 씨의 눈에 세상에서 제일 잘나고 귀한 사내였던 동국 씨에게 시집온 사람이었기 때문이다. 동국 씨를 맘에 들이는 일조차 언감생심이었으되 그가 장가를 들러 예당으로 갔을 때 남모르게 눈물 흘렸고 그가 열여섯 살의 각시를 데리고 돌아왔을 적에도 마음을 앓았다. 그들을 두고 시집을 갈 적에는 다시 계성재에 올 일이 없으려니 했건만 평생 드나들게 되었고 이제 아주 돌아왔다. 그 옛날 부러워했던 홍림당은 늙고 병들어도 여전히 부러운 사람이었다. 이렇게 지극한 남정네와 평생 살고 있지 않는가.

"집은 잊어불고 찬찬히 돌아댕기다 오시오. 그라면 성님도 괜찮 겄지라. 근디 오라부니는 괜찮으시오?"

눈꺼풀이 처진 동국 씨의 눈이 커진다. 괜찮냐는 게 그리 뜬금없는 질문인가. 성심 씨는 가끔 누군가 자신에게 물어 주었으면 싶었다. 너 괜찮냐. 자네 괜찮은가. 성심 씨가 보기에 홍림당은 자기 할 말 해가면서, 가끔 서운한 자식들일망정 요즘 세상에 그만하면 부모한테 제들 할 만큼 하는 자식들에 둘러싸여 괜찮아 보였다. 병은 병이고 병드는 것에 이유가 정해져 있을까만 홍림당이 뭐가 모자라 마음병이 들었는지 솔직히 이해할 수 없었다. 홍림당이 원체 일을 많이 하는 건 아는 터라 몸에 병이 들었다면 납득하기 쉬울 것 같았다. 하지만 그 시절에 태어난 여인치고 홍림당만큼 누리며 산 여자가 세상에 또 있을까. 그래서 동국 씨가 오히려 짠해 보일 때가 있었다. 그 어린 날에 아버지 잃고 어머니도 잃고 크나큰 집과 식구들과 객식구들까지 돌봐 가며 평생을 살지 않는가.

"연이 어매가 우리 모두를 에지간히 놀래켰능 갑네. 나는 괜찮네. 내 걱정은 안 해도 돼. 인자 출발해 볼라네. 들어가서 연이 어매 준비 끝났능가 살펴보소."

사랑을 나서는 성심 씨는 다시 눈물이 난다. 그 옛날 여례당 덕에 밥 벌어먹고 살던 홀아비가 있었다. 홀아비라기보다 원체 허랑해 마흔이 가깝도록 제 계집 하나 거느리지 못한 사내였다. 그가 두 번이나 시집을 가고도 못 살고 나온 주아라는 어여쁜 이름의 소박데기를 만나 살림을 차렸고 성심을 낳고 아들도 낳았다. 성심이 다섯 살 나던 해 가을에 터진 여순 사건은 기억이 없었다. 그 무렵 계성재가 어떤 환란을 겪었는지도 커가면서 알게 된 것이었다. 일곱 살 여름에 터진 전쟁은 몇 가지 그림으로 남아 있었다. 그림처럼 고왔던 저전동 집. 아버지가 사라진 뒤의 풍경.

당시 저전동 집은 계성재의 지원이 뚝 끊긴 상황이었다. 아버지는 돌아오지 않았고, 어머니는 먹을거리를 벌기 위해 장거리로 나섰다. 돌 넘긴 동생은 성심이 돌봤는데 늘 아팠다. 그 아이 두 돌을 넘겨 주지 못한 채 집 뒷산에 묻었다. 아비가 빨갱이들을 따라 지리산으로 들어갔고 그곳에서 토벌대의 총에 맞고 죽었다는 사실은 휴전 즈음에야 알려졌다. 성심이 열 살 때였다. 그 무렵 어머니는 장거리로도 나가지 않았다. 그간 이따금 드나들며 살림을 살펴 주던 인오 할배가 모녀를 데리러 왔다. 계성재로 오며 할배가 말하기를 아비가 산에 들어가 죽었다는 사실은 절대 입 밖에 내면 안 된다고 했다. 성심은 그 말을 따랐다. 계성재로 돌아온 어미는 11년을 미친 듯이 일만 하다 죽었다. 성심이 시집간 이듬해였다. 그 어미에 그 딸이었다. 성심이 샛서방 본 죄로 시집에서 쫓겨난 게 스물여섯 살 때였다. 사는 게 늘 살얼음판 위를 걷는 것 같았다. 이제 원래 자리로 돌아왔다. 얼마나 남은지 알 수 없는 앞날은 어떨지. 살 만큼 살고도 서러운 까닭은 뭔지. 성심 씨는 눈물을 추스르며 안채로 향한다.

"아이, 연이야. 한 서방은 언제 온다냐?"
성심 씨가 할머니와 함께 안마당을 걸어오면서 큰 소리로 물었다. 그들 주변에 영화너머 팀이 진을 이룬 채 따랐다. 어떤 날은 한 사람, 어떤 날은 넷이, 많을 때는 여섯도 포진해 다니는 그들이었다. 성심 씨는 카메라를 의식하게 된 참이었다. 은현도 물론 그랬다. 매구 할매가 주인공이라면 류은현은 가장 자주 등장하는 조연일 것이었다.
"한두 시간 안에 도착할 거예요. 왜요?"
"천지간에 꽃이 만발항게 싱숭생숭허다. 한 서방은 여기 옴서, 느 엄마 아부지는 경주 감서 꽃구경 실컷 하시겄제? 우리는 맛난 것

286

이나 잔 해 묵자. 한 서방 온당게, 사우는 백년손님이라고 이왕이면 한 서방 잘 묵는 것으로 만들어 볼라고 그란다. 한 서방이 뭘 좋아하냐?"

"뭐든 잘 먹지만 물어볼게요."

"할매 곤하신 모양인게 자리 봐드래라. 나는 광 냉장고들에 뭣이 들었능가 딜다보고 정리 잔 해볼란다. 절주가 다 삭었능가 몰겄다야."

노인의 오수 시간이긴 했다. 노인을 마루 앞까지 모셔다 놓은 성심 씨가 광 쪽으로 향한다. 아주 살기로 되었다고 했다. 동국 씨와 홍림 씨가 여행 떠나기 직전에 그렇게 결정되었고 몇 시간이 지났을 뿐인데, 성심 씨의 거동은 불과 몇 시간 전과 사뭇 다르다. 안정감이랄까, 당당함이 배었다.

천지에 꽃이 피었어도 분합문을 걷어 올리기엔 철이 일렀다. 은현은 카메라맨들을 위해 문 두 짝을 열어 놓고 노인을 대청으로 오르게 했다. 노인이 당신 방으로 들어서며 말했다.

"연이야, 들어와 봐라."

언제라고 주무신달 때 안 들여다봤을까. 새삼스럽다는 생각을 하며 은현은 방으로 들어선다. 안에서 문을 닫으려 하자 이미 대청으로 올라서 있던 김 감독이 황급히 말했다.

"잠깐 문 좀 열어놔 주세요. 녹음도 부탁해요."

그가 방문 앞으로 다가와 녹음기를 내밀었다. 카메라는 노인이 부르지 않는 한 방 안으로까지 들어오지 않는 게 규칙이었다. 지난 5개월여 동안 할머니가 그들을 방에 들여놓은 일은 몇 차례 되지 않았다.

베개를 꺼내 들고 요 밑에 손을 넣어 보니 따뜻하다. 반두루마기

를 벗은 노인은 자리에 눕는 대신 당신의 반짇고리를 가져다 앞 창
밑에 앉는 참이다. 덮개를 열자 몇 개의 복주머니가 나타난다.

"왜요, 주머니 더 지으시게요? 천 찾아 재단해 드려요?"

"옛날에 쌍둥이가 생기면 한 복주머니에다 돈 두 개를 넣어 줬는
디, 인자 나도 신식으로 해볼란다."

"신식이 어떤 건데요?"

"따로따로 담아서 줄란다. 돈도 잔 높이고."

노인이 당신 치맛말기에 매달려 있던 주머니를 끌렀다. 홍림 씨에
게 변고가 생겼다는 예감에 시달리던 순간만큼이나 은현의 가슴이
뛰었다. 엎친 데 겹친다더니 이건 또 무슨 일일까 싶은 것이다. 노인
은 당신 가슴팍에 있던 주머니에서 두 장의 천 원짜리를 꺼내 반짇고
리에 두고 반짇고리 바닥에서 만 원짜리 두 장을 집어낸다. 그리고
반짇고리에 있던 주머니 두 개에다 만 원씩 담는다. 반으로 접은 지
폐가 구겨지지 않게 신중한 손길이다. 손등의 피부가 투명 비닐막 같
아 실핏줄이 훤히 비쳤다. 마침내 노인이 선언하듯 주머니 두 개를
내민다.

"아나, 복돈이다."

은현은 지난달에 정상으로 달거리를 했다. 보통이라면 며칠 뒤 이
달 치 생리를 하게 될 터였다. 그 사이에 중경을 만났다. 겨우 2주 전
이었다. 캠핑 팀을 순천만까지 끌고 내려왔다던 그가 팀에서 이탈해
찾아왔다. 그는 아직 공식적으로는 은현의 방에 들 수 없었다. 올 때
마다 모원에서 자는 그가 도둑놈처럼 채원으로 찾아든 건 새벽 3시
가 가까웠을 때였다. 한 차례 뒤섞이고 난 뒤 한 시간쯤 눈을 붙인 그
는 들어올 때만큼이나 조용히 동각을 향해 달아났다. 일이 생겼다면

그때였다.

"그러니까 할머니, 제가 임신을 한 건 물론이고 쌍둥이를 가졌다 그 말씀이세요?"

"옛날엔 묵고살기가 원체 사나와 쌍둥이를 불길해하기도 했제. 사내, 지집 쌍둥인 갱우엔 필경 지집아가 손핼 봤고. 지금 생각하면 참 무작시런 일도 옛날에는 아무렇지 않게 한 일도 많었다. 살라고 기를 쓰고 나온 지집아를 엎어 놓는 일도 드물지 않었응게. 그때는 낳기도 많이 낳고 죽기도 많이 죽었다. 우리 동네서만 한 해에 마흔 명 너미 태나던 시절도 있었느라."

은현은 노인의 손에서 두 개의 복주머니를 받아 제 무릎 위에 놓았다. 노인이 흰 이가 드러날 듯 말 듯 웃는다. 노인은 작년 여름 당신이 건네주었던 복주머니의 행방에 대해 한 번도 묻지 않았다. 노인은 새 생명이 깃든 것을 느끼고 축원하시되 현실과는 거리를 둔 터라 당신이 목격했던 아지랑이의 행방에 대해서도 캐묻는 법이 없었다.

"할머니!"

"오냐."

"솔직히 말씀해 보세요. 삼신할매처럼 할머니가 점지하시는 거지?"

"옛날에, 수항당께서 나한테 늘 생각함서 살라고 하샜다. 생각함서 살지 않으믄 되는대로 살게 된다는 말씀이셨겄제."

"수항당 말고 할머니가 삼신할매 같다고요. 아지랑이 말씀을 자주 하시지만 나는 꼭 할머니가 불러오시는 것 같아. 이왕 불러오실 거면 좀 찬찬히 불러오실 것이지 싶단 말이에요."

애먼 할머니를 탓하고 있다. 예전 남자들과 교접할 때는 늘 조심했다. 한 번의 방심으로 임신한 적이 있었다. 중경과는 방심한 게 아니라 아예 조심한 적이 없다. 방심과 조심 사이에 의도가 없었다고 말할 수 없을 터이다.

"아지랑이? 아지랑이는 지가 피제 내가 피운다냐. 눈 잔 붙여야 쓰겄다. 삼시랑들한테도 한 사날 쉬라고 해라."

사선 방향에서 최대한 방 안 풍경을 잡느라 기를 쓰던 카메라들이 노인 말씀에 얼른 물러난다. 은현은 노인이 눕는 걸 보고는 방문을 닫고 나온다. 기단으로 내려선 은현이 녹음기를 돌려주며 말했다.

"할머니 말씀 들으셨죠? 이제부터 감독님들, 나흘쯤 쉬실 수 있겠네요."

"그럴게요. 그런데 방금 할머님께서 은현 씨한테 복주머니를 주셨잖아요. 저희가 카메라로 처음 잡은 복주머니 상황인데, 은현 씨의 사생활 부분과 겹쳤네요. 어떻게 할까요?"

"어떻게 하고 싶은데요?"

"저희들이야 당연히 이 장면을 살리고 싶죠. 할머니의 정수의 한 장면인데요. 하지만 은현 씨 사생활이니 허락하지 않으면 사용하지 못하죠."

은현도 다큐 영화 스태프의 한 사람이었다. 할머니의 출연료나 작가 류은현의 원고료 등은 따로 설정하지 않았다. 영화가 손익 분기점을 넘으면 그때 일정 지분을 배당받기로 했다. 한 푼도 못 벌 수 있지만 영화를 같이 만들고 있는 건 사실이었다.

"할머니께서 제가 아이를, 그것도 쌍둥이를 가졌다고 하셨으니 이미 현실이에요. 현실로 등장한 아이들이니 낳게 될 거고요. 필요하다면 쓰셔도 돼요. 제 일이기도 하니까요. 다만 지금 여러 가지로 좀 어지러우니까 제가 임신한 사실을 우선은 감독님들만 알고 계세요.”

“그야 물론이죠. 그런데 대충 얼마나 된 거 같아요?”

“임신요?”

“예.”

“2주?”

다들 실실 웃는다. 2주 전 중경이 도둑괭이처럼 채원에 다녀간 사실을 아는 것이다.

“어른들께서 아주 좋아하실 거예요. 중경 씨도 그렇고요.”

“그렇겠죠.”

“아, 아까 양사에 이번 선거 후보가 왔어요. 국회의원 신지승이라던가? 지금쯤 숭모당에 가 있을지도 모르겠네요. 총선 때마다 후보들이 꼭 온다면서요? 할머님도 다음 주 총선 때 투표하세요?”

예부터 이쪽 지역에 출마하는 후보들은 양사를 찾아와 선거 운동을 하는 게 관례였다. 숭모당이 생긴 뒤로는 그곳에도 꼭 들렀다. 요즘 후보들에게는 표수가 많지 않은 양사보다 150여 표를 가진 숭모당의 위세가 높았다.

“할머니는 투표 안 하세요. 정치에는 관심 없으시거든요.”

또 웃어 댄다. 총선 날에도 이쪽에 있기 위해 부재자 투표 신고를 했다는 그들이었다.

“비밀 한 가지 알려 드려요? 할머니는 총선 후보나 대통령 후보들 보시면 누가 당선될지 알아맞히세요. 그래서 투표도 안 하시는 거고요.”

“그래요? 이번 이쪽 총선 후보가 셋이던데, 누가 당선될지 아실까요? 다음 대통령은요?”

12월 대선에 나설 후보들의 윤곽이 드러나는 즈음이었다.

"여쭤 보지 않아 모르지만 알게 돼도, 뉴스 삼을까 봐 못 알려 드려요. 쉬세요들."

영화너머 팀과 헤어진 은현은 자신의 방으로 들어와 두 개의 복주머니를 책상 위에 올려놓는다. 담배와 라이터 곁이다. 한 시간 전쯤에도 피운 담배였다. 은현은 담뱃갑을 손바닥에 놓고 한참을 만지작거리다 책상 서랍을 연다. 책상 서랍에는 세 갑의 새 담배가 들어 있다. 대학 졸업 무렵, 소설 습작 시절부터 피우기 시작한 담배였다. 삽시간에 골초가 되었고 10년쯤 어지간히 피웠다. 담배를 끊게 되리란 생각을 한 번도 해보지 않았다. 앞으로도 피우지 않을 자신은 없었다. 지금은 잠깐 참을 수 있을 듯하다. 할머니가 쌍둥이가 들어섰다고 선언하셨지 않는가. 충격을 받은 것은 아니었다. 내심 기다려왔는지도 몰랐다. 이따금 생각했던 돌이킬 수 없는 지점. 거기 닿은 것 같았다.

은현은 피우던 담뱃갑과 라이터를 서랍 안에 넣은 뒤 중경에게 전화를 걸었다. 간밤에 그는 구례 섬진강 쪽에서 캠핑했다. 먼 곳에 사는 여자를 연인으로 삼는 바람에 캠핑 횟수가 줄어들자 나름 머리를 쓴 게 캠핑 팀을 남녘으로 끌고 오는 것이었다. 조만간 금당 갯가로도 그들을 데려올 거라고 호언하는 즈음이었다.

"어디야?"

"벌교 근방을 지나는 중이야. 20분 안에 닿겠지? 왜, 나 얼른 보고 싶어?"

"뭐 먹고 싶어?"

"어머니가 나 뭐 먹고 싶으냐고 물어보라셔?"

"엄마 편찮다고 했잖아."

홍림 씨가 발병한 날, 처가에서 홍림 씨를 데려온 동국 씨는 입원 준비로 축사부터 정리했다. 이장에게 부탁해 축사의 소를 송아지들까지 아울러 모조리 팔게 했다. 양주가 병원에서 보낸 엿새 사이에 축사가 비어 버렸다. 그동안 소들이 한 일은 밭작물이며 수목원에 필요한 거름을 만드는 것이었으므로 동국 씨가 소를 판 것은 농사의 상당 부분을 접는다는 의미였다. 여행도 그래서 떠날 수 있었다. 앞으로 매달은 못 해도 한 철에 한 번씩은 여행하며 살 계획이라 했다.

"어머니 퇴원하셨다며?"

중경은 사귀고 싶은 여자가 담배 피우는 것을 알고 스스로는 잘 피우지 않던 담배를 그 여자와 함께 있을 때면 같이 피울 만큼 배려하는 남자였다. 그런데 거기까지였다. 홍림 씨가 어떻게 아프고 그래서 오늘은 여행을 떠날 것이라 분명히 말했는데도 그는 퇴원까지만 기억했다. 여자 친구가 이사한다는 말을 듣고도 그날 제 일 다 한 뒤 술자리로 가는 것과 같았다.

"엄마 아부지 여행 가신다는 말도 한 거 같은데?"

"아참, 그렇지."

어쩔 수 없을 때까지 결혼을 미룰 때 그 어쩔 수 없음에는 중경의 이런 면도 포함되어 있었을 것이다.

"고모가 너 먹고 싶은 거 만들어 주신대."

"난 아무거나 잘 먹잖아. 아, 꽃게장. 꽃게장은 금세 만들기 어렵지? 사러 나가야 하고? 내가 고흥 시장 가서 꽃게 사가지고 들어갈까?"

"됐네요. 손질해서 냉동해 놓은 거 있어. 해동시켜 무치기만 하면 돼. 운전 조심해서 와."

"좀 더 이야기해. 운전하면서 통화하면 옆에 있는 거 같잖아. 간밤에 사람들한테 내 여자 친구가 벌레에 물리면 크게 앓는 사람이라 함께 여름 캠핑 다니기 어렵다고, 좀 고민이라고 말했어. 여자 친구를 두고 혼자 즐기러 다니는 게 미안하다고."

"그랬더니 뭐래?"

"여름 캠핑 장비를 다시 구입하래. 내 2인용 장비를 가족용으로 바꿔서, 네가 텐트 속에서도 답답하지 않게, 집처럼 만들라고."

은현은 캠핑이 텐트 치고 모닥불 피워 놓고 고기 구워 먹으며 노는 건 줄로 알았다. 한번 따라가 캠퍼들 사이에 끼어 보고 나서야 다른 걸 깨달았다. 그들 이야기를 듣자니 야외에서 할 수 있는 모든 놀이가 포함된 것이 캠핑인 것 같았다. 강가에 가면 낚시나 래프팅을 하고 산에 가면 등산하거나 산악 오토바이나 행글라이딩을 하고 바닷가에 가면 수영 시합을 벌이는 식이었다. 캠퍼들이 수시로 몰려다니는 이유가 그 때문이었던 것이다.

"고마운 말씀들이기는 한데, 캠퍼 중심의 말씀들이네. 그 사람들은 대개 주말에 캠핑하는 대신 돌봐야 하는 가족이 없지?"

"그런 편이지만, 가족이 전부 움직여 다니는 경우도 드물지는 않아. 지난번에 너도 가족 팀 봤잖아."

"그럼 나처럼 벌레에 물리면 큰일 날 수도 있는 캠퍼의 아내가 여름에 아기를 낳으면 어떻게 하는데? 집에서 아내와 아기를 돌보는 대신 아내와 아기를 데리고 나가 가족용 텐트를 치나? 벌레 무서워 산도 물도 하늘도 내다보지 못하지만 캠핑은 하는 거야?"

"말에 가시가 든 것 같은데? 여름에도 가끔 밖에서 함께 놀 수 있는 방법을 찾자는 뜻이잖아? 그리고 계절 상관없이 아내가 아기를 낳았는데 처자식 두고 캠핑 떠나는 놈이 어디 있어? 왜 그래, 현아? 무슨 일 있어?"

너무 비약했다. 신경이 날카로워진 탓이다.

"미안해. 할 말이 있긴 한데 좀 이따 얼굴 보며 할게."

전화를 끊은 은현은 방문들을 다 열어젖힌다. 한동안 느끼지 못했던 새소리가 드세게 들려온다. 오래 벼르던 폭탄을 터트린 듯했다. 중경의 취미 생활에 제동 걸고 싶은 생각이 없음에도 잦다 싶긴 했다. 잦다는 건 그만큼 즐긴다는 건데, 개미 무서워 풀밭에도 못 앉는 여자 친구를 가진 남자로서는 과해 보였다. 그가 남자 친구가 아닌 남편, 아이들 아버지가 되면 어떻게 달라질지. 달라져야 한다고 여기는 여자를 어찌 여길지.

"연이야, 사랑에 잔 머시기한 손님이 드셨다. 니가 나가 봐라."

채원 문 밖에서 들리는 성심 씨 목소리다. 그리고 보니 복희와 복호가 짖어 대고 있었다. 낯을 익힌 사람을 향해서는 꼬리를 흔들고 낯선 사람을 향해서는 말릴 때까지 짖어 대는 개들이 요즘 인터폰 노릇을 톡톡히 하고 있었다. 은현이 사랑 마당에 들어서자 복희와 복호가 펄쩍펄쩍 뛰며 반겼다. 한배에서 태어나 쌍둥이처럼 닮은 개들. 사랑 처마 밑에 연두색 점퍼 차림의 세 남자가 어슬렁거린다. 선거 운동을 하러 들른 신지승 의원 일행인 듯했다. 60대 중반으로 보이는 사람이 신지승일 터였다. 대절곳 수월헌의 종손이자 현직 야당 국회 의원인 그는 이번에 당 공천을 받지 못해 무소속으로 출마했다. 그가 안쪽에서 나타난 은현을 바라보다 눈을 크게 떴다. 마을 사람들은 류 은현이 할머니 미령당을 닮았다고 하지만 은현은 자신이 류혜국을 더 많이 닮았다는 걸 알고 있었다. 신지승은 류혜국 소설에 승이라는 이름으로 등장한 인물이었다. 그러므로 그가 류혜국 닮은 존재를 만나 놀랄 수도 있긴 할 것이다.

"자네가 이 댁의 따님이신가?"

"예, 류은현입니다. 신지승 의원님이시죠?"

"그렇네. 자네 부모님은 출타 중이시라고? 어른들이 언제 오시겠나?"

"시간이 좀 걸리실 거예요."

"허면 물 한잔 얻어 마시고 나가야겠구먼. 자네가 알려나 모르겠지만 내가 이 댁서 물 한잔 마실 만한 인연은 있는 사람이네. 자네도 수월헌 알지? 내가 수월헌 사람인 것도?"

은현은 사랑 대청의 분합문 두 짝을 연 뒤 손님들을 오르게 했다. 건넌방에서 방석을 꺼내다 주고 동국 씨 방에서 차를 준비했다. 보좌관인 듯한 두 사람은 대청으로 오르지 않고 마당을 어슬렁거린다. 신지승은 은현이 차를 따르는 모습을 지켜보다 찻잔을 건네주자 입을 열었다.

"자네, 고모님 닮았다는 소리 많이 듣나?"

"어릴 때 가끔 들었습니다. 저희 고모님을 아셔요?"

"알다마다. 내가 학창 시절에 자네 고모님을 얼마나 쫓아댕겼는지 모르네. 우리 어른들한테 청해서 혼담도 넣었더랬지. 자네 고모가 날 거절하는 바람에 이 집 문턱을 넘지 못했네만. 그런 이야기 알고 있나?"

"듣지 못했습니다."

동국 씨나 홍림 씨는 신지승에 대해 거론한 적이 없었다. 자신이 쓴 소설 속 내용으로 미루어 보면 혜국은 천에 대한 배신감이 워낙 커서 승을 받아들일 여력이 없었다. 시골로 내려와 읍내 학교에서 근무하던 즈음에는 승에게 맘을 열었다. 당시 승은 시골집으로 돌아와 고시 공부를 하던 중이었고 이따금 읍내로 혜국을 찾아다녔다. 두 사람의 혼담이 있었다면 그 무렵이었을 텐데 소설에 혼담 이야기는 나오지 않았다. 주인공과 사귀던 승은 사법 고시를 통과한 뒤 시골 학교 선생인 여자를 버렸다. 주인공이 수도암 스님인 진경을 만난 건 그 뒤, 운대학교로 전근한 이후였다. 신지승이 류혜국의 남자 중 한 사람이었던 게 분명할지라도 류은현의 생부일 가능성은 없었다. 그건 다행이었다.

"오래전 이야기들이라, 더구나 자네 고모님이 계시지 않으니 말씀들을 안 하셨을 터이지. 류은현이, 자네는 무슨 일을 해?"

"소설을 쓰고 있습니다."

"오, 고모님하고 같은 길을 가고 있구먼. 자네 고모님이 일찌감치 가시지 않았으면 지금쯤 문명을 날리고 계셨을 터인데. 아까운 분이야. 헌데 자네 댁을 배경으로 해서 영화가 만들어지고 있다지? 여례당께선 오래전에 돌아가셨고, 매구 할매라는 분이 누구신가?"

숭모당에서 듣고 왔을 텐데도 매구 할매에 대해 잘 모르는 눈치다.

"작은할머니세요."

"자네의 작은할머니신가, 자네 고모의 작은할머니신가?"

"굳이 따지면 고모의 작은할머니시지요. 저한테는 증조모님이시니까요."

"아, 그 작은할무이. 나 태어날 때 우리 집에 와서 나 받아 주셨다는 그분이시구먼. 이런 세상에, 어떻게 이리 까맣게 잊고 살았을까. 어

릴 때는 종종 뵙기도 했을 터인데 말이지. 그 어른이 지금까지 생존해
계셨구만. 그 어른은 지금 어디 계신가? 인사라도 드리고 가야겠네.”

지금쯤 일어나셨겠지만 은현은 신지승을 할머니와 만나게 하고
싶지 않았다.

“낮잠 중이세요. 이 시간에는 늘 주무시거든요.”

그가 마당의 보좌관들에게 다음 일정이 어떻게 되느냐고 물었다.
보좌관이 송촌마을로 이동해야 할 시간이라고 말했다.

“허면 며칠 안에 다시 와서 인사드리는 걸로 해야겠구먼. 내가 다
녀갔다고 자네 어른들께 말씀드려 주게. 곧 다시 찾아뵙는다더라고.
차 잘 마셨네.”

은현은 신지승을 대문간까지 배웅했다. 피나무 그늘 아래에 검은
차가 나갈 방향으로 서 있고 앞서 나간 보좌관들은 나무 위를 올려다
보고 있다.

“그러고 보니 저 나무가 아직 그대로 있네. 요새는 산천도 의구하
지 않은데 자네 집은 통 변한 게 없구만.”

대답을 바란 말은 아니었는지 신지승이 차로 걸어갔다. 피나무는
계성재 나이와 수령이 비슷한 고목이었다. 20미터가 훨씬 넘는 높이
에 비해 옆으로 뻗은 몇 가지들이 죽어서 그늘 면적은 그리 넓지 않
았다. 신지승의 차가 동네 쪽이 아니라 계성재 길로 나갔다. 그길로
중경의 은색 차가 막 들어서는 참이다. 도로에서 계성재까지 거리가
2백 미터쯤 됐다. 길 양쪽으로 70여 그루의 벚나무가 꽃을 피워 환하
지만 길이 좁아 차 두 대가 비껴 지나긴 불가능했다. 중경이 후진해
도로와 금당길과 계성재 길이 갈라지는 곳까지 나간다. 신지승의 차
가 지나가길 기다렸다가 들어온다.

산 중턱의 묘원 아래쪽까지 길이 닦였고 차 몇 대 세울 만한 풀밭도 만들어져 있었다. 중경이 계성재 묘원에 오르기는 처음이었다. 은현이 향로가 든 상자를 들고 차에서 내리며 중경에게 비닐 돗자리를 가져다 묘원 길 입구 왼쪽에 있는 상석 앞에 펴게 했다. 돗자리 밖에 신을 벗어 두고 올라선 은현이 상석 앞에다 향로를 놓고 두 개의 향촉에 불을 붙여 꽂는다. 김 감독이 촬영하느라 바빴다.

"여기가 우리 집안 묘원이 시작되는 곳이고, 묘원을 찾아든 사람이 자기 왔다고 조상들께 일단 고하는 곳이야. 감독님도 여기는 처음이시죠? 저하고 중경이 절하고 난 담에 감독님도 향 한 개 피우시고 절 한 번 하세요. 영화 잘되게 해달라고 비시던가요."

중경이 자세를 가다듬는데 곁에 선 은현이 산 위쪽을 쳐다보며 말했다.

"할아버님, 할머님 들. 20대 손녀 은현입니다. 잘들 계시지요? 제가 오늘 소개시켜 드릴 사람이 있어 데리고 왔어요. 한 씨 집안의 중경이라고 해요. 인사드리러 왔으니 앞으로 귀엽게 봐주세요. 일일이 찾아뵙지는 못해요. 아직 벌이 나타날 때는 안 됐지만 또 모르잖아요. 저 혹시라도 벌에 쏘이면 몰골이 흉해지는 거 아시지요? 그럼 저희 절 받으세요."

느닷없이 김 감독까지 불러 묘원에 오자던 은현의 목소리에는 장난기가 가득하다. 중경은 여자와 사귀며 이런 절차를 치를 수도 있다는 게 놀랍고도 숙연했다. 중경은 제사나 성묘에 참석해 본 적이 없었다. 외조부 묘가 있는 샌라파엘의 마운트올리베트 가톨릭 공동묘지에 몇 번 갔지만 제사 형식은 아니었다. 현재 친가 조부모님 제사는 큰집의 사촌 형네가 모시는데 지금까지 중경이 참석할 기회는 없었다. 아버지 기범 씨도 부모 제사를 지내기 위해 일부러 귀국하지는 않았던 것 같았다. 은현은 두 번 절하고 일어나 반 배 한다. 중경도 따라 절했다. 속으로 무슨 말인가 하고 싶었지만 뭐라고 해야 할지 몰라 절만 하고 일어났다. 은현이 웃는 얼굴로 물었다.

"이런 거 좀 이상하지?"

"아니, 멋져. 이런 일 하는 너는 정말 특별하게 아름답고."

미친놈이라 하는 대신 까르르 웃는다. 김 감독이 카메라를 놓고 상석 앞에 서서 향촉 하나 꽂더니 말했다.

"계성재 할아버님, 할머님 들. 저는 이 사람들 친구인 김영성이라고 합니다. 이 사람들 덕에 요즘 진녹두 할머님에 관한 영화를 만들고 있습니다. 아시지요? 오늘 미처 술을 준비하지 못해 빈손으로 왔는데요, 나중에 다시 인사드리러 오겠습니다. 절 받으십시오."

절하는 김 감독 뒤에서 은현이 또 깔깔대더니 중경에게 돗자리를 접어서 들라고 했다. 다 끝난 게 아닌 모양이다. 차로 가더니 술이 담긴 보퉁이를 꺼내 와 그것도 중경에게 들게 하곤 묘원 길로 올라선다. 묘원 길을 20미터쯤 걷자 왼쪽으로 갈라진 길이 나타났다. 중경을 앞서게 하고 김 감독을 뒤서게 한 은현이 종알종알 설명한다. 이 선산에는 시조 계성공부터 현재에 이르기까지 120여 기의 묘가 한자리에 다 모여 있는 게 아니라 위에서부터 묘원 길 양쪽으로 개미집처럼 층층이 이루어져 있다고 한다. 저는 늦봄부터 초가을까지는 이 근방에 얼씬도 해본 적 없지만 오늘은 특별히 왔다며 혹시 벌레가 나타나면 대신 쏘여 달라면서 웃는다.

경운기 한 대는 다닐 법한 길은 위가 아니라 옆으로 난 덕에 평평한 편이다. 나뭇가지가 드리워져 그늘이 짙었다. 백 미터는 못 걸은

것 같았다. 잔디가 파릇하게 자라 오른 묘소 앞에 이르렀다. 시야가
탁 트인 묘소다. 운대학교에서 금당교까지의 벚꽃 길이 안개처럼 부
옇게 펼쳐졌다. 오른편 저만치에 연하정이며 들판 너머 운암산까지
눈에 들어왔다. 묘소는 꽤 넓은데 봉분은 한 기뿐이다. 봉분의 옆쪽
과 기단이 만들어진 위쪽이 빈 채 잔디 사이에 흰 민들레며 제비꽃들
이 군데군데 피어 있다. 봉분 왼쪽으로는 수령이 꽤 됨 직한 배롱나
무 한 그루가 연둣빛 잎사귀들을 하늘거리고 그 안쪽에는 진달래가
지천이다. 은현이 중경에게 봉분 앞에다 돗자리를 펴라 했다. 중경은
돗자리를 펼치다가 무덤 곁에 선 자그만 묘비를 보았다. 검은 묘석에
세로로 음각된 글자가 눈에 들어왔다.

류혜국지묘 1947년 9월 10일에 나서 1978년 10월 26일에 잠들다.

류혜국에 대한 설명을 미루며 술병을 따던 은현이 무덤 옆 잔디밭
에서 카메라 파인더를 두 사람에게 맞추고 있는 김 감독에게 말했다.
"감독님, 지금 비밀 한 가지 알려 드려요?"
"말씀하세요."
"지금 감독님이 밟고 계신 자리, 장차 매구 할매가 누우실 곳이에
요."
"예?"
김 감독이 놀라 펄쩍 몸을 세우고는 얼른 비켜나 기단 위로 올라
선다. 은현이 또 깔깔대며 덧붙였다.
"거긴 미래에 우리 동국 씨하고 홍림 씨 자리고요. 괜찮아요. 그
냥 한 말이에요. 지금은 그냥 풀밭일 뿐이잖아요. 할머니 자리 알려

드리려고 감독님도 같이 오자고 한 거예요. 알고나 계시라고요."

"두 분 거기 그러고 있는 거 촬영해도 됩니까?"

"괜찮아요. 대신 저 예쁘게 안 나오면 무효예요."

술병을 딴 은현이 중경에게 술잔을 들게 하더니 술을 따랐다. 술잔이 차자 두 손으로 받치더니 묘석 앞에다 놓는다.

"묘비명 봤지?"

"어. 누구셔?"

"류혜국은 우리 동국 씨의 일점 누이이자, 내 고모야. 그리고 너한테 벌써 했어야 할 말인데, 이제 할게. 나는 우리 홍림 씨한테서 태어난 게 아니라 여기 계신 고모, 내 평생 고모라고 불러 온 류혜국에게서 태어났어. 고모는 나 낳고 101일째 되던 날 돌아가셨대. 내 입장에서는 뭐라고 불러야 할지 모르겠지만, 우리 고모한테 나를 낳게 한 사람에 대해서는 아무도 몰라. 고모는 그 말을 하지 않고 세상을 떠났거든. 그래서 나는 우리 엄마 아버지 딸이 되었어."

옆으로 앉아서 말하는 터라 옆얼굴만 보인다. 눈물이 맺혀 있을 것이다. 왜 돌아가셨는지는 말하지 않지만 자살이었던 것 같다. 그동안 은현을 추동하는 무엇이 있는 것 같다고 느꼈다. 끊임없이 움직이게 하는 어떤 작용. 그건 작가로서의 기질이나 에너지라기보다 모종의 결핍 같았다. 불안정감으로 느꼈다. 중경이 알지 못했던 게 그것이었다. 왜 은현이 건드리면 안 되는 벌집처럼 조심스레 느껴지는지. 이제 약간 알 듯했다. 생모가 저를 낳고 101일째 세상을 저버렸다는 걸 알고 자라 온 그 마음 깊은 곳에 심연이 있었다.

"나는 이분을 어떻게 부르면 돼?"

"고모님이라 해야지."

은현이 고개를 돌렸다. 눈이 발갛다. 다행히 표정은 어둡지 않다.

"이제 나한테 정식으로 청혼해."

"여, 여기서 지금?"

"왜 맨날 결혼하자고 노래 부르더니 정말 청혼하라니까 무서워?"

"그게 아니라, 반지 같은 거 있어야 하잖아."

"반지 같은 거, 준비해 놓긴 했어?"

"아직."

"그래 놓고 결혼하자고 그렇게 볶았어?"

"『매구 할매』 다 쓴 담에 한다고 해서 정말 그러는 줄로 여겼지. 아, 반지는 있어. 네 손가락에 맞춰서 세팅을 다시 해야 하지만, 외할머니가, 내가 결혼하겠다고 나서면 내 신부한테 물려주시겠다는 반지야. 외할머니가 결혼할 때 외할아버지한테 받았다는 60여 년 된 반지인데, 에린 씨는 당신 생전에 그걸 내 신부한테 물려주고 싶어서 안달하며 기다리고 계셔. 여튼 오늘은 그냥 청혼할게. 류은현, 나랑 결혼하자."

"그래, 결혼하자."

"언제 할 건데?"

"우리 홍림 씨 성격상 내가 대충 결혼할 수는 없을 거라 시간이 좀 필요하겠지만, 준비 가능한 선에서 되도록 빠른 시일 안에."

"사람 겁나게, 갑자기 왜 이래?"

"할머니한테 복주머니를 받았어. 그것도 두 개나."

"할머니한테 복주머니를 두 개나 받은 게 뭔데? 아니, 무슨 뜻인데?"

배롱나무 쪽에서 두 사람에게 핸디 캠을 대고 있던 김영성이 와하하 웃어 댄다. 김영성은 아는데 나는 모르는 전라도식 은유인가 싶은데, 은현이 제 겉옷 주머니에서 오색 복주머니 두 개를 꺼내 묘석 앞술잔 옆에 놓았다. 순간 중경은 복주머니가 무슨 의미인지 깨달았다.

"임신했어?"

"할머니에 따르면 그렇대. 쌍둥이라고 하시고."

"쌍둥이가 생겼다고? 네 몸속에?"

"그래. 내 몸속에 네 아이 둘이 한꺼번에 생겼대. 바보 같아 뵈니까 입 좀 다물고, 이제 고모한테 절해. 성묘하러 온 거 아니라 그냥 뵈러 온 거니까 한 번만 하면 돼."

은현이 소설을 핑계로 결혼을 자꾸 미룬 탓에 중경은 임신을 계획했다. 스스로 피임을 하기는커녕 은현이 피임 생각할 새 없이 만들었다. 마침내 임신한 은현이 결혼에 응했다. 그런데 쌍둥이라니. 어리떨떨하다. 시키는 대로 절 한 번을 하면서 중경은 무슨 말을 해야 할지 생각한다. 할 말이 너무 많은 것 같아 일어날 수가 없다. 어떤 말을 먼저 해야 할지 몰라서도 일어나기 어렵다. 그래서 중경은 먼저 떠오르는 한 가지를 속으로 말했다. 은현이를 낳아 주셔서 고맙습니다, 어머님.

12

다들 보시씨요. 우리 큰메누리가 낼모레 어버이날이라고, 화장품 쎄트를 사왔구만요. 어야, 피어리쓰, 자네가 취급하는 것보다 더 웃질인 것 같은디 안 그란가? 알로에, 자연 화장품 아닌가마시. 알로에가 좋다는 거시야 다들 아는 것이고 말이제. 고맙다, 한서 에미야. 잘 쓰겄다. 이번 한 번은 우리 메누리한테 받은 거 쓸랑게, 피어리쓰 자네 날 야속타 마소잉. 그라고 연이 니도 이 화장품 쓸 생각 마라잉. 어매한테 새시로 사다 주진 못할망정 뺏어 쓰먼 못쓴다. 다들 안 그라요? 메누리가 뭘 사주먼 딸년이 지것인 것맹키 슬쩍 갖다 쓰고 안 그랍디여. 다른 집들은 안 그라요? 우리 연이 년은 지꺼 내꺼 구분을 안 헌당게요. 하기사 요새는 구분할래도 지것이 있어야 구분을 할 것인디, 글 씀담서 한 1년 촌에 붙어 있다 봉게 아조 촌년이 다 돼부렀소. 뭐 그래도 나는 좋소. 곧 시집을 보낼 겅게. 우리 사우, 인자 다들 아시제라? 서양 피가 쪼깐 튀갖고 양놈매니 생긴 건 잔 머시기해도 싹싹한 성정에다 생김새도 뜯어보면 이사 귀엽소. 이따가 사둔 될 양

반들이, 노사둔까지 모시고 오신다고 헝게, 결혼 날짜가 잡힐 것이
오. 우리 연이가 결혼할 때는 얼굴에 팩도 많이 붙이고 피부 미용실
서 마싸지도 받고 그라믄 지 본색을 찾지 않겄어라? 시집가서 살림
잘하게끔 실컷 갈쳐 놨응게 걱정도 안 허요. 나는 딸내미가 너메 집
에 시집가 갖고 우리 메누리들 같은 짓거리만 안 하면 된다고 생각하
는 사람인게요. 특히나, 여기 왔응게 하는 말이제만 우리 한서 에미
같은 짓거리만 안 하면 보통이라고 생각하요. 하느님 안 좋단 사람이
어딨겄소? 하느님이나 부처님이나 조상님이나 그것이 그것이제. 조
상님이 그중에 큰 것은 나를 있게 한 사람들이기 때문이고. 썩을 년
들! 교회를 댕길라믄, 교회가 그리 좋으믄 교회한테 시집가제, 너메
귀한 아들한테, 그것도 종손자한테 시집을 와서 종갓집을 베래 놔?
종손부 노릇은 바라도 않는다. 그런다고 명색이 큰메누리란 년이 지
사에 발다죽도 안 해? 설날이라고 그믐 밤도 아니고 당일 아침에 삐
쭉 와갖고 차례상은 딜다도 안 보고 할매한테나 어매 아배한테 세배
라고 함시롱 고개 외로 꼬고 까딱 절한 시늉만 허고. 니 서방을 늙은
부모 앞에 빙신맹키 고갤 못 들게 맹글어 꽉 잡고 상게 좋으냐 이년
아? 나 같으면 항꾼에 산 정 때문이라도 서방을 그리는 못 만들겄다,
독한 년. 거짓깔로 시늉이라도 해주겄다, 나쁜 년. 베락맞아 디질 년.
어버이날이라고 선물을 사갖고 왔냐아? 니년들이 은제 어버이 챙겼
다고? 씨엄씨 노망 났당게 왔제? 내가 몰를 줄 아냐? 은제 디질랑가
볼라고? 대학 나와 선생 노리함시롱 노망났다고 금방 안 디지는 것
도 모르냐? 날 갖다 요양원에다 콱 처박어 부렀으면 딱 좋겄제? 아예
우리 세 노인네를 쌍으로 묶어다 처박고 싶을 것이다. 요양원이 저승
길잉게 세 늙은이 갖다 처박아 노면 금방들 디지기는 하겄제. 어이구

306

독한 년들. 아나, 시집, 아나 재산이다. 땅 폴아서 니년들한테 줄지 알제? 가만있어도 뚝뚝 떨어질 줄 알제? 택도 없다, 썩을 년들. 배람박에 똥을 처발라도 니년들 손은 안 빌릴 겅게 다케는 오지 마라, 오살할 년들아!

어어 하며 진의를 파악하지 못한 새, 당자를 대놓고는 차마 못할 말이 봇물 터지듯 터져 나왔다. 말릴 틈도 없었다. 은현은 홍림 씨에게서 한서 에미 짓거리 말 나올 때쯤 위기를 느끼기는 했다. 말려야 한다 싶으면서 끼어들 틈을 찾지 못했고 입이 떨어지지도 않았다. 한편으로는 평생 한 번은 할 말 해야 하는 게 아닐까 싶기도 했다. 그렇더라도 지금 홍림 씨의 말은 심했다. 누군가 나서서 진화를 해야 할 상황인데 워낙 사태가 큰지라 아무도 엄두를 못 내고 있다. 하는 수 없다 싶은지 홍림 씨와 제일 친한 피어리스댁이 나선다.

"어이 홍림당, 자식들 대놓고 뭔 소리를 그리 독하게 항가. 한서 엄마야, 자네 엄니가 요새 잔 아프지 않나? 글다 봉게 말이 심하게 나간 모양이시. 자네가 엄니를 봐주소 잉."

한서 엄마도 누군가 나서 주기를 기다렸던 모양이다. 뻣뻣이 굳어 있던 어깨를 편다. 얼굴에 살얼음을 펴 바른 것 같다.

"예, 아주머니. 고맙습니다. 저희 어머니 편찮으신 거 압니다. 지금 보니 정말 많이 편찮으시네요. 그러니 이렇게 여러 사람 앞에서 며느리를 욕보이시는 거겠지요. 어머니 편찮다고, 손톱만 한 연락도 안 하셔서, 지난달에 광주 오셔서 일주일이나 입원해 계셨다는 걸, 광주 사는 저희는 며칠 전에야 알게 되었고요. 소식 듣고도 금방 와 보지 못한 게 잘못한 일인 줄도 압니다. 한서가 고3이라는 게 무슨 핑계가 되겠어요? 사실 어머니 뵙기가 무서워서 망설인 점도 있었습</p>

니다. 이런 말씀들을 듣게 될까 봐 그랬지요."

되게 쏟아 놓고 나서 한숨 돌린 것 같던 홍림 씨가 며느리를 쳐다본다. 뜬금없는 때에 나타난 며느리를 이제야 발견한 얼굴이다.

"한서 에미, 니 시방 뭐라고 시분거리냐?"

좀 전의 말을 계속하기 위한 질문이 아닌데 박선주가 제 식으로 알아들을 것 같아 은현은 조마조마하다.

"어머니 무서워서 시집에 오지 못하겠다고 말씀드리고 있습니다."

"내가 니한테 멀 했다고 내가 무서야?"

"어버이 대접을 못 받으셨다고 하셨지요? 어머니는 언제 한 번이라도 저를 자식으로 대접해 주셨어요?"

"머시야?"

은현이 올케 팔을 잡으며 작게 말했다.

"언니, 엄마가 편찮잖아요. 무슨 말씀 하셨는지 모르시는 상태예요. 언니가 이해해요, 예?"

박선주가 휙, 은현의 손길을 걷어 냈다.

"아니요. 평소에 늘 하시고 싶던 말씀들이셨을 텐데, 기억 못하실 리 없어요. 방금 하신 말씀들을 기억치 못하신대도 마찬가지죠."

"언니가 참으세요. 예?"

"애기씨, 오늘 상견례한다면서요? 결혼, 미리 축하해요. 축하는 하겠지만, 애기씨도 그러는 거 아니에요. 아무리 소원하게 살아도, 어머니 입원하신 것쯤은 알려 줘야 하는 거 아니에요? 번번이, 당연히 알려 줘야 할 것들을 숨기고 나서 네가 한 게 뭐 있냐, 그러는 게 경우에 맞아요?"

"어쩌다 보니 그렇게 된 거예요. 죄송해요, 언니."

"말리는 시누이는 밉다지만 말리지도 않는 시누이는 무서운 거, 애기씨 알아요? 어쨌든 말 나온 김에 나도 할 말 좀 해야겠어요. 어머니, 애기씨가 어쩌다 보니 저처럼 종가에 시집가서 교회를 다녔다면, 교회를 다녀야 숨 쉬고 살 것 같다면 어머니는 어떻게 하셨을까요? 제사 지내야 하니 교회 나가지 마라, 그러셨을까요? 교회도 다니면서 제사도 잘 지내라 그러셨을까요? 아니요, 그러시지 않았을걸요. 아예 종갓집 같은 데는 시집도 가지 마라, 그러지 않으셨을까요? 여기 아주머님들, 할머님들, 여러 분 계시니 제가 딸이라고 생각하시고 한번 말씀들 해보세요. 어머님한테 조상님들이 종교인 것처럼 저한테는 하느님이 종교입니다. 그런데 종교마다 따르는 방법에는 차이가 있지요. 요즘은 부부간이라도 다른 종교를 갖게 되면 그 차이를 서로 인정하면서 존중해 주는 시대입니다. 한서 애비와 저는 그 점에서 서로 존중하면서 살고 있고요. 그런데 교회 다니느라 제사 못 지낼 것 같으면 이혼해라 하실 건가요? 제사 때문에 이혼을 해요? 그럴 것이었으면 한서 낳으면서 벌써 이혼했을 겁니다. 재서는 낳지도 않았을 거고요. 그래도 이혼, 못할 것도 없습니다. 한서 애비가 이혼하자면 언제든지 할 의향도 있고요. 저는 한서 애비가 벌어 주는 밥 먹고 살지 않습니다. 제 밥은 제가 벌어 먹고 살지요. 그리고 땅요? 저는 어머니 땅 한 뼘도 욕심 낸 적 없습니다. 앞으로도 그럴 일 없을 거고요. 다신 오지 말라셨지요? 예. 그렇게 할게요. 여러 어르신들 죄송했고요, 먼저 일어나겠습니다."

"언니, 이렇게 일어나면 어떻게 해요. 엄마가 아파서 그런 거잖아요."

　은현이 잡아 앉히려는데 박선주는 뿌리치고 일어나 나간다. 문을 닫지도 않아서 신발을 꿰어 신고 마당에 세워 둔 제 차를 향해 가는 게 훤히 내다보인다. 빗줄기가 굵어서 잠깐 새에도 얇은 옷이며 단정한 단발머리가 후줄근히 젖는다. 하얀색 차의 문을 열고 들어가 앉더니 금세 부릉 하고는 숭모당 문 앞에서 사라진다. 그걸 번히 쳐다보고 있던 홍림 씨가 물었다.

　“어이 피어리쓰, 내가 뭔 소리를 하등가? 내가 뭔 소리를 했길래 저것이 땅이 어쩌네, 존중이 어쩌네, 이혼이 어쩌네 하고 나간당가.”

　피어리스댁이 되물었다.

　“홍림당, 자네가 앞서 한 말은 그르케 깜깜하게 생각이 안 낭가?”

　여기저기서, 정말로 아무 생각이 안 나느냐고 물어 댔다. 더러 치매 걸린 시어매, 시아배를 겪은 사람도 있지만 벌써 기억들이 흐렸다. 2백 명 정도의 마을 사람 중에 150여 명이 여자들이고 그네들의 태반이 독거하고 있었다. 그러다 치매 걸리거나 거동 못할 병에 걸린 사람은 자식들이 요양 병원으로 데려갔다. 요양 병원으로 간 사람 중에 살아서 마을로 돌아온 경우는 없었다. 요양 병원은 저승 가기 전에 들르는 대합실 같은 곳이었다. 홍림 씨는 예외였다. 병원 가기 전에 숭모당에 와서 자신이 노망난 것 같다고, 병원 가서 검사 받고 올 동안 우리 할매 좀 부탁한다고 말하고 갔다. 멀쩡히 돌아와 자신의 병에 대해 설명하고는 여행도 다녀왔다. 닷새간 여행을 마치고 돌아온 홍림 씨는 한결 더 편해졌다. 우울증에서 비롯된 가성 치매라는 병 자체가 처음인 터라 요새 숭모당에서는 홍림 씨를 보면서 그 병에 대해 수시로 이야기 나누는 참이었다. 누구나 지난 늦가을 김장도 아닌 김치 몇 통 담그다 쓰러져 그길로 숨을 거둬 버린 금산댁처럼 죽을 수는 없다는 걸 아는 터라 수시로 죽음에 대해 공부하는 것이다.

"한서 에미보고 어른들한테 절하란 거는 생각나는디 그 담은 깜깜허네. 한서 에미가 시어매 무서워서 시집에 못 온다고 하등만. 긍게 그 깜깜한 새에 내가 지한테 뭔 듣기 싫은 소리를 하기는 했그만?"

"뭔 소리를 잔 하기는 하데. 뭔 소리 잔 했제만 전부, 홍림당이 하고 싶었든 말들 같드구만. 솔직히 그른 말도 없었고. 전부 내가 내 메누리들한테 하고 자운 말이었당게."

"근디 한서 에미가 그렇게 포르르 해갖고 떨치고 나갔당가? 다시는 날 안 봄담서?"

"같은 말이라도 아 달르고 어 달른디 홍림당이 쫌 쎄기는 했제. 거기다 자리가 자리 아닌가? 이렇게 넘들 앞이 아니라 집에서 고부간에 둘이 앉어 했으면 홍림당 말도 덜 쎘을 것이고 한서 엄마도 그라고 받아들이지는 않았을 테제. 하여튼지 간에 일은 쳐부렀응게, 홍림당 속이나 개젓했으면 쓰겄그만 깜깜절벽이라니, 속도 안 씨원하겠고, 아숩네야. 그래도 설마 한들 시어매한테 욕 잔 묵었다고 발길이야 끊겄능가? 홍림당이 나중에 전화해서 사과하고 달개면 되겄제."

"깜깜절벽이어도 피어리쓰 자네 보기에 나 하고 자운 말 한 것 같았다믄, 내가 뭔 말을 했을지는 짐작이 가는디, 달개서 될 일이 아닐 것이네. 씩씩거림서 운전해 감시롱 분을 못이개 한바탕 눈물 짤랑가도 모르겄지만 꼴 보기 싫은 시집에 다케는 안 가도 될 핑계 생겼다고 잘되았다, 하겄제. 우리 할매가, 비 옹게 나가지 말라고, 떡은 연이한테 들래 보내고 니는 집에서 사돈들 맞을 채비나 하라고 역부러 당부하시등만, 할매 말씀 들었으면 멀미는 안 했을 것인디, 참!"

대형 사고를 치고 나서 멀미라 말하는 홍림 씨 때문에 은현은 멀미가 났다. 어지럽고 메스껍다.

"긍게잉, 늙으나 젊으나 어른 말씀을 들어야 한당게."

각자의 시름에 잠기면서 한숨 쉬는 여인들을 두고 은현은 차를 가져 오겠다고 일어섰다. 채 2백 미터가 못 되는 거리지만 우산 받쳐 홍림 씨를 데리고 가기에는 빗발이 거셌다. 넘어진 김에 쉬어 간다고, 발병한 뒤 홍림 씨는 아이 같아 졌다. 함부로 비를 맞게 할 수 없었다. 홍림 씨가, 비 그치면 갈 테니 데리러 오지 말라고 소리쳤다. 피어리 스댁이 자신이 집까지 잘 데려다 줄 테니 걱정 말라고 거들었다.

동국 씨는 모처럼 휴일 맞은 듯 마당 쪽의 문을 열어 놓은 채 붓을 들고 대나무를 치고 있었다. 은현은 방으로 들어가지 않고 마당 쪽 창호 문 앞 툇마루에 걸터앉았다.

"폭 젖었구나? 네 새언니는?"

은현은 조금 전 숭모당에서 생긴 일을 가감 없이 고했다. 고부간에 깊었던 골이 적나라하게 드러난 터라 어느 한쪽을 편들 수도 없었다. 동국 씨가 든 붓에서 먹물이 떨어져 검은 대나무 이파리들에 번진다. 오늘 사돈 양반들 오신다고 방앗간에서 떡을 해왔다. 그걸 숭모당에 가져다준다고, 은현이 시집가게 된 걸 자랑도 할 겸 홍림 씨가 나간 참에 며느리가 왔다. 동국 씨가 며느리를 숭모당으로 보낸 까닭은 내자의 기를 살려 주기 위해서였다. 자식이 찾아오기만 해도 자랑이 되는지라 사람 많은 곳을 어려워할 며느리에게 은현까지 매달아 보냈다. 은현의 말이 끝났을 때에야 동국 씨는 붓을 벼루에 내려놓고 먹물이 번진 종이를 반으로 접는다. 한 그루 대나무가 불쏘시 개감이 되고 있었다.

"글씨고 그림이고 참 안 는다. 어릴 때 공부를 게을리 한 탓인 듯 싶다. 여례당께서 공부 열심히 하라 그리 이르셨는데, 그때 말씀 좀 들을걸 그랬다."

"제가 보기엔 아버지가 추사보다 명필이세요."

터무니없는 비교에 유쾌해진 동국 씨는 껄껄 웃는다. 모처럼 시원하게 웃고 나니 속이 뻥 뚫리는 것 같다.

"그리 말해 주니 고맙다. 여튼지, 니들 결혼식은 대충 언제쯤으로 잡으면 좋겠냐. 이따 중경이 부모님 오시면 상의하려 한다만 나는, 너 아이들 가진 거 니 어머니 알기 전에 식을 치렀으면 싶다."

홍림 씨는 은현이 임신한 걸 아직 몰랐다.

"저도 그랬으면 싶어서 중경이하고 의논했는데, 내달 첫 주말쯤이 어떨까 하고요. 결혼식은, 우리 집에서 전통 혼례식을 하고 싶어요. 엄마 신경 쓰시지 않아도 되게 전통 혼례를 대행해 주는 회사에다 절차를 전부 맡겨서요. 그러면 중경이 부모님도 좋아하실 거래요. 오늘 오셔서 그런 말씀도 하실 건가 봐요."

금당에서는 어느 집에 혼사가 생기면 버스 대절해 동네 사람들을 싣고 결혼식장으로 갔다. 혼사 치르는 집에서 버스 대절 비용은 물론 오고가는 중에 먹고 마실 음식을 잔뜩 마련해 싣고 가는 일종의 동네 행사였다. 태현, 상현, 교현의 결혼식 때도 두 대씩의 버스를 대절했다. 그렇지만 할머니는 참석하지 못했다.

"그 댁에 어려운 하객이 많을 텐데 실례 아니겠냐?"

"좀 다르게 사신 분들이잖아요. 주변 결혼식 일일이 찾아다닌 분

들이 아니시라 통상적인 의미의 하객들이 많지는 않을 거래요. 친척
도 많지 않고요."

"그 댁에 실례가 되지 않고, 그 댁에서 먼저 나서 주시면 우리야
좋은 일이지. 말씀을 들어 보고 결정하자."

"그리고 저 식 치르고요, 아이 낳고, 지금 쓰는 소설 다 쓸 때까지
는 집에서 살려고요."

"그러면 못 쓴다. 한 서방한테도 못할 노릇이고."

"중경이 먼저 꺼낸 말이에요. 중경이는 엄마가 저 떠나는 거 싫어
하시는 거 아니까, 엄마 곁에서 아이 낳고 소설 쓰고 그러다 보면 엄
마가 호전되실 거니까, 그동안에는 자기가 지금까지처럼 왔다 갔다
한다고요."

은현이 당분간 여기서 살아 준다면 큰 시름을 더는 것이었다. 은
현이라도 곁에 두고 싶어 하는 내자의 상태도 그렇거니와 당장 마련
해야 할 돈도 문제였다. 동국 씨가 현재 지닌 것이라곤 내자의 발병
으로 값없이 팔아 치운 소 값 정도였다. 작년에 상현이 은현의 결혼
자금을 싹싹 긁어 가고 난 뒤 읍 쪽 외곽에 나대지로 남아 고물상에
점거되어 있는 땅을 매물로 내놨으나 팔리지 않았다. 하는 수 없어
농협에 그 땅을 담보 대고 대출을 신청할 계획인데 은현이 어떤 식으
로 신접살림을 시작하는지에 따라 규모를 정할 참이었다.

"고마운 일이로구나. 알았다. 그것도 정식으로 얘기 나눠 보자.
그리고 너 이제, 한 서방에 대한 호칭이며 말투 바꿔라."

"그럴게요. 근데 아버지, 아버지는 괜찮으세요?"

다 커서 시집가려는 딸이 아비에게 괜찮으냐고 묻는다. 나는 괜찮
은가. 괜찮은 듯도 하고 아닌 듯도 했다. 내자가 진짜 치매는 아니라

고 해서, 몇 달만 섭생 잘하면 호전될 수도 있다고 해서 나머지는 다 괜찮다고 생각했다. 늙은 몸 가득 물 같은 것이 들어차 찰랑거리는 것 같은, 그 물이 넘쳐나 눈물이 되는 것 같은 느낌은 늙은이의 주책이려니 여기는 참이었다.

"아빠는 괜찮다. 힘들면 힘들다고 말하마. 네 엄마처럼 할 말 쌓아 놓고 살다가 너 놀라게 하지 않으마."

"힘드시면 힘들다고, 아프시면 아프다고 말씀하기로 약속하신 거예요, 아버지."

"약속하마. 이제 들어가서 사돈어른들 맞을 채비해라. 나도 밭사돈 묵으실 건넌방 좀 다시 살필란다."

아비의 안부를 묻고 돌아서서 비를 맞고 들어가는 은현의 뒷모습이 가냘프다 못해 처연하다. 원래도 살집이 없는 아이지만 집에 돌아와 지내면서 점점 더 야위는 성싶었다. 그런 몸에 쌍둥이를 실었으니 한동안 고생을 할 터였다. 임신한 것을 알고 보아 그런지 어느새 입덧도 하는 것 같았다. 동국 씨는 흙 담은 자루처럼 무거운 심신을 일으켜 세운다.

에린 씨는 한국말을 제법 했다. 어머니 마리 씨는 서울 말씨에 능숙했다. 상견례를 위해 샌프란시스코에서부터 날아오면서 마리 씨는 모친과 남편 기범 씨로 하여금 한국어만 쓰도록 강요했다. 사돈들과 될수록 편하게 대화하기 위한 준비였다. 중경의 차에 올라 다섯 시간 넘게 오는 동안에는 기범 씨가 장모와 아내에게 사돈들을 향한 호칭을 가르쳤다. 은현의 아버지는 사장님, 어머니는 사부인이라 칭한다. 할머니는 어르신이라 부르고 고모는 고모님이면 적당하다. 은현은 아기라거나 중경이 부르는 대로 그냥 이름을 불러도 무방하다 등등. 중경은 어른들의 그런 모습이 다행스럽고도 좋았다.

꽤 여러 나라를 돌아다닌 셈이지만 수백 년 동안 유지되어 그 집안 직계 사람들이 현존하는 집은 흔하지 않았다. 백 살 넘은 노인께서 존경과 애정 속에서 건강히 살고 계셨다. 대부분을 줄였다 해도 수백 년 전래된 제사며 세시 풍습이 계성제에는 살아 있었다. 노인께서 새벽마다 정안수 떠놓고 집안과 마을 사람들을 위한 비손을 하셨다. 그건 나름의 부와 정신이 합치되어 전통이 되었을 때나 가능한 일이다. 은현은 그런 집의 외동딸로 자랐다. 홍림 씨가 은현을 싸안는 모습은 거의 동물적인 것이었다. 지극히 동물적인 게 지극히 인간적일 수 있다는 걸 은현을 찾아다니며 깨달았다. 계성재라는 낡은 집이 생생하게 살아 있는 게 그 때문이라고도 생각했다. 계성재가 좋았고 은현이 그 안에 살고 있으므로 더욱 좋았다.

금당이 가까워졌다는 중경의 말에 기범 씨에게 배운 단어들을 되뇌는 모녀는 사돈댁과 상견례하러 나선 안사돈들이 아니라 관광 나선 외국인 여성들 같다. 일주일 전 귀국한 그들에게 은현이 4백여 년 된 고택의 고명딸이라는 걸 말한 순간 모녀는 입을 다물지 못했다. 그 집에서 백 살 넘으신 할머니를 모시고 한국식 전통 혼례를 치렀으면 한다는 중경의 말에 환호하며 반겼다. 중경은 고흥읍과 녹동 방향으로 뻗은 고속도로에서 운대오거리로 내려섰다. 농협분소를 지나고 폐교 뒤쪽에서 금당으로 향하는 커브를 막 돌아서 서행하는데 옆자리의 기범 씨가 문득 말했다.

"제이크, 차 좀 세워 봐라."

갓길이 따로 없는 2차선 도로였다. 오가는 차들도 드문 길이라 중경은 길가 쪽에 차를 붙여 세운다. 오전에 비가 내렸다더니 말끔히 그쳤다. 길 양쪽의 벚나무들이 꽃을 지우고 초록 잎들을 무성하게 피웠다. 은현과의 결혼으로 생긴 계성재라는 처가는 중경에게 깊은 땅속에서 막 캐낸 보물상자나 다름없었다. 태어나 지금까지 모자란 것 없이 살았다고 자부했는데 계성재를 드나들면서 모자란 걸 깨달았다. 실존하는 뿌리였다. 은현이 홍림 씨가 아닌 고모에게서 태어난 사실을 그렇게 자연스럽게 말한 것도 거기서 비롯된 무의식적인 자신감 때문일 터였다. 정작 은현은 계성재가 모래 위에 지어진 집이기라도 한 듯, 그 집이 스러지기 전에 제 삶을 다 살아야 하는 듯 쫓기는 것 같았다. 은현의 무뎌지지 않는 그 불안이 중경도 늘 불안했다. 결혼하면 좀 편해질 수 있을지도 몰랐다. 은현이 편해질 수 있다면 무엇이든 하고 싶은 게 요즘 중경의 심정이었다. 결혼하고도 아내를 휴일에만 만날 수 있다거나, 휴일마다 아내를 찾아 다섯 시간씩 운전해 오는 일쯤 아무것도 아니었다.

"왜요, 아버지?"

중경의 물음에 대답하지 않은 채 금당 쪽을 바라보던 기범 씨가 차에서 내렸다. 막 지나온 폐교 쪽을 향해 몇 걸음 걷더니 멈춰 서서 주위와 폐교를 둘러본다. 폐교 앞에는 10년 전에 생겼다는 고가도로가 걸쳐져 있고 그 건너로 멀리 운암산 봉우리가 푸르게 드리워져 있었다. 다시 돌아서서 금당 쪽을 바라보던 기범 씨가 중경에게 나와 보라고 손짓했다. 중경이 다가서자 기범 씨가 물었다.

"이 근동이 운대리이고 저기가 학교지? 운대학교?"

"지금은 폐교됐지만 초등학교였대요. 운대국민학교요. 아버지, 어떻게 아세요? 제가 그런 말씀도 드렸어요?"

"아니, 오래전에 저 학교에서 교사하던 친구가 있었다. 이제 막 생각났어. 이쯤에서 북쪽을 향해 서서 보면 커다란 기와집을 가운데 두고 부챗살처럼 펼쳐진 동네가 보이고. 마을 이르기 전에 다리가 놓였고 다리 왼편으로 병풍바위, 그 위에 정자, 개천을 따라 내려가 오른편 1킬로미터쯤에도 병풍바위."

기범 씨가 금당교 왼편 병풍바위 위에 앉은 연하정을 가리키고 오른편으로 개천을 따라 손가락을 그어 병풍바위를 가리켰다. 연하정 안쪽에서 계성재 선산과 수목원이 시작되었다. 오른편으로 1킬로미터쯤 내려간 곳에 있는 병풍바위는 중경이 처음 주목한 것이다. 그동안 무심코는 봤을지라도 은현을 찾아올 때마다 늘 바빴던 탓에 그쪽까지 눈여겨볼 여유가 없었다.

"현이 성이 류씨랬지? 류은현?"

"이쪽 근방 사람들 절반이 류씨라던데요? 금당도 물론 그렇고요."

"교사하던 친구 이름이 류혜국이었다. 그런 이름 들어 본 적 있니?"

폐교 앞쪽에서 나온 차가 쌩하게 다가오다 속도를 줄여 지나간다. 기범 씨의 눈빛이 안경 속에서 흔들리는 것 같았다. 류혜국이라는 이름을 들어 봤냐니. 중경은 어쩐지 아찔했다. 대답을 망설이고 있는데 기범 씨가 지금 은현의 집에 있는 고모의 이름을 아느냐고 물었다.

"성심이에요. 10여 년 전에 남편과 사별하셨다는데 계성재에서 아주 살기로 하신 건 최근이에요."

"계성재! 그래, 계성재였다. 혜국이 계성재 딸이었어. 너한테 그 당호를 듣고서도 혜국과 연결시키지 못했다."

"아버지, 대체 무슨 말씀을 하시는 거예요?"

"성심이라는 분이 대학을 나오신 거 같더냐? 학창 시절에 소설을 쓰셨고?"

"소설요? 성심 고모는 운대학교 다니신 게 다인 것 같던데요. 성심 고모는 친고모가 아니라 친척이세요."

"그래? 그럼 그분은 아니구나. 하긴 우리 나이가 제법 됐으니, 그간에 어쩌면, 어쩌면 혜국이 세상을 떴을 수도 있겠지. 현이 아버님 성함이 류동국이라 했지? 혜국은 류동국 씨 누이가 분명해. 옛날에는 계집아이가 오라버니와 돌림자를 쓰는 일이 흔하지 않았어. 혜국이 동국이라는 이름의 오라버니에 대해 말한 게 이제 생각난다. 남매가, 조실부모하고 할머님 밑에서 큰 터라 오라버니가 아버지 같다고 했다. 올케언니가 엄마 같다고 했고. 그만큼 우애가 깊은 남매였다. 혜국은 틀림없이 현이와 관련된 사람일 거야. 현이 사진 보고 첫눈에 친숙하기에, 내 식구, 내 며느리 될 아이여서 그런가 보다 했는데, 혜국과 닮은 탓도 있었던 것 같다. 류혜국은 나 대학 시절에 사귀었던 사람이다. 내가 그 사람을 먼저 떠났고 유학 중 귀국했을 때 그 사람을 찾아 여기까지 온 적 있었다."

"여기까지 찾아오셨어요? 언제요?"

"나 박사 과정 중이었으니까 1970년대 후반이었지."

"계성재 안에도 들어가셨고요?"

"그러지 못했다. 학교 안에 들어가 그 사람이 수업하는 거 지켜봤고 끝나길 기다려 만났지만 나를 집으로는 데려가지 않았어. 당시는 남자든 여자든 결혼이 확정된 사이에나 서로의 집에 들어가던 시절이니까. 그 사람이, 예전에 자신을 버렸다고 여긴 나를 거부했던 셈이지. 현이 부모님이, 혹시라도 내 존재를 알게 되시면 언짢아하실지도 모르겠다. 너한테 현이 못 준다고 하실 수도 있어."

작년 늦여름 섬진강가에서 만났을 때 은현이 어느 소설에 등장한 인물을 얘기하며 물었다. 네 아버지가 학생 운동 하셨어? 중경은 아닐 거라고 했다. 돈키호테라던 그 소설 속 인물.

"아버지, 혜국이라는 분한테 그렇게 큰 잘못을 하셨어요?"

"우리 젊은 시절로는, 아니 시절 따질 것 없이 나는, 깊이 사귀던 여자하고 결혼하지 않은 것보다 더 나빴다. 한 여자를 두 번이나 버린 셈이니까. 비겁했고 무책임했고 남자답지 못했어. 제이크, 현이하고 기어이 결혼해야겠니?"

대체 어떤 연애를 하고 어떤 결별을 하면 40여 년이 지나도 현실이 될 수 있는가. 중경은 아버지를 향해 터지려는 질문을 삼킨다. 비겁했고 무책임했고 남자답지 못했던 그 대목에 기범 씨 스스로 말할 수 없는 어떤 일이 있다면 그걸 자식이 물으면 안 되는 게 아닌가. 말할 수 없고 질문할 수 없다면 중경도 모르는 게 나았다. 아니, 몰라야 했다. 그 일이 은현과 관련된 것이라면 더욱 그랬다. 만의 하나 1970년대 후반에 한기범과 류혜국이 다시 만나 그냥 헤어진 게 아니었고 그 결과가 은현이라면 어쩔 것인가. 아니, 그건 개연성에 어긋나는 확률이다. 더구나 아버지는 분명히, 류혜국이 다시 찾아온 당신을 거부했노라 했다. 그렇더라도 중경은 기범 씨가 계속할지도 모를 옛날이야기부터 차단해야 했다.

"아직 말씀 안 드렸는데, 현이 임신했어요. 쌍둥이고요."

"뭐?"

"현이 어머님이 편찮으시다고 말씀드렸잖아요. 미혼의 딸이 임신한 걸 아시면 충격받으실까 봐 결혼식 뒤에 말씀드리자고 한 거예요. 옛날식 어른이시니까요. 현이는 현재 임신 6주차예요. 그리고 현이

한테 오래전에 돌아가신 고모가 계신 것 맞아요. 고모 이름이 혜국인
것도 맞고요. 아버지 학부 시절 별명이 혹시 돈키호테셨어요?"

기범 씨의 눈이 안경 속에서 동그래졌다. 중경은 심장이 쪼그라드
는 것 같았다.

"돈키호테로 불린 적이 있으신가 보네요. 혜국이라는 분한테서
요. 무슨 얘기 하다 현이가 말한 적 있어요. 고모가 학창 시절에 사귄
남자 친구 별명이 돈키호테였다고요. 그러니까 은현은 그분의 조카
가 맞아요."

"돌아갔어? 혜국이?"

"돌아가셨어요. 그렇다면, 그래서 그분과 아버지가 연애하다 아
버지의 큰 잘못으로 헤어진 게 사실이라 해도, 저는 모르는 일로 할
수밖에 없어요. 이 사실을 현이가 임신하기 전에 알았다고 해도 마찬
가지였을 거고요. 눈곱만큼이라도 현이가 마음 쓰게 하고 싶지 않아
요. 이쪽 부모님을 언짢게 하기도 싫고요. 그러니까 아버지는 아무것
도 생각나지 않은 것으로 해주세요. 이쪽 어른들하고 마주하셨을 때
이런 대화가 아예 나오지 않게요. 부탁드려요, 아버지."

아연한 표정으로 아들을 건너다보던 기범 씨가 한숨을 내쉬곤 말
했다.

"현이 어머님은 기억력이 좋으시냐?"

"계성재엔 들어가 보지 않으셨다면서, 어머님 기억력은 왜요?"

"여기 왔을 때 학교에서 나와 읍내 가는 버스를 기다리는데, 혜국
의 언니, 그러니까 현이 어머님을 정류장에서 마주쳤다. 현이 어머님
이 버스에서 내리시던 참이었고. 버스 안에서부터 보셨던지, 그분이
대번에 나를 가리키면서 혜국에게 물으셨다. 애기씨 옆엣양반은 누

구시오? 혜국은 그때 나를 대학 친구라고 소개했던 것 같고.”

갈수록 태산이라더니. 중경의 가슴이 불안으로 떨렸다. 설마 한들 40년 전에 잠깐 스친 사람을 알아보시지는 못할 테지만 또 어떻게 알랴.

“현이 어머님이 혹시라도 물어 오시면 아버지가 연기도 해주셔야 겠네요. 다시 한 번 부탁드려요. 아버지는 혜국이라는 분 전혀 모르 시는 걸로, 이쪽엔 난생처음 오시는 걸로 해주세요.”

기범 씨가 긴 한숨을 쉬었다.

“현이 부모님이 나에 대해 아무것도 모르셨기나 바라자. 혹시, 알 아보신대도, 이제 어쩔 수 없게 된 마당이니 날 모르는 척하실 수도 있겠지. 그러자면 힘드실 텐데, 그도 죄송한 일이구나.”

40여 년 전 누이를 두 번이나 배신한 남자가 사돈이 되어 나타난 걸 동국 씨가 알게 되면 좋을 리 없었다. 결단코 은현도 모르는 게 나 았다. 중경은 난생처음 아버지를 향해 더럭더럭 치미는 화를 꾹꾹 누 르며 차를 향해 돌아섰다.

“제이크, 아빠하고 무슨 밀담을 나누었어?”

부자를 향한 마리 씨의 질문에 기범 씨는 밀담은 무슨, 하며 눙친 다. 중경은 차를 움직이며 남자들끼리 할 만한 이야기 했어요, 대답 했다. 모녀가 웃었다. 계성재 앞까지는 아무리 느리게 움직여도 3분 거리였다. 손님을 위해 비웠는가. 바깥채 담장에 둘러싸인 대문 마당 이 차 한 대도 없이 텅 비었다. 초인종도 인터폰도 없는 대문을 언제 나 열어 두는 집이었다. 복희와 복호가 짖어 대다가 중경을 알아보고 는 팔짝팔짝 뛰며 반긴다. 맨 먼저 나온 사람은 뜻밖에도 김영성 감 독이다. 그의 뒤에 연회색 모시 두루마기를 차려입은 동국 씨가 나왔다. 그 곁에 저고리와 치마로 성장한 은현이 따랐다. 보랏빛 짧은 옷고름이 달린 벚꽃 빛깔 저고리에 폭이 좁은 붉은 치마. 처음 보는 은현의 한복 차림에 중경의 가슴이 뛰었다.

13

옛 남자의 아내는 자신이 정한 시각에서 10분 지나 등장하더니 대뜸 바깥의 흡연석으로 옮기자고 했다. 은현이 커피를 시켜 놓고 컵만 매만지고 있을 때였다. 유리벽 바깥의 발코니에는 파라솔 탁자가 놓여 있었다. 카페의 발코니 오른쪽은 편의점이고 편의점 앞에도 파라솔 탁자가 있었다. 그 곁 커다란 쓰레기통 주변에 파리 몇 마리가 날아다니는 걸 보고 카페로 들어온 참이었다. 파리가 있는 곳에는 모기도 있기 십상이었다. 은현은 벗어 놨던 긴소매 카디건을 걸치고 일어섰다.

날이 흐리기는 해도 꽤 더운 날이다. 임신한 지 겨우 13주 됐을 뿐인데 몸속의 쌍둥이는 벌써 무거웠다. 양선아로부터 여자가 기어이 만나자 한다는 말을 들었다. 은현은 결혼식 앞두고 선아한테 옛 남자와의 관계에 대해 다 털어놓았다. 관계의 양상뿐만 아니라 그 관계에서 작용했던 이기심과 허영기와 나태함까지도 말했다. 그때 선아는 대번에 멍청한 년이라고 욕했다. 은현은 선아가 자신을 나쁜 년이 아니라 멍청한 년이라고 표현해 준 게 고마웠다.

담배에 불을 붙인 여자가 말했다.

"대학 시절부터 피우다가 우리 큰애 가진 담에 끊었고, 몇 달 전부터 다시 피우기 시작한 담배예요. 류 선생도 담배 피우죠? 피우세요."

임신이 아니라도 여자와 마주 앉아 담배를 피우지는 못했을 것이다. 아니, 모른다. 임신하지 않고 결혼하지 않았다면 반항하듯 오기 부리며 피웠을지. 아니, 역시 못했을 것이다. 불법 연애에 대한 반성은 없을지라도 동국 씨와 홍림 씨가 그 사실을 알게 될까 봐 벌벌 떠는 한 류은현은 옛 남자의 아내 앞에서 약자일 수밖에 없었다.

"괜찮습니다."

"그래요, 그럼. 우리 이혼한 거 알아요?"

"몰랐습니다.

"내가 류 선생 찾아간 게 작년 이즈음이었죠? 그 사람도 내가 무슨 짓을 했는지 눈치챈 것 같았어요. 아무 말도 않더군요. 대신 밤에 차 몰고 나가는 일이 잦아졌죠. 나는 당신들이 연애할 때 그랬듯 남편의 그런 행동도 오래 참았어요. 어지간하면 끝까지 참으려고 했고요."

여자는 작정한 양 솔직하다. 확인하고 싶은 것도 많은 듯하다. 여자에게 류은현은 한때 분명히 그네가 쌓아 올린 성을 무너뜨리려던 존재였다. 그때 여자는 은현 앞에서 권력자였다. 너 때문에 이혼했다는 것처럼 말하는 지금도 여자는 여전히 스스로를 권력자로 여기고 있었다.

"16년을 함께 산 사람과 헤어진 지 석 달쯤 됐는데, 뭐랄까, 분이 풀리지 않는달까, 용서가 안 된달까. 그래요. 그 사람이 당신하고 다시 만나고 있을 것 같고요. 이런 내가 비정상, 비현실 같아서 밤이면

한 번씩 기이한 느낌이 들고요. 류 선생을 굳이 보자 한 이유는 이런 나를 확인해 보고 싶어서였어요. 솔직히 류 선생은 어떤가 하고요. 어쨌든 류 선생한테도 그 사람은 유다른 존재였을 테니까요."

"죄송했습니다, 선생님."

"아니, 류 선생한테 사과 받으려고 만나자고 한 거 아니에요. 1년 전의 내가 한 짓에서, 내가 놓여나고 싶어서 만나자고 했어요. 내 남편과 내 문제였지, 류 선생한테 그럴 일은 아니었죠. 그런 유의 풍경, 정말이지 경멸했는데 내가 그런 짓을 했다는 게, 그때가 떠오를 때마다 낯이 뜨거웠어요. 그렇다고 류 선생한테 사과하고 싶지는 않고요. 강의는 안 하던데, 어떻게 지내세요?"

"시골집에서 글 쓰려 애쓰면서 지냅니다."

한때 자기 남편의 여자였다고 여겼던 여자가, 자신들이 전쟁을 치르는 사이 저 하고 싶은 것 다 하고 살았다는 걸 안다면 유쾌하지는 않을 것이다.

"많이 야위어 보여요. 글쓰기가 힘든가 봐요?"

"요즘 몸 상태가 좀 좋지 않아서요."

"정말 좋지 않아 보이네요. 윤기가 없어요. 이제 예전처럼 강의도 하고 그러세요. 강의를 계속해야 학교에서 자리 잡을 수 있잖아요. 활기도 생길 거고. 아직 젊잖아요."

이런 구역질 날 듯한 만남도 인생에서 치러야 할 하나의 선택일 터이다. 그 선택에 의해 스스로도 눈치채지 못하는 사이 인과관계가 설정된다. 여자는 1년여 전 제 남편의 여자라고 여긴 류은현을 찾아 와 자신의 권력을 행사함으로써 은현의 앞날을 바꿨다. 그건 여자의 선택에서 비롯된 행동이었다. 그때 은현은 여자의 권력에 고개 숙일 수밖에 없었지만 그것도 일종의 선택이었다.

"고맙습니다. 학교로 다시 돌아갈 수 있을지는 모르겠지만 선생님께서 마음 써주신 건 잊지 않겠습니다. 그리고 다시 한 번, 사과드립니다. 죄송했습니다."

은현은 여자한테 미안한 적 없었고 지금도 마찬가지였다. 그럼에도 나오고 싶지 않은 자리에 나와 진심 없는 사과를 거듭했다. 마시지도 않은 커피가 냄새만으로도 거슬렸고 몸은 물주머니가 된 듯이 무겁다. 금세라도 터져 의자 아래로 흘러내릴 것 같다.

"진심이건 아니건 죄송, 그만 해도 돼요. 나도 이제 정말 그만 할 거예요. 먼저 일어날게요. 오늘 나와 줘서 고마워요."

여자가 먼저 일어나 돌아섰다. 12시 반이다. 여자에게 매달린 짧은 그림자가 엷다. 앞모습보다 뒤태에 나이가 서렸다. 스스로는 보기 어려운 사람의 뒷모습. 은현은 입도 대지 않은 커피 잔을 놓아둔 채 일어나 카페 앞에서 택시를 탔다.

신혼여행을 못 간 대신 중경의 집에서 한 달을 살기로 했다. 3주째였다. 첫 주에는 시어른들과 함께 보냈다. 중경의 친척들을 손님으로 맞았고 외국 친구들도 며칠씩 묵었다. 일주일 동안 집 안이 난민 수용소 같았다. 몇 사람의 손님을 치렀건 은현으로서는 횡재한 듯한 결혼이었다. 중경이 지금까지처럼 양쪽을 오가며 살기로 했으므로 집을 따로 구하거나 살림살이를 장만한 필요가 없었다. 형식상의 예물이나 예단 일체를 생략했다. 대행사에 맡긴 결혼식 진행 비용은 중경의 부모님이 전액 부담했다. 상견례 때 결혼식 날짜며 절차를 정한 이후 홍림 씨는 아픈 적 없는 사람처럼 되었다. 사랑 마당에서 치르기로 한 결혼식을 위세 등등하게 준비했다. 결혼식 즈음하여 신랑 측에서 쓸 바깥채며 신혼부부가 쓰게 될 모원이 정비되었다. 멀리서 와 하룻밤씩 자야 하는 손님들이 많으므로 버려져 있던 몸채 행랑방들이며 광채나 곳간채의 손바닥만 한 쪽방들까지 손봤다. 그러고도 모자랄 공간을 마련하느라 동각 본채의 방들도 대대적으로 청소했다. 목소리 커진 홍림 씨 덕에 류태현의 식구들은 물론이고 호주 캔버라에 있던 상현의 식구들이며 체코 프라하에 있던 교현까지 다녀갔다. 현존하는 식구가 빠짐없이 모인 게 20여 년 만이었다.

집 앞에 도착해 택시에서 내리는데 전화가 울린다. 양선아다. 은현은 전화를 받으며 자물쇠 번호를 누른다. 기범 씨와 마리 씨는 결혼 30여 년 동안 함께 산 기간이 5년쯤 된다고 했다. 양쪽이 퇴직한 이후로는 거의 함께 움직였다. 이번에는 에린 씨가 동반했다. 그들은 파리에서의 몇 가지 일정을 치른 뒤 발칸 반도의 몇 나라를 돌고 있었다. 7월 말쯤에 샌프란시스코로 갈 거라 했다. 전화 속의 양선아가 물었다.

"그 여자 만났니? 무슨 말을 하디?"

"강의해도 된대."

"너는 뭐라고 했는데?"

"고맙습니다."

"잘들 논다!"

"야단치려고 전화했어?"

"궁금해서 했지. 어쨌건 그 문제는 됐고, 너희는 다음 주 토요일에 내려간다고 했지?『매구 할매』는 언제쯤 탈고하게 될 거 같아?"

"가야 할 길이 아직 많이 남았잖아."

3천 매를 예정한 상태에서 2천4백여 매에 이르렀다. 원고량으로는 많이 진행되었지만 후반부에 이르러 소설은 다시 길을 잃었다. 지금까지 실재와 허구가 짜여 가며 동력이 되었다면, 요즘은 실재와 허구가 서로를 밀어 내고 있었다. 그 둘을 하나로 묶어 낼 힘이 모자라는 것이다.

"올해 안에, 배 많이 부르기 전에 끝내 봐. 영화 내레이션 쓴다고 시간 다 보내지 말고. 영화 〈매구 할매〉 나올 즈음에 소설 『매구 할매』도 나올 수 있게 하란 말이지."

"중경이는 영화에 붙일 글 먼저 살살 쓰고, 소설은 애들 낳고 나서 끝내라는데?"

"미친 놈! 애를, 그것도 쌍둥이를 낳고 나서 책상 앞에 다시 앉으려면 얼마가 걸릴 줄 알고. 미친 게 아니라 멍청한 놈이네."

"야, 친구 남편 욕하는 수위가 너무 높다."

"그놈은 네 남편이기 전에 내 친구이기도 하거든."

"누가 아니라니. 그래도 미친 놈 소리는 말아 주라. 나한테는 하늘같은 서방님 아니겠니?"

"지랄. 염장을 질러요, 아주. 야, 전화 온다. 들어가."

영화너머 사람들이 〈매구 할매〉에 매달려 지내는 걸 보노라면 선아의 팀도 저러하려니 싶어 숙연해지곤 했다. 선아에게 그렇듯 김 감독에게도 손해 끼치고 싶지 않았다. 신혼여행 기간을 중경의 집에서 보내기로 한 까닭도 입덧 때문이라기보다 영화 〈매구 할매〉의 내레이션 초고를 잡아 보기 위해서였다. 지난 5월까지의 촬영 분을 가편집한 영상을 되풀이해 보면서 쓴 내레이션 원고가 70매쯤 되었다. 그 원고 중 어느만큼이 실제로 쓰일지는 영화너머와 논의해 결정하게 될 터였다. 전문을 폐기하고 다시 쓸 수도 있을 것이다. 오는 겨울 촬영과 편집이 마무리되고 내레이션 원고가 확정되면 중경이 영어며 독일어 등으로 번역하기로 했다. 선아는 김 감독의 작품이 국제 영화제에 출품될 즈음 류은현의 장편 소설 『매구 할매』가 나올 수 있기를 바라고 있었다.

언덕에 자리 잡은 중경의 집 뜰에서는 멀리 한강이 건너다보였다. 전망은 쓸 만한데 집은 안주인이 상주하지 않아 휑하고 거칠었다. 결혼식 날짜를 정한 뒤 어른들이 정원사를 불러 집 안의 나뭇가지를 엄청나게 쳐냈다고 했다. 곤충에 약한 새 식구 맞을 준비였던 셈인데 의욕이 과했던지 나무들이 모두 몽당해지고 말았다. 더구나 한 달여 사이에 새 가지들이 마구 솟으며 잎들을 피워 내는 중이라 나무들은 엉성한 모양새가 되어 가고 있었다. 거실에는 텔레비전이 켜졌고 주방에서는 토마토소스 냄새가 풍긴다. 열흘 휴가가 끝나 지난 월요일부터 출근한 중경이 점심시간에 돌아와 있다.

"웬일이야?"

은현이 다가들자 중경이 끌어안고 이마와 콧등에 뽀뽀하고 물러난다. 출근하고 퇴근할 때 그의 인사였다.

"점심 약속이 있다고, 오후에는 외근한다고 거짓말하고 나왔어. 당신은 선배하고 점심하러 나간 거 아니었어? 금세 왔네?"

옛 남자의 아내를 만나러 나간다고 못하고 대학원 시절의 선배를 만난다고 했다. 중경에게 옛 남자와의 일은 말하지 않았다. 거짓말을 한 게 아니라 그냥 하지 않은 건데 그게 오늘은 거짓말로 발전했다. 그 거짓말이 옛 남자와의 연애를 또다시 추문으로 만들고 젊은 한 시절을 쓰레기로 만들었다.

"이야기가 금세 끝났거든. 파스타 먹게?"

"당신 먹고 들어올 줄 알고 얼른 혼자 해 먹으려고 했지. 냄새 싫어?"

요즘 은현이 음식 냄새에 까탈 부리기 일쑤라 묻는 것이다. 은현이 중경 뒤로 다가들더니 허리에 팔을 두르고 얼굴을 등에 대온다. 그리고 속삭였다.

"사랑해, 그리고 고마워."

아내가 된 여자가 고맙다고, 처음으로 사랑한다고 속삭이는데 남편 된 놈은 가슴이 철렁 내려앉는다. 중경은 은현을 속이며 결혼한 것 같은 자책과 의혹에서 아직 벗어나지 못했다. 평생 못 벗어날지도 몰랐다. 그렇지만 자신의 행동, 한기범과 류혜국의 관계에서 비롯된 의혹을 파헤치지 않은 것을 후회하지는 않았다. 앞으로도 후회하지 않을 것이다. 중경은 부러 큰 소리로 묻는다. 뭐라고? 은현이 그의 등에 얼굴을 부비고 대답했다.

"파스타 소스 냄새 괜찮아. 그렇지만 나는 조금 있다가 라면 끓여 먹을래."

중경은 프라이팬 불을 끄며 돌아섰다. 찌푸리고 있던 얼굴을 펴는 은현에게 가벼이 입맞춤을 하고 말한다.

"오늘 출산 휴가하고 육아 휴직 몰아서 신청했어."

"12월에 출산인데 벌써?"

"15개월이나 비울 건데 미리미리 준비해야지. 잘했지?"

"잘했어. 근데 한꺼번에 15개월이나 쉬어도 정말 괜찮아?"

"쉬기는. 국민을 하나도 아니고 둘이나 생산해 키우려고 하는데. 하여튼 그건 한참 뒤 일이고, 당장은 라면이라도 먹고 시골로 가자."

"오늘 가자고?"

"그래, 조금 뒤에. 아무래도 안 되겠어서 당신 데려다 놓으려고 일찍 온 거야."

신혼여행 안 가고 서울에서 지낼 바엔 반찬을 싸가라는 홍림 씨한테 은현이 아무거나 먹으면 된다고, 유난떨기 싫다며 마다했다. 은현은 며칠 동안 함께 지낼 시어른들을 의식한 것 같았다. 그때 중경이 나서서라도 싸들고 왔어야 맞았다. 중경은 은현과 함께하는 일들에서 자주 한 박자씩 늦거나 놓치곤 한다는 걸 이번에 함께 지내면서야 깨달았다. 외국에서의 중경은 제이크 지 한이었다. 제이크라는 이름은 중경의 이니셜로 만들어졌다. 중간 성은 외할아버지에서 비롯됐다. 유전 인자의 4분의 3이 한국산이었다. 어느 나라에서든 외양 때문에 이질적으로 비친다는 걸 의식해 본 적이 없는데 한국에서 자신이 외국인으로 비친다는 걸 이번에 깨달았다. 은현과 손잡고 다니노라면 이따금 사람들 시선이 느껴졌다. 은현의 임신을 실감하면서 생긴 자의식일지도 모르지만 결혼식 전까지는 그런 걸 느끼지 못했다.

"그럴 것까지는 없어."

"아니, 돌아가자. 어른들 떠나시고 우리도 사나흘만 지내다 시골 집으로 갈걸 그랬어. 왜 그 생각을 오늘에야 했는지 몰라. 일단 앉아. 소파에 가서 잠깐 눕든지."

시골 행을 선언한 중경은 은현을 끌어다 식탁 의자에 앉혀 놓고 돌아서서 작은 냄비를 꺼내 물을 받아 인덕션에 올려놓는다. 신혼 기간으로 예정한 날을 여기서 지낼 생각만 했다. 사실 어른들 그늘에서 벗어나 은현과 둘이 지내는 게 좋았다. 둘이 함께 가서 혼인 신고를 했고, 병원에 가서 검진받고, 손잡고 산보하고, 시장 보러 다니고, 영화를 보고 음악을 듣고 쫓기지 않고 섹스하고 잠을 잤다. 그러고도

남는 시간에 은현은 글을 썼고 중경은 청소를 했다. 결혼으로 자유로
워질 수 있다는 걸 느꼈을 정도였다. 은현이 먹는 것만 문제였다. 라
면이 근 며칠 은현이 먹을 수 있는 유일한 음식이었다. 걱정하면서도
한 박자 늦게 이제야 시골로 돌아가야 한다는 생각을 해낸 것이다.

처음 180일 정도의 촬영을 계획했던 영화너머는 스튜디오를 금당
으로 통째 옮겨 태반의 날들을 계성재에서 지냈다. 일이 있는 사람만
번갈아 나갔다 돌아와 팀 전체가 상주하는 것과 다름없었다. 금당 동
각을 무상으로 쓰는지라 가능한 작업 방식이었다. 모닥불에 생쑥 한
무더기를 던져 넣은 카메라 김이 히죽 웃으며 중경에게 물었다.
　"집 안에서의 밀월은 어떻습디까?"
　중경은 신혼여행 때 은현을 리히텐슈타인으로 데려가려 계획했었
다. 리히텐슈타인은 임신한 채로도 얼마든지 즐길 수 있는 곳이었다.
은현이 쌍둥이를 임신하지 않았다면, 여름이 아니었다면 파두츠 거리
를 걸었을 것이다. 전국이 공원 같고 미술관 같은 알프스 속의 소국.
　"밀월이라기보다 현이 작업실을 옮겨 간 것 같았지요. 며칠간 다
들 서울에 다녀오셨다면서, 우리한테 연락하지 그랬어요?"
　중경의 말에 음향 박이 대답했다.
　"집 안에서 밀월 중인 사람들한테 어떻게 연락을 합니까? 이 먼
곳을 허구한 날 쫓아다니다가 마침내 결혼하니 좋아요?"
　그들이 정작 전화해 왔다면 불편했을지도 모른다. 사내들이 떼로
모여 할 일은 결국 술판 벌이기 아닌가. 라면 몇 젓가락씩 겨우 먹고
있는 여자 옆에서 할 짓은 아니었다.
　"좋긴 한데 좀 겁나기도 해요. 몸이 약한데 쌍둥이를 가진 게 안

쓰럽고, 또 다들 아시죠? 현이 알레르기요. 저는 세상에 곤충이 이렇게 많은 줄, 벌이 그렇게 흔한 줄 정말 몰랐어요. 여자를 놓고 벌레들하고 싸우게 될 줄 어떻게 알았겠어요?"

중경의 말에 영화장이들이 일제히 웃음을 터트린다. 어제 돌아와 어른들에게 절하고 일어서던 은현이 푹 주저앉더니 모로 쓰러졌다. 어른들이 놀라 기절하기 전에 눈을 뜨긴 했다. 응급 처방약이 저녁상에 놓이려던 연포탕의 맑은 국이었다. 그 자리에 이 사람들도 있었다. 같이 놀랐던 것이다. 오늘 오전에 중경은 은현을 데리고 순천의 산부인과에 가서 영양실조라는 진단을 받았다. 당장 영양을 보충하지 못하면 유산할 위험이 있다고 했다. 의사는 영양제를 처방하며 우선은 아무것도 하지 말고 잘 먹고 잘 자야 한다는 말을 덧붙였다. 임신으로 술과 담배와 커피를 못하게 된 은현은 당분간은 이런 자리에 끼여 놀 수도 없는 상태가 되었다.

"여자들 몸에 생기는 일들, 우리한테는 참 어렵지 않아요?"

음향감독 최가 질문인지 단정인지 애매한 말을 하고 나서 술을 마신다. 여자 몸에 생기는 일은 물론 어렵지만 그 맘에서 생기는 일은 더 어려운 것 같았다. 다 안 것 같은데 아는 게 하나도 없다는 생각이 들게 하는 존재. 그래서 내 품에 안고 있음에도 붙잡았다는 확신이 들지 않는 아내. 그 몸과 맘에 이미 결과 빛이라는 이름까지 붙인 아이들이 자라고 있었다. 류은현, 한유결, 한유빛. 합체되어 있는 그 셋이 한중경 세상의 중심이 되어 있는 사실도 아직 얼떨떨했다.

김영성이 물었다.

"은현 씨가 원래 좀 약했던 것 같은데 대학 시절에도 그랬어요?"

"몸피는 그때도 비슷했죠. 그때는 알레르기인지 몰랐으니 현이가 허약하다는 생각은 해본 적 없고요. 그럴 겨를도 없기는 했어요. 입학하자마자 우리 과에 수석으로 입학한 놈을 중심으로 스터디그룹이 만들어지대요. 그놈이 현이한테 스터디 함께하자는 걸 듣고 나도 끼워 달랬어요. 그놈이 미심쩍어하면서도 다른 아이들이 찬성하니까 마지못해 끼워 줬어요. 저는 현이 쫓아다니느라 그 그룹에 든 거잖아요? 근데 현이는 진짜 공부만 열심히 하는 거예요.”

“무슨 공부였는데요?”

“『문심조룡』이라고 들어들 보셨을 거예요. 위진남북조시대에 유협이라는 학자가 지은, 문학 원론 책이거든요. 저는 고등학교 과정까지 전부 외국을 떠돌면서 마쳤어요. 그런 놈이 한문 원문으로 문학 원론을 공부하려니 오죽했겠어요? 도서관 세미나실에서 일주일에 한 번씩 일 년 내내 류은현한테 깨졌죠. 현이가 안드로이드처럼 강력해 보이는데 이렇게 허약한 걸 제가 어떻게 알았겠어요.”

다들 낄낄대며 웃는 중에 조명 최가 말했다.

“누구한테 깨지면서 공부한 건 오래 남긴 하죠.”

“최 감독도 많이 깨져 봤나 봐요? 맞아요. 전 지금도 기억하는 대목이 있어요. 부청생어람夫青生於藍, 강생어천絳生於蒨 수유본색雖踰本色, 불능복화不能復化. 푸른색은 남초에서 나온 것이고, 붉은색은 꼭두서니 풀에서 나온 것이다. 이들 푸른색과 붉은색은 그 풀들의 원래 색깔보다 나은 것이긴 하지만, 그것이 거기에서 더 이상의 변화를 가져올 수는 없다, 는 뜻이에요. 전통적인 것과 새로운 것과의 조화에 대한 이야기인데요, 이 챕터의 요지는 아마 전통적인 문장을 수용하되 답습하지 말고 나만의 새로운 문장을 만들어야 한다는 뜻이었을 거예요. 내가 이 대목을 기억하는 건 그날 유난히 깨졌기 때문이고요.”

"왜 깨졌는데요?"

"강생어천의 천자 때문이었어요. 그게 꼭두서니 천자예요. 초두 머리 밑에 사람인변 푸를청이 합쳐져 천자가 된. 그 스터디 전날 학교 다녀와서 예습하고 있는데 당시 스위스 대사관에 근무하시던 엄마가 일 때문에 귀국하셨어요. 딱 그 대목에 이르렀을 때였죠. 반년 만에 엄마 만나서 좀 놀았잖아요. 밤늦게야 아차 싶대요. 우리 스터디의 규칙 중 한 가지는, 못 읽는 글자는 없게 미리 공부하고 모인다는 거였어요. 다시 예습을 하는데 그 글자를 못 찾겠는 거예요. 앞에 해설이 나와 있기 때문에 그게 꼭두서니를 뜻하는 글자라는 건 알았고, 국어사전으로 꼭두서니가 염색할 때 붉은빛을 내는 풀이름이라는 것까지는 알았는데, 옥편에서 꼭두서니를 뜻하는 그 한자를 못 찾은 거죠. 아직 읽어야 할 문장이 많이 남아 맘이 바빴기 때문에 그 글자에다 동그라미를 그려 놓고 일단 진행했어요. 어쨌건 스터디할 대목에서 못 읽은 글자는 그거밖에 없을 만큼 열심히 예습해서 다음 날 학교에 갔죠. 수업 다 끝나기 전에 그 글자를 어떤 교수님한테라도 물을 참이었는데 그 생각 자체를 까먹었어요. 그래 놓고도 오늘은 현이한테 혼나지 않겠다, 자신만만하게 세미나실에 갔죠. 여섯 명이었는데 맨 먼저 세미나실에 도착한 사람부터 세 문장씩 읽는 게 규칙이었어요. 내가 다섯 번째로 도착했는데, 글쎄 어젯밤에 내가 한 글자 빼놓은 대목이 나한테 딱 걸렸지 뭐예요? 하는 수 없이 부청생어람 강생어청이라고 읽었죠. 친구들이 대충 넘어가 주길 바라면서요."

"넘어갔어요?"

"넘어갔겠습니까? 나중에 알고 보니 천자였는데, 천이나 청이나 어눌하게 발음하면 언뜻 비슷하잖아요? 다른 친구들은 다 내가 강생어천이라고 발음한 줄 알고 넘어가는 것 같은데 현이가 잠깐, 하고 나섰어요. 너 방금 뭐라고 했어? 강생어 다음에 뭐라고? 하면서요. 그래서 꼭두서니청, 했죠. 애들이 낄낄대고 웃데요. 현이는 고개를 싹 돌렸고요. 현이가 고개를 싹 돌리면 얼마나 무서운 줄 아세요? 그 날 스터디 끝날 때까지, 끝나고 다 함께 밥 먹고 헤어질 때까지 나하고 눈 한 번 맞춰 주지 않더라고요. 수영이 녀석이, 우리 과에 수석 입학한 녀석 이름이 수영이에요, 제 결혼식 때 함진아비 한 놈요. 그 놈이 어찌나 기세등등하던지. 그놈도 그때 현이를 좋아했거든요."

영화장이들이 웃어 댔다. 중경도 지금은 웃지만 그때는 못 웃었다. 당시 중경은 청이라는 글자가 붉은 빛깔과는 연관되기 어려운 글자라는 걸 몰랐다. 김 감독이 물었다.

"혼례식에 그때의 멤버들이 다 왔던가요?"

영화너머에서 혼례의 영상 촬영을 해주었다. 예식 전날 저녁, 바깥채와 몸채에 걸친 납폐 의식부터 몸채 마당의 초례와 바깥채에서 폐백과 뒤풀이 놀이까지 다 계성재 안에서 이루어졌으나 친영 절차는 모두 갖춘 혼례였다. 이들은 여섯 대의 카메라로 열여섯 시간에 걸쳐 촬영한 영상을 두 시간짜리로 편집해 CD로 만들었다. 그 영상 중 할머니를 중심으로 한 몇 장면은 영화 〈매구 할매〉에도 쓰일 수 있다고 했다.

"한 친구만 빠졌어요."

결혼식에 오지 않은 한 친구가 문빛나였다. 몇 년 전 양선아의 결혼식 때문에 귀국했을 때 만난 문빛나는 제 이름만큼이나 빛나는 광고계의 스타가 되어 있었다. 한때 엉켰고 불편하게 끝났던 관계였지만 그 자리에서 다시 편해졌다. 그래도 중경이 결혼식에 오라고 따로 청할 입장은 아니었다.

김 감독이 말했다.

"여튼지 은현 씨가 깍쟁이, 새침데기 같다는 내 느낌이 틀리지는 않았네요. 은현 씨가 쓴 내레이션 원고, 중경 씨도 읽었죠?"

형 아우하기로 하고도 김 감독의 말투는 변하지 않는다. 그의 말투가 변하지 않으니 그의 옆 사람들 어투도 변하지 못했다.

"물론 읽었습니다. 그런데 내레이션 원고가 깍쟁이 같다고 느끼셨어요?"

"깍쟁이 같다는 게 나쁘다는 의미가 아니에요. 감정이 몹시 절제돼 있는 것으로 읽었다는 뜻이죠. 나중에 은현 씨하고 논의하고 보충하면서 원고를 확정하게 되겠지만 은현 씨의 글투가 여러 생각을 하게 하더라고요. 영화 〈매구 할매〉의 화면 기조가 담담하잖아요? 내레이션도 담담하게 나갈 것인가, 내레이션의 감정을 강화시킬 것인가. 내레이션을 은현 씨 투로 나가면서 편집을 좀 더 극적으로 할 것인가. 어떤 경우에 어떤 내레이터를 쓰는 게 마땅할까. 국어와 외국어 내레이터는 어떻게 달라야 할까, 내레이션 없이 자막으로만 처리하면 어떨까, 등등요."

"내레이터도 연기를 하는 거죠?"

"물론이죠. 그래서 배우들이 내레이션하는 일이 흔하잖아요."

"어눌한, 꽤 서툴러 보이는 내레이션도 있는 것 같던데요?"

"그것도 연출자가 의도한 거죠. 어눌한 게 화면을 더 살릴 수 있을 거라는 계획에서 나온 것이니까요. 우리도 그래서 전문 내레이터가 아닌 일반인을 내레이터로 삼으면 어떨까 하는 궁리도 하고 있어요. 가령 아직 은현 씨한테는 얘기해 보지 않았지만 은현 씨가 자신이 쓴 글을 직접 내레이션한다든가 하는 방식으로요. 중경 씨는 어때요? 중경 씨가 번역할 영어나 독일어 내레이션을 직접 해볼 생각 있어요?"

"아이구, 저는 아닙니다. 필요하다면 합당한 사람을 찾아보기는 하겠습니다만 저한테 시킬 생각은 말아 주세요."

"은현 씨는 해보겠다고 할까요?"

"그건 그 사람한테 물으셔야 하고요. 저는 모릅니다."

중경의 도리질에 다들 웃는다. 깍쟁이 류은현을 반년 넘게 겪은 터라 그 성정을 잘 아는 것이다. 은현이 하거나 하지 않는 일들은 전적으로 그 자신의 선택이지만 중경은 은현이 소설 쓰는 것 이상의 일은 하지 않기를 바랐다. 지금으로서는 소설조차 쓰지 않고 먹고 놀고 자는 일상을 살아 주면 좋을 것 같았다. 그럴 사람이 아닌 것이, 아이들 낳기 전에 지금 하는 작업을 기어이 끝내려 할 사람인 게 걱정이었다.

전깃불이 켜지는 광경을 보기 위해 마을 사람들이 사장나무 둘레에 모여 날이 저물기를 기다렸다. 마침내 어둠이 드리웠다. 마을 최고령 송 영감과 지팡이를 짚은 여례당이 사장나무 아래에 마련된 단 앞에 서서 함께 점등 스위치를 눌렀다. 사장나무에 임시로 매달린 열 개의 전등이 화닥화닥, 폭죽 터지듯 켜졌다. 동시에 근방 집들에서부터 전등이 밝혀졌다. 와아, 하는 환호성과 함께 장구와 꽹과리와 젓대 소리 등이 울리며 매구치기가 시작됐다. 사장나무와 온 마을이 하늘로 붕붕 떠오르는 듯했다.

"날이 차요, 할머니. 집으로 가세요."

혜국은 점등 스위치를 누른 여례당을 부축해 사람들 사이를 벗어났다. 잔치가 시작된 마을 광장의 흥취는 도도해도 초저녁 공기는 몹시 찼다. 여례당은 다친 허리 때문에 거동이 임의롭지 않아 지팡이를 짚었다. 한의사인 정운 아저씨가 날마다 들러 침을 놓아 주는데도 큰 차도가 없는 걸 보면 허리가 굽을지도 몰랐다. 타박타박 걷는 중에 여례당이 혜국에게 물었다.

"만족하냐?"

여례당은 적지 않은 전기 공사 대금을 내놓은 까닭이 혜국의 청 때문이었다는 것을 강조하고 있었다. 혜국이 전화 좀 개통하자며 졸랐던 것이다. 작년 늦여름 여례당은 이장을 불러 모자란 공사 대금이 얼마냐고 물었다. 이장이 공사 대금 내역을 설명하며 20여 만 원이 모자란다고 했다. 쌀 일흔 가마니쯤에 해당하는 금액이었다. 각 집에서 내는 갹출금조차 내놓지 않고 버텼던 여례당은 20만 원을 내놨다.

"밤길이 이리 밝으니 좋잖아요."

"좋긴 좋구나. 태현 에미한테 냉장고도 사줄 수 있겠고."

"서울에서도 아직 드문 냉장고를 벌써부터 맘에 두고 계셨으면서, 그리 버티셨어요?"

어떤 일을 하거나 하지 않음에는 명분이 필요할 때가 있었다. 여례당에게 전기 공사가 그랬고 작년 2월에 산불 낸 헌수가 그랬다. 동네를 향해 맘을 닫아 버린 지 오래돼서 그 문을 스스로는 열 수 없고 열고 싶지도 않았다. 썩 내키지는 않았으나 어차피 해야 할 일, 혜국을 핑계로 했다. 헌수를 고소하는 데까지 가지 않은 것도 혜국 덕분이었다.

"낼 상경하냐?"

"할머니 저, 한 학기 더 쉴까요?"

사흘 후 개학이었다. 지난 1년을 집에서 보낸 탓에 이제 졸업 학년을 맞았다. 벌써 올라갔을 텐데 여례당이 낙상하는 바람에 못 갔다. 미루다 보니 전기가 개통되는 걸 보고 가자 싶었다. 핑계가 다시 생기면 더 미룰지도 몰랐다.

"더 쉬면서 뭐 할라고? 글 쓸라고?"

"시집보내 주실래요?"

"그놈, 어찌 된 거냐?"

"그놈이라뇨?"

"재작년엔가 네 하숙방 드나든다는 놈 말이다."

할머니가 오셨을 때 하숙집 주인한테 손녀 행적을 물었을 거라는 사실을 짐작하지 못했다.

"그냥 친구들이 드나들었을 뿐이에요."

"네가 할미를 뒷방 늙은이 취급하고 있는 줄은 내 벌써부텀 알아봤니라."

"아니에요, 할머니. 그렇지 않아요. 내가 할머니를 얼마나 사랑하는데요."

할머니가 엄마를 살려 주지 않았다고, 큰 병원으로 데려갔으면 살 수 있었을 거라고 생각한 적이 있지만 할머니를 원망한 적은 없는 것 같았다. 나이 들면서는 더욱 당시 할머니로서는 병든 며느리한테 할 만큼 한 듯 느껴졌다. 전쟁을 겪은 사람은 어머니만이 아니었지 않는가.

"가는 세월도 오는 세월도 어쩔 수 없는 게 사람잉게, 그건 탓하지 않으마. 대신 시집은, 할 공부 다 하고, 할 만치 한 공부 풀어 먹으면서 살아갈 자리 찾은 다음에, 넘 좋아 살지 않고 네가 네 식으로 살 수 있는 심을 기른 담에 느지막이 가그라."

"남 좋지 않고 살 수 있는 사람이 있을까요?"

"있제."

"할머니요?"

"나? 나는 넘 좋다가 가랑이가 찢어진 인생이고, 우리 뒤에 한 사람, 아니 두 사람 있다."

혜국이 돌아보곤 웃는다. 녹두 할매와 인오 할배가 있었던 것이다.

"할미 말뜻 알제?"

"예, 할머니."

혜국이 느끼기에 여례당은 변하는 세상을 예견해 가며 그에 적응하려 애쓰면서도 변하는 세상에 대한 두려움이 몹시 컸던 것 같았다. 세상에 대한 예견과 두려움 사이에서 줄다리기하듯 평생 사신 듯했다. 혜국은 이미 변한 세상 속에 있었다. 그렇지만 어지러이 변해 가는 세상의 속도에 비해 여자들 삶의 변화의 속도는 현저히 느리다. 결혼한 여자들에게는 특히 느리다. 할머니는 양쪽 속도에 다 맞추려다가는 가랑이가 찢어질 수 있으므로 자신의 속도를 만들어야 한다고 말씀하시는 것이다.

"오라버니가 아직 안 들어왔나 보네요."

온 동네에 켜진 전깃불은 계성재에도 켜졌다. 어제까지 자가 발전기로 저녁에 몇 시간씩 켜던 전등과는 다른 차원의 세상이 펼쳐져 있다. 홍림이 상현을 업고 대문간에 나와 있는 참이다. 태현은 바깥마당을 팔짝팔짝 뛰어다니며 아침이다 아침, 이라고 소리치고 있었다. 대문간 처마에 박힌 전등이 햇빛처럼 보이는 모양이다.

"현아, 고모랑 같이 큰할머니 부축해 드릴까?"

아이가 통통거리며 다가와 여례당의 두루마기 자락에 엉겨붙었다. 여례당은 앓느니 죽겠다, 하며 웃는다. 지팡이를 내던지고 증손자를 안고 싶어도 힘이 없다. 지팡이를 놓으면 금세 주저앉을 것 같은 걸음을 조심스레 옮긴다. 점등식 따위 내다보고 싶지 않았지만 자신이 떠난 뒤를 생각해 무거운 몸을 세워 나왔다. 동국이 돌아와 살지 않는가. 동국이 서울로 진학할 때 홍림을 딸려 보낸 것은 서울서 살기를 바라서였다. 몇백 년 묵은 집, 언젠가 비게 되면 저절로 허물어질 터, 아이들은 저희들 세상을 새로 만들며 살아도 좋으려니. 그랬음에도 홍림이 먼저 돌아왔고 제 처자식을 따라 동국도 돌아왔다. 돌아온 아이들을 밀어 내기에 여례당은 이미 늙어 있었다. 늙어 자손들에게 해줄 수 있는 게 스스로의 체면이나 살려 놓는 것이었다. 작년 이맘때 산불을 겪은 선산 아랫자락과 그 주변 밭들에 묘목을 꽂으라 동국에게 이른 것도 그 때문이었다. 변하는 세상을 따라 마을 사람들이 도회로 나갈 것이었다. 농사지을 손이 없어질 땅들. 그 땅 위에서 살아갈 손자 내외에게 여례당이 해줄 수 있는 것이 더 이상 없었다. 요즘 들어 펄펄하게 젊은 손자와 손부가 자꾸 가여웠다.

여례당이 자손들에게 둘러싸여 안으로 들어가고 인오 할배가 바깥채로 몸을 돌리는데 녹두 할매가 그 뒤를 따랐다. 지붕 없이 문짝으로만 이루어진 바깥채 판문 앞에서 인오 할배가 돌아보았다.

"추운디 얼른 들어가제, 왜 나를 따라옹가? 뭔 할 말이라도 있능가?"

녹두가 그를 지나쳐 문 안쪽으로 들어가 섰다. 문설주에 달아 놓은 전구에도 불이 들어와 있어 환하다. 사장 쪽에서 울리는 꽹과리며 북장단들이 여전히 드높았다. 두 노인의 사위에는 적막이 둘러졌다. 뭔 일이 있구나 싶은 순간 할배의 가슴이 우둔거렸다. 녹두가 물었다.

"오라부니, 여한이 있소?"

인오 할배가 한 걸음 다가섰다. 여든이 되었으나 아직 꼿꼿한 그였다.

"나, 다 살았능가?"

젊은 날부터 녹두가 사람의 수명을 읽는 것은 아니나 임박한 죽음을 본다는 것은 알고 있었다. 곧 죽을 사람에 대해 입 밖에 내는 일이 없다는 것도 안다. 녹두는 대답 없이 바라보기만 한다. 할배 가슴에 한기가 들이친다. 류인오가 아니라 여례당에 관한 소리인 것이다. 여례당은 집안만 경영하며 살면서도 세상 좁은 줄 모르던 여인이었다. 맘먹은 일은 뭐든 해낼 수 있는 사람이었다. 그런 사람이 전쟁을 겪고 며느리를 잃으면서 가슴애피가 생겼다. 벌떡증이 일 때마다 그네는 류인오를 불러 말했다. 당장 나갑시다. 그때마다 류인오는, 여례당에게서 평생 나 아닌 누군가를 위해 살았던 것만 같은 분기가 솟구쳐 있는 것을 느꼈다. 계성재고 금당이고 다 불 싸지르고 그 안으로 뛰어들고 싶은 얼굴이었다. 전국의 큰 절, 아들과 며느리와 손자와 손녀가 다닌 학교들, 친정 부모 무덤 등에 다다르면 몇 시간씩 바장바장 맴돌곤 하던 그 얼굴. 더 이상 자신의 뜻대로 살 수 없게 변하는 세상을 수긍하려 애쓰는 그 얼굴에는 류인오에게만 보여 주는 눈물이 어려 있곤 했다.

"여한이 없으셨겠는가마는, 그만하면 괜찮으셨제?"

"그 곯아 빠진 속을 어찌게 알겄소. 짠해서, 인사나 나누시라고 말씀드렸소. 나는 이따가 초실이 셋째 딸이 애기 낳는 디 갈 것 같소."

사방에서 새 생명들이 죽순 솟듯 태어났고 그만큼의 생명들이 세상을 떠나갔다. 녹두가 생명이 나고 스러지는 곳마다 가는 것은 아니었다. 자신이 필요하다 싶은 곳에만 가는 성싶었다. 오늘 밤 친정에 와 있는 초실의 셋째 딸이 몇 번째 아기를 낳는지 몰라도 녹두가 가야 할 일이 생긴 것일 터였다. 혹은 제가 자리를 비운다는 의미이기도 할 것이다. 요즘 녹두는 여례당과 함께 잤다.

"알었네. 춘디 어서 들어가 보소."

할배는 바깥채 헛청으로 들어선다. 솥뚜껑을 만져 본다. 뜨겁다. 해 질 녘에 군불을 지폈던 덕이다. 옛날 같으면 어리거나 젊은 머슴들이 불을 때주며 늙은이 대접을 해줬을 터이다. 지금도 일꾼이 없는 것은 아니나 그들은 아침이면 들어오고 저녁이면 나가는 나름 월급쟁이였다. 바깥채에 들어 있는 늙은이 방에 불 때줄 줄은 몰랐다. 바라지도 않았다. 그런 걸 바랐다면 읍에서 한의원을 벌이고 있는 아들 집을 두고 여기 들어와 살지도 않을 것이다. 스스로 물을 떠다 솥에 붓고, 나무 가져다 불을 때고, 청소를 하고, 안에서 해주는 밥 먹고 빨아 주는 옷 입으며 눈에 보이는 일들 싸목싸목 할 수 있는 것에 만족했다. 한 번도 내 집인 적 없으나 한 순간도 내 집 아니었던 적 없는 집. 넓고 크되 몇백 년의 나이만큼이나 늙은 집에는 할 일이 끊임없었다. 그 안에 집만큼이나 늙은 여자가 아직, 아직은 살고 있었다. 그 여자의 집처럼 한 번도 내 여자인 적 없으나 한 순간도 아닌 적 없던 사람.

할배는 헛청 문을 여며 닫는다. 아궁이 앞에다 대야를 놓고 뜨거운 물을 반쯤 떠 담는다. 항아리의 찬물을 떠다 대야를 채우고 앉아 손을 담근다. 쇠스랑처럼 뻣뻣한 손가락들. 약간 뜨거워도 늙은 신체를 저릿하게 울리는 맛이 있다. 여한이 없을까만 그만하면 괜찮았던 평생이었다. 오늘 밤, 혹은 며칠 안에 저세상으로 돌아갈 모양인 여례당, 그 사람에게도 괜찮았던 한 생이었기를 바라지만 그 깊은 속을 어찌 알랴. 채 서른 살이 못 되었던 그 여름, 가마솥의 끓는 물만큼이나 뜨거우면서도 스스로를 다스리던 여인이었다. 그때 얽혔더라면 어땠을까. 수천 번 상상하며 그만큼 그네를 끌어안고 살아왔다. 여러 명의 다른 여인을 안았고 그중에는 하나뿐인 자식을 낳아 준 정운네도 있었지만 여례당을 떠나지 못했다. 마침내 그 사람이 떠날 모양이었다. 그 사람보다 먼저 죽지 않기를 바랐는데 그 소망 하나는 이루어질 듯했다. 할배는 여러 번에 걸쳐 세수를 한다.

몇 시나 되었는가.

여례당은 문득 눈을 뜨고 주위를 살핀다. 윗방에 불이 켜져 있다. 열흘 전쯤부터 윗방으로 들어와 자던 녹두가 보이지 않는다. 소피라도 보러 나갔는가. 자신도 소피가 마려운 것 같아 여례당은 몸을 일으킨다. 일어났다고 여긴 몸은 그대로다. 다시 움직여 본다. 몸이 지축에 매인 듯 무겁기는 하나 뒤채어지기는 한다. 일어난 것은 아니다. 요강이 어디 있더라. 모로 누운 채 방 안을 둘러본다. 방이 넓다. 시비나 안잠자기들이 사용하던 골방을 털어 방을 넓혀 놓은 사람은 인오다. 그가 집 안 곳곳의 쓸모없어진 공간들을 쓸 수 있게 만든 까닭은 여례당이 쓸모없어진 공간들을 보지 않고 살게 하려던 것이었다. 그는 그렇게 여례당의 삶을 샅샅이 돌봐 왔다. 모든 것이 다 변해도 단 하나 자신만은 변하지 않았음을 평생 보여 주려던 그였다. 요강은 반이 열린 장지문 저쪽 윗방에 있다. 저기까지 어찌 가나 고심하는데 대청으로 난 윗방 문이 열린다. 들어와 문을 닫는 이는 녹두가 아니라 인오다. 잿빛 두루마기에 댓님을 맸고 버선까지 신었다. 그가 가만가만 걸어와 모로 누운 여례당 앞에 앉았다. 동정 빛이 희기도 하다.

"한밤중에 이게 뭔 짓이오?"

여례당의 항의에 그가 미소 지었다. 주름 깊은 얼굴에 어린 미소가 환하다. 아무것에도 구애되지 않는, 해탈한 듯한 웃음이다. 아아! 자신의 죽음이 다가와 있음을 여례당은 문득 느낀다. 초저녁 점등식에서 돌아와 누운 채 아이들과 놀았고 아범이 퇴근해 와 문안하고 물러간 뒤 녹두가 몸을 씻어 주었다. 대야에 더운물을 담아 와 수건을 적셔 가며 구석구석 깨끗이 닦아 주고 희디흰 자리옷을 입혀 주고 성긴 머리채를 새로 땋아 늘여 주었다. 왜 이리 귀찮게 하냐 물었더니 대답했다.

'며칠 편찮으시등만 암도 돌보지 않는 상노인매니 추레해지셔서 그라요. 인자 밤에도 해뜬 것매니 불이 밝어졌는디 암만 편찮기로 마님 입성이 그래 쓰겄소. 옷이 없는 것도 아니고요. 우리 인자부터 이삔 옷 애껴 두지 말고 다 입고 삽시다.'

인오 할배가 여례당의 두 손을 잡아 감싸 쥐며 물었다.

"시방 하고 자픈 것이 있소?"

"녹두 어딨소?"

"녹두는 새토구 갔소. 초실이 딸이 애기 난다고 친정에 왔는 갑습디
다. 왜요?"

"그라믄 이녁 나가서 태현 에미, 아니 혜국이 불러 주시오."

"필요한 것이 있으면 나한테 말씀하시오."

눈길이 마주쳤다. 한참인 성싶은 동안 여례당을 바라보던 그가 불쑥
웃더니 잡고 있던 손을 놓고 일어났다. 나가는 줄 알았더니 요강을 가져
와 머리맡에 놓고 뚜껑을 들어내 옆에 놓는다. 그리고 여례당을 껴안아
수월하게 일으켜 앉혔다. 안은 채로 물었다.

"요강에 혼자 앉을 수 있것소?"

"심들 것 같응게 혜국이 불러 달라는 거 아니오."

"이녁이 이 세상에서 마지막 하는 일일 건디 그쯤 나한테 시키면 안
되것소?"

당장 숨이 넘어간단들 평생 남자로 건네다보며 살았던 사내한테 요강
에 앉혀 달라 말할 수는 없다. 몇 날씩 함께 돌아다닐 때도 그는 늘 옆방
에 있었다. 평생 늘 그만큼의 거리를 유지해 왔는데 이생의 마지막 순간
에 곁에 있는 사람이 다른 누구도 아닌 그 사내다. 하기야 근 사흘 동안
먹은 거라곤 죽 몇 수저뿐인데 나올 것이나 있으랴. 한 오라기 기운도 느
껴지지 않아 체면치레가 어려운 참이기도 했다. 여례당은 자신을 안고 들
여다보는 인오를 향해 고개를 주억인다. 그가 한 손으로 요강을 당겨 놓
고는 여례당의 치맛자락을 들치고 속곳에 손을 댔다. 여례당의 속옷을 무
릎까지 끌어 내리는가 싶더니 답짝 안아 요강에 앉혀 놓고는 돌아앉는다.

여례당은 쓰러지지 않으려고 그의 어깨를 잡고 오줌이 나오기를 기다렸다. 몹시 마렵던 오줌은 그렇지만 쉽게 소식이 오지 않는다. 요강에 앉은 여례당이 말했다.

"옛날 괴연재 입택하던 날 말이오. 비가 많이 내렸소. 생각나시오?"

"생각나오. 장마통이었잖소."

"그날 오후에 이녁 집 나가고, 늦은 밤에 달님네가 달님이를 낳았소."

"달님이가 그날 나왔소?"

"녹두가 애기를 받기 시작한 것이 그날부턴디, 밤에 달님네로 가야겠다고 헙디다. 나도 따라갔소. 비는 철철 내리고, 덥기는 오살나게 덥고. 모기는 어찌나 뜯어쌓든지. 와중에 달님이가 거꾸로 들어 갖고 참말 애를 멕인 담에 나왔소. 애기 받아 놓고 나오는디 녹두가 초실이네 담장 근방에서 푹 주저앉습디다."

"넘어졌습디까?"

"아니요, 오짐 눕디다. 달님이 받음서 오짐 매려 죽을 뻔했담서요. 그래서 나도 같이 오짐 눴소. 좁고 껌껌한 고샅에 녹두하고 나란히 앉아서 칠칠 오짐을 누는디, 웃음도 나고 눈물도 납디다."

"시원하셨겠소."

"시원했소. 근디 시방은 오줌이 안 나오요. 내래 주시오. 눠야겠소."

할배는 무릎으로 선 채 여례당을 안아 내린 뒤 요 위에 눕히고 속옷을 추슬러 준다. 고쟁이를 올려 주고 흰 명주치마를 가지런히 펴주고 이불을 덮어 준다. 여례당은 눈을 감고 있다. 할배는 여례당의 흰 머리채를 옆으로 사려 놓고 이마에 손을 얹어 본다. 사늘하다. 할배의 가슴이 철렁 내려앉는데 여례당이 아직 안 죽었소, 하며 눈을 뜬다. 미소를 짓는다.

"바깥에 녹두 와 있을 것이오. 오늘 밤으로 갈 성싶지는 않소만, 인자 이녁은 나가서 쉬엄쉬엄 내 관이나 짜시구려. 저짝에도 세상이 있다고들 안 헙디요. 먼저 가 있을 거게 이녁은 찬찬히 찾아오시오."

"알았소. 조심조심, 힘들지 않게 가시오."

인사를 마치고도 가만히 쳐다보고 있던 인오가 일어나 나간다. 방문을 닫으면서도 돌아보지 않는다. 눈물이 맺혀 못 돌아보는 것일 터이다. 평생 누군가를 향해 지은 죄가 많을 것이나 그에게 지은 죄가 가장 컸다. 이녁 하고 싶은 일은 뭐든지 다 하되 내 손이 닿는 곳에서 하라. 그렇게 모질었던 여자를 떠나지 못하고 곁에서 살아 준 그 한 사람 덕에 여례당은 여러 사람을 지켰다. 그렇게 믿었다. 내심으로는 다음 세상을 믿어 본 적 없으되 혹여 있다면 내생에는 그의 아낙으로 그를 섬기며 살려니, 스스로를 위로하며 그에게 짓는 죄를 쌓았다. 이따금 그를 향한 죄를 느낄 때마다 권여례는 여례당이 아니었다. 인오라는 사내의 계집이었다. 인오가 나간 문이 열린다. 일생 헛밥만 먹는지, 나이 들 줄 모르는 진녹두다.

14

세상에 함께하여 어울리지 않는 것은 쌔고도 쌨으나 그중 으뜸이 병원과 매구 할매일 것이다. 동국이 할매를 새로 생긴 종합 병원에 입원시키겠다고 했을 때 홍림이 한 생각이었다. 그렇지만 할매가 노인인 건 분명했고 노인이 감기 몸살을 그것도 초여름에 앓으니 입원시키는 게 마땅했다. 입원한 김에 여러 검사를 했다. 전반적으로 기력이 쇠한 상태에서 찾아온 감기 몸살이라 했다. 결국 노환이라는 것이다. 경과를 지켜보자면서 내과 과장이 물었다.

"진녹두 할머니가 청력을 소실하신 게 언제부터입니까?"

뭔 뜬금없는 소리를 하는가 싶어 홍림은 동국을 쳐다봤다. 동국이 의사에게 물었다.

"청력을 소실하다니요? 우리 할머니 귀가 먹었다는 말씀이십니까?"

"전혀 못 들으시던데요. 이비인후과 소견으로도 와우각의 퇴화로 인한 청각 신경 소실이라고 나왔는데, 모르셨습니까?"

"그럴 리가요? 가는귀가 좀 어두우시기는 해도 못 들으실 리는 없습니다. 의사소통에 불편을 느끼시지 않는단 말입니다."

"그래요? 할머니 연세가 어떻게 되십니까?"

홍림이 할매가 몇 살이나 자셨는지 생각하고 있는데 동국이 대답했다.

"일흔쯤 되셨소."

일흔? 홍림이 고개를 갸웃했다. 일흔 살밖에 안 자셨다고? 여례당 돌아가신 지가 언젠데? 태현이 다섯 살에 돌아가신 여례당 연치가 일흔일곱이었다. 여례당 사후 달포 만에 돌아간 인오 할배가 그보다 세 살 높았다. 녹두 할매는 그들과 비슷한 연배 아닌가? 태현은 지금 열두 살로 6학년이다. 중학교를 어디로 보낼 것인가 궁리하는 즈음이다. 홍림은 돌아간 사람들과 살아 있는 사람들의 나이가 뒤엉켜 머릿속이 뒤죽박죽인 것 같으나 젊은 의사 앞에서 남편을 책망할 수도 없어 입을 다물었다.

"어르신들 연세가 서류하고 다른 경우가 많아 여쭤 본 겁니다. 그리 어려운 진단이 아니라 오진일 것 같지 않지만 가족들께서 그리 말씀하시니, 이비인후과 쪽의 정밀 진단을 다시 받아 보기로 하지요. 오늘 오후에 다시 검진하도록 처리하겠습니다."

의사 방에서 나오면서 동국이 사무실 갔다가 다시 와야겠다고, 병실이 아니라 병원 밖을 향해 나갔다. 홍림 홀로 돌아온 병실에는 배불뚝이 혜국이 있었다. 잠든 노인의 발치에 앉아 배가 툭 나와 엉거주춤한 자세로 할매 발톱을 잘라 주고 있다가 묻는다.

"언니, 의사가 뭐래요?"

"할매 귀 검사를 다시 해야 한답디다. 할매 귀가 묵어 부렀단디 애기씨, 그런 낌새를 느낀 적 있소?"

"좀 어두워지시긴 했죠. 소리를 질러야 알아들으실 때가 간간이 있잖아요?"

"그야 노인네들이 다 그렇제. 근디 의사가 할매 청력이 소실됐다고 안 허요? 이따가 다시 검사한답디다."

"어쨌든 귀가 약간 어두워지시긴 했으니 이번에 검사해 보고 보청기라는 거 해드리죠 뭐. 성능이 꽤 좋대요."

"그건 근다치고, 애기씨 오빠는 왜, 할매 나이가 일흔 살이라고 공갈을 친다요? 공갈 칠 것이 따로 있고 공갈에도 정도가 있제, 기껏 병원 와갖고 할매 나이를 똑똑히 말해야 처방도 똑똑히 해줄 거 아니오?"

"할머니가 공갈 나이를 잡숫고 계시니 오빠도 따라 그러는 모양이죠. 할머니 호적 나이가 실제보다 한참 아래로 적혀 있잖아요. 호적으로는 맞을걸요."

"그라요? 멋 땜시 그라고 됐다요?"

"여례당께서 실수하셨나 보죠."

실수는커녕 모르는 게 없고, 못하는 것도 없는 양반이셨다. 하지만 당신이라고 완전하시기만 했을까. 혼인도 안한 손녀가 임신해 배 내밀고 다닐 줄은 꿈에도 모르셨을 것이다. 어쨌든 요새 같은 손녀 꼴은 안 보고 떠나셨으니 당신으로서는 잘 가셨다. 작년 초겨울, 혜국이 학교에 사직서를 내고 나왔다고 할 때부터 알아봤다. 아무리 처녀가 임신을 해도 할 말이 있다지만, 임신했기 때문에 사표를 낼 수밖에 없었노라 말할 때는 참 뻔뻔스러웠다. 누굴 닮아 고집이 그렇게 센지. 애비가 누구냐 물어도 들은 척도 않고, 애비도 없이 자식 낳을 거냐고 애원해도 멍청이처럼 딴전만 피웠다. 그러는 새에 배가 봉산만 해지고 말았다. 하는 수 없었다. 삼신상 차릴 준비를 해놓은 참이었다. 서른한 살이나 된 처녀가 애까지 낳고 나면 곱게 시집가긴 어차피 그른 일. 홍림은 혜국이 아이를 낳으면 대신 키울 참이었다. 애기 낳아 놓고 외국 가서 공부나 더 하고 오라고 살살 달래는 중이었다. 그 외국 가서, 작년 가을 정류장에서 본 그 작자를 만나든지 못 만나든지. 공부하고 돌아오면 늦게라도 시집을 가든지. 많이 한 공부 풀어 먹으면서 홀로 살든지. 별말을 다 해도 묵묵부답인 시뉘가 요즘 홍림은 몹시 미웠다.

"엄마, 아버지는요?"

은현이 멍한 얼굴인 홍림 씨에게 물었다. 이번 주말부터 추석 연휴였다. 의사에게 할머니가 퇴원해도 되는지 묻겠다고 양주가 함께 나가 홍림 씨 혼자 돌아온 참이었다.

"사무실 갔다 온답디다. 오후에 할매 귀 검사한당게 오늘 아조 연가를 내 올랑 갑제? 요새 공무원 기강 잡는다고 원체 염빙들을 해싼게 조심스러운 모냥이오. 세상이 얼마나 시끄런지, 테레비를 뽀사 불든가 해야제."

천연덕스레 말한 홍림 씨가 창턱에 놓인 물병을 들더니 종이컵에다 따라 마신다. 은현은 홍림 씨가 무슨 말을 했는지 알아듣지 못했다.

"할머니 귀를 검사한대요? 청력을 되살릴 수도 있대?"

"금방 말 안 헙디요. 의사가 돌팔인가 할매가 귀를 잡사 부렀다고 하드랑게."

은현은 쥐고 있던 손톱깎이를 놓친다. 할머니 발을 붙들고 있던 왼손도 놓았다. 그 바람에 깬 노인이 발을 오므렸다. 노인과 눈이 마주쳤다. 노인이 감기로 입원한 지 엿새째였다. 연세가 워낙 높아 금세라도 큰일 당할 줄 알았지만 기침이 잦아들면서 나아졌다. 노인이 눈으로 물었다. 뭔 일이냐. 은현이 뭔 일을 가리키듯 홍림 씨를 쳐다보았다. 물을 다 마신 홍림 씨는 종이컵을 쓰레기통에 넣고는 반쯤 든 물병을 들고 돌아선다. 긴 줄이 달린 보라색 손가방을 사선으로 멘 채 물병을 들고 선 홍림 씨는 급하게 장에 가야 할 일이 생각난 듯 약간 상기되어 있다.

"아까보다 낫어 보이시네요. 인자 금세 집에 가시겄소. 나가서 따땃한 새 물 잔 받아 올라요."

할머니가 서둘러 말했다.

"아니, 에미야, 나가지 말고 그 물 그냥 주라."

홍림 씨가 새 종이컵에다 물을 따르고 물병을 창턱에 놓는다. 물 잔을 탁자에 올려놓고 노인을 부축해 앉히더니 물 잔을 입에 대어 드린다. 노인이 두어 모금 마시고 물 잔을 건네자 홍림 씨가 남은 물을 마셔 버리고 컵을 쓰레기통에 넣는다. 또 나갈 태세다.

"에미야, 애비는 어디 갔냐?"

"애비하고 같이 의사 만나러 갔는디, 애비가 어딜 갔을게라?"

반문하는 홍림 씨가 낯을 찌푸린다. 지난 넉 달 동안 증세는 거의 나타나지 않았다. 은현이 알기로는 그랬다. 느닷없는 말을 쏟아 대고 현실로 돌아왔을 때 현실을 잃었던 시간을 기억하지 못하는 순간. 아무 경계가 없는 듯한 저쪽과 이쪽 사이. 홍림 씨가 치르는 그 멀미의 시간을 아버지도 겪고 있었던가.

"에미 니는, 어디 갔다 왔냐?"

"긍게요, 나는 여그서 애기씨를 만난 것 같은디, 애기씨가 할무이

한테 보청기를 해줘야겠다고 한 것 같은디요잉. 내가 또 멀미를 했는
갑다. 연이야, 그랬냐? 엄마가 뭔 헛소리를 막 하드냐?"

"아니야, 엄마. 별말씀 안 하셨어. 아버지는 복도에 있는 화장실
에라도 가셨나 보죠. 금방 들어오실 거예요. 엄마, 좀 앉으세요."

홍림 씨가 보조침대에 걸터앉는다. 은현은 할머니의 침상에서 내
려와 문을 막듯 보조침대 끝에 걸터앉았다. 홍림 씨가 병실 밖으로
나갈 것 같아 겁이 났다. 임신 27주째인 몸은 걸음 빠른 홍림 씨를 쫓
아다니기는커녕 11개월 된 봄의 기는 걸음도 따라다니기 어려웠다.
동국 씨에게 전화를 걸려는데 병실 문이 열린다.

"의사가 뭐래요, 아버지? 퇴원하셔도 된대요?"

"영양제 놓는 일밖에 없다고 알아서 결정하라더라."

"그럼 당장 퇴원해요, 아버지."

은현의 눈에 눈물이 그렁그렁하다. 허홍림은 풀이 잔뜩 죽었다. 복
도 화장실에서 소변 보고 온 잠깐 새에 무슨 일이 있었는지, 그 일이
무슨 일인지 동국 씨는 알아챘다. 좀 전에 의사를 만나러 가서 30여
년 전에 지금과 비슷한 상황을 겪었다는 게 생각났다. 혜국의 출산이
멀지 않았던 초여름에 할머니가 감기에 걸려 입원한 적이 있었다. 혼
인을 했다는 게 다를 뿐 지금 은현은 그때 혜국의 모습과 흡사했다.
근래 허홍림은 과거와 현실을 종종 뒤섞었다. 은현의 배가 부르면서
아이와 아이 생모를 혼동하기 시작한 성싶었다. 오늘 새벽에는 잠자
리에서 일어나다 물었다.

'여보, 애기씨를 어쩌면 좋겠어요? 독일이라도 가랑게 어짠다고
저리 벅수같이 굴까?'

30여 년 전 허홍림의 말투였다.

"퇴원 수속하고 왔다. 나가는 길에 금당의원 들러 할머니와 너와 네 어머니까지 보약 한 재씩 맞춰 놓고 집으로 가자. 여보, 짐 싸오. 집에 갑시다. 가서 추석 쇠야제."

"추석이고 머시고 내가 또 깜박한 모냥인디 암만해도 할매 대신 내가 입원을 해얄랑가 싶으요."

"깜박이야 누구나 허제. 뭘 하든 집에 가서 하자고."

동국 씨는 돌아서 옷장을 연다. 할매의 옷이 든 보퉁이를 들어다 침대에 놓아주고 가방을 꺼내 병실 안의 물건들을 주워 담는다. 은현이 냉장고를 열어 주스 병들이며 반찬통들을 꺼내 놓는다. 저녁나절에 성심 씨가 와서 자고 아침이면 은현과 홍림 씨가 번갈아 와서 지내기를 며칠 한 통에 살림살이가 꽤 많다. 동국 씨는 이불 보따리며 반찬 보따리를 양손에 들었다.

"차에 실어 놓고 다시 오마."

은현에게 한 말이다. 혹시라도 네 엄마가 밖으로 혼자 나가지 않게 하라는 뜻이었다. 허홍림을 찾아 장거리를 헤맬 때의 지옥을 다시는 겪고 싶지 않았다. 짐을 들고 병실을 나선 동국 씨는 한숨을 내쉰다. 순경 열 명이 도둑 하나를 못 지킨다 했는데 넋이 오락가락하는 허홍림을 무슨 수로 지켜 낼 것인가. 배가 제 몸보다 커진 딸자식과 기운 떨어진 노인까지. 내과 과장은 병원에서 노인의 몸에 대해 할 일이 더는 없다고 했다. 고장 난 데는 없으되 전신의 기능이 느려졌다는 것이다. 주차장으로 나서니 김영성 감독이 어정거리고 있다. 병실 출입을 금한 탓에 들어오지는 못하지만 걱정스러운지 하루 한 번씩은 병원 앞에 와보는 성싶었다. 인사하는 그의 머리 위로 9월 말의 오후 햇살이 쨍쨍하다. 하늘은 눈이 시리게 높고 푸르다.

느리게 움직이는 동국 씨 차의 꽁무니를 따르며 김 감독이 물었다.

"중경 씨 귀국 날짜가 내일이죠?"

제 아빠에 대한 질문을 듣기라도 한 듯 몸속의 아이들이 움직였다. 중경은 지난 열흘간 문화외교국 국장을 수행해 베네룩스를 돌았다. 은현이 배를 쓰다듬으며 대답했다.

"지금쯤 비행기 탔을 테니 내일 귀국이 맞겠네요."

"소설은 얼마만큼 진행됐어요?"

"내용상으로는 5분의 4, 어쩌면 6분의 5쯤요."

류혜국의 주검이 선산으로 올라갈 때 매구 할매에게 안겨 어미를 배웅하는 생후 백일짜리 아이. 그쯤에서 소설 『매구 할매』 2권을 멈출 계획이었다. 양선아 말대로 배가 아주 부르기 전에 초고를 끝내 놓고 매구 할매를 제외한 모든 등장인물의 이름과 지명을 바꿔 놓으려 했다. 하지만 소설의 진행이 느려졌다. 소설 쓰고, 김 감독의 작업에 끼어들어 매구 할매의 일생을 반추하는 동안 태어남과 죽음을 너무 많이 겪은 듯했다. 울적할 때가 잦았다. 류혜국의 죽음을 서술할 일이 넘어야 할 태산처럼 앞을 가로막았다. 사실과 허구 사이를 넘나들고 있다고 자신했는데 그 틈새에 갇혀 있는 꼴이었다. 내가 지금 역사책 쓰고 있는 거 아니잖아! 소설을 쓰는 거라고! 수없이 스스로를 세뇌시키고 나서야 가까스로 길이 보였다. 류혜국이 살아 있는 채로 끝내면 되는 것이었다. 은현은 류혜국을 죽이기 어려운 게 아니라 죽이기 싫어 뒷걸음질 치고 있었던 것이다.

"은현 씨 소설 안에서 매구 할머니는 요즘 어떻게 지내세요?"

"편찮아서 병원에 입원했어요. 할머니 청력이 소실된 사실을 식구들이 알게 되었고요."

"몇 년도쯤이에요?"

"1978년 6월 하순요."

"은현 씨 생일이 7월 9일이니까 곧 은현 씨가 태어나겠네요?"

"그런 셈이죠."

"할머님의 어느 시절쯤에서 마무리될 건가요?"

"할머니가 산파로서는 마지막 아이를 받아 내는 즈음으로 계획하고 있어요. 왜요? 감독님도, 어느 시점에서 촬영을 마무리 지어야하나 고민 중이신 거예요?"

아까 병실을 나올 때나, 2층에 있는 한의원에 올라가고 내려올 때 동국 씨는 할머니를 업고 움직였다. 따로 진료를 받아 할머니에 대한 한의사의 말을 듣지 못했지만 할머니를 업고 나오는 동국 씨를 보며 작년 가을을 떠올렸다. 할머니에게 김 감독의 영화를 설명하던 날, 할머니가 내가 1년을 다 못 살고 죽으면 어쩌려느냐고 하시던 말씀. 그때는 그게 그냥 하신 말씀이라 여겼는데 오늘은 그 말씀에 어떤 의미가 있지 않았나 싶은 것이다.

"그런 셈인데, 어젯밤에 잠이 안 와서 괴연재며 갯가, 안소재까지 어슬렁거리다가 불쑥, 새로운 마무리 시점이 떠올랐어요. 은현 씨 출산요."

"예?"

"병원에서 태어난 한유결과 한유빛이 집으로 돌아와 매구 할머니 품에 안기는 장면, 어때요? 그 생각 하고 나서 저, 컴컴한 안소재에서 내 머리통을 갈겼잖아요. 멍청한 자식! 이 생각을 왜 이제야 했어? 하면서요. 애들아, 결이야, 빛이야, 아저씨 생각이 어떠니?"

은현의 배를 향해 외친 김 감독이 하하 웃어 댄다. 아이들 성별이

다른 걸로 밝혀지면서 사내아이는 유결이, 계집아이는 유빛으로 정했다. 출산 예정일은 12월 20일경이었다. 쌍둥이는 40주를 채우기 어려운 게 보통이라 30주 이후부터는 늘 대비하고 있어야 한다는 게 주치의의 소견이었다. 30주에 아이들을 낳는 불상사를 상상하고 싶지 않았으므로 은현은 36주 이후의 출산을 스스로에게 강조하는 중이었다. 36주는 11월 마지막 주간이었다.

"빨라도 11월 말, 바라기는 연말 출산인데, 그러려면 감독님 촬영이 달포 이상 느는 거 아세요?"

앞선 동국 씨의 차가 운대학교 옆에서 금당 쪽으로 좌회전하고 있었다. 김 감독도 따라 좌회전을 하며 말했다.

"당연히 알죠. 그래서 어젯밤 떠오른 생각 한 가지가 더 있는데요, 아이들이 퇴원해 할머니에게 인사드리기까지의 과정을 따로 편집해서 다큐 한 편을 더 만드는 거예요. 영화 〈매구 할매〉 편집 작업을 끝내고 나면 남은 촬영 분을 묵히게 될 텐데 그걸 주제를 달리해서 편집하면 텔레비전 방송용 다큐로 만들 수 있을 것 같아요. 만약 하게 된다면 앞으로는 은현 씨를 따로 촬영하는 일이 많아지겠죠. 당연히 어머님 아버님도 그렇고요. 어때요?"

"저는 괜찮아요. 아이들 태어나기까지의 과정을 촬영해 놓는 것도 재미있을 것 같고, 엄마에 대한 촬영도 의미 있을 것 같아요. 저는 그렇지만 엄마 아버지는 어떠실지 모르겠어요."

계성재 길로 들어선 동국 씨 차가 대문 마당 앞에 서고 있었다. 김 감독이 동국 씨 차 옆에 제 차를 세웠다.

"제가 어른들께 허락받으면 된다는 거죠?"

"그렇게 해요. 지금까지의 촬영 방식으로요."

동국 씨 차에서 홍림 씨가 먼저 나왔다. 동국 씨가 내려 뒷문을 열고는 할머니를 부축해 내리게 하더니 등을 댄다. 할머니가 업히지 않고 주변을 두리번거렸다. 대문 마당 끝에 선 피나무 쪽을 바라보다 동국 씨 등을 톡톡 건드린다. 동국 씨가 일어나자 나무를 가리킨다.

"왜들 저러시죠?"

혼잣말을 한 김 감독이 차에서 내렸다. 은현도 문을 열고 나서는데 동국 씨가 소리쳤다.

"연이야, 벌집이 있는 것 같다. 얼른 들어가거라. 여보, 얼른 애 데리고 들어가요."

병실에서 나온 이후 다시 멀쩡해 보이는 홍림 씨가 은현에게 다가왔다.

"저 싸나운 것들이 나무에다 집을 지서 논 모냥이다. 얼렁 들어가불자."

벌집이 있다는 말을 듣고 나니 잎 무성한 나무 속에서 벌 소리가 나는 것도 같다. 날아다니는 벌은 보이지 않지만 은현은 대문 안으로 들어섰다. 장희가 안채 대청에서 봄과 놀고 있다가 화들짝 놀라 일어섰다. 걸음마를 시작한 봄이 걷는 제가 좋은지 두 팔 벌리며 엄마를 부른다. 걸음마와 비슷하게 엄마 소리를 시작하면서 봄의 모든 언어는 엄마로 통했다.

동국 씨가 할머니를 업고 안채로 들어왔다. 부엌에 있던 성심 씨가 건너와 할머니의 이부자리를 폈다. 김 감독이 병원에서의 짐들을 들고 따라 들어왔다.

"김 감독, 나를 좀 거들게."

안식구들을 전부 방으로 들어가게 한 동국 씨는 대청의 분합문을 모두 내려 여몄다. 보통 추석을 즈음하여 내리는데 올해는 추석이 일렀다. 벌이 아니었다면 보름쯤 더 지내고 내렸을 문이었다. 몸채를 빙 돌아 문들을 모두 확인하고 대문 마당으로 나온다. 9월 하순으로 접어들었지만 날 좋은 한낮이라 땡볕이다. 피나무 그늘은 시원하다. 나뭇잎이 아직 무성해 벌집은 보이지 않아도 벌이 날고 있는 소리가 들린다.

"벌집이 보이나?"

"벌집이 죽은 등거리에 바싹 붙어 있는 것 같은데요."

"확실히 있지?"

"그럼요, 벌이 윙윙거리는데요. 잠깐만요, 아버님."

김 감독이 제 차로 가더니 카메라를 가지고 와서 위를 올려다보고 셔터를 눌렀다. 카메라 화면에 나타난 벌집은 죽은 등거리 속 새둥지에 내어 붙인 말벌집이다. 밖으로 나와 있는 벌집의 크기와 날고 있는 말벌들의 숫자로 보아 꽤 큰 무리다. 이 정도가 되려면 지난봄부터 여기다 집을 짓고 살았을 것이다. 여름 내내 집 안 곳곳, 사당 숲까지 꼼꼼히 둘러보고 다니면서도 날마다 수시로 지나다니는 대문 마당 나무 올려다볼 생각은 하지 못했다.

"높이가 20미터는 될 것 같은데, 소방대를 부르시죠?"

"그래야겠네."

동국 씨는 119에 전화를 걸어 집 안에 말벌집이 생겼노라 신고해 놓고 그늘 밑 맨땅에 앉는다. 또 담배 생각이 났다. 내자가 사고를 치고 나면 담배가 피우고 싶었다. 그때마다 도로 담배 피우고 싶어 별 핑계를 다 댄다고 스스로를 누르곤 한다. 담배 냄새는 가끔 풍기는데 담배 피우는 것을 보인 적 없는 김 감독이 옆에 앉으며 물었다.

"아버님, 은현 씨가 벌에 쏘이면 정말 큰일이 나나요?"

"자네는 벌에 쏘여 봤나?"

"야외 작업하는 일이 많으니까 여러 번 쏘여 봤지요. 이번 여름에만 해도 괴연재에 갔다가 쏘였고요. 또 동각 처마에 말벌집이 생겼기에 살충제 뿌리다가 쏘였는걸요. "

"어떻던가?"

"따끔하고 가려웠지요. 쏘인 부위에 암모니아수로 소독하고 연고 발랐고요."

"은현이는 벌에 쏘인 즉시 온몸이 붓기 시작해 한 시간 안에 기도가 막힐 정도가 되지. 실감 안 나제?"

"상상만으로도 무서운걸요."

"애 몸이 그런 걸 알고 집 안의 꽃나무를 다 수목원으로 옮겨 심었지 않는가. 그렇다고 나무를 모두 옮길 수는 없어서 이른 봄에 꽃 피는 나무들하고 큰 나무들은 놔뒀는데, 어떤 나무든 꽃이 피게 마련이고, 집은 오래돼서 벌이며 개미들이 좋아하지."

"어른들 심려가 크셨겠어요."

"애 몸이 그런 걸 알고 난 다음에 어느 글에서, 인간적인 것의 반대말이 자연적인 것이라는 걸 읽은 적이 있네. 봄 되면 꽃이 피고 잎이 피고 제비가 날아오고 곤충이 부화하는 자연 현상이 그 어떤 인공적인 시스템보다 정확하다는 내용이었지. 순환하는 자연의 위대함에 대한 내용이었을 텐데 나한테는 자연이 얼마나 기계적인 것인지로 해석되더군. 애가 돌아와 있으면 그만큼 조심스럽지. 올해는 특히 그렇고. 자네들 작업은 언제까지 해?"

"내년 5월 시애틀 국제 영화제 다큐멘터리 부문에 응모해 볼 계

획으로 작업하고 있는데요, 아기들이 태어나 집으로 돌아와서, 할머
니하고 만나는 대목을 라스트 신으로 하면 어떨까 생각 중입니다.”

할머니가 라스트 신을 찍을 때까지 살아 계실지, 은현의 아이들이
제 어미 아비만큼 자랄 때까지도 살아 계실지는 알 수 없다. 수십 년
동안 노인을 진맥해 온 정운 씨가 말했다. 저녁에, 약 다 달여지면 내
가 가지고 들어감세. 모처럼 술이나 한잔 하세. 정운 씨의 그 말은 할
머니가 워낙 예외적인 분이라 지켜나 보는 수밖에 없다는 뜻이었다.

“재미있겠구만. 시작은 어떻게 하는데?”

“수항당收恒堂 본本 『계성재 가솔부』로 시작될 겁니다. 옛 책자의
책장이 바람에 흔들리는 것처럼 넘어가다가 할머님 함자인 진녹두가
등장하는 대목을 비추면서 현재의 할머님과 연결되는 거지요. 연대
를 나타내는 숫자가 자막으로 물 흐르듯이 비치고요.”

“은현이 그 책자를 보여 줬어?”

“그럼요. 그 발상도 은현 씨한테서 나온 겁니다. 그런데요, 아버
님. 영화 작업과 연관해서 은현 씨 출산을 전후하기까지의 과정을 텔
레비전 방송용 다큐로 만들면 어떨까 하는 이야기를, 좀 전에 은현
씨하고 나눴습니다.”

“은현이를 주인공으로 다큐 하나를 더 만든다고?”

“은현 씨가 아니라 가족입니다. 18대 어른들이 빠지셨지만 17대
이신 할머님부터 21대까지, 5대가 계성재에 현존하는 모습이 담기는
거지요. 마침 지난 결혼식 때 온 식구가 모이셨기에 화면에서 빠지는
사람도 없을 거고요. 빛과 결이 새로운 21대로 태어나 매구 할매와
만나게 되는 거지요. 촬영 방식은 지금까지와 비슷하겠지만 어머님
아버님에 대한 촬영분이 앞으로는 늘어날 겁니다. 물론 허락해 주신

다면요.”

“은현이는 하라고 하던가?”

“아버님께서 허락하시면 괜찮다고 했습니다.”

제 엄마가 점점 심각해지고 있음을 잘 아는 은현이 찬성한 이유도 제 엄마 때문일 것이다. 허홍림의 의식이 기울어 갈 수밖에 없으므로 아주 기울기 전에 담아 두고 싶은 것일 수도. 영화가 발표되면 매구 할매를 비롯해 집과 식구들이 세상에 알려지게 될 터였다. 10여 년 전 노인에 대한 15분짜리 방송만으로도 수십 군데서 접촉해 왔다. 영화너머가 그 작업을 미리 해버린다면 매구 할매 생전에 다시 접근해 오는 매체가 없을지도 몰랐다.

“은현이 엄마가 아픈 건 알지?”

“그럼요. 어머님 편찮으신 걸 주 화제로 삼겠다는 뜻은 아니지만 어느 가족한테나 일어날 수 있는 한 가지 이야기로는 들어갈 겁니다. 아버님 앞에서 주제 넘는 말씀이지만, 그야말로 다사다난한 삶의 모습으로요. 그 작업을 병행하게 되면, 영화가 나온 뒤에 방송하게 될 겁니다. 은현 씨 소설도 출간된 이후일 것이고요. 허락해 주시겠어요, 아버님?”

“영화가 어차피 애들이 집에 돌아올 때까지라면 지난 1년과 비슷할 텐데, 그렇게 하게. 소방차가 오는 모양이네.”

운대 길에 소방차가 나타나 있었다. 불이 난 건 아니라고 한 말을 알아들었는지 사이렌을 울리지는 않고 올라온다. 벌은 이렇게 예방할 수 있었다. 찬바람 돌면 동면에 들어갈 것이므로 머잖아 눈앞에서 사라지기도 할 것이다. 허홍림은 어찌해야 할까. 지난달 검진 때 아직 알츠하이머는 아닌 것 같다고 했다. 가성 치매 증세는 호전된 듯 보이지만 우울 증세가 있으므로 어떻게 변할지는 모른다고도 했다. 약을 거르지 말라는 게 유일한 처방이었으므로 하루 두 번씩의 약은 동국 씨가 꼭꼭 챙겨 먹였다. 그럼에도 삽시간에 현실을 버리고 몇십 년 전으로 거슬러 가는 일이 점점 잦아지고 있었다.

15

소설 『매구 할매』에 사용한 실제 지명들은 그대로 두었다. 건물들의 명칭은 계성재와 수월헌만 바꿨다. 매구 할매를 제외한 인물 이름은 모두 바꿨다. 이제 원고를 처음부터 다시 읽으며 이름 바뀐 인물들이 어떤 모습인지 확인할 차례였다. 며칠이 더 걸릴지 알 수 없었다. 몸속의 아이들은 은현에게 수시로 책상 앞에서 떠나기를 요구했다. 배가 불러 오는 속도와 책상 앞에 앉을 수 있는 시간은 반비례했다. 지금은 30분도 되지 않았는데 쌍둥이들이 그만 하라고 보챘다. 옆구리며 허리가 결리고 소변이 마려웠다. 정오였다.

"결이, 빛이! 그러잖아도 내려갈 참이거든? 저녁에 니들 아빠 오시면 티내지 말자. 알았지? 이제 나가서 밥 먹고 오후에는 일하지 말고 할머니들하고 놀자."

매구 할매께서는 기운을 차리셨다. 퇴원한 지 사흘째 되던 추석날에 찬방으로 건너와 식사를 했고 며칠이 더 지나자 마당을 거닐었고 열흘 만에 모원이며 채원을 드나드셨다. 아직 대문 밖으로는 못 나가셔도 집 안에서의 움직임이 임신 31주째인 은현보다는 임의로웠다.

문 두 짝이 열린 몸채 대청에는 카메라 감독만 홀로 앉아 마당 쪽으로 파인더를 맞추고 있었다. 퇴원 이후 할머니의 거동 범위가 집 안에 국한된 참인데 은현의 행동반경도 한껏 좁아져 요즘 오전에 집 안을 서성이는 카메라는 보통 한 대였다. 은현은 카메라를 향해 혀를 날름 해 보이고는 찬방으로 들어섰다. 돼지고기 삶는 계피 향내 속에서 성심 씨가 점심을 준비하느라 혼자 부산했다. 텃밭에서 뽑아 왔을 배추며 상추 등이 싱그럽다. 은현은 소쿠리에 담긴 노란 배춧잎 한 장을 집어 우적우적 먹었다.

"고모, 엄마는요?"

"할매 방에 계시겠제. 아니 광에 계신가? 밤에 한 서방 오면 뭘 해 줄까, 하시길래 내가 닭이나 삶아 줍시다 했등만. 냉장고에 있는 것만 빼 묵어도 1년은 살 것 같은디도 끼니때마다 뭘 해 묵을지가 고민이라고 하시드라."

은현은 배춧잎 한 장을 더 집어 먹으며 할머니 방의 문을 열었다. 노인은 소리 없는 텔레비전을 켜놓고 창 쪽에 기대 앉아 은현의 책 『약용 연애』를 읽고 있다가 돌아보았다.

"인자 다 읽었다."

"축하드려요. 책거리해야겠네요."

"니 얘기 책 보면 요새 사람들은 고뇌가 참 많다. 앞에 책은 그럭저럭 보겠등만 이 책은 고뇌가 많아 그런지 암만 해도 애럽드라."

은현은 책 한 권을 3년 넘게 읽으신 노인의 인내력이 신기하고도 어려웠다.

"내년에 나올 책은 할머니 읽으시기 쉽게 쓰려고 노력하고 있어요. 그런데 엄마는요?"

"네 에미? 아까 딜다보고 삼신상 채릴라냐고 묻는 것 같길래 그러자고 했다."

"저 애들 낳으려면 한참 더 있어야 해요 할머니. 한 달은 더 버텨야 한다고요. 그러니까 애들이 제 몸속에서 오래 지낼 수 있게나 빌어 주세요."

"새참에 인절미 묵어서 배 안 고픈디 벌써 밥 묵으라고?"

"조금 있다가요."

임신부가 산기를 보이면 산실 주변에다 정안수와 쌀 세 그릇과 장곽과 흰 실뭉치를 상에 차려 놓고 촛불을 켜는 게 삼신상이었다. 할머니와 홍림 씨는 아이들이 집에서 태어나기라도 할 것처럼 삼신상을 차리기 위해 햅쌀과 햇미역 줄기와 흰 실뭉치를 준비해 놓았다. 은현에게 산기가 나타나면 갈 병원은 순천에 있었다. 산후 조리원이 함께 있는 종합 산부인과였다. 은현은 거기서 산후 조리 기간을 보낼 계획이었다.

은현은 카메라 김에게 홍림 씨를 봤느냐고 물었다.

"어머님, 좀 전에 사랑 쪽으로 나가시는 것 같던데요. 왜요?"

"점심 준비하시다 나가서 뭐하시는지, 감독님 좀 나가봐 주세요. 바깥채까지 살펴보고 혹시 안 계시면 숭모당에 가봐 주세요. 전화 주시고요."

카메라 김이 카메라를 멘 채 마당을 건너갔다. 은현은 안방을 들여다보았다. 나락 건조장에서 돌아와 옷을 갈아입었는지 먼지 묻은 옷가지가 허물인 양 방바닥에 떨어져 있다. 전화기는 문갑 위에 덩그러니 놓였다. 전화기가 담겨 있어야 할 홍림 씨의 가방은 보이지 않는다. 기분이 묘하다. 다시 나락 건조장에 가셨나. 은현은 불안으로 두근거리는 가슴을 토닥이며 동국 씨에게 전화를 걸었다. 오냐, 하고 전화를 받는 동국 씨 주변에서 기계 소리가 요란하다.

"엄마 그쪽에 다시 오셨어요?"

"한 시간 전에 집에 가셨잖냐. 왜, 니 어머니 집에 안 계시냐?"

"집 안 어딘가에 계시겠죠. 찾아볼게요. 아버지도 오셔서 점심 드세요."

"금방 가마."

성심 씨가 나와 왜 그러느냐고 물었다. 자신이 왜 이러는지 은현도 알 수 없었다. 지난봄 장에 갔던 동국 씨가 네 어머니 집에 오셨느냐고 묻는 전화를 걸어 왔을 때처럼 아찔할 뿐이다.

"엄마가 부엌에 언제까지 계셨어요?"

"반시간이나 됐겄제. 샘가에서 배추랑 남새 다듬어 씻어 나한테 갖다 줌서 고기 잔 푹 익히라고 하셨응게. 느 아부지한테 안 오샜다든?"

"아니라셔요."

"그라믄 닭 찾니라고 광에서 냉장고 뒤지고 계신 갑다. 내가 내래가 볼란다."

카메라 김이 전화를 걸어 와 사랑이며 바깥채, 대문 쪽에는 계시지 않는다고, 숭모당에 가보겠노라 했다. 은현은 하릴없이 모원으로 돌아가 보았다. 연못가며 마당에 아무도 없어 뒤꼍으로 돌아가 본다. 텃밭 가장자리에 선 세 그루의 유자나무 가시들이 유난히 사납게 느껴진다. 사당 숲을 향해 엄마, 몇 번 외쳐 본다. 사당까지 고작해야 70미터쯤이지만 숲길인 데다 경사가 있어 올라가 볼 자신이 없다. 몸채로 돌아오니 동국 씨도 들어왔다. 성심 씨가, 집 안에는 성님이 없는 것 같다고 했고 카메라 김은 숭모당에서 전화를 걸어왔다. 계시지 않는다는 것이었다. 얼굴이 굳은 동국 씨가 말했다.

"성심이 자넨 사당에 좀 가보고 그 주변 좀 살펴보게. 전화기 챙겨 다니고. 은현이 넌 할머니 방에 들어가 영화너머 사람들한테 느어머니 거기 오셨는지 전화해 보고 있거라. 없다고 하면 모두 나와서 네 어머니 좀 찾아보라고 해. 나는 이장한테 방송해 달라고 하고 차로 좀 돌아보마. 어느 집에서 수다를 떨고 있는 모양잉게, 너는 걱정 말고 할머니 방 안에 가만히 있거라. 그게 현재 상황에서의 최선이다. 알겠지?"

은현에게 단단히 이른 동국 씨는 이장에게 전화를 걸어 홍림 씨 찾는 방송을 해달라 부탁했다. 집 안을 다시 둘러보고 다니는데 방송이 나왔다.

"계성재의 홍림당과 동민 여러분께 알림 말씀 올립니다. 홍림당께서는 가족들이 찾고 계싱게 속히 댁으로 돌아가 주시고요, 홍림당과 함께 계시거나 홍림당을 보신 분들은 계성재로 연락을 주시기 바랍니다. 다시 한 번 알립니다. 홍림당께서는 얼렁 댁으로 돌아가 주시고 홍림당과 함께 계시거나 보신 분은 즉시 계성재로 연락해 주십시오."

대문 안쪽 주랑에 들어 있어야 할 허홍림의 사발이 오토바이가 보이지 않는다. 조금 전 들어올 때 사발이가 없다는 것도 발견하지 못했다. 그동안 허홍림이 말짱했달 수는 없어도 웃어 넘길 만했다. 터무니없는 말을 이따금 하되 돌아서면서 자기가 엉뚱한 소리 한 것을 깨달았다. 나락 다 말려 수매 준비를 해놓고, 은현이 출산하기 전에 얼른 가을 여행을 다녀오자고 할 만큼 여유로워져 있기도 했다. 그래서 방심했다.

동각에 있던 김 감독과 팀원들이 각자의 차를 몰고 대문 마당으로 들어섰다. 오전 내 나락 건조장과 그 주변에서 함께 있다 동각으로 돌아간 그들이었다. 동국 씨는 그들에게 홍림 씨의 사발이가 다니던 길들을 모조리 훑고 다녀 달라고 했다. 마을 사람들이 떠나거나 죽으면서 허홍림에게 돌아온 논밭들이 동네 주위 사방에 흩어져 있었다. 팔려야 살 사람이 없어 허홍림의 일터가 되거나 묵어 가는 땅들이었다. 허홍림과 사발이가 마을 주변의 어느 밭에서 발견되기를 바라면서 젊은이들을 나누어 보내 놓은 동국 씨는 자신의 차를 몰고 운대 길로 내려왔다. 가장 우려했던 사태는 폐교 앞 버스 정류장에 벌어져 있었다. 허홍림의 사발이가 홀로 내버려져 있지 않는가.

사발이를 타고 다니는 마을 여인들이 흔히 정류장에다 그걸 매어 놓고 버스를 타고 장에 갔다 오곤 했다. 장을 봐 버스를 타고 돌아온 뒤에 사발이에다 장짐을 싣고 마을로 올라오는 게 버릇이었다. 네댓의 늙은 아낙들이 함께 장에 갈 때 줄줄이 부르릉거리고 다니는 건 우습고도 볼 만했다. 허홍림은 점심을 준비하다 말고 사발이를 타고 내려와 정류장에다 버려 두고 버스를 타고 어딘가로 간 것이다. 읍내 쪽으로 갔는지, 벌교 쪽으로 갔는지도 알 수 없게 되었다. 매표소 없는 정류장이라 물어볼 곳도 없었다. 동국 씨는 김영성에게 전화를 걸어 홍림 씨의 사진을 될수록 많이 뽑아서 폐교 앞으로 내려와 달라 부탁하곤 벤치에 앉았다. 생각을 해야 했다.

1년에 한 번만 모시기로 한 젯날이 음력 9월 22일로 올해는 11월 5일이었다. 제수 장만을 생각해 낼 때이긴 해도 낼모레부터 함께 하기로 돼 있었다. 밤에 올 한 서방한테 뭘 해줄까 궁리했다지만 성한 사람이 아니니 그 머릿속에서 무슨 일이 일어났는지는 모른다. 일단 읍내 장 쪽이 가장 유력했다. 전화기만 빠졌다는 허홍림의 가방 속에 돈이 얼마나 들어 있을까. 생활비를 건네준 지가 닷새가량 됐다. 생활비를 받으면 5등분해서 일주일 분량씩 손가방에 넣어 다니는 게 내자의 평생 습관이었다. 이번 주 들어 장에 간 적이 없으니 최소한 30만 원은 들어 있을 것이다. 돈이 없어야 누군가로부터 제지를 당할 테고 파출소로 인계되기라도 할 텐데 현금을 너무 많이 지녔다. 은현으로부터 전화가 왔다. 그새 무슨 연락이 왔나 동국 씨 가슴이 뛰는데 은현이 울먹이며 말했다.

"오늘이 고모 가신 날이잖아요. 혹시 엄마가 그 생각 나서 어딘가로 움직이신 거 아닐까요?"

동국 씨는 새삼 어지럼증을 느끼고는 전화를 끊었다. 오늘이 그날이긴 했다. 하지만 그날이 무슨 상관인가. 그로부터 1년 뒤 장기 집권 끝에 종신 집권을 꿈꾸는 것 같던 독재자가 제 측근의 총에 맞아 죽는 사태가 생겼다. 그날은 한국사에서는 한 기점이 되었을지 몰라도 계성재에서는 아무 의미도 없었다. 동국 씨는 머리를 흔들고는 생각을 다시 정리한다. 차가 넉 대니 한 대는 벌교 터미널에 가보게 하고, 한 대는 녹동까지 가보게 하고 남은 사람들은 읍내 터미널과 시장통을 뒤지는 게 가장 나을 것이다. 생각을 정리한 동국 씨는 허홍림의 친정인 배정골에 전화를 걸어 사태를 알려 놓았다. 혹시 그쪽으로 오면 즉시 연락을 주시라 하는데 동네 쪽에서 차들이 줄줄이 내려와 동국 씨 앞에 멈춰 섰다.

수소문 결과 허홍림은 운대 정거장에서 버스를 탄 게 아니라 마침 지나가던 택시를 타고 읍내 터미널 앞에서 내렸다는 걸 알아냈다. 읍내 터미널에서는 광주와 여수, 순천행 버스와 서울과 수원과 인천으로 가는 고속버스를 탈 수 있었다. 허홍림의 행방을 찾아야 할 범위가 전국으로 확대되어 버린 것이었다. 1시 무렵 매표소에 있던 직원은 자신에게 표를 산 할매를 기억하지 못했다. 세상을 뒤덮다시피 했다는 폐쇄 회로 카메라가 읍내 터미널에는 설치되어 있지 않았다. 허홍림 실종 세 시간 만에 동국 씨는 경찰서에 찾아가 실종 신고를 했다. 그래 놓고도 계속 찾아다니는 중인데 성심 씨로부터 은현이 심상찮다는 전화를 받았다. 은현이 제 어머니 때문에 놀라 아이들도 놀라 버렸다는 것이었다.

동국 씨는 서둘러 집으로 돌아서며 영화너머 사람들에게도 돌아오라 했다. 은현으로부터 연락을 받은 중경이 동국 씨와 비슷하게 대문 앞에 도착한 참이었다. 5시였다. 비가 내리려는지 해가 서둘러 저물고 있었다. 점심참에 연락 받았다는 중경은 한 번도 쉬지 않고 온 듯 원래도 흰 얼굴이 사색이 되어 있다. 대문간이며 마당의 불들을 죄 켜놓고 몸채로 들어가자마자 성심 씨가 나와 말했다.

"연이가 이슬이 비친다요. 병원으로 데꼬 가라시오."

몸채 대청 가운데에는 이른바 삼신상이 차려져 있었다. 지푸라기를 깔고 놓인 두레상에 흰쌀 세 그릇과 장곽 한 묶음, 무명실 한 타래와 정안수가 얹혔다. 촛대에 꽂힌 두 개의 촛불이 가만가만 타고 있다. 삼신상을 보고 있으려니 동국 씨는 몇 시간의 심란이 진정되는 듯하다. 허홍림이 금세 돌아올 것 같고 은현은 어렵지 않게 아이들을 낳을 수 있을 듯했다.

"성심이 자네, 애들 방에 가서 짐 가져다 한 서방 차, 아니, 한 서방 차는 자리가 불편해 안 되겠네, 내 차에다 싣고, 병원으로 따라가게. 중경이는 연이 데려다 차에 태워라. 내 차로 가.”

중경이 노인 방으로 들어가더니 두 팔에다 은현을 안고 나온다. 노인과 봄을 업은 장희가 뒤따랐다. 중경에게 안긴 은현에게 노인이 말했다.

“할미가 몇 번이나 말했지야? 에미는 곧 찾을 수 있을 겐게, 니는 가서 애기나 잘 낳고 있어라.”

은현의 체중이 20킬로그램 늘었다는데도 중경은 가벼이 안고 마루를 내려서고 마당을 걷는다. 이래서 자식이 나이 들면 짝을 지우는 것이구나. 딸을 안은 사위 앞서 대문으로 향하며 동국 씨는 마음이 편해진다. 딸은 이제 사위한테 맡기면 되는 것이었다. 아이들 걱정만 덜어도 어딘가. 동국 씨가 차의 문을 열고 중경이 은현을 들어앉히는데 차 한 대가 쌩하니 들어온다. 큰아들 태현이 제 차에서 내리기 바쁘게 물었다.

“엄마 아직 안 돌아오셨어요?”

동국 씨는 두 시간 전 실종 신고하고 나서 태현에게 전화를 걸었다. 마음이 산산이 흩어지려 해 어떻게든 추스르고 싶은 그때 생각난 사람은 그래도 큰아들이었다. 태현은 수업 중이라더니 10분 뒤에 무슨 일이냐고 전화를 걸어왔다. 동국 씨는 자초지종을 말했다. 말할 상대가 있는 것만으로도 위로가 된다는 걸 새삼 깨달았다. 동국 씨는 태현에게 고개를 끄덕이고는 차 뒷좌석의 은현에게 말했다.

“실종 신고 해놨으니 금세 연락 올 것이다. 할머니 말씀 들었지야? 너는 엄마 걱정은 하지 말고 애들 잘 낳아 놓고 있어. 알겠냐?”

은현이 또 우느라 대답을 못한다. 성심 씨가 출산 대비용 가방 두

개를 들고 나왔다. 중경이 가방을 받아 트렁크에 넣고는 성심 씨를
은현 곁에 앉게 한 뒤 다녀오겠다고 인사한다. 차가 빠져나간다. 한
걱정이 빠져나갔다. 장희가 노인을 부축해 안으로 들어간 뒤 동국 씨
는 막막해져 대문을 쳐다보았다. 태현도 막막한 얼굴로 서 있다. 낮
에도 대문을 닫고 밖에서 잠가야 할 날이 언젠가는 오고 말리라고 예
상은 했다. 대문과 바깥채의 판문만 닫아걸면 허홍림이 홀로 밖으로
나갈 수는 없었다. 60년여 전 전쟁을 겪은 여례당께서 그 모든 일이
얕은 담장 때문이었다는 듯 담을 늘이고 높여 놓은 덕이었다. 그렇게
예상은 했어도 이렇게 서둘러 대문을 걸게 될 줄은 몰랐다.

"저절로 닫히되 느 어머니가 안에서 열 수 없는 문을 만들어야겠
다."

"그거야 간단하지요. 대문 안쪽에다 문 새로 달고 안팎에다 자물
쇠 달고, 엄마만 번호를 모르시면 되니까요. 하지만 어떻게……."

태현은 다음 말을 잇지 못한다. 사지 멀쩡한 사람이 담장 안에서만
살려고 하겠는가, 그 말이다. 아들이 중얼거렸다. 비도 내릴 거라는데,
대체 어디로 가셨을까요? 대체 어디로 갔을까, 비가 내릴 거라는데.
동국 씨가 하릴없이 전화기를 꺼내 들여다보는데 계성재 길에 차가
들어선다. 혹시나 싶어 기다리는데 택시가 아니라 김 감독의 차다. 동
국 씨의 가슴이 무너져 내렸다. 빗방울이 듣기 시작하지 않는가.

졸고 있던 홍림 씨는 몸을 움츠리며 눈을 떴다. 으슬으슬 춥다. 무
슨 대합실 같다. 꽤나 넓고 불은 환한데 사람은 별로 없다. 오줌이 마
렵다. 건너편에 화장실이라는 걸 알려 주는 표식이 보인다. 홍림 씨
는 화장실로 들어섰다. 살구 색깔의 화장실 문이 양쪽으로 다섯 개씩

이나 늘어섰고 바닥에는 희고 검은 타일이 바둑판처럼 깔렸다.

"뭔 노무 밴소가 이라고 생겼다냐. 희한하네이."

홍림 씨는 제일 가까운 곳으로 들어가 문을 열어 놓은 채 오줌을 누고 나왔다. 들어갈 때는 보지 못한 하얀 세면대가 출입문 옆에 있다. 두 개의 옴폭한 세면기 옆에 파란색 비누가 매달려 있다. 손에 비누를 묻혀 씻고 나니 거울 속에 생뚱맞은 아낙이 보인다. 둥그스레한 얼굴에 검버섯 몇 점이 피었고 주름살이 자글자글한 할매다. 회색 바지와 분홍색 셔츠에 붉은 조끼를 입었다. 어디서 많이 본 옷이네, 중얼거리는데 거울 속의 늙은 아낙이 눈살을 찌푸린다. 늙은 여자가 자신인 걸 깨달은 것이다. 머릿속이 하얘지는 것 같다. 거울 속의 늙은 여자가 나인 건 알겠는데 내가 누군지 생각나지 않았다. 주위를 둘러본다. 화장실의 거울 앞이다. 거울 앞에 늙은 내가 있을 뿐 내가 누군지 아는 나는 없다. 아무도 없다. 무심코 품을 만진다. 가방이 있다. 홍림 씨는 가방 속에 손을 넣어 손에 잡히는 걸 세면대 옆판에다 전부 꺼내 놓는다. 지갑이 나오고 지갑 속에 들어가지 못한 낱장 지폐들이 여러 장 나온다. 립스틱이 나오고 손수건이 나오고 휴지조각과 주머니칼이 나온다. 돋보기와 라이터도 있다. 수십 개의 동전들과 동그랗고 가늘고 오종종한 모양의 각종 씨앗들이 수십 알이다.

"얻다 싱굴라고?"

누군가에게 물은 홍림 씨는 쏟아 놨던 물건을 가방에다 도로 쓸어 담고 화장실을 나와 출입문 앞에 서서 대합실을 살폈다. 조르라니 뚫린 매표 창구 위에 제주도니 성산봉이니 하는 글자들은 보이는데 작은 글자들은 읽을 수 없다. 저쪽 구석 의자에 늙은 사내 둘이 앉아 소주를 마셔 대면서 떠든다. 시끄럽고 무섭다. 화장실 곁의 출입문을 밀고 밖으로 나왔다. 비가 내리고 있었다. 집채만 한 버스들이 잔뜩 진을 쳤는데 캄캄하다. 불이 켜진 오른쪽으로는 주랑 같은 기둥들이 주르륵 섰고 기둥들은 철망 울타리를 두르고 저쪽 바깥으로 뻗어 있다. 갯내가 짙다. 바닷가인 것이다. 그뿐 여기가 어딘지, 왜 여기에 있는지, 알 수 없다. 그런데 배가 고프다. 배를 만지다 다시 가방을 느낀다. 집을 나설 때면 맨날 메고 다니는 가방이다.

"집? 그래 집! 오매, 내 정신머리야."

한탄하고 나니 그만이다. 집이 어딘지 알 수 없다. 집이 어디드라? 소리 내어 묻노라니 배정골 허 진사 집이 떠오른다. 깔깔하신 성정이지만 나름 손녀를 귀애하시던 노인한테 저물녘이면 상을 내가던 열댓 살쯤의 처자가 있었다. 복사꽃같이 볼이 고운 수림이다.

"긍게 내 이름이 허수림이구만?"

자신을 찾은 홍림 씨는 다시 대합실 안으로 들어왔다. 터미널 식당이라 써 붙인 간판이 맞은편 끝에 있었다. 그 주변에 편의점이라는 점방과 김밥이니 수제비가 쓰인 분식당도 있다. 나는 허수림이다, 중얼거리며 터미널 식당 앞에 이르렀을 때 홍림 씨는 수림이라는 이름이 맞지 않은 옷처럼 불편한 걸 느낀다. 수림은 화순 김가네로 시집간 홍림의 언니 같았다. 홍림보다 한 해 뒤에 시집간 언니는 환갑 즈음에 암에 걸려 죽었다. 대학 병원에서 언니를 마지막 봤을 때 온몸이 분통을 뒤집어쓴 것처럼 하얬다. 죽음을 앞둔 언니가 애통했음에도 사람이 죽으려면 그렇게 희어질 수 있다는 게 신기했다. 대학 병원에서 언니한테 농담했다. 언니, 이라고 이쁜 걸 봉게 새로 시집가도 쓰겠네야.

"대학 병원?"

허홍림도 대학 병원에 여러 번 갔다. 허홍림이 노망이 났기 때문이었다. 노망난 여편네를 지성스레 데리고 다니던 늙은 남정네가 가물가물 생각났다. 그도 죽었던가? 그의 젯날이었던 것 같았다. 아니 배불뚝이 시누가 애기를 낳고 죽은 날이었던가. 참말 말을 들어먹지 않던 시누. 머릿속이 진창이다. 멀미가 나는 것처럼 속이 메스껍다.

"배가 고파 이 모냥이구만."

유리로 된 식당 문을 밀고 들어섰다. 몇 군데 탁자에 사람들이 앉아 밥 먹고 술 마시고 있었다. 출입문 가까운 탁자에 앉으며 주인을 불렀다. 젊은 여자가 다가와 혼자 오셨냐고 물었다. 홍림 씨는 가방에서 만 원짜리 한 장을 꺼내 탁자 모서리에 놓는다.

"내가 노망난 사람이오."

"아이 할머니, 농담을 하시네요."

"농담 아니오. 내가 시방 멀미를 심히 저끈 것매니 어지럽소. 여가 어딘지, 내가 왜 여그 와 있는지 당최 모르겠소. 여그가 어디요? 제주도요? 나 제주도에 여러 번 가봤는디."

"아니요, 여긴 장흥에 있는 노력항이라는 항구예요. 제주도를 오가는 여객선 터미널 안이고요. 조금 있으면 제주도에서 막배가 들어올 거예요."

"그래라잉. 우선 배가 고픈게 이 돈아치 밥 잔 채래 주시오. 그라고 지비가 내 식구를 잔 찾아주씨오."

"멀쩡해 뵈시는데, 정말이세요?"

"멀쩡이 아니라 멍청하요. 암것도 생각이 안 난단 말이오."

"할머니 이름은 아시고요?"

"그건 생각났소. 허가고 홍림인 것 같소. 수림이 동생. 우리 언니는 암에 걸려 죽었소. 내가 두 살 아래 동생인디 내 사주가 좋아 갖고 시집은 내가 먼저 갔소.”

“정말 인상이 좋아 보이세요. 암튼 할머니 가방 갖고 계시네요. 전화기 없으세요?”

“그런 것도 원래는 다 있었을 것 같은디, 가방엔 없구랴.”

“지갑은요, 지갑 속에는 보통 주민증 같은 거 넣어 가지고 다니잖아요.”

홍림 씨는 가방을 벗어 여자한테 주었다. 여자가 가방 속이며 지갑 속을 샅샅이 뜯어보고는 돌려준다.

“돈만 20만 원 정도 있으시네요. 이상한 씨앗들을 잔뜩 갖고 계시고. 버스 터미널에서 여기까지 택시 타고 오셨나 봐. 알겠어요, 할머니. 식사 차려 드리고 파출소 순경 불러 드릴 테니 여기 가만 계세요. 해양파출소가 바로 옆에 있어요.”

어떤 할매가 와서 자기 노망났다고, 집을 찾아 달란다고 일러바칠 모양이지만 말투가 생긴 것만치 곱상했다. 홍림 씨는 맘이 푹 놓였다.

“어디 갈 심도 없고 갈 곳도 모르요. 밥이나 얼렁 주씨오.”

여자가 뜨끈한 물 한 잔을 먼저 준다. 주방 안에다 대고 백반 정식 준비하라고 이르면서 저는 전화기를 들고 밖으로 나간다. 안심하고 뜨뜻한 물을 마시니 속이 시원하다. 불쑥 눈물이 난다. 금산댁이 죽었을 때같이 서럽다. 금산댁이 누군지는 모르겠어도 그네가 차를 타고 저세상으로 갈 때 몹시 서러웠던 건 알겠다. 물 한 모금 마시고 눈물 한번 훔치며 더운 물 한 잔을 다 마신다.

밥상이 차려진다. 남이 차려 준 내 밥상이 호사스럽다. 조기 구이, 얼갈이로 담근 물김치, 배추김치와 파김치, 콩자반, 고등 알 무침. 김과 꼴두기 젓갈. 검정 쌀이 섞인 밥과 된장국. 된장국에는 고등 알과 두부와 쪽파가 들어갔다. 셀 수도 없이 밥상을 차렸던 것 같았다. 셀 수도 없이 차려 댄 듯한 밥상을 누구 앞에다 놓아 주며 살았는지, 누구와 더불어 먹었는지는 아직 생각나지 않는다. 밥을 다 먹고 나면 생각날지 몰랐다. 아무것도 모르면서 든든한 뒷배가 있는 양 불안하지는 않다. 홍림 씨는 수저를 들고 스테인리스 사발에 담겨 나온 된장국을 떠먹는다. 삼키면서 와락 얼굴을 찌푸린다. 짰던 것이다.

"어야, 여그 물 잔 주씨오."

소리치고 나니 생각난다. 에미야, 여그 물 잔 내오니라. 국이 짤 때마다 할머니가 그러셨다. 그때마다 송구했다. 아아! 여례당이 계셨다. 그 곁에 늘 계시던 녹두 할매. 그리고 류동국. 실타래가 풀리듯 진창에 잠겼던 이름들이 떠오른다. 난 류동국한테 시집가 사는 허홍림이다. 초례청에서 처음 봤던 홍안의 새신랑에게 대번에 반해 가슴이 둥개둥개 뛰었다. 그리고 노망이 났고 여기 와 있다. 집이 어딘지도 곧 알게 될 것 같다. 목이 메며 눈물이 연신 나는데 식당 문이 열리고 주인아낙과 함께 들어선 순경이 곧장 다가든다. 순경이 제 전화기와 홍림 씨를 번갈아 들여다보더니 물었다.

"허홍림 할머니시죠?"

홍림 씨는 냅킨 통에서 냅킨 몇 장을 뽑아 코를 탱 푼 뒤에 대답했다.

"그란 것 같소. 어찌께 날 금세 알아보요?"

"식사 중이시네요. 천천히 드십시오. 할머니 댁에서 할머니 찾는다고 경찰서에다 신고를 해놓으셨어요. 류동국 씨가 할아버지시죠?"

순경이 전화기를 내밀었다. 전화기 속에 아까 화장실에서 본 할매가 들어 있다.

"내가 어떻게 지비 물건 속에 들어가 있다요? 신통하요이. 우리 집이 어디랍디여?"

"댁이, 요 앞 바다 건너 고흥 두원면의 금당이라는 마을이시잖아요. 류동국 씨가 네 시간 전에 이 사진과 함께 실종 신고를 내놓으셔서 전국에서 허홍림 할머니를 찾고 있었던 셈입니다."

"우리 연이 아부지가 전국으로 나를 찾아댕긴다고?"

"그런 셈이시지요. 좀 전에 류동국 할아버지한테 연락드렸습니다. 지금 이쪽으로 출발하셨을 건데요, 두 시간쯤 걸릴 거라고 하셨어요. 잠깐만요."

순경이 제 전화기를 꺼내 문지르더니 몇 마디 하고는 건네준다.

"할아버지세요. 큰아드님하고 같이 이쪽으로 오는 중이시래요. 바꿔 달라고 하시네요."

홍림 씨는 갑자기 부끄러워 전화기를 밀어 냈다. 부끄러움과 아울러 다시 눈물이 밀고 나오는 바람에 전화를 받을 수도 없었다. 영감이 얼마나 미쳐서 찾아다녔을지 이제야 생각이 났다. 살성이 너무 약해 노상 걱정인 배불뚝이 내 딸. 할매가, 연이가 금세 애기를 낳을 것 같다고 하셔서 삼신상을 차릴 준비를 하던 차였다. 부엌에서는 돼지고기를 삶고 있었다. 그리고 여기였다. 참 이상한 색깔의 화장실이 있는 대합실. 해가 저물어 버리고 비가 내리는 바닷가. 된장국이 짜서 쿨럭쿨럭 눈물이 솟는 식당이었다.

매구 할매

초판 1쇄 인쇄일 • 2013년 7월 15일
초판 1쇄 발행일 • 2013년 7월 20일
지은이 • 송은일
펴낸이 • 임성규
펴낸곳 • 문이당

등록 • 1988. 11. 5. 제1-832호
주소 • 서울시 성북구 동소문동 4가 83 청구빌딩 3층
전화 • (02) 928-8741~3(영업부) 927~4990~2(편집부)
팩스 • (02) 925-5406
ⓒ송은일, 2013

홈페이지 http://www.munidang.co.kr
이메일 munidang88@naver.com

ISBN 978-89-7456-474-2 03810

이 책은 한국출판문화산업진흥원의 출판지원사업의 지원을 받아 발행되었습니다.